国家古籍整理出版
专项资助项目

中国古典文学
读本丛书典藏

关汉卿选集
修订版

康保成 李树玲 选注

人民文学出版社

图书在版编目（CIP）数据

关汉卿选集/（元）关汉卿著；康保成，李树玲选注. —2 版（修订版）. —北京：人民文学出版社，2020（2022.6重印）
（中国古典文学读本丛书典藏）
ISBN 978-7-02-013690-2

Ⅰ.①关… Ⅱ.①关…②康…③李… Ⅲ.①杂剧—剧本—作品集—中国—元代②元曲—选集 Ⅳ.①I214.72

中国版本图书馆 CIP 数据核字（2018）第 013635 号

责任编辑　徐文凯
装帧设计　陶　雷
责任印制　王重艺

出版发行　人民文学出版社
社　　址　北京市朝内大街 166 号
邮政编码　100705

印　　刷　三河市博文印刷有限公司
经　　销　全国新华书店等

字　　数　245 千字
开　　本　880 毫米×1230 毫米　1/32
印　　张　11.25　插页 3
印　　数　7001—10000
版　　次　1998 年 10 月北京第 1 版
　　　　　2020 年 1 月北京第 2 版
印　　次　2022 年 6 月第 3 次印刷

书　　号　978-7-02-013690-2
定　　价　38.00 元

如有印装质量问题，请与本社图书销售中心调换。电话:010-65233595

目 录

前言　1

杂　剧
感天动地窦娥冤　3
赵盼儿风月救风尘　38
望江亭中秋切鲙　61
诈妮子调风月　86
闺怨佳人拜月亭　107
杜蕊娘智赏金线池　127
温太真玉镜台　154
钱大尹智宠谢天香　178
关大王独赴单刀会　205
包待制智斩鲁斋郎　232
包待制三勘蝴蝶梦　263
钱大尹智勘绯衣梦　291

散　曲
小令
仙吕·一半儿　题情（四首）　323
双调·沉醉东风（五首）　325
南吕·四块玉（五首）　328
双调·大德歌（四首）　330

套数

黄钟·侍香金童　332

仙吕·翠裙腰　闺怨　334

南吕·一枝花　赠珠帘秀　336

南吕·一枝花　杭州景　338

南吕·一枝花　不伏老　340

双调·新水令（二十换头）　343

后记　347

前　言

关汉卿不仅是中国文学史上毫无争议的第一流作家,也是世界文学史上最有成就的优秀作家之一。他一生创作出大约六十个剧本和一批散曲,其中流传下来的剧本约十八个,散曲约七十首。他满怀对旧世界的无比愤懑,对下层群众的无限深情,对包括自身在内的文人命运的自悲自悯,挥动那如椽巨笔,谱写出一幕幕动人心魄的杂剧和不少优美的散曲。

关汉卿,大都(今北京)人。约生于十三世纪初,卒于元成宗大德元年(1297)以后。关汉卿的时代,科举制度一度被取消,文人失去了进身之阶。加之元蒙统治者对汉人的鄙视,汉族儒生的社会地位下降到最低点,甚至人分十等,"七匠、八娼、九儒、十丐",文人竟居于娼妓之下!在困境中,许多儒生屈尊走向书会(编写戏剧、话本的团体组织)、走向勾栏瓦舍(演出戏剧、杂艺的场所)。文人和艺人结合,创造出崭新的戏剧文化和戏剧形式。关汉卿,便是这许多文人中最杰出的一个。

在关汉卿之前,中国戏剧走过了漫长的萌芽、发展道路。与古希腊悲剧差不多同时,中国也有了最早的演员(优)和戏剧(优戏)。秦汉时期,角抵戏颇为风行。隋唐时盛行参军戏,宋代流行宋杂剧。然而,比起长江大河般的诗文来说,民间戏剧文化只不过是一支浅浅的溪流。统治者一面关起门来看戏,一面又斥其有伤风化、坏人心术,竭尽扼杀、禁毁之能事。士大夫们更以涉足戏剧为耻。所以,我国虽然早就有了戏剧,但第一个用汉字写成的剧本,直到南宋后期方告出现。本来,没有剧本也可以有戏剧。但世界各国的戏剧史表明,剧本文学对戏剧演出的制约、推动作用是不可或缺的。莎士比亚、莫里哀、萧伯纳,这些大戏剧家都以创作剧本而闻名于世。尤其在中国,戏剧艰难地蹒跚前行了那么长时间,仍然停留在比较幼稚的阶段。无论是先秦优戏,还是后来的角抵戏、参军戏、宋杂剧,都还仅以滑稽调笑为基本特征。"戏"实际上是开玩笑的同义语。显然,中国戏剧要成熟,没有文人的参与和认同是不行的。以关汉卿为代表的下层文人,就是在这时候登上了戏剧创作的历史舞台。

关汉卿是最早的元杂剧作家之一。明朱权《太和正音谱》说关汉卿"初为杂剧之始",元周德清《中原音韵》、明何良俊《四友斋丛说》、近人王国维《宋元戏曲史》,都列关汉卿为元曲四大家之首。可以说关汉卿是元杂剧最重要的奠基人。他和以他为代表的一批作家,创造出四折一楔子的杂剧体制,并很快得到社会的认同,"元曲"得以和唐诗、宋词并举。正如王国维所说:"元杂剧于科白中叙事,而曲文全为代言。……不可谓非戏曲上之一大进步也。此二者之进步,一属形式,一属材质,二者兼备,而后我国之真戏曲出焉。"(《宋元戏曲史》)毫无疑问,元杂剧的出现,标志着中国戏剧的成熟,也使世界艺术宝库中增添了一个富有生命力的新品种。当今有学者称,元杂剧一出现即完备,一出现即繁荣,这真是一个奇迹。奇迹的创造者,就是以关汉卿为代表的一批作家。元末明初的贾仲明在为《录鬼簿》补写的作家挽词中说关汉卿"驱梨园领袖,总编修师首,捻杂剧班头,姓名香四大神州"。元代另一著名杂剧作家高文秀被誉为"小汉卿",杭州作家沈和甫被称为"蛮子汉卿",足见关汉卿在元代杂剧创作中的地位。

名不见经传的关汉卿,显然来自社会下层。正史没有记下他的名字。从《录鬼簿》、《析津志》、《元曲选序》等点滴史料及关汉卿自己的散曲中,我们仅知道"汉卿"是他的字。一代文化巨人,竟没有留下名,这是中国文学史和中国戏剧史的悲哀!

他没有功名,也丝毫没有一般文人士大夫的妄自尊大和迂腐气。

他与挣扎在社会最底层的戏剧演员厮混在一起,"躬践排场,面傅粉墨,以为我家生活,偶倡优而不辞"(《元曲选序》)。他与那个被誉为"杂剧为当今独步"的女演员珠帘秀有深厚的交情,在《赠珠帘秀》散套中,对其色艺推崇备至。他毫不讳言自己"半生来倚翠偎红,一世里眠花宿柳",并表示:"你便是落了我牙、歪了我嘴、瘸了我腿、折了我手,天赐与我这几般儿歹症候,尚兀自不肯休。则除是阎王亲自唤,神鬼自来勾,三魂归地府,七魄丧冥幽,天那!那其间才不肯向烟花路儿上走!"(《南吕一枝花·不伏老》)

关汉卿热爱生活,他有一段漫游经历:"我是个锦阵花营都帅头,曾玩府游州。"(同上)有名的《杭州景》套曲,把宋亡以后的杭州景物描写得淋漓尽致。他或许还到过开封、洛阳、扬州等地。他是封建社会的浪子,又受过良好的文化教育。《析津志》说他:"生而倜傥,博学能文,滑稽多智,蕴藉风流,为一时之冠。"这从他的杂剧、散曲作品中可以得到最好的印证。

关汉卿的脚步稳健地踩在元代现实生活的沃土之上。戏剧家们往往寄情于古人,热衷于在历史题材中遨游。这不用担心文字之祸,写起来会省力一些。关汉卿显然比一般剧作家更注重当代。他的忧闷和愤怒,梦幻和希冀,大都寄托在平民百姓的日常生活中。窦娥遭冤狱,宋引章、谢天香、杜蕊娘从良,谭记儿改嫁,张珪、李四两家的聚散离合,燕燕与小千户、王瑞兰与蒋世隆、刘倩英与温峤之间恩恩怨怨、曲折缠绵的爱情生活,乃至四春园里发生的命案,都不是什么名标千古、扭转乾坤的大事。然而,作家的笔触却深入到他所熟悉的芸芸众生之中,和他们休戚与共,声息相通。他成功地写出一个个有血有肉、活灵活现的普通人。在他笔下,不仅有正直、善良、坚强、聪慧的正面典型,也有残暴、好色、歹毒、阴险的坏人,还有不好不坏、亦好亦坏的中间人物。《窦娥冤》中的蔡婆、《鲁斋郎》中的张珪、《调风月》中的燕燕,均令人哀其不幸,怒其不争。大概由于每个人都不是完美无缺吧,读者会感到,那些中间人物就在人们中间。与历史题材、风云人物相比,当代普通人的悲欢离合更典型。平民百姓可以避开上层政治生活,可以与宦海沉浮无涉,但却避不开流氓恶棍、贪官污吏,避不开各自的艰难曲折与悲剧命运。写他们,无疑能引起更多当代观众的共鸣,也能引起后世观众、读者更多的沉思。当然,关汉卿也写历史剧,也写风云人物。三国时期的蜀将关羽,就被他写成威风凛凛、不可一世的超人。有人说,这里寄托了作者的民族感情。看来很有道理。

关汉卿剧作的语言朴实无华而富有戏剧性,是本色当行的戏剧语言,以至于七百年后的今天,还能原封不动地搬上舞台。《窦娥冤》中的〔滚绣球〕〔端正好〕,呼天抢地,震天动地;《单刀会》中的〔驻马听〕〔新水令〕,豪迈奔放,其势如潮;《鲁斋郎》中的〔南吕一枝花〕套曲,曲折往复,如泣如诉,这都是历来为人们所击赏的名曲。但作为戏剧,更为可贵的是性格化、口语化、戏剧化的对白。同为妓女,赵盼儿的利落老练,宋引章的天真淳朴,谢天香的温柔软弱,杜蕊娘的泼辣直率,皆惟妙惟肖,宛如口出。同是反面人物,杨衙内附庸风雅,张驴儿下流无耻,鲁斋郎粗鲁强横,周舍奸诈狡猾,这大都从对白中表现出来。关汉卿是语言大师,但他的真功夫却是在语言之外。只有在艺人堆里混出来的人,只有能粉墨登场的戏剧家,才真正懂得"真戏曲"与案头文学的区别。于是,民间常用的歇后语、口头禅,被关汉卿信手拈入剧中,立刻显得妙趣横生,多彩多姿。

关汉卿重视戏剧冲突和戏剧结构,注意运用衬托、铺垫、误会、巧合等戏剧手段。因而,平凡的人物,普通的故事,朴实的语言,却可以写得引人入胜。《窦娥冤》以描写戏剧冲突和戏剧高潮取胜,《救风尘》则以巧妙的戏剧结构见长,《鲁斋郎》一波未平一波又起,《望江亭》却从细节描写中出戏……关汉卿善于将戏剧故事传奇化。戏,本来就不是真的。谭记儿巧装打扮,智赚皇帝亲自赐与杨衙内的势剑金牌,赵盼儿风月场中战胜花花公子周舍,都似乎不大可能发生;窦娥的三桩誓愿,更不可能实现。然而,戏剧就从这些传奇化的情节中生发出来。观众和读者,谁也不会去指责这不真实那不真实,而总是随着剧中人物命运的沉浮,忽而叹息、愤怒,忽而振奋、欢笑。在关剧中,正面人物往往被理想化、被拔高,反面人物总是被丑化。这是中国戏剧的特点,符合我国传统的戏剧审美心理。从根本上说,中华民族是个富于幻想、对未来充满希望的民族。现实生活够严酷了,如果从戏剧中也得不到一点安慰,听不到一声欢笑,那日子不是更没过头了吗?

关汉卿的主要成就是杂剧,但同时也是一位散曲大家。他的散曲,内容涉及爱情、闺情、游乐、自然风物的吟咏和发泄心中的苦闷等题材。从表面上看,他的杂剧与散曲有着某种不协和。其实,却恰恰反映出这位大文学家的两个方面。从杂剧和散曲这两种不同的形式看,前者是叙事性、代言体,是在演"戏",当然是要讲别人;后者更多地继承了词的传统,更容易表现自我。从关汉卿的人格看,他既是向黑暗势力作斗争的勇士,又是封建阶级的浪子。我们不能要求同一个作家用两种不同的题材写出同一风格的作品来,不能要求他只写社会问题而不宣泄自己的内心世界。从艺术上看,关汉卿的散曲感情真挚,语言本色生动。如前文引用过的〔南吕一枝花·不伏老〕,用俏皮诙谐、佯狂玩世的语言,活脱脱塑造出一个封建时代的浪子、多才多艺的戏剧家的自我形象。再如〔南吕一枝花·赠珠帘秀〕,通篇把作为人的珠帘秀当作物的珠帘来描绘、来吟咏、来赞美,其构思的巧妙程度,令人叹佩。他的小令,也有一些写得比较成功,这里就不一一介绍了。

本书从关汉卿现存作品中选出十二个杂剧和二十多首散曲。选取的标准主要有二:一是可确定是关作;二是艺术上有特色,影响较大。本书杂剧部分的校勘,《拜月亭》、《调风月》仅存《元刊杂剧三十种》

本,《单刀会》《绯衣梦》以脉望馆抄校本为底本,此外均以《元曲选》本为底本。除个别情况外,一般不出校记。注释力求简要,一般不征引原文。有些重要的词语,为方便读者,不避重注。

在注释过程中,我们参考了吴国钦、王学奇等先生的两种《关汉卿全集校注》,并得到王季思老师、黄天骥老师的具体指导,在此一并致谢!

康 保 成

1994年2月于中山大学

杂　剧

目 录

感天动地窦娥冤[1]

楔　子[2]

（卜儿[3]蔡婆上，诗云）花有重开日，人无再少年；不须长富贵，安乐是神仙[4]。老身蔡婆婆是也，楚州[5]人氏，嫡亲三口儿家属。不幸夫主亡逝已过，止有一个孩儿，年长八岁。俺娘儿两个，过其日月。家中颇有些钱财。这里一个窦秀才，从去年问我借了二十两银子，如今本利该银四十两。我数次索取，那窦秀才只说贫难，没得还我。他有一个女儿，今年七岁，生得可喜，长得可爱，我有心看上他，与我家做个媳妇，就准[6]了这四十两银子，岂不两得其便。他说今日好日辰，亲送女儿到我家来。老身且不索钱去，专在家中等候。这早晚窦秀才敢待来也。（冲末[7]扮窦天章引正旦[8]扮端云上，诗云）读尽缥缃[9]万卷书，可怜贫杀马相如[10]；汉庭一日承恩召，不说当垆说子虚。小生姓窦，名天章，祖贯长安京兆[11]人也。幼习儒业，饱有文章；争奈[12]时运不通，功名未遂。不幸浑家[13]亡化已过，撇下这个女孩儿，小字端云，从三岁上亡了他母亲，如今孩儿七岁了也。小生一贫如洗，流落在这楚州居住。此间一个蔡婆婆，他家广有钱物；小生因无盘缠，曾借了他二十两银子，到今本利该对还他四十两。他数次问小生索取，教我把甚么还他？谁想蔡婆婆常常着人来说，要小生女孩儿做他儿媳妇。况如今春榜动，选场开[14]，正待上朝取应[15]，又苦盘缠缺少。小生出于无奈，只得将女孩儿端云送与蔡婆婆做儿媳妇去。(做叹科[16]，云)嗨！这个那里是做媳妇？分明是卖与他一般。就准了他那先借的四十两银子，分外但得些少东西，够小生应举之费，便也过望了。说话之间，早来到他家门首。婆婆在家么？(卜儿上，云)秀才，请家里坐，老身等候多时也。(做相见科。窦天章云)小生今日一径的将女孩儿送来与婆婆，怎敢说做媳妇，只与婆婆早晚使用。小生目下就要上朝进取功名去，留下女孩儿在此，只望婆婆看觑则个[17]。(卜儿云)这等，你是我亲家了。你本利少我四十两银子，兀的[18]是借钱的文书，还了你；再送与你十两银子做盘缠。亲家，你休嫌轻少。(窦天章做谢科，云)多谢了婆婆。先少你许多银子，都不要我还了，今又送我盘缠，此恩异日必当重报。婆婆，女孩儿早晚呆痴，看小生薄面，看觑女孩儿咱[19]。(卜儿云)亲家，这不消你嘱咐，令爱到我家，就做亲女儿一般看承他，你只管放心的去。(窦天章云)婆婆，端云孩儿该打呵，看小生面则[20]骂几句；当骂呵，则处分[21]几句。孩儿，你也不比在我跟前，我是你亲爷，将就的你；你如今在这里，早晚若顽劣呵，你只讨那打骂吃。儿哦！我也是出于无奈。(做悲科，唱)

【仙吕赏花时】我也只为无计营生四壁贫，因此上割舍得亲儿在两处分。从今日远践洛阳尘[22]，又不知归期定准，则落的无语暗消魂[23]。(下)

(卜儿云)窦秀才留下他这女孩儿与我做媳妇儿，他一径上朝应举去了。(正旦做悲科，云)爹爹，你直下的[24]撇了我孩儿去也！(卜儿云)媳妇儿，你在我家，我是亲婆，你是亲媳妇，只当

自家骨肉一般。你不要啼哭,跟着老身前后执料去来〔25〕。(同下)

〔1〕《窦娥冤》是一个震撼人心的古典悲剧。王国维在《宋元戏曲考》中说它"即列之于世界大悲剧中亦无愧色"。著名戏曲史家王季思教授主编《中国十大古典悲剧集》,首列此剧。早在十九世纪初,《窦娥冤》已被巴尊(M. Bazin)译成法文,二十世纪初又有公原民平的日译本。明代以来,《窦娥冤》不断被改编上演。二十世纪五十年代后,此剧仍活在戏剧舞台上,并被搬上银幕。窦娥的故事早已深入人心。

〔2〕楔(xiē歇)子:本是木工用来塞紧器具隙缝或榫(sǔn损)头的小木片。后来戏剧、小说借用来指一个段落。元杂剧一般分为四折,有时为了交代或联系剧情,加上一个或两个楔子。其位置不固定,或在剧首,或在折与折之间。所唱曲子只用一二支小令,不用长套。

〔3〕卜儿:元杂剧的老妇人。

〔4〕"花有重开日"四句:这是定场诗。元杂剧人物上场往往念四句或两句诗,叫做定场诗。这首定场诗化用了宋代陈著的诗。

〔5〕楚州:地名,旧治在今江苏省靖江市,下文的山阳属楚州。

〔6〕准:抵偿。

〔7〕冲末:脚色名。元杂剧中男脚色叫末,犹如近代京剧中的生。其中正末是男主角,此外还有冲末、副末、外末、小末等名目。

〔8〕正旦:脚色名。元杂剧中女脚色称旦,其中正旦是女主角。此外,还有副旦、贴旦、外旦、小旦、老旦、搽旦等名目。

〔9〕缥缃(piǎo xiāng漂厢):缥,淡青色的绸子;缃,浅黄色的绸子。古人常用来包书或作书袋,后来就用作书卷的代称。

〔10〕马相如:即司马相如。汉代文学家,早年贫困,《史记·司马相如传》说他"家居徒四壁立"。蜀中富豪卓王孙的孀女卓文君爱上了

他,和他私奔。后在成都卖酒,文君当垆卖酒,他洗涤酒器。不久汉武帝读到他的《子虚赋》,大为赞赏,召他到朝中做官。

〔11〕京兆:汉代京畿(jī 基)的行政区划名,在今陕西省西安市以东至华县之地。

〔12〕争奈:即怎奈。"争",同"怎"。

〔13〕浑家:妻子。

〔14〕春榜动,选场开:指进士的考试要开始了。唐宋考进士和发榜都在春季,因此叫春榜。选场即试场。

〔15〕上朝取应:到京城去应考。

〔16〕科:元杂剧演出术语,提示剧中人物的表情动作或舞台效果。如"做饮酒科"、"做哭科"、"内做风科"等。

〔17〕看觑则个:看觑即照顾;则个是语尾助词,带有希望、祈求的语气。

〔18〕兀(wù 勿)的:也作兀得、兀底。指示词,犹如"这个"。有时也兼表惊异或郑重的语气。

〔19〕咱:语气助词,含希望、请求的意思。

〔20〕则:同"只"。后文中"则落的"、"则是",即只落得、只是。

〔21〕处分:这里是数落、责备的意思。

〔22〕远践洛阳尘:去京城求取功名。洛阳,东汉都城,后泛指京都。

〔23〕暗消魂:言离别时凄凉、难过的心境。江淹《别赋》:"黯然销魂者,唯别而已矣。"

〔24〕直:简直,竟然。下的:也作下得,舍得。

〔25〕执料去来:照料去。来,语气助词,无义。

第 一 折

(净扮赛卢医[1]上,诗云)行医有斟酌,下药依《本草》[2];死的医不活,活的医死了。自家姓卢,人道我一手好医,都叫做赛卢医,在这山阳县南门开着生药局[3]。在城[4]有个蔡婆婆,我问他借了十两银子,本利该还他二十两;数次来讨这银子,我又无的还他。若不来便罢,若来呵,我自有个主意。我且在这药铺中坐下,看有甚么人来。(卜儿上,云)老身蔡婆婆。我一向搬在山阳县居住,尽也静办[5]。自十三年前窦天章秀才留下端云孩儿与我做儿媳妇,改了他小名,叫做窦娥。自成亲之后,不上二年,不想我这孩儿害弱症[6]死了。媳妇儿守寡,又早三个年头,服孝将除了也。我和媳妇儿说知,我往城外赛卢医家索钱去也。(做行科,云)蓦过隅头[7],转过屋角,早来到他家门首。赛卢医在家么?(卢医云)婆婆,家里来。(卜儿云)我这两个银子长远了,你还了我罢。(卢医云)婆婆,我家里无银子,你跟我庄上去取银子还你。(卜儿云)我跟你去。(做行科)(卢医云)来到此处,东也无人,西也无人,这里不下手,等甚么?我随身带的有绳子。兀那[8]婆婆,谁唤你哩?(卜儿云)在那里?(做勒卜儿科,孛老[9]同副净张驴儿冲上,赛卢医慌走下,孛老救卜儿科)(张驴儿云)爹,是个婆婆,争些[10]勒杀了。(孛老云)兀那婆婆,你是那里人氏?姓甚名谁?因甚着这个人将你勒死?(卜儿云)老身姓蔡,在城人氏,止有个寡媳妇儿,相守过日。因为赛卢医少我二十两银子,今日与他取讨;谁想他赚我到无人去处,要勒死我,赖这银子。若不是遇着老的和哥哥呵,那得老身性命来。(张驴儿云)爹,你听的他说么?他家还有个媳妇哩。救了他性命,他少不得要谢我;不若你要这婆子,我要他媳妇儿,何等两便?你和他说去。(孛老云)兀那婆婆,你无丈夫,我无浑家,你肯与我做个老婆,意下如何?(卜儿云)是何言语!待我回家,多备些钱钞相谢。(张驴儿云)你敢是[11]不肯,故意将钱钞哄我?赛卢医的绳子还在,我仍旧勒死了你罢。(做拿绳科)(卜儿云)哥哥,待我慢慢地寻思咱。(张驴儿云)你寻思些甚么?你随我老子,我便要你媳妇儿。(卜儿背云[12])我不依他,他又勒杀我。罢罢罢,你爷儿两个随我到家中去来。(同下)

(正旦上,云)妾身姓窦,小字端云,祖居楚州人氏。我三岁上亡了母亲,七岁上离了父亲。俺父亲将我嫁与蔡婆婆为儿媳妇,改名窦娥。至十七岁与夫成亲,不幸丈夫亡化,可早三年光景,我今二十岁也。这南门外有个赛卢医,他少俺婆婆银子,本利该二十两,数次索取不还,今日俺婆婆亲自索取去了。窦娥也,你这命好苦也呵!(唱)

【仙吕点绛唇】满腹闲愁,数年禁受[13],天知否?天若是知我情由,怕不待和天瘦[14]。

【混江龙】则问那黄昏白昼,两般儿忘餐废寝几时休?大都来[15]昨宵梦里,和着这今日心头。催人泪的是锦烂熳花枝横绣闼[16],断人肠的是剔团圞[17]月色挂妆楼。长则是急煎煎按不住意中焦,闷沉沉展不彻眉尖皱,越觉的情怀冗冗,心绪悠悠。

(云)似这等忧愁,不知几时是了也呵!(唱)

【油葫芦】莫不是八字儿[18]该载着一世忧,谁似我无尽头!须知道人心不似水长流。我从三岁母亲身亡后,到七岁与父分离久,嫁的个同住人,他可又拔着短筹[19];撇的俺婆妇每[20]都把空房守,端的[21]个有谁问,有谁瞅?

【天下乐】莫不是前世里烧香不到头[22],今也波生[23]招祸尤？劝今人早将来世修。我将这婆侍养,我将这服孝守,我言词须应口[24]。

（云）婆婆索钱去了,怎生这早晚不见回来？（卜儿同孛老、张驴儿上）（卜儿云）你爷儿两个且在门首,等我先进去。（张驴儿云）奶奶,你先进去,就说女婿在门首哩。（卜儿见正旦科）（正旦云）奶奶回来了,你吃饭么？（卜儿做哭科,云）孩儿也,你教我怎生说波[25]。（正旦唱）

【一半儿】为甚么泪漫漫不住点儿流？莫不是为索债与人家惹争斗？我这里连忙迎接慌问候,他那里要说缘由。（卜儿云）羞人答答的,教我怎生说波！（正旦唱）则见他一半儿徘徊一半儿丑[26]。

（云）婆婆,你为甚么烦恼啼哭那？（卜儿云）我问赛卢医讨银子去,他赚我到无人去处,行起凶来,要勒死我。亏了一个张老并他儿子张驴儿,救得我性命。那张老就要我招他做丈夫,因这等烦恼。（正旦云）婆婆,这个怕不中么[27]？你再寻思咱：俺家里又不是没有饭吃,没有衣穿,又不是少欠钱债,被人催逼不过；况你年纪高大,六十以外的人,怎生又招丈夫那？（卜儿云）孩儿也,你说的岂不是。但是我的性命全亏他这爷儿两个救的,我也曾说道：待我到家,多将些钱物,酬谢你救命之恩。不知他怎生知道我家里有个媳妇儿,道我婆媳妇又没老公,他爷儿两个又没老婆,正是天缘天对。若不随顺,他依旧要勒死我。那时节我就慌张了,莫说自己许了他,连你也许了他。儿也,这也是出于无奈。（正旦云）婆婆,你听我说波。（唱）

【后庭花】遇时辰我替你忧,拜家堂我替你愁。梳着个霜雪般白鬏髻[28],怎戴那销金锦盖头？怪不的女大不中留[29]。

你如今六旬左右，可不道到中年万事休。旧恩爱一笔勾，新夫妻两意投，枉把人笑破口。

（卜儿云）我的性命都是他爷儿两个救的，事到如今，也顾不得别人笑话了。（正旦唱）

【青哥儿】你虽然是得他、得他营救，须不是笋条[30]、笋条年幼，划的[31]便巧画蛾眉[32]成配偶？想当初你夫主遗留，替你图谋，置下田畴，早晚羹粥，寒暑衣裘，满望你鳏寡孤独，无捱无靠，母子每到白头。公公也，则落得干生受[33]。

（卜儿云）孩儿也，他如今只待过门，喜事匆匆的，教我怎生回得他去？（正旦唱）

【寄生草】你道他匆匆喜，我替你倒细细愁：愁则愁兴阑珊[34]咽不下交欢酒[35]，愁则愁眼昏腾扭不上同心扣，愁则愁意朦胧睡不稳芙蓉褥。你待要笙歌引至画堂前，我道这姻缘敢落在他人后。

（卜儿云）孩儿也，再不要说我了，他爷儿两个都在门首等候，事已至此，不若连你也招了女婿罢。（正旦云）婆婆，你要招你自招，我并然不要女婿。（卜儿云）那个是要女婿的？争奈他爷儿两个自家捱过门来，教我如何是好？（张驴儿云）我们今日招过门去也。帽儿光光，今日做个新郎；袖儿窄窄，今日做个娇客[36]。好女婿，好女婿，不枉了，不枉了。（同孛老入拜科）

（正旦做不礼科，云）兀那厮，靠后！（唱）

【赚煞】我想这妇人每休信那男儿口，婆婆也，怕没的贞心儿自守，到今日招着个村老子[37]，领着个半死囚。（张驴儿做嘴脸[38]科，云）你看我爷儿两个这等身段，尽也选得女婿过，你不要错过了好时辰,我和你早些儿拜堂罢。(正旦不礼科,唱)则被你坑杀人[39]燕侣莺俦。婆婆也,你岂不知羞!俺公公撞府冲州[40],阎闾[41]的铜斗儿家缘[42]百事有。想着俺公公置就,怎忍教张驴儿情受[43]?(张驴儿做扯正旦拜科,正旦推跌科,唱)兀的不是俺没丈夫的妇女下场头!(下)

(卜儿云)你老人家不要恼躁。难道你有活命之恩,我岂不思量报你?只是我那媳妇儿气性最不好惹的,既是他不肯招你儿子,教我怎好招你老人家?我如今拼的好酒好饭养你爷儿两个在家,待我慢慢的劝化俺媳妇儿;待他有个回心转意,再作区处[44]。(张驴儿云)这歪刺骨[45]!便是黄花女儿[46],刚刚扯的一把,也不消这等使性,平空的推了我一交,我肯干罢!就当面赌个誓与你:我今生今世不要他做老婆,我也不算好男子。(词云)美妇人我见过万千向外[47],不似这小妮子生得十分恶赖[48];我救了你老性命死里重生,怎割舍得不肯把肉身陪待?(同下)

〔1〕净扮赛卢医:净,脚色名,元杂剧中多演男性;又有副净、二净等名目。卢医是战国时代名医扁鹊。他家在卢(今山东省长清县西南),所以人称卢医。元杂剧往往把庸医取名为"赛卢医",这是一种讽刺性的反称。
〔2〕《本草》:我国古代的一部药书。
〔3〕生药局:药材铺。
〔4〕在城:本城。
〔5〕尽也静办:倒也清静。
〔6〕弱症:肺痨之类的病。

〔7〕蓦(mò末)过:即转过、拐过。隅头:拐弯的地方。

〔8〕兀那:就是那。兀,发语词,有加强语气的作用。

〔9〕孛(bèi备)老:元杂剧中的老年男子。

〔10〕争些:险些,差一点。

〔11〕敢是:莫非、大概是。

〔12〕背云:戏剧术语,略同于现代话剧中的"旁白"。是演员假定别的角色听不见所作的说白。

〔13〕禁受:承受、忍受。

〔14〕怕不待和天瘦:岂不要连老天都要瘦了。怕不待,岂不要的意思。和,连。

〔15〕大都来:大抵、大多。

〔16〕绣闼(tà踏):绣房。

〔17〕剔团圞(luán栾):意即滴溜儿圆,非常圆。剔,形容极圆的副词。

〔18〕八字儿:古人把人出生的时间(年、月、日、时)根据天干地支排列起来,称为八字。迷信的人认为命运和八字有关。

〔19〕拔着短筹:喻指短命。古代算命抽签每用竹筹,拔着短筹就是抽到坏签。

〔20〕婆妇每:婆媳们。每,人称代词词尾,其义若"们"。

〔21〕端的:真的,确实。

〔22〕前世里烧香不到头:迷信的人认为,前世烧了断头香,夫妻不能偕老。

〔23〕今也波生:今生。也波,语句中间的助词,无义,是杂剧中为了行腔需要而在正格之外加的衬字。

〔24〕应口:心口相应,说话算数。

〔25〕波:语尾助词,同"啊"、"吧"。

〔26〕丑:羞愧。

〔27〕怕不中么:恐怕使不得吧。不中,不行。今河南一带尚习用。

〔28〕鬏髻(dí jì 狄计):古时妇女将头发盘成螺形,上加网套,用作装饰。

〔29〕女大不中留:当时谚语,意说女子年龄大了就要出嫁,不能留在家里。这是窦娥嘲笑蔡婆年已六十,还要去做新娘。

〔30〕笋条:竹的幼芽,这里引申为年纪轻。

〔31〕划(chǎn 产)的:平白无故的。

〔32〕画蛾眉:汉张敞曾为其妻画眉,后人以此隐喻夫妻恩爱。窦娥用此语讽刺蔡婆甘心再嫁。

〔33〕干生受:犹言白辛苦。生受,辛苦、受罪。

〔34〕兴阑珊:懒散,打不起劲儿。

〔35〕交欢酒:又称交杯酒。旧俗,夫妻成婚必须交换酒杯喝酒。见《东京梦华录》卷五。

〔36〕"帽儿光光"四句:宋元时人们在婚礼时对新郎打趣的话。

〔37〕村老子:骂人的话,意为粗俗的老头子。

〔38〕做嘴脸:做怪样。这是剧本提示的舞台动作。

〔39〕坑杀人:害死人。

〔40〕撞府冲州:指跑江湖,经历过许多地方。

〔41〕挣揣(zhèng chuài 政揣):此言挣取。

〔42〕铜斗儿家缘:谓家境殷实。铜斗系量器,家缘即家产。

〔43〕情受:承受。

〔44〕区处:分别处置、处理的意思。

〔45〕歪剌骨:对妇女侮辱谩骂之辞,犹言"臭货"、"贱骨头"。

〔46〕黄花女儿:未婚闺女,处女。

〔47〕向外:以上。

〔48〕惫(bèi 备)赖:泼辣,调皮。

第 二 折

(赛卢医上,诗云)小子太医[1]出身,也不知道医死多人,何尝怕人告发,关了一日店门? 在城有个蔡家婆子,刚少的他二十两花银,屡屡亲来索取,争些撚断脊筋。也是我一时智短,将他赚到荒村,撞见两个不识姓名男子,一声嚷道:"浪荡乾坤,怎敢行凶撒泼,擅自勒死平民!"吓得我丢了绳索,放开脚步飞奔。虽然一夜无事,终觉失精落魂;方知人命关天关地,如何看做壁上灰尘。从今改过行业,要得灭罪修因[2],将以前医死的性命,一个个都与他一卷超度[3]的经文。小子赛卢医的便是。只为要赖蔡婆婆二十两银子,赚他到荒僻去处,正待勒死他,谁想遇见两个汉子,救了他去。若是再来讨债时节,教我怎生见他? 常言道的好:"三十六计,走为上计。"喜得我是孤身,又无家小连累;不若收拾了细软行李,打个包儿,悄悄的躲到别处,另做营生,岂不干净?(张驴儿上,云)自家张驴儿。可奈[4]那窦娥百般的不肯随顺我;如今那老婆子害病,我讨服毒药,与他吃了,药死那老婆子,这小妮子好歹做我的老婆。(做行科,云)且住,城里人耳目广,口舌多,倘见我讨毒药,可不嚷出事来? 我前日看见南门外有个药铺,此处冷静,正好讨药。(作行科,叫云)太医哥哥,我来讨药的。(赛卢医云)你讨甚么药?(张驴儿云)我讨服毒药。(赛卢医云)谁敢合[5]毒药与你? 这厮好大胆也!(张驴儿云)你真个不肯与我药么?(赛卢医云)我不与你,你就怎地我?(张驴儿做拖卢云)好呀,前日谋死蔡婆婆的,不是你来? 你说我不认的你哩！我拖你见官去。(赛卢医做慌科,云)大哥,你放我,有药有药。(做与药科。张驴儿云)既然有了药,且饶你罢。正是:"得放手时须放手,得饶人处且饶人。"(下)(赛卢医云)可不悔气[6]！刚刚讨药的这人,就是救那婆子的。我今日与了他这服毒药去了,以后事发,越越要连累我；趁早儿关上药铺,到涿州[7]卖老鼠药去也。(下)

(卜儿上,做病伏几科)(孛老同张驴儿上,云)老汉自到蔡婆婆家来,本望做个接脚[8],却被他媳妇坚执不从。那婆婆一向收留俺爷儿两个在家同住,只说:"好事不在忙",等慢慢里劝转他媳妇；谁想那婆婆又害起病来。孩儿,你可曾算我两个的八字,红鸾天喜[9]几时到命哩？(张驴儿云)要看什么天喜到命！只赌本事做得去自去做。(孛老云)孩儿也,蔡婆婆害病好几日了,我与你去问病波。(做见卜儿问科,云)婆婆,你今日病体如何？(卜儿云)我身子十分不快哩。(孛老云)你可想些甚么吃？(卜儿云)我思量些羊肚儿汤吃。(孛老云)孩儿,你对窦娥说,做些羊肚儿汤与婆婆吃。(张驴儿向古门[10]云)窦娥,婆婆想羊肚儿汤吃,快安排将来。(正旦持汤上,云)妾身窦娥是也。有俺婆婆不快,想羊肚儿汤吃,我亲自安排了与婆婆吃去。婆婆也,我这寡妇人家,凡事也要避些嫌疑,怎好收留那张驴儿父子两个？非亲非眷的,一家儿同住,岂不惹外人谈议？婆婆也,你莫要背地里许了他亲事,连我也累做不清不洁的。我想这妇人心好难保也呵！(唱)

【南吕一枝花】他则待一生鸳帐眠,那里肯半夜空房睡；他本是张郎妇,又做了李郎妻。有一等妇女每相随,并不说家克计[11],则打听些闲是非；说一会不明白打凤的机关,使了些调虚嚣捞龙的见识。[12]

【梁州第七】这一个似卓氏般当垆涤器[13],这一个似孟光般举案齐眉[14],说的来藏头盖脚多伶俐[15]。道着难晓,做出才知。旧恩忘却,新爱偏宜;坟头上土脉犹湿,架儿上又换新衣。那里有奔丧处哭倒长城[16]?那里有浣纱时甘投大水[17]?那里有上山来便化顽石[18]?可悲,可耻!妇人家直恁的[19]无仁义,多淫奔,少志气,亏杀前人在那里,更休说百步相随。

（云）婆婆,羊肚儿汤做成了,你吃些儿波。（张驴儿云）等我拿去。（做接尝科,云）这里面少些盐醋,你去取来。（正旦下）（张驴儿放药科）（正旦上,云）这不是盐醋?（张驴儿云）你倾下些。（正旦唱）

【隔尾】你说道少盐欠醋无滋味,加料添椒才脆美。但愿娘亲早痊济,饮羹汤一杯,胜甘露灌体,得一个身子平安倒大来[20]喜。

（孛老云）孩儿,羊肚汤有了不曾?（张驴儿云）汤有了,你拿过去。（孛老将汤云）婆婆,你吃些汤儿。（卜儿云）有累你。（做呕科,云）我如今打呕,不要这汤吃了,你老人家吃罢。（孛老云）这汤特做来与你吃的,便不要吃,也吃一口儿。（卜儿云）我不吃了,你老人家请吃。（孛老吃科）（正旦唱）

【贺新郎】一个道你请吃,一个道婆先吃,这言语听也难听,我可是气也不气!想他家与咱家有甚的亲和戚?怎不记旧日夫妻情意,也曾有百纵千随?婆婆也,你莫不为黄金浮世宝,白发故人稀[21],因此上把旧恩情,全不比新知契?则待要百年同墓穴,那里肯千里送寒衣。

(孛老云)我吃下这汤去,怎觉昏昏沉沉的起来?(做倒科)(卜儿慌科,云)你老人家放精神着,你扎挣着些儿。(做哭科,云)兀的不是死了也!(正旦唱)

【斗虾蟆】空悲戚,没理会,人生死,是轮回[22]。感着这般病疾,值着这般时势,可是风寒暑湿,或是饥饱劳役,各人症候自知。人命关天关地,别人怎生替得?寿数非干今世。相守三朝五夕,说甚一家一计。又无羊酒段匹[23],又无花红财礼;把手为活过日,撒手如同休弃。不是窦娥忤逆,生怕傍人论议。不如听咱劝你,认个自家晦气,割舍的一具棺材停置,几件布帛收拾,出了咱家门里,送入他家坟地。这不是你那从小儿年纪指脚的夫妻[24],我其实不关亲,无半点恓惶泪。休得要心如醉,意似痴,便这等嗟嗟怨怨,哭哭啼啼。

(张驴儿云)好也罗!你把我老子药死了,更待干罢!(卜儿云)孩儿,这事怎了也?(正旦云)我有甚么药在那里,都是他要盐醋时,自家倾在汤儿里的。(唱)

【隔尾】这厮搬调[25]咱老母收留你,自药死亲爷待要唬吓谁?(张驴儿云)我家的老子,倒说是我做儿子的药死了,人也不信。(做叫科,云)四邻八舍听着:窦娥药杀我家老子哩。(卜儿云)罢么,你不要大惊小怪的,吓杀我也。(张驴儿云)你可怕么?(卜儿云)可知[26]怕哩。(张驴儿云)你要饶么?(卜儿云)可知要饶哩。(张驴儿云)你教窦娥随顺了我,叫我三声嫡嫡亲亲的丈夫,我便饶了他。(卜儿云)孩儿也,你随顺了他罢。(正旦云)婆婆,你怎说这般言语!(唱)我一马难将两鞍鞴[27],想男儿在日曾两年匹配,却教我改嫁别人,其实做不得。

（张驴儿云）窦娥,你药杀了俺老子,你要官休？要私休？（正旦云）怎生是官休？怎生是私休？（张驴儿云）你要官休呵,拖你到官司,把你三推六问[28],你这等瘦弱身子,当不过拷打,怕你不招认药死我老子的罪犯！你要私休呵,你早些与我做了老婆,倒也便宜了你。（正旦云）我又不曾药死你老子,情愿和你见官去来。（张驴儿拖正旦、卜儿下）

（净扮孤[29]引祗候[30]上,诗云）我做官人胜别人,告状来的要金银；若是上司当刷卷[31],在家推病不出门。下官楚州太守桃杌是也。今早升厅坐衙,左右,喝撺厢[32]。（祗候么喝科）（张驴儿拖正旦、卜儿上,云）告状告状。（祗候云）拿过来。（做跪见,孤亦跪科,云）请起。（祗候云）相公,他是告状的,怎生跪着他？（孤云）你不知道,但来告状的,就是我衣食父母[33]。（祗候么喝科,孤云）那个是原告？那个是被告？从实说来。（张驴儿云）小人是原告张驴儿,告这媳妇儿,唤做窦娥,合毒药下在羊肚儿汤里,药死了俺的老子。这个唤做蔡婆婆,就是俺的后母。望大人与小人做主咱。（孤云）是那一个下的毒药？（正旦云）不干小妇人事。（卜儿云）也不干老妇人事。（张驴儿云）也不干我事。（孤云）都不是,敢是我下的毒药来？（正旦云）我婆婆也不是他后母,他自姓张,我家姓蔡。我婆婆因为与赛卢医索钱,被他赚到郊外勒死,我婆婆却得他爷儿两个救了性命。因此我婆婆收留他爷儿两个在家,养膳终身,报他的恩德。谁知他两个倒起不良之心,冒认婆婆做了接脚,要逼勒小妇人做他媳妇。小妇人原是有丈夫的,服孝未满,坚执不从。适值我婆婆患病,着小妇人安排羊肚儿汤吃。不知张驴儿那里讨得毒药在身,接过汤来,只说少些盐醋,支转小妇人,暗地倾下毒药。也是天幸,我婆婆忽然呕吐,不要汤吃,让与他老子吃,才吃的几口便死了。与小妇人并无干涉。只望大人高抬明镜,替小妇人做主咱。(唱)

【牧羊关】大人你明如镜,清似水,照妾身肝胆虚实。那羹本五味俱全,除了外百事不知。他推道尝滋味,吃下去便昏迷。不是妾讼庭上胡支对[34],大人也,却教我平白地说甚的?

(张驴儿云)大人详情:他自姓蔡,我自姓张,他婆婆不招俺父亲接脚,他养我父子两个在家做甚么?这媳妇儿年纪虽小,极是个赖骨顽皮,不怕打的。(孤云)人是贱虫,不打不招。左右,与我选大棍子打着。(祗候打正旦,三次喷水科)(正旦唱)

【骂玉郎】这无情棍棒教我捱不的。婆婆也,须是你自做下,怨他谁?劝普天下前婚后嫁婆娘每,都看取我这般傍州例[35]。

【感皇恩】呀!是谁人唱叫扬疾[36],不由我不魄散魂飞。恰消停,才苏醒,又昏迷。捱千般打拷,万种凌逼,一杖下,一道血,一层皮。

【采茶歌】打的我肉都飞,血淋漓,腹中冤枉有谁知!则我这小妇人毒药来从何处也?天那,怎么的覆盆不照太阳晖[37]!

(孤云)你招也不招?(正旦云)委的[38]不是小妇人下毒药来。(孤云)既然不是,你与我打那婆子。(正旦忙云)住住住,休打我婆婆,情愿我招了罢,是我药死公公来。(孤云)既然招了,着他画了伏状[39],将枷来枷上,下在死囚牢里去。到来日判个斩

字,押赴市曹〔40〕典刑。(卜儿哭科,云)窦娥孩儿,这都是我送了你性命,兀的不痛杀我也!(正旦唱)

【黄钟尾】我做了个衔冤负屈没头鬼,怎肯便放了你好色荒淫漏面贼〔41〕。想人心不可欺,冤枉事天地知,争到头,竞到底,到如今待怎的?情愿认药杀公公,与了招罪。婆婆也,我怕把你来便打的,打的来恁的。我若是不死呵,如何救得你?(随祗候押下)

(张驴儿做叩头科,云)谢青天老爷做主!明日杀了窦娥,才与小人的老子报的冤。(卜儿哭科,云)明日市曹中杀窦娥孩儿也,兀的不痛杀我也!(孤云)张驴儿,蔡婆婆,都取保状,着随衙听候。左右,打散堂鼓,将马来,回私宅去也。(同下)

〔1〕太医:原系宫廷御用医官的称号,这里是赛卢医自吹。
〔2〕灭罪修因:减灭今生罪孽,修造来世福因。
〔3〕超度:为死人做佛事,使其灵魂超脱苦难。
〔4〕可奈:怎奈。
〔5〕合:配制。
〔6〕悔气:即晦气,遇事不顺利,倒霉。
〔7〕涿州:地名,故治在今河北省涿县。
〔8〕接脚:接脚婿的省称,寡妇招婿的后夫。
〔9〕红鸾天喜:红鸾,旧时迷信说法,谓命中遇到红鸾星,主婚姻成就。天喜,吉日。
〔10〕古门:元剧演出术语。舞台通向后台的出入口。又称鬼门。
〔11〕家克计:持家的办法。
〔12〕"说一会不明白打凤的机关"两句:打凤、捞龙,都是安排圈套

使人中计的意思。这二句是指说的、做的都是暗中骗人的鬼把戏。

〔13〕当垆涤器:参见本剧楔子注〔10〕。

〔14〕举案齐眉:东汉时梁鸿、孟光夫妻吃饭时,孟光把盛食具的托盘高举齐眉,以表对丈夫的敬重。后人多以此喻夫妻和睦。

〔15〕伶俐:此处作干净解。

〔16〕哭倒长城:民间传说,秦时杞梁修筑长城,其妻孟姜女为他千里送寒衣,到了长城,杞梁已劳累而死,孟姜女寻求不得,哭之甚哀,把城墙哭倒了一大片,发现了丈夫的尸骨。

〔17〕浣纱时甘投大水:春秋时,伍子胥逃难到江边,一个浣纱女同情他的遭遇,给他饭吃。临走伍子胥叮嘱她不要向追兵泄密,她为了表白自己的诚意,投江自杀。

〔18〕上山来便化顽石:相传古代一位妇女,在山上盼望丈夫而化成了石头。我国不少地方都有望夫石的传说。

〔19〕恁(nèn嫩)的:那样的。"恁"是"那么"二字合音。

〔20〕倒大来:倒大,十分、非常的意思。来,语助词。

〔21〕黄金浮世宝,白发故人稀:古代谚语,均为难得之意。

〔22〕轮回:佛教说法,认为人死后会转世为人或堕落为畜牲,一世一世轮转下去。这里是说,张驴儿父亲之死是他命中注定。

〔23〕羊酒段匹:宋元时订婚的礼物。

〔24〕指脚的夫妻:结发夫妻。

〔25〕搬调:搬弄、调唆。

〔26〕可知:当然。

〔27〕一马难将两鞍鞴(bèi备):出自成语"好马不鞴双鞍,烈女不嫁两夫",这是专制社会要妇女守节的说教。

〔28〕三推六问:反复勘察审问。

〔29〕孤:元杂剧中的官员。

21

〔30〕祗（zhī 支）候：本是宋代武官名，元代用来称较高级的衙役。

〔31〕刷卷：检查、清理民刑案件，由肃政廉访使赴所属地方衙门稽核。

〔32〕喝撺厢：专制时代，官员开庭审案的时候，衙役分列两厢，大声吆喝，叫做"喝撺厢"。

〔33〕衣食父母：旧社会仰靠某人生活，就称那个人是自己的衣食父母。这里是借演员打诨的话，以讽刺官吏们趁老百姓打官司时进行敲诈贪污。

〔34〕胡支对：胡乱支吾答对。

〔35〕傍州例：例子、榜样。

〔36〕唱叫扬疾：大声叫喊。

〔37〕覆盆不照太阳晖：盆翻盖着，阳光照不进去。比喻衙门暗无天日。

〔38〕委的：委实、真的。

〔39〕伏状：供词。

〔40〕市曹：闹市。古代处决犯人多在闹市执行，用以警众。

〔41〕漏面贼：意为"贼囚徒"。漏面，疑即镂面，是古代往犯人脸上刺字的一种刑法。

第 三 折

(外〔1〕扮监斩官上，云) 下官监斩官是也。今日处决犯人，着做公的把住巷口，休放往来人闲走。(净扮公人，鼓三通、锣三下科)(刽子磨旗〔2〕、提刀，押正旦带枷上)(刽子云) 行动些〔3〕，行动些，监斩官去法场上多时了。(正旦唱)

【正宫端正好】没来由〔4〕犯王法，不提防遭刑宪，叫声屈动地

22

惊天！顷刻间游魂先赴森罗殿[5]，怎不将天地也生埋怨。

【滚绣球】有日月朝暮悬，有鬼神掌著生死权，天地也，只合把清浊分辨，可怎生错看了盗跖颜渊[6]？为善的受贫穷更命短，造恶的享富贵又寿延。天地也，做得个怕硬欺软，却原来也这般顺水推船。地也，你不分好歹何为地？天也，你错勘贤愚枉做天！哎，只落得两泪涟涟。

（刽子云）快行动些，误了时辰也。（正旦唱）

【倘秀才】则被这枷纽的我左侧右偏，人拥的我前合后偃，我窦娥向哥哥行[7]有句言。（刽子云）你有甚么话说？（正旦唱）前街里去心怀恨，后街里去死无冤，休推辞路远。

（刽子云）你如今到法场上面，有甚么亲眷要见的，可教他过来，见你一面也好。（正旦唱）

【叨叨令】可怜我孤身只影无亲眷，则落的吞声忍气空嗟怨。（刽子云）难道你爷娘家也没的？（正旦云）止有个爹爹，十三年前上朝取应去了，至今杳无音信。（唱）早已是十年多不睹爹爹面。（刽子云）你适才要我往后街里去，是什么主意？（正旦唱）怕则怕前街里被我婆婆见。（刽子云）你的性命也顾不得，怕他见怎的？（正旦云）俺婆婆若见我披枷带锁赴法场餐刀去呵，（唱）枉将他气杀也么哥，枉将他气杀也么哥[8]。告哥哥，临危好与人行方便。

（卜儿哭上科，云）天那，兀的不是我媳妇儿！（刽子云）婆子靠后。（正旦云）既是俺婆婆来了，叫他来，待我嘱付他几句话咱。（刽子云）那婆子，近前来，你媳妇要嘱付你话哩。（卜儿云）孩儿，痛杀我也！（正旦云）婆婆，那张驴儿把毒药放在羊肚儿汤里,实指望药死了你,要霸占我为妻。不想婆婆让与他老子吃,倒把他老子药死了。我怕连累婆婆,屈招了药死公公,今日赴法场典刑。婆婆,此后遇着冬时年节,月一十五,有瀽[9]不了的浆水饭,瀽半碗儿与我吃;烧不了的纸钱,与窦娥烧一陌儿[10]。则是看你死的孩儿面上!(唱)

【快活三】念窦娥葫芦提[11]当罪愆,念窦娥身首不完全,念窦娥从前已往干家缘[12],婆婆也,你只看窦娥少爷无娘面。
【鲍老儿】念窦娥伏侍婆婆这几年,遇时节将碗凉浆奠;你去那受刑法尸骸上烈些纸钱,只当把你亡化的孩儿荐。(卜儿哭科,云)孩儿放心,这个老身都记得。天那,兀的不痛杀我也!(正旦唱)婆婆也,再也不要啼啼哭哭,烦烦恼恼,怨气冲天。这都是我做窦娥的没时没运,不明不暗,负屈衔冤。

(刽子做喝科,云)兀那婆子靠后,时辰到了也。(正旦跪科)(刽子开枷科)(正旦云)窦娥告监斩大人,有一事肯依窦娥,便死而无怨。(监斩官云)你有甚么事?你说。(正旦云)要一领净席,等我窦娥站立;又要丈二白练,挂在旗枪上。若是我窦娥委实冤枉,刀过处头落,一腔热血休半点儿沾在地下,都飞在白练上者。(监斩官云)这个就依你,打甚么不紧[13]!(刽子做取席站科,又取白练挂旗上科)(正旦唱)

【耍孩儿】不是我窦娥罚下这等无头愿[14],委实的冤情不浅;若没些儿灵圣与世人传,也不见得湛湛青天。我不要半星热血红尘洒,都只在八尺旗枪素练悬。等他四下里皆瞧见,这就是咱苌弘化碧[15],望帝啼鹃[16]。

(刽子云)你还有甚的说话,此时不对监斩大人说,几时说那?

(正旦再跪科,云)大人,如今是三伏天道,若窦娥委实冤枉,身死之后,天降三尺瑞雪,遮掩了窦娥尸首。(监斩官云)这等三伏天道,你便有冲天的怨气,也召不得一片雪来,可不胡说!(正旦唱)

【二煞】你道是暑气暄,不是那下雪天;岂不闻飞霜六月因邹衍[17]?若果有一腔怨气喷如火,定要感的六出冰花[18]滚似绵,免着我尸骸现;要甚么素车白马[19],断送[20]出古陌荒阡!

(正旦再跪科,云)大人,我窦娥死的委实冤枉,从今以后,着这楚州亢旱[21]三年!(监斩官云)打嘴!那有这等说话!(正旦唱)

【一煞】你道是天公不可期,人心不可怜,不知皇天也肯从人愿。做甚么三年不见甘霖降?也只为东海曾经孝妇冤[22]。如今轮到你山阳县。这都是官吏每无心正法,使百姓有口难言。

(刽子做磨旗科,云)怎么这一会儿天色阴了也?(内做风科,刽子云)好冷风也!(正旦唱)

【煞尾】浮云为我阴,悲风为我旋,三桩儿誓愿明题遍。(做哭科,云)婆婆也,直等待雪飞六月,亢旱三年呵,(唱)那其间才把你个屈死的冤魂这窦娥显。

(刽子做开刀,正旦倒科)(监斩官惊云)呀,真个下雪了,有这等异事!(刽子云)我也道平日杀人,满地都是鲜血,这个窦娥的血都飞在那丈二白练上,并无半点落地,委实奇怪。(监斩官云)这死罪必有冤枉。早两桩儿应验了,不知亢旱三年的说话,准也不

准?且看后来如何。左右,也不必等待雪晴,便与我抬他尸首,还了那蔡婆婆去罢。(众应科,抬尸下)

〔1〕外:脚色名,"外末"的省称。有时也作"外旦"、"外净"的省称。

〔2〕磨旗:摇旗,挥旗。

〔3〕行动些:走快些。

〔4〕没来由:无缘无故的。

〔5〕森罗殿:佛教的说法,谓阴间阎王审案的厅堂。

〔6〕盗跖:传说春秋时的"大盗"。颜渊:孔子的学生,所谓"贤者"的典型。

〔7〕哥哥行(háng 杭):意即哥哥那边。在宋元语言里,"行"用在人称之后,是指示方位的词。

〔8〕也么哥:表示指示的语气词,无义。〔叨叨令〕曲照例要重叠,并在词尾加"也么哥"三字。

〔9〕瀽(jiǎn 检):倒,泼。

〔10〕一陌儿:即一百张。陌,通"百"。

〔11〕葫芦提:糊里糊涂,不明不白。

〔12〕干家缘:料理家务。

〔13〕打什么不紧:有什么要紧。

〔14〕无头愿:没有着落的、离奇的誓愿。

〔15〕苌弘化碧:苌弘为周之忠臣,无辜被害,流血成石,或谓化为碧玉,不见其尸。见《庄子·外物》。

〔16〕望帝啼鹃:蜀王杜宇,号望帝,相传他逊位后去世,魂化为杜鹃,日夜悲啼。

〔17〕飞霜六月因邹衍:邹衍,战国时燕之忠臣,相传他被诬下狱,曾

仰天大哭,时值夏天,竟然降霜。后人遂以"六月飞霜"喻冤狱。

〔18〕六出冰花:指雪花,因为雪花是六瓣的。

〔19〕素车白马:东汉时,范式和张劭友好,张劭死了,范式从很远的地方乘着白车白马去吊丧。后常用这四个字指吊丧送葬。

〔20〕断送:这里指送葬。

〔21〕亢(kàng抗)旱:大旱,久旱。

〔22〕东海曾经孝妇冤:据《汉书·于定国传》,东海郡有一个很孝顺的寡妇周青,竟以谋杀婆婆罪被判斩,临刑前她指着身边的竹竿说,若我无罪,血就沿着竹竿倒流上去。后来果然应验,且东海一带三年不雨。后来于公为她雪冤,才又下雨。

第 四 折

(窦天章冠带引丑〔1〕张千、祗从上,诗云)独立空堂思黯然,高峰月出满林烟;非关有事人难睡,自是惊魂夜不眠。老夫窦天章是也。自离了我那端云孩儿,可早十六年光景。老夫自到京师,一举及第,官拜参知政事〔2〕。只因老夫廉能清正,节操坚刚,谢圣恩可怜,加老夫两淮提刑肃政廉访使〔3〕之职,随处审囚刷卷,体察滥官污吏,容老夫先斩后奏。老夫一喜一悲:喜呵,老夫身居台省,职掌刑名,势剑金牌〔4〕,威权万里;悲呵,有端云孩儿,七岁上与了蔡婆婆为儿媳妇,老夫自得官之后,使人往楚州问蔡婆婆家,他邻里街坊道,自当年蔡婆婆不知搬在那里去了,至今音信皆无,老夫为端云孩儿,啼哭的眼目昏花,忧愁的须发斑白。今日来到这淮南地面,不知这楚州为何三年不雨?老夫今在这州厅安歇。张千,说与那州中大小属官,今日免参,明日早见。(张千向古门云)一应大小属官,今日免参,明日早见。(窦天章云)张千,说与那六房吏典[5],但有合刷照文卷,都将来,待老夫灯下看几宗波。(张千送文卷科)(窦天章云)张千,你与我掌上灯。你每都辛苦了,自去歇息罢。我唤你便来,不唤你休来。(张千点灯,同祗从下)(窦天章云)我将这文卷看几宗咱。"一起犯人窦娥,将毒药致死公公。……"我才看头一宗文卷,就与老夫同姓;这药死公公的罪名,犯在十恶不赦[6],俺同姓之人也有不畏法度的。这是问结了的文书,不看他罢,我将这文卷压在底下,别看一宗咱。(做打呵欠科,云)不觉的一阵昏沉上来,皆因老夫年纪高大,鞍马劳困之故。待我搭伏定书案,歇息些儿咱。(做睡科,魂旦上,唱)

【双调新水令】我每日哭啼啼守住望乡台[7],急煎煎把仇人等待,慢腾腾昏地里走,足律律[8]旋风中来,则被这雾锁云埋,撺掇[9]的鬼魂快。

(魂旦望科,云)门神户尉[10]不放我进去。我是廉访使窦天章女孩儿,因我屈死,父亲不知,特来托一梦与他咱。(唱)

【沉醉东风】我是那提刑的女孩,须不比现世的妖怪,怎不容我到灯影前,却拦截在门桯[11]外?(做叫科,云)我那爷爷呵!(唱)枉自有势剑金牌,把俺这屈死三年的腐骨骸,怎脱离无边苦海?

(做入见哭科,窦天章亦哭科,云)端云孩儿,你在那里来?(魂旦虚下[12])(窦天章做醒科,云)好是奇怪也!老夫才合眼去,梦见端云孩儿,恰便似来我跟前一般,如今在那里?我且再看这文卷咱。(魂旦上做弄灯科)(窦天章云)奇怪,我正要看文卷,怎生这灯忽明忽灭的?张千也睡着了,我自己剔灯咱。(做剔灯,魂旦翻文卷科,窦天章云)我剔的这灯明了也,再看几宗文卷。"一起犯人窦娥,药死公公。……"(做疑怪科,云)这一宗文卷,我为头看过,压在文卷底下,怎生又在这上头?这几时问结了的,还压在底下,我别看一宗文卷波。(魂旦再弄灯科,窦天章云)怎么这灯又是半明半暗的?我再剔这灯咱。(做剔灯,魂旦再翻文卷科)(窦天章云)我剔的这灯明了,我另拿一宗文卷看咱。"一起犯人窦娥,药死公公。……"呸!好是奇怪!我才将这文书分明压在底下,刚剔了这灯,怎生又翻在面上?莫不是楚州后厅里有鬼么?便无鬼呵,这桩事必有冤枉。将这文卷再压在底下,待我另看一宗如何?(魂旦又弄灯科,窦天章云)怎生这灯又不明了?敢有鬼弄这灯?我再剔一剔去。(做剔灯科,魂旦上,做撞见科。窦天章举剑击桌科,云)呸!我说有鬼!兀那鬼魂,老夫是朝廷钦差带牌走马肃政廉访使,你向前来,一剑挥之两段。张千,亏你也睡的着,快起来,有鬼有鬼。兀的不吓杀老夫也!(魂旦唱)

【乔牌儿】则见他疑心儿胡乱猜,听了我这哭声儿转惊骇。哎,你个窦天章直恁的威风大,且受你孩儿窦娥这一拜。

(窦天章云)兀那鬼魂,你道窦天章是你父亲,"受你孩儿窦娥拜",你敢错认了也?我的女儿叫做端云,七岁上与了蔡婆婆为儿媳妇。你是窦娥,名字差了,怎生是我女孩儿?(魂旦云)父亲,你将我与了蔡婆婆家,改名做窦娥了也。(窦天章云)你便是端云孩儿?我不问你别的,这药死公公是你不是?(魂旦云)是你孩儿来。(窦天章云)嗏声[13]!你这小妮子,老夫为你啼哭的眼也花了,忧愁的头也白了,你划地犯下十恶大罪,受了典刑!我今日官居台省,职掌刑名,来此两淮审囚刷卷,体察滥官污吏;你是我亲生之女,老夫将你治不的,怎治他人?我当初将你嫁与他家呵,要你三从四德。三从者,在家从父,出嫁从夫,夫死从子;四德者,事公姑,敬夫主,和妯娌,睦街坊。今三从四德全无,划地犯了十恶大罪。我窦家三辈无犯法之男,五世无再婚之女;到今日被你辱没祖宗世德,又连累我的清名。你快与我细吐真情,不要虚言支对。若说的有半厘差错,牒发你城隍祠内,着你永世不得人身,罚在阴山[14]永为饿鬼。(魂旦云)父亲停嗔息怒,暂罢狼虎之威,听你孩儿慢慢的说一遍咱。我三岁上亡了母亲,七岁上离了父亲,你将我送与蔡婆婆做儿媳妇。至十七岁与夫配合,才得两年,不幸儿夫亡化,和俺婆婆守寡。这山阴县南门外有个赛卢医,他少俺婆婆二十两银子。俺婆婆去取讨,被他赚到郊外,要将婆婆勒死;不想撞见张驴儿父子两个,救了俺婆婆性命。那张驴儿知道我家有个守寡的媳妇,便道:"你婆儿媳妇既无丈夫,不若招我父子两个。"俺婆婆初也不肯,那张驴儿道:"你若不肯,我依旧勒死你。"俺婆婆惧怕,不得已含糊许了。只得将他父子两个领到家中,养他过世。有张驴儿数次调戏你女孩儿,我坚执不从。那一日俺婆婆身子不快,想羊肚儿汤吃,你孩儿安排了汤。适值张驴儿父子两个问病,道:"将汤来我尝一尝。"说:"汤便好,只少些盐醋。"赚的我去取盐醋,他就暗地里下了毒药。实指望药杀俺婆婆,要强逼我成亲。不想俺婆婆偶然发呕,不要汤吃,却让与他老子吃,随即七窍流血药死了。张驴儿便道:"窦娥药死了俺老子,你要官休?要私休?"我便道:"怎生是官休?怎生是私休?"他道:"要官休,告到官司,你与俺老子偿命;若私休,你便与我做老婆。"你孩儿便道:"好马不鞴双鞍,烈女不更二夫。我至死不与你做媳妇,我情愿和你见官去。"他将你孩儿拖到官中,受尽三推六问,吊拷绷扒[15]。便打死孩儿,也不肯认。怎当州官见你孩儿不认,便要拷打俺婆婆;我怕婆婆年老,受刑不起,只得屈认了。因此押赴法场,将我典刑。你孩儿对天发下三桩誓愿:第一桩,要丈二白练挂在旗枪上,若系冤枉,刀过头落,一腔热血休滴在地下,都飞在白练上;第二桩,现今三伏天道,下三尺瑞雪,遮掩你孩儿尸首;第三桩,着他楚州大旱三年。果然血飞上白练,六月下雪,三年不雨,都是为你孩儿来。(诗云)不告官司只告天,心中怨气口难言。防他老母遭刑宪,情愿无辞认罪愆。三尺琼花[16]骸骨掩,一腔鲜血练旗悬;岂独霜飞邹衍屈,今朝方表窦娥冤。(唱)

【雁儿落】你看这文卷曾道来不道来,则我这冤枉要忍耐如何耐?我不肯顺他人,倒着我赴法场;我不肯辱祖上,倒把我残生坏。

【得胜令】呀,今日个搭伏定摄魂台[17],一灵儿怨哀哀。父亲也,你现掌着刑名事,亲蒙圣主差,端详这文册,那厮乱纲常合当败,便万剐了乔才[18],还道报冤仇不畅怀。

(窦天章做泣科,云)哎!我那屈死的儿,则被你痛杀我也!我且问你:这楚州三年不雨,可真个是为你来?(魂旦云)是为你孩儿来。(窦天章云)有这等事!到来朝我与你做主。(诗云)白头亲苦痛哀哉,屈杀了你个青春女孩。只恐怕天明了,你且回去,到来日我将文卷改正明白。(魂旦暂下)(窦天章云)呀,天色明了也。张千,我昨日看几宗文卷,中间有一鬼魂来诉冤枉。我唤你好几次,你再也不应,直恁的好睡那。(张千云)我小人两个鼻子孔一夜不曾闭,并不听见女鬼诉什么冤状,也不曾听见相公呼唤。(窦天章做叱科,云)嗯!今早升厅坐衙,张千,喝撺厢者。(张千做幺喝科,云)在衙人马平安[19],抬书案!(禀云)州官见。(外扮州官入参科)(张千云)该房吏典见。(丑扮吏入参见科)(窦天章问云)你这楚州一郡,三年不雨,是为着何来?(州官云)这个是天道亢旱,楚州百姓之灾,小官等不知其罪。(窦天章做怒云)你等不知罪么!那山阳县有用毒药谋死公公犯妇窦娥,他问斩之时曾发愿道:"若是果有冤枉,着你楚州三年不雨,寸草不生。"可有这件事来?(州官云)这罪是前升任桃州守问成的,现有文卷。(窦天章云)这等糊突的官也着他升去!你是继他任的,三年之中可曾祭这冤妇么?(州官云)此犯系十恶大罪,元不曾有祠,所以不曾祭得。(窦天章云)昔日汉朝有一孝妇守寡,其姑自缢身死,其姑女告孝妇杀姑,东海太守将孝妇斩了。只为一妇含冤,致令三年不雨。后于公治狱,仿佛见孝妇抱卷哭于厅前,于公将文卷改正,亲祭孝妇之墓,天乃大雨。今日你楚州大旱,岂不正与此事相类?张千,分付该房金牌下山阳县,着拘张驴儿、赛卢医、蔡婆婆一起人犯,火速解审,毋得违误片刻者。(张千云)理会得。(下)(丑扮解子押张驴儿、蔡婆婆同张千上,禀云)山阳县解到审犯听点。(窦天章云)张驴儿。(张驴儿云)有。(窦天章云)蔡婆婆。(蔡婆婆云)有。(窦天章云)怎么赛卢医是紧要人犯不到?(解子云)赛卢医三年前在逃,一面着广捕批缉拿去了,待获日解审。(窦天章云)张驴儿,那蔡婆婆是你的后母么?(张驴儿云)母亲好冒认的?委实是。(窦天章云)这药死你父亲的毒药,卷上不见有合药的人,是那个合的毒药?(张驴儿云)是窦娥自合就的毒药。(窦天章云)这毒药必有一个卖药的医铺。想窦娥是个少年寡妇,那里讨这药来。张驴儿,敢是你合的毒药么?(张驴儿云)若是小人合的毒药,不药别人,倒药死自家老子?(窦天章云)我那屈死的儿唻,这一节是紧要公案,你不自来折辩,怎得一个明白?你如今冤魂却在那里?(魂旦上,云)张驴儿,这药不是你合的,是那个合的?(张驴儿做怕科,云)有鬼有鬼,撮盐入水,太上老君急急如律令敕[20]。(魂旦云)张驴儿,你当日下毒药在羊肚儿汤里,本意药死俺婆婆,要逼勒我做浑家。不想俺婆婆不吃,让与你父亲吃,被药死了。你今日还敢赖哩!(唱)

【川拨棹】猛见了你这吃敲材[21],我只问你这毒药从何处来?你本意待暗里栽排,要逼勒我和谐,倒把你亲爷毒害,怎教咱替你耽罪责!

(魂旦做打张驴儿科)(张驴儿做避科,云)太上老君急急如律令敕。大人说这毒药必有个卖毒药的医铺,若寻得这卖药的人来和小人折对[22],死也无词。(丑扮解子解赛卢医上,云)山阳县续解到犯人一名赛卢医。(张千喝云)当面。(窦天章云)你三年前要勒死蔡婆婆,赖他银子,这事怎么说?(赛卢医叩头科,云)小的要赖蔡婆婆银子的情是有的,当被两个汉子救了,那婆婆并不曾死。(窦天章云)这两个汉子你认的他叫做什么名姓?(赛卢医云)小的认便认得,慌忙之际可不曾问的他名姓。(窦天章云)现有一个在阶下,你去认来。(赛卢医做下认科,云)这个是蔡婆婆。(指张驴儿云)想必这毒药事发了。(上云)是这一个。容小的诉禀:当日要勒死蔡婆婆时,正遇见他爷儿两个救了那婆婆去。过得几日,他到小的铺中讨服毒药。小的是念佛吃斋人,不敢做昧心的事,说道:"铺中只有官料药[23],并无什么毒药。"他就睁着眼道:"你昨日在郊外要勒死蔡婆婆,我拖你见官去。"小的一生最怕的是见官,只得将一服毒药与了他去。小的见他生相是个恶的,一定拿这药去药死了人,久后败露,必

然连累,小的一向逃在涿州地方,卖些老鼠药。刚刚是老鼠被药杀了好几个,药死人的药,其实再也不曾合。(魂旦唱)

【七弟兄】你只为赖财,放乖,要当灾。(带云)这毒药呵,(唱)原来是你赛卢医出卖,张驴儿买,没来由填做我犯由牌[24],到今日官去衙门在。

(窦天章云)带那蔡婆婆上来。我看你也六十外人了,家中又是有钱钞的,如何又嫁了老张,做出这等事来?(蔡婆婆云)老妇人因为他爷儿两个救了我的性命,收留他在家养膳过世;那张驴儿常说要将他老子接脚进来,老妇人并不曾许他。(窦天章云)这等说,你那媳妇就不该认做药死公公了。(魂旦云)当日问官要打俺婆婆,我怕他年老受刑不起,因此咱认做药死公公,委实是屈招个!(唱)

【梅花酒】你道是咱不该这招状供写的明白,本一点孝顺的心怀,倒做了惹祸的胚胎。我只道官吏每还复勘,怎将咱屈斩首在长街!第一要素旗枪鲜血洒,第二要三尺雪将死尸埋,第三要三年旱示天灾:咱誓愿委实大。

【收江南】呀,这的是衙门从古向南开,就中无个不冤哉!痛杀我娇姿弱体闭泉台[25],早三年以外,则落的悠悠流恨似长淮。

(窦天章云)端云儿也,你这冤枉我已尽知,你且回去。待我将这一起人犯并原问官吏另行定罪,改日做个水陆道场[26],超度你升天便了。(魂旦拜科,唱)

【鸳鸯煞尾】从今后把金牌势剑从头摆,将滥官污吏都杀坏,与天子分忧,万民除害。(云)我可忘了一件,爹爹,俺婆婆年纪高大,无人侍养,你可收恤家中,替你孩儿尽养生送死之礼,我便九泉之下,可也瞑目。(窦天章云)好孝顺的儿也!(魂旦唱)嘱付你爹爹,收养我奶奶。可怜他无妇无儿,谁管顾年衰迈!再将那文卷舒开,(带云)爹爹也,把我窦娥名下,(唱)屈死的于伏[27]罪名儿改。(下)

(窦天章云)唤那蔡婆婆上来,你可认的我么?(蔡婆婆云)老妇人眼花了,不认的。(窦天章云)我便是窦天章。适才的鬼魂,便是我屈死的女孩儿端云。你这一行人听我下断:张驴儿毒杀亲爷,谋占寡妇,合拟凌迟[28],押付市曹中钉上木驴[29],剐一百二十刀处死。升任州守桃杌并该房吏典,刑名违错,各杖一百,永不叙用。赛卢医不合赖钱,勒死平民;又不合修合毒药,致伤人命,发烟瘴地面[30],永远充军。蔡婆婆我家收养,窦娥罪改正明白。(词云)莫道我念亡女与他灭罪消愆,也只可怜见楚州郡大旱三年。昔于公曾表白东海孝妇,果然是感召得灵雨如泉。岂可便推诿道天灾代有,竟不想人之意感应通天。今日个将文卷重行改正,方显的王家法不使民冤。

题目　　秉鉴持衡[31]廉访法
正名[32]　感天动地窦娥冤

[1] 丑:脚色名,一般扮演地位低下的小人物或反面人物。
[2] 参知政事:官名,元代隶属中书省,从二品。
[3] 提刑肃政廉访使:官名。元代于全国各道设提刑按察使,后改为肃政廉访使,正三品,掌管纠察该道的吏治得失和刑狱等事。
[4] 势剑:犹如尚方剑,皇帝所赐的剑。金牌:元代官制规定,武官中万户佩朝廷所发的金虎符,地位很高,权力很大。

〔5〕六房吏典:指地方政府中主持吏、户、刑、工、礼各部门的属吏。

〔6〕十恶不赦:《元史·刑法志》所列举的"十恶"罪名是谋反、谋大逆、谋叛、恶逆、不道、大不敬、不孝、不睦、不义、内乱。犯者得不到赦免。

〔7〕望乡台:迷信的说法,人死之后,在阴间望乡台上,可看见阳世家里的情形。

〔8〕足律律:拟声词,风声。一说形容疾速的样子。

〔9〕撺掇:催促、怂恿。

〔10〕门神户尉:迷信习俗,在门上贴着神像,左边是门丞,右边是户尉,用以驱鬼。

〔11〕门楗(tīng厅):门槛,门限。

〔12〕虚下:元杂剧演出术语,提示演员作下场动作,其实还待在场上的非表演区。

〔13〕噤声:住口。

〔14〕阴山:佛教的说法,谓阴间有大石山,极冷,此处拘押有罪的鬼魂。

〔15〕吊拷:把人吊起来拷打。绷扒:剥去衣服,用绳子捆绑起来。

〔16〕琼花:指雪花。

〔17〕摄魂台:迷信说法,勾摄阴魂的场所。

〔18〕乔才:坏家伙。

〔19〕在衙人马平安:元杂剧中官员升厅理事时,衙役照例吆喝这句话,以示吉祥。

〔20〕"有鬼有鬼,撮盐入水"三句:这是模仿道士用咒语驱鬼的动作和口气。道士作法时要在堂室中洒盐水,口念"太上老君,急急如律令,敕"。"如律令"是促请对方按律令行事。

〔21〕吃敵材:该死的家伙。元时把仗杀叫作敵。

〔22〕折对:对证、对质。

〔23〕官料药:准许公开出售的药。

〔24〕犯由牌:标志犯人罪状的牌子。

〔25〕泉台:坟墓。

〔26〕水陆道场:佛教设斋供奉神鬼及水陆众生的法令,谓可超度亡灵,造福生者。

〔27〕于伏:古名家本作"招供"。

〔28〕凌迟:古代的一种酷刑。《宋史·刑法志》:"凌迟者,先斩断其支(肢)体,乃抉其吭(咽喉),当时之极法也。"

〔29〕木驴:凌迟之前,将犯人放在有铁刺的木桩上,游街示众,谓之"骑木驴"。

〔30〕烟瘴地面:指瘴气很大的荒僻地方,古代犯人充军的处所。

〔31〕秉鉴:拿着镜子,意为"明如镜"。鉴,镜子。持衡:主持公道。

〔32〕题目、正名:元杂剧末尾,通常用两句或四句对子总结全剧内容,前半部分叫做"题目",后半部分谓之"正名"。

赵盼儿风月救风尘[1]

第 一 折

(冲末扮周舍上,诗云)酒肉场中三十载,花星整照二十年;一生不识柴米价,只少花钱共酒钱。自家郑州人氏,周同知[2]的孩儿周舍是也。自小上花台做子弟[3]。这汴梁[4]城中,有一歌者,乃是宋引章。他一心待嫁我,我一心待娶他,争奈他妈儿不肯。我今做买卖回来,今日特到他家去,一来去望妈儿,二来就提这门亲事,多少是好。(下)

(卜儿同外旦上,云)老身汴梁人氏,自身姓李,夫主姓宋,早年亡化已过。止有这个女孩儿,叫做宋引章。俺孩儿拆白道字[5],顶真续麻[6],无般不晓,无般不会。有郑州周舍,与孩儿作伴多年,一个要娶,一个要嫁,只是老身谎彻梢虚[7],怎么便肯?引章,那周舍亲事,不是我百般板障[8],只怕你久后自家受苦。(外旦云)奶奶,不妨事,我一心则待要嫁他。(卜儿云)随你,随你!(周舍上,云)自家周舍,来此正是他门首,只索进去。(做见科)(外旦云)周舍,你来了也!(周舍云)我一径的来问亲事,母亲如何?(外旦云)母亲许了亲事也。(周舍云)我见母亲去。(卜儿做见科)(周舍云)母亲,我一径的来问这亲事哩。(卜儿云)今日好日辰,我许了你,则休欺负俺孩儿。(周舍云)我并不敢欺负大姐。母亲,把你那姊妹弟兄都请下者,我便收拾来也。

（卜儿云）大姐，你在家执料，我去请那一辈儿老姊妹去来。（周舍诗云）数载间费尽精神，到今朝才许成亲。（外旦云）这都是天缘注定。（卜儿云）也还有不测风云。（同下）（外扮安秀实上，诗云）刘蕡下第[9]千年恨，范丹[10]守志一生贫；料得苍天如有意，断然不负读书人。小生姓安，名秀实，洛阳人氏。自幼颇习儒业，学成满腹文章，只是一生不能忘情花酒。到此汴梁，有一歌者宋引章，和小生作伴。当初他要嫁我来，如今却嫁了周舍。他有个八拜交的姐姐，是赵盼儿，我去央他劝一劝，有何不可。赵大姐在家么？（正旦扮赵盼儿上，云）妾身赵盼儿是也。听的有人叫门，我开门看咱。（见科，云）我道是谁，原来是妹夫。你那里来？（安秀实云）我一径的来相烦你。当初姨姨要引章嫁我来，如今却要嫁周舍，我央及你劝他一劝。（正旦云）当初这亲事不许你来？如今又要嫁别人，端的姻缘事非同容易也呵！（唱）

【仙吕点绛唇】妓女追陪，觅钱一世，临收计，怎做的百纵千随，知重[11]咱风流媚。

【混江龙】我想这姻缘匹配，少一时一刻强难为。如何可意？怎的相知？怕不便脚搭着脑杓成事早[12]，怎知他手拍着胸脯悔后迟！寻前程，觅下梢[13]，恰便是黑海也似难寻觅。料的来人心不问，天理难欺。

【油葫芦】姻缘簿全凭我共你？谁不待拣个称意的？他每都拣来拣去百千回，待嫁一个老实的，又怕尽世儿难成对；待嫁一个聪俊的，又怕半路里轻抛弃。遮莫向狗溺处藏，遮莫向牛屎里堆，忽地便吃了一个合扑地[14]，那时节睁着眼怨他谁!

【天下乐】我想这先嫁的还不曾过几日,早折的[15]容也波仪瘦似鬼,只教你难分说、难告诉、空泪垂!我看了些觅前程俏女娘,见了些铁心肠男子辈,便一生里孤眠,我也直甚颏[16]!

(云)妹夫,我可也待嫁个客人,有个比喻。(安秀实云)喻将何比?(正旦唱)

【哪吒令】待妆个老实,学三从四德;争奈是匪妓,都三心二意[17]。端的是那里是三梢末尾[18]?俺虽居在柳陌中、花街内,可是那件儿[19]便宜?

【鹊踏枝】俺不是卖查梨,他可也逗刀锥[20];一个个败坏人伦,乔做胡为。(云)但来两三遭,问那厮要钱,他便道:"这弟子敲镘儿[21]哩。"(唱)但见俺有些儿不伶俐[22],便说是女娘家要哄骗东西。

【寄生草】他每有人爱为娼妓,有人爱作次妻。干家[23]的干落得淘闲气,买虚的看取些羊羔利[24],嫁人的早中了拖刀计[25]。他正是:"南头做了北头开,东行不见西行例。"[26]

(云)妹夫,你且坐一坐,我去劝他。劝的省时,你休欢喜;劝不省时,休烦恼。(安秀实云)我不坐了,且回家去等信罢。大姐留心者。(下)(正旦做行科,见外旦云)妹子,你那里人情[27]去?(外旦)我不人情去,我待嫁人哩。(正旦云)我正来与你保亲。(外旦云)你保谁?(正旦云)我保安秀才。(外旦云)我嫁了安秀才呵,一对儿好打莲花落[28]。(正旦云)你待嫁谁?(外旦云)我嫁周舍。(正旦云)你如今嫁人,莫不还早哩?(外旦云)有甚么早不早！今日也大姐,明日也大姐,出了一包儿脓[29],我嫁了,做一个张郎家妇、李郎家妻,立个妇名,我做鬼也风流的。(正旦唱)

【村里迓鼓】你也合三思而行,再思可矣,你如今年纪小哩,我与你慢慢的别寻个姻配。你可便宜,只守着铜斗儿家缘家计,也是你歹姐姐把衷肠话劝妹妹,我怕你受不过男儿气息。

(云)妹子,那做丈夫的做不的子弟,做子弟的做不的丈夫。(外旦云)你说我听咱。(正旦唱)

【元和令】做丈夫的便做不的子弟,他终不解其意。那做子弟的他影儿里会虚脾[30]。那做丈夫的忒老实。(外旦云)那周舍穿着一架子衣服,可也堪爱哩。(正旦唱)那厮虽穿着几件虼蜋[31]皮,人伦事晓得甚的?

(云)妹子,你为甚么就要嫁他?(外旦云)则为他知重您妹子,因此要嫁他。(正旦云)他怎么知重你?(外旦云)一年四季,夏天我好的一觉晌睡,他替你妹子打着扇;冬天替你妹子温的铺盖儿暖了,着你妹子歇息;但你妹子那里人情去,穿的那一套衣服,戴的那一副头面[32],替你妹子提领系、整钗镮。只为他这等知重你妹子,因此上一心要嫁他。(正旦云)你原来为这般呵。(唱)

【上马娇】我听的说就里,你原来为这的,倒引的我忍不住笑微微。你道是暑月间扇子搧着你睡,冬月间着炭火煨,烘炙着绵衣。

【游四门】吃饭处,把匙头挑了筋共皮;出门去,提领系、整衣袂,戴插头面整梳篦。衠[33]一味是虚脾,女娘每不省越着迷。

【胜葫芦】你道这子弟情肠甜似蜜，但娶到他家里，多无半载周年相掷弃，早努牙突嘴，拳椎脚踢，打的你哭啼啼。

【幺篇】恁时节船到江心补漏迟，烦恼怨他谁？事要前思免后悔。我也劝你不得，有朝一日，准备着搭救你块望夫石。

（云）妹子，久以后你受苦呵，休来告我。（外旦云）我便有那该死的罪，我也不来央告你。（周舍上，云）小的每，把这礼物摆的好看些。（正旦云）来的敢是周舍？那厮不言语便罢，他若但言，着他吃我几嘴好的。（周舍云）那壁姨姨敢是赵盼儿么？（正旦云）然也。（周舍云）请姨姨吃些茶饭波。（正旦云）你请我？家里饿皮脸也，揭了锅儿底，窨子里秋月——不曾见这等食[34]！（周舍云）央及姨姨，保门亲事。（正旦云）你着我保谁？（周舍云）保宋引章。（正旦云）你着我保宋引章那些儿？保他那针指油面，刺绣铺房，大裁小剪，生儿长女？（周舍云）这歪剌骨好歹嘴也。我已成了事，不索央你。（正旦云）我去罢。（做出门科）（安秀实上，云）姨姨，劝的引章如何？（正旦云）不济事了也。（安秀实云）这等呵，我上朝求官应举去罢。（正旦云）你且休去，我有用你处哩。（安秀实云）依着姨姨说，我且在客店中安下，看你怎么发付我。（下）（正旦唱）

【赚煞】这妮子是狐魅人女妖精，缠郎君天魔祟。则他那裤儿里休猜做有腿[35]。吐下鲜红血，则当做苏木水[36]。耳边休采那等闲事，那的是最容易剜眼睛嫌的，则除是亲近着他便欢喜[37]。（带云）着他疾省呵，（唱）哎，你个双郎[38]子弟，安排下金冠霞帔，（带云）一个夫人来到手儿里了。（唱）却则

为三千张茶引[39],嫁了冯魁[40]。(下)

(周舍云)辞了母亲,着大姐上轿,咱回郑州去来。(诗云)才出娼家门,便作良家妇。(外旦诗云)只怕吃了良家亏,还想娼家做。(同下)

[1]《救风尘》是一出著名的轻喜剧。剧中的主人公、妓女赵盼儿面对狡诈、凶残、好色的官宦子弟周舍,决心以其人之道还治其人之身。她以"风月"为诱饵,欲擒故纵,举重若轻,在谈笑之中便战胜了对手。剧本的结构严密而精巧,在元杂剧中实属罕见。

[2]同知:官名,此处指州的副长官。

[3]花台:妓院。子弟:嫖客。

[4]汴梁:北宋都城,今河南开封市。

[5]拆白道字:宋元时期的一种文字游戏,把一个字拆开来说。例如黄庭坚《两同心词》:"你共人女边着子,争知我门里挑心。""女边着子"是拆"好"字,"门里挑心"是拆"闷"字。

[6]顶真续麻:宋元时代的一种文字游戏,上句的末一字,就是下句的头一个字。例如:"断肠人寄断肠词,词写心间事,事到头来不自由。"

[7]谎彻梢虚:撒谎、说假、表面敷衍。

[8]板障:用木板做成的屏障,引申为间阻、阻碍,从中作梗。

[9]刘蕡(fén 坟)下第:刘蕡,唐代进士,他举贤良对策的时候,在文章里劝皇帝诛杀宦奸,考官怕得罪宦官,不敢录取他。后来把这四个字作为考试落第的代词。

[10]范丹:东汉时人,辞官卖卜为生,终生穷困。

[11]知重:看重,尊重。

[12]脚搭着脑杓成事早:形容快跑时后脚跟几乎碰着后脑勺,意指

急于成事。

〔13〕下梢:指结局、收场。

〔14〕"遮莫向狗溺处藏"三句:言不管你躲到什么地方,仍免不了要受意外的打击。遮莫,尽管。合扑地,摔一跤,扑在地上。

〔15〕折的:折磨的。

〔16〕直甚颓:算不了什么。颓是骂人的话。

〔17〕"待妆个老实"四句:意说本待老老实实嫁人,像良家妇女一般三从四德,怎奈我这人多个心眼儿。匪妓,坏妓女,狡猾的妓女。这是赵盼儿说的俏皮话。

〔18〕三梢末尾:结尾、收场。同"下梢"。

〔19〕那件儿:那般,那么。

〔20〕"俺不是卖查梨"二句:意说即使咱真诚对他,他仍要往坏处怀疑咱。《西厢记》二本三折〔幺篇〕:"没查利利谎倢科",王季思注:"没查利,王伯良曰:'方言无准绳也。'按'没查利'即'卖查梨'。"

〔21〕弟子:指妓女。敲馒儿:敲诈勒索。馒儿,钱。

〔22〕不伶俐:指身体不舒服,不灵活。

〔23〕干家:操持家务。

〔24〕买虚的看取些羊羔利:买虚,买空卖空。羊羔利,元代高利贷的一种,放债过了一年,要加倍收回本利。这句是说,骗子是连本带利都要赚到手的。

〔25〕托刀计:诈败托着刀逃走,乘人不备又砍杀过来。意为圈套、陷阱。

〔26〕"南头做了北头开"二句:当时成语,意为不接受前人教训,重蹈覆辙。

〔27〕人情:应酬。

〔28〕打莲花落:指当乞丐。莲花落,宋元时乞丐唱的小曲。

〔29〕"今日也大姐"三句:"姐"是"疖"的谐音,暗指嫖客与妓女之间的关系。

〔30〕虚脾:虚情假意。

〔31〕屹螂(gè láng 各郎)皮:漂亮外衣。屹螂是吃粪便或其他脏东西的甲壳虫。

〔32〕头面:首饰。

〔33〕衠(zhūn 谆):全部、纯粹。

〔34〕"你请我"几句:意为你请我?我家里饿死人了,揭了锅底儿啦?地窨里出月亮——我可没见过这样的事("食"的谐音)。窨(yìn 印)子,地窖。

〔35〕裤儿里休猜做有腿:指宋引章没有主见,轻易便跟人走,就像腿没有长在她自己身上一样。

〔36〕吐下鲜红血,则当做苏木水:意谓人家真心对她,她却把人家的话不当回事。苏木,树名,茎和皮可熬成红色染料。

〔37〕"那的是最容易𠲘眼睛嫌的"二句:意为宋引章是极容易被蒙骗的,只要虚情假意亲近她便高兴。

〔38〕双郎:双渐,这里指安秀实。参见下文"冯魁"条注。

〔39〕茶引:茶商交税后官方发给的凭据,有这种凭据茶叶就可以行销。

〔40〕冯魁:传说北宋时双渐和妓女苏小卿恋爱,双渐到汴京应举时,茶商冯魁仗着有钱把苏小卿买去。后来双渐中了进士,看见苏小卿在镇江金山寺题的怀念他的诗,仍把小卿赎回,二人结成夫妻。

第 二 折

(周舍同外旦上,云)自家周舍是也。我骑马一世,驴背上失了一脚[1]。我为娶这妇人呵，整整磨了半截舌头，才成得事。如今着这妇人上了轿，我骑了马，离了汴京，来到郑州。让他轿子在头里走，怕那一般的舍人[2]说："周舍娶了宋引章。"被人笑话。则见那轿子一晃一晃的，我向前打那抬轿的小厮，道："你这等欺我！"举起鞭子就打。问他道："你走便走，晃怎么？"那小厮道："不干我事，奶奶在里边不知做甚么？"我揭起轿帘一看，则见他精赤条条的在里面打筋斗。来到家中，我说："你套一床被我盖。"我到房里，只见被子倒高似床。我便叫："那妇人在那里？"则听的被子里答应道："周舍，我在被子里面哩。"我道："在被子里面做甚么？"他道："我套绵子，把我翻在里头了。"我拿起棍来，恰待要打，他道："周舍，打我不打紧，休打了隔壁王婆婆。"我道："好也，把邻舍都翻在被里面！"（外旦云）我那里有这等事？（周舍云）我也说不得这许多。兀那贱人，我手里有打杀的，无有买休卖休[3]的。且等我吃酒去，回来慢慢的打你。（下）（外旦云）不信好人言，必有恓惶事。当初赵家姐姐劝我不听，果然进的门来，打了我四十杀威棒，朝打暮骂，怕不死在他手里。我这隔壁有个王货郎，他如今去汴梁做买卖，我与一封书捎将去，着俺母亲和赵家姐姐来救我。若来迟了，我无那活的人也。天哪，只被你打杀我也！（下）

（卜儿哭上，云）自家宋引章的母亲便是。有我女孩儿从嫁了周舍，昨日王货郎寄信来，上写着道："从到他家，进门打了五十杀威棒。如今朝打暮骂，看看至死，可急急央赵家姐姐来救我。"我拿着书去与赵家姐姐说知，怎生救他去。引章孩儿，则被你痛杀我也！（下）

（正旦上，云）自家赵盼儿。我想这门衣饭，几时是了也呵！

（唱）

【商调集贤宾】咱这几年来待嫁人心事有,听的道谁揭债[4]、谁买休。他每待强巴劫[5]深宅大院,怎知道摧折了舞榭歌楼?一个个眼张狂似漏了网的游鱼[6]。一个个嘴卢都似跌了弹的斑鸠[7]。御园中可不道是栽路柳,好人家怎容这等娼优。他每初时间有些实意,临老也没回头。

【逍遥乐】那一个不因循成就,那一个不顷刻前程,那一个不等闲间罢手[8]。他每一做一个水上浮沤[9]。和爷娘结下不厮见的冤仇,恰便似日月参辰和卯酉[10],正中那男儿机彀。他使那千般贞烈,万种恩情,到如今一笔都勾。

（卜儿上,云）这是他门首,我索过去。（做见科,云）大姐,烦恼杀我也!（正旦云）奶奶,你为甚么这般啼哭?（卜儿云）好教大姐知道:引章不听你劝,嫁了周舍;进门去打了五十杀威棒,如今打的看看至死,不久身亡。姐姐,怎生是好?（正旦云）呀!引章吃打了也。（唱）

【金菊香】想当日他暗成公事,只怕不相投。我当初作念[11]你的言词,今日都应口。则你那去时,恰便似去秋。他本是薄幸的班头[12],还说道有恩爱、结绸缪[13]。

【醋葫芦】你铺排着鸳衾和凤帱,指望效天长共地久;蓦入门知滋味便合休。几番家眼睁睁打干净[14],待离了我这手。（带云）赵盼儿,（唱）你做的个见死不救,可不羞杀这桃园中杀白马、宰乌牛[15]?

（云）既然是这般呵,谁着你嫁他来?（卜儿云）大姐,周舍说誓来。（正旦唱）

【幺篇】那一个不嗲可可[16]道横死亡?那一个不实丕丕[17]拔了短筹?则你这亚仙[18]子母老实头。普天下爱女娘的子弟口,(带云)奶奶,不则周舍说谎也,(唱)那一个不指皇天各般说咒?恰似秋风过耳早休休!

(卜儿云)姐姐,怎生搭救引章孩儿?(正旦云)奶奶,我有两个压被的银子[19],咱两个拿着买休去来。(卜儿云)他说来:"则有打死的,无有买休卖休的。"(正旦寻思科,做与卜耳语科,云)则除是这般。(卜儿云)可是中也不中?(正旦云)不妨事,将书来我看。(卜递书科,正旦念云)"引章拜上姐姐并奶奶:当初不信好人之言,果有恓惶之事。进得他门,便打我五十杀威棒。如今朝打暮骂,禁持不过[20]。你来的早,还得见我;来得迟呵,不能够见我面了。只此拜上。"妹子也,当初谁教你做这事来!(唱)

【幺篇】想当初有忧呵同共忧,有愁呵一处愁。他道是残生早晚丧荒丘,做了个游街野巷村务酒[21];你道是百年之后,(云)妹子也,你不道来——"这个也大姐,那个也大姐,出了一包脓;不如嫁个张郎妇,李郎妻,(唱)立一个妇名儿,做鬼也风流"?

(云)奶奶,那寄书的人去了不曾?(卜儿云)还不曾去哩。(正旦云)我写一封书寄与引章去。(做写科,唱)

【后庭花】我将这知心书亲自修,教他把天机休泄漏。传示与休莽戆收心的女[22],拜上你浑身疼的歹事头[23]。(带云)引章,我怎的劝你来?(唱)你好没来由,遭他毒手,无情的棍棒抽,赤津津鲜血流,逐朝家如暴囚,怕不将性命丢!况家乡隔郑州,有谁人相睬瞅,空这般出尽丑。

（卜儿哭科，云）我那女孩儿那里打熬得过！大姐，你可怎生的救他一救？（正旦云）奶奶，放心！（唱）

【柳叶儿】则教你怎生消受，我索合再做个机谋。把这云鬟蝉鬓妆梳就，（带云）还再穿上些锦绣衣服。（唱）珊瑚钩、芙蓉扣，扭捏的身子儿别样娇柔。

【双雁儿】我着这粉脸儿搭救你女骷髅，割舍的一不做二不休，拚了个由他咒也波咒。不是我说大口，怎出得我这烟月手[24]！

（卜儿云）姐姐，到那里仔细着。（哭科，云）孩儿，则被你烦恼杀了我也！（正旦唱）

【浪里来煞】你收拾了心上忧，你展放了眉间皱，我直着花叶不损觅归秋[25]。那厮爱女娘的心，见的便似驴共狗，卖弄他玲珑剔透。（云）我到那里，三言两句，肯写休书，万事具休；若是不肯写休书，我将他揞一揞，拍一拍，搂一搂，抱一抱，着那厮通身酥、遍体麻。将他鼻凹儿抹上一块砂糖，着那厮舔又舔不着，吃又吃不着。赚得那厮写了休书，引章将的休书来，淹的[26]撒了。我这里出了门儿，（唱）可不是一场风月，我着那汉一时休。（下）

〔1〕"我骑马一世"二句：意指内行人上当。

〔2〕舍人：本是官名，宋元以来称达官显宦家的子弟为"舍人"，犹如称"公子"一样。

〔3〕买休：花钱赎身。卖休：以休妻为名实际卖妻。

〔4〕揭债：放债，此处当指从良妓女急于被再度出卖。

〔5〕巴劫：即巴结。

〔6〕漏了网的游鱼：漏网之鱼，形容妓女急于从良之状。

〔7〕跌了弹的斑鸠：中弹跌落的斑鸠，形容妓女从良之后又受到摧残。

〔8〕"那一个不因循成就"三句：意为，哪一个不是随便结成夫妻，哪一个不是很快散伙，哪一个不是轻易罢手不干？因循，随意。

〔9〕水上浮沤(ōu 欧)：水面上的泡，很快消失。

〔10〕日月参辰和卯酉：太阳和月亮不会碰在一起，参星和商星互不相见。卯和酉是对立的时辰。这里都当"对头"解。

〔11〕作念：念叨，劝告。

〔12〕薄幸：薄情。班头：头领、头目。

〔13〕绸缪(chóu móu 稠谋)：情意深厚、缠绵。

〔14〕打干净：推托干净，置身事外。

〔15〕杀白马、宰乌牛：用刘、关、张桃园三结义的故事。

〔16〕嗲(shèn 慎)可可：令人可怕的样子。"嗲"，同"瘆"。

〔17〕实丕丕：实实在在。

〔18〕亚仙：唐传奇小说《李娃传》中的妓女李娃，元人杂剧中改称李亚仙。这里借指宋引章。

〔19〕压被的银子：私房钱。

〔20〕禁持不过：招架不住，受不了。

〔21〕"他道是"二句：追述周舍说过的话，意为：你不嫁人，死无葬身之处，只能埋在荒丘，无人祭奠，游街串巷到乡村酒店讨酒吃。

〔22〕传示与休莽戆收心的女：意即传信给宋引章，叫她收起天真的心性，再不要鲁莽行事。

〔23〕歹事头：倒霉鬼。

〔24〕烟月手：烟月的手段，指妓女与嫖客之间的勾心斗角。

〔25〕花叶不损觅归秋：意为毫发不损，得胜归来。

〔26〕淹的：忽地、很快地。

第 三 折

(周舍同店小二上,诗云)万事分已定,浮生空自忙;无非花共酒,恼乱我心肠。店小二,我着你开着这个客店,我那里稀罕你那房钱养家;不问官妓私科子[1],只等有好的来你客店里,你便来叫我。(小二云)我知道,只是你脚头乱,一时间那里寻你去?(周舍云)你来粉房[2]里寻我。(小二云)粉房里没有呵?(周舍云)赌房里来寻。(小二云)赌房里没有呵?(周舍云)牢房里来寻。(下)(丑扮小闲挑笼上,诗云)钉靴雨伞为活计,偷寒送暖作营生;不是闲人闲不得,及至得了闲时又闲不成。自家张小闲的便是。平生做不的买卖,只是与歌者姐姐每叫些人,两头往来,传消寄息都是我。这里有个大姐赵盼儿,着我收拾两箱子衣服行李,往郑州去。都收拾停当了,请姐姐上马。(正旦上,云)小闲,我这等打扮,可冲动得那厮么?(小闲做倒科)(正旦云)你做甚么哩?(小闲云)休道冲动那厮,这一会儿连小闲也酥倒了。(正旦唱)

【正宫端正好】则为他满怀愁,心间闷,做的个进退无门。那婆娘家一涌性[3],无思忖,我可也强打入迷魂阵。

【滚绣球】我这里微微的把气喷,输个姓因[4],怎不教那厮背槽抛粪[5]!更做道普天下无他这等郎君。想着容易情,忒献勤,几番家待要不问;第一来我则是可怜见无主娘亲[6],第二来是我惯曾为旅偏怜客[7],第三来也是我自己贪杯惜醉人。到那里呵,也索费些精神。

(云)说话之间,早来到郑州地方了。小闲,接了马者。且在柳阴下歇一歇咱。(小闲云)我知道。

(正旦云)小闲,咱闲口论闲话:这好人家好举止,恶人家恶家法。

(小闲云)姐姐,你说我听。(正旦唱)

【倘秀才】县君[8]的则是县君,妓人的则是妓人。怕不扭捏着身子蓦入他门;怎禁他使数的到支分,背地里暗忍[9]。

【滚绣球】那好人家将粉扑儿浅淡匀,那里像咱干茨腊[10]手抢着粉;好人家将那篦梳儿慢慢地铺鬓,那里像咱解了那襻胸带[11],下颏上勒一道深痕。好人家知个远近,觑个向顺,衒一味良人家风韵;那里像咱们,恰便似空房中锁定个猢狲。有那千般不实乔躯老[12],有万种虚嚣歹议论,断不了风尘。

(小闲云)这里一个客店,姐姐好住下罢。(正旦云)叫店家来。(店小二见科)(正旦云)小二哥,你打扫一间干净房儿,放下行李。你与我请将周舍来,说我在这里久等多时也。(小二云)我知道。(做行叫科,云)小哥在那里?(周舍上,云)店小二,有甚么事?(小二云)店里有个好女子请你哩。(周舍云)咱和你就去来。(做见科,云)是好一个科子也。(正旦云)周舍,你来了也。(唱)

【幺篇】俺那妹子儿有见闻,可有福分,抬举的个丈夫俊上添俊,年纪儿恰正青春。(周舍云)我那里曾见你来?我在客火[13]里,你弹着一架筝,我不与了你个褐色䌷段儿?(正旦云)小的,你可见来?(小闲云)不曾见他有甚么褐色䌷段儿。(周舍云)哦,早起杭州客火散了,赶到陕西客火里吃酒,我不与了大姐一分饭来?(正旦云)小的每,你可见来?(小闲云)我不曾见。(正旦唱)你则是忒现新,忒忘昏,更做道你眼钝。那唱词话的有两句留文:"咱也曾武陵溪畔曾相识,今日佯推不认人。"[14]我为你断梦劳魂。

(周舍云)我想起来了,你敢是赵盼儿么?(正旦云)然也。(周舍云)你是赵盼儿,好,好!当初破亲也是你来。小二,关了店门,则打这小闲。(小闲云)你休要打我。俺姐姐将着锦绣衣服,一房一卧来嫁你,你倒打我?(正旦云)周舍,你坐下,你听我说。你在南京[15]时,人说你周舍名字,说的我耳满鼻满的,则是不曾见你。后得见你呵,害的我不茶不饭,只是思想着你。听的你娶了宋引章,教我如何不恼?周舍,我待嫁你,你却着我保亲!(唱)

【倘秀才】我当初倚大呵妆儇[16]主婚,怎知我嫉妒呵特故里破亲?你这厮外相儿通疏就里村!你今日结婚姻,咱就肯罢论。

(云)我好意将着车辆鞍马茶房来寻你,你划地将我打骂?小闲,拦回车儿,咱家去来。(周舍云)早知姐姐来嫁我,我怎肯打舅舅?(正旦云)你真个不知道?你既不知,你休出店门,只守着我坐下。(周舍云)休说一两日,就是一两年,您儿也坐的将去。(外旦上,云)周舍两三日不家去,我寻到这店门首,我试看咱。原来是赵盼儿和周舍坐哩。兀那老弟子不识羞,直赶到这里来。周舍,你再不要来家,等你来时,我拿一把刀子,你拿一把刀子,和你一递一刀子戳哩。(下)(周舍取棍科,云)我和你抢生吃[17]哩!不是奶奶在这里,我打杀你。(正旦唱)

【脱布衫】我更是的不待饶人,我为甚不敢明闻;肋底下插柴自忍[18],怎见你便打他一顿?

【小梁州】可不道一夜夫妻百夜恩,你可便息怒停嗔。他村时节背地里使些忖,对着我合思忖,那一个双同叔[19]打杀俏红裙?

【幺篇】则见他恶哏哏[20],摸按着无情棍,便有火性的不似你个郎君。(云)你拿着偌粗的棍棒,倘或打杀他呵,可怎了?(周舍云)丈夫打杀老婆,不该偿命。(正旦云)这等说,谁敢嫁你?(背唱)我假意儿瞒,虚科儿喷[21],着这厮有家难奔。妹子也,你试看咱风月救风尘。

(云)周舍,你好道儿[22]。你这里坐着,点你媳妇来骂我这一场。小闲,拦回车儿,咱回去来。(周舍云)好奶奶,请坐。我不知道他来;我若知道他来,我就该死。(正旦云)你真个不曾使他来?这妮子不贤惠,打一棒快球子[23]。你舍的宋引章,我一发嫁你。(周舍云)我到家里就休了他。(背云)且慢着,那个妇人是我平日间打怕的,若与了一纸休书,那妇人就一道烟去了。这婆娘他若是不嫁我呵,可不弄的尖担两头脱?休的造次,把这婆娘摇撼的实着。(向旦云)奶奶,您孩儿肚肠是驴马的见识,我今家去把媳妇休了呵,奶奶,你把肉吊窗儿放下来[24],可不嫁我,做的个尖担两头脱。奶奶,你说下个誓着。(正旦云)周舍,你真个要我赌咒?你若休了媳妇,我不嫁你呵,我着塘子里马踏杀,灯草打折臁儿骨。你逼的我赌这般重咒哩!(周舍云)小二,将酒来,(正旦云)休买酒,我车儿上有十瓶酒哩。(周舍云)还要买羊。(正旦云)休买羊,我车上有个熟羊哩。(周舍云)好、好、好,待我买红去。(正旦云)休买红,我箱子里有一对大红罗。周舍,你争甚么那?你的便是我的,我的就是你的。(唱)

【二煞】则这紧的到头终是紧,亲的原来只是亲。凭着我花朵儿身躯,笋条儿年纪,为这锦片儿前程,倒赔了几锭儿花银,拚着个十米九糠,问什么两妇三妻[25]。受了些万苦千辛,我着人头上气忍,不枉了一世做郎君。

【黄钟尾】你穷杀呵甘心守分捱贫困,你富呵休笑我饱暖生淫惹议论。您心中觑个意顺,但休了你门内人,不要你钱财使半文,早是我走将来自上门。家业家私待你六亲,肥马轻裘待你一身,倒贴了奁房和你为眷姻。(云)我若还嫁了你,我不比那宋引章,针指油面、刺绣铺房、大裁小剪都不晓得一些儿的。(唱)我将你写了的休书正了本[26]。(同下)

〔1〕私科子:即私窠子,暗娼。

〔2〕粉房:妓院。

〔3〕一涌性:一时冲动。

〔4〕输个姓因:用自己的姓氏赌咒发誓,即豁出去、拼尽全力的意思。

〔5〕背槽抛粪:牲畜背向食槽下粪,喻周舍忘恩负义。

〔6〕"想着容易情"四句:意说想起宋引章轻易地爱上周舍,过分向周舍献殷勤,几番想不睬她,只是可怜她没了主意的娘亲。

〔7〕"惯曾为旅偏怜客":与下句"自己贪杯惜醉人",皆当时俗谚,喻同病相怜。

〔8〕县君:唐宋以来妇女的封号,即今所谓官太太。

〔9〕"怎禁他使数的到支分"二句:意为怎能禁得住他的使唤、支配,只能背地里暗自忍耐。

〔10〕干茨腊:干巴巴。

〔11〕襻(pàn 判)胸带:古时妇女梳头时,包裹头发用的带子,要缠过下颏。

〔12〕乔躯老:坏模样,指身段、姿态。当时勾栏称身体为躯老。乔是坏的意思。

〔13〕客火:客店。

〔14〕"那唱词话"以下三句:唱词话是当时流行的一种曲艺形式,有说有唱。"武陵溪畔曾相识"二句是词话中的唱词,是说刘晨、阮肇入山采药遇仙女的故事。武陵溪原本晋陶潜《桃花源记》,元杂剧中常与刘、阮故事混用,当作男女恋爱的典故。

〔15〕南京:指汴梁,即今开封。金主亮改汴京作南京,入元为南京路。

〔16〕倚大:倚仗年龄大,倚老卖老。妆儇(huán 环):装模作样。

〔17〕抢生吃:不等食物熟就抢着吃,性急的意思。这里是反话,就是说:我不同你性急,慢慢等着瞧吧。

〔18〕肋底下插柴自忍:歇后语,意为痛苦、有心事自己隐忍着。

〔19〕双同叔:指双渐。参见第一折注〔40〕。

〔20〕恶哏(gén 根阳平)哏:恶狠狠。

〔21〕虚科儿喷:说假话。喷,吹牛、聊天儿。

〔22〕道儿:诡计、圈套。

〔23〕打一棒快球子:当时俗语,即爽快、干脆的意思。

〔24〕肉吊窗儿放下来:闭着眼睛不理睬。肉吊窗儿,指眼皮。

〔25〕"拚着个十米九糠"二句:意说无论吃米还是吃糠,不管你是否三妻四妾。

〔26〕我将你写了的休书正了本:意思是你休了宋引章,我不会叫你亏本的。正了本,够本。

第 四 折

(外旦上,云)这些时周舍敢待来也。(周舍上,见科)(外旦云)

周舍,你要吃甚么茶饭?(周舍做怒科,云)好也,将纸笔来,写与你一纸休书,你快走。(外旦接休书不走科,云)我有甚么不是,你休了我?(周舍云)你还在这里?你快走!(外旦云)你真个休了我?你当初要我时怎么样说来?你这负心汉,害天灾的!你要去,我偏不去。(周舍推出门科)(外旦云)我出的这门来。周舍,你好痴也!赵盼儿姐姐,你好强也!我将着这休书,直至店中寻姐姐去来。(下)(周舍云)这贱人去了,我到店中娶那妇人去。(做到店科,叫云)店小二,恰才来的那妇人在那里?(小二云)你刚出门,他也上马去了。(周舍云)倒着他道儿了。将马来,我赶将他去。(小二云)马揣驹[1]了。(周舍云)鞁[2]骡子。(小二云)骡子漏蹄[3]。(周舍云)这等,我步行赶将他去。(小二云)我也赶他去。(同下)

(旦同外旦上)(外旦云)若不是姐姐,我怎能够出的这门也!(正旦云)走,走,走!(唱)

【双调新水令】笑吟吟案板似写着休书,则俺这脱空[4]的故人何处?卖弄他能爱女、有权术,怎禁那得胜葫芦说到有九千句[5]。

(云)引章,你将那休书来与我看咱。(外旦付休书)(正旦换科,云)引章,你再要嫁人时,全凭这一张纸是个照证,你收好者!(外旦接科)(周舍赶上,喝云)贱人,那里去?宋引章,你是我的老婆,如何逃走?(外旦云)周舍,你与了我休书,赶出我来了。(周舍云)休书上手模印五个指头,那里四个指头的是休书?(外旦展看,周夺咬碎科)(外旦云)姐姐,周舍咬碎我的休书也。(旦上救科)(周舍云)你也是我的老婆。(正旦云)我怎么是你的老婆?(周舍云)你吃了我的酒来。(正旦云)我车上有十瓶好酒,怎么是你的?(周舍云)你可受我的羊来。(正旦云)我自有一只熟羊,怎么是你的?(周舍云)你受我的红定来。(正旦云)我自有大红罗,怎么是你的?(唱)

【乔牌儿】酒和羊,车上物;大红罗,自将去。你一心淫滥无是处,要将人白赖取。

(周舍云)你曾说过誓嫁我来。(正旦唱)

【庆东原】俺须是卖空虚,凭着那说来的言咒誓为活路。(带云)怕你不信呵。(唱)遍花街请到娼家女,那一个不对着明香宝烛,那一个不指着皇天后土,那一个不赌着鬼戮神诛?若信这咒盟言,早死的绝门户。

(云)引章妹子,你跟将他去。(外旦怕科,云)姐姐,跟了他去就是死。(正旦唱)

【落梅风】则为你无思虑、忒模糊,(周舍云)休书已毁了,你不跟我去待怎么?(外旦怕科)(正旦云)妹子,休慌莫怕!咬碎的是假休书。(唱)我特故抄与你个休书题目[6],我跟前见放着这亲模。(周舍夺科)(正旦唱)便有九头牛也拽不出去。

(周扯二旦科,云)明有王法,我和你告官去来。(同下)
(外扮孤引张千上,诗云)声名德化九重闻,良夜家家不闭门;雨后有人耕绿野,月明无犬吠花村。小官郑州守李公弼是也。今日升起早衙,断理些公事。张千,喝撺箱。(张千云)理会的。
(周舍同二旦、卜儿上)(周叫云)冤屈也!(孤云)告甚么事?(周舍云)大人可怜见,混赖我媳妇。(孤云)谁混赖你的媳妇?(周舍云)是赵盼儿设计混赖我媳妇宋引章。(孤云)那妇人怎么说?(正旦云)宋引章是有丈夫的,被周舍强占为妻,昨日又与了休书,怎么是小妇人混赖他的?(唱)

【雁儿落】这厮心狠毒,这厮家豪富,衒一味虚肚肠,不踏着实途路。

【得胜令】宋引章有亲夫,他强占作家属。淫乱心情歹,凶顽胆气粗,无徒[7]！到处里胡为做。现放着休书,望恩官明鉴取。

(安秀实上,云)适才赵盼儿使人来说:"宋引章已有休书了,你快告官去,便好娶他。"这里是衙门首,不免高叫道:冤屈也！(孤云)衙门外谁闹？拿过来！(张千拿入科,云)告人当面。(孤云)你告谁来？(安秀实云)我安秀实,聘下宋引章,被郑州周舍强夺为妻,乞大人做主咱。(孤云)谁是保亲？(安秀实云)是赵盼儿。(孤云)赵盼儿,你说宋引章原有丈夫,是谁？(正旦云)正是这安秀才。(唱)

【沽美酒】他幼年间便习儒,腹隐着九经书[8]。他是俺共里同村一处居,接受了钗环财物,明是个良人妇。

(孤云)赵盼儿,我问你,这保亲的委是你么？(正旦云)是小妇人。(唱)

【太平令】现放着保亲的堪为凭据,怎当他抢亲的百计亏图[9]？那里是明婚正娶,公然的伤风败俗！今日个诉与太府做主,可怜见断他夫妻完聚。

(孤云)周舍,那宋引章明明有丈夫的,你怎生还赖是你的妻子？若不看你父亲面上,送你有司问罪。您一行人听我下断:周舍杖六十,与民一体[10]当差;宋引章仍归安秀才为妻;赵盼儿等宁家住坐[11]。(词云)只为老虔婆[12]爱贿贪钱,赵盼儿细说根源,呆周舍不安本业,安秀才夫妇团圆。(众叩谢科)(正旦唱)

【收尾】对恩官一一说缘故,分剖开贪夫怨女;面糊盆[13]再休说死生交,风月所重谐燕莺侣。

  题目 安秀才花柳成花烛
  正名 赵盼儿风月救风尘

〔1〕揣驹:怀了小马驹。
〔2〕鞁(bèi 备):把鞍鞯等套在骡马身上。同"鞴"。
〔3〕漏蹄:牲口蹄子上的一种病,害病时蹄子疼痛,不能行走。
〔4〕脱空:说谎,施权术。
〔5〕"卖弄他能爱女"三句:说周舍卖弄自己有本事,会玩弄女性,但也抵不过我赵盼儿这张厉害的嘴。爱女,玩弄女色的意思。葫芦,指嘴。
〔6〕休书题目:指换给宋引章的假休书。
〔7〕无徒:无赖之徒。
〔8〕九经书:泛指儒生学习的各种经书。九不是实数。
〔9〕亏图:图谋,陷害。
〔10〕一体:一起,一并。
〔11〕宁家住坐:意为回家安分守己过日子。
〔12〕虔婆:鸨母。此处指宋引章的母亲李氏。元杂剧中多有使亲生女儿卖淫者,《金线池》中的杜蕊娘与李氏也是这种关系。
〔13〕面糊盆:喻糊涂的人。

望江亭中秋切鲙[1]

第 一 折

(旦儿扮白姑姑[2]上,云)贫道乃白姑姑是也,从幼年间便舍俗出家,在这清安观里,做着个住持。此处有一女人,乃是谭记儿,生的模样过人,不幸夫主亡逝已过,他在家中守寡,无男无女,逐朝每日到俺这观里来,与贫姑攀话[3]。贫姑有一个侄儿,是白士中,数年不见,音信皆无,也不知他得官也未,使我心中好生记念。今日无事,且闭上这门者。(正末扮白士中上,诗云)昨日金门[4]去上书,今朝墨绶已悬鱼[5];谁家美女颜如玉,彩球偏爱掷贫儒[6]。小官白士中,前往潭州为理[7],路打清安观经过,观中有我的姑娘,是白姑姑,在此做住持。小官今日与白姑姑相见一面,便索赴任。来到门首,无人报复[8],我自过去。(做见科,云)姑姑,您侄儿除授潭州为理,一径的来望姑姑。(姑姑云)白士中孩儿也,喜得美除[9]!我恰才道罢,孩儿果然来了也。孩儿,你媳妇儿好么?(白士中云)不瞒姑姑说,您媳妇儿亡逝已过了也!(姑姑云)侄儿,这里有个女人,乃是谭记儿,大有颜色,逐朝每日在我这观里,与我攀话;等他来时,我圆成与你做个夫人,意下如何?(白士中云)姑姑,莫非不中么[10]?(姑姑云)不妨事,都在我身上。你壁衣[11]后头躲者,我咳嗽为号,你便出来。(白士中云)谨依来命。(下)(姑姑云)这早晚谭夫人敢待来也。(正旦扮谭记儿上,云)妾身乃学士[12]李希颜的夫人,姓谭,小字记儿。不幸夫主亡化过了三年光景,我寡居无事,每日只在清安观和白姑姑攀些闲话。我想,做妇人的没了丈夫,身无所主,好苦人也呵!(唱)

【仙吕点绛唇】我则为锦帐春阑,绣衾香散,深闺晚,粉谢脂残,到的这、日暮愁无限。

【混江龙】我为甚一声长叹?玉容寂寞泪阑干[13]!则这花枝里外,竹影中间,气吁的片片飞花纷似雨,泪洒的珊珊翠竹染成斑[14]。我想着香闺少女,但生的嫩色娇颜,都只爱朝云暮雨[15],那个肯凤只鸾单?这愁烦恰便似海来深,可兀的无边岸!怎守得三贞九烈[16],敢早着了钻懒帮闲[17]。

(云)可早来到也。这观门首无人报复,我自过去。(做见姑姑科,云)姑姑,万福[18]!(姑姑云)夫人,请坐。(正旦云)我每日定害[19]姑姑,多承雅意;妾身有心跟的姑姑出家,不知姑姑意下何如?(姑姑云)夫人,你那里出得家?这出家,无过草衣木食,熬枯受淡,那白日也还闲可[20],到晚来独自一个,好生孤恓!夫人,只不如早早嫁一个丈夫去好。(正旦唱)

【村里迓鼓】怎如得您这出家儿清静,到大来一身散诞[21]。自从俺儿夫[22]亡后,再没个相随相伴,俺也曾把世味亲尝,人情识破,怕甚么尘缘羁绊?俺如今罢扫了蛾眉,净洗了粉脸,卸下了云鬟;姑姑也,待甘心捱您这粗茶淡饭。

(姑姑云)夫人,你平日是享用惯的,且莫说别来,只那一顿素斋,怕你也熬不过哩。(正旦唱)

【元和令】则您那素斋食刚一餐,怎知我粗米饭也曾惯。俺从今把心猿意马[23]紧牢拴,将繁华不挂眼。(姑姑云)夫人,您岂不知:"雨里孤村雪里山,看时容易画时难;早知不入时人眼,多买胭脂画牡丹。"夫人,你怎生出的家来!(正旦唱)您道是"看时容易画时难",俺怎生就住不的山,坐不的关[24],烧不的药,炼不的丹?

(姑姑云)夫人,放着你这一表人物,怕没有中意的丈夫,嫁一个去。只管说那出家做什么?这须了不的[25]你终身之事。(正旦云)嗨!姑姑,这终身之事,我也曾想来:若有似俺男儿知重我的,便嫁他去也罢。(姑姑做咳嗽科,白士中见旦科,云)祗揖[26]!(正旦回礼科,云)姑姑,兀的不有人来,我索回去也。(姑姑云)夫人,你那里去?我正待与你做个媒人。只他便是你夫主,可不好那?(正旦云)姑姑,这是什么说话!(唱)

【上马娇】咱则是语话间有甚干,姑姑也,您便待做了筵席上撮合山[27]。(姑姑云)便与您做个撮合山,也不误了你。(正旦唱)怎把那隔墙花,强攀做连枝看?(做走介[28])(姑姑云)关了门者,我不放你出去。(正旦唱)把门关,将人来紧遮拦。

【胜葫芦】你却便引的人来心恶烦,可甚的[29]撒手不为奸!你暗埋伏,隐藏着谁家汉?俺和你几年价来往,倾心儿契合,则今日索分颜!

(姑姑云)你两个成就了一对夫妻,把我这座清安观权做高唐[30],有何不可?(正旦唱)

【幺篇】姑姑,你只待送下我高唐十二山,枉展污了你这七星坛[31]。(姑姑云)我成就了你锦片也似前程,美满恩情,有甚么不好处?(正旦唱)说甚么锦片前程真个罕。(姑姑云)夫人,你不要这等妆幺做势,那个着你到我这观里来?(正旦唱)一会儿甜言热趱^[32],一会儿恶叉白赖^[33];姑姑也,只被你直着俺两下做人难!

　　(姑姑云)兀那君子,谁着你这里来?(白士中云)就是小娘子着我来。(正旦云)你倒将这言语赃诬我来,我至死也不顺随你!(姑姑云)你要官休也私休?(正旦云)怎生是官休?怎生是私休?(姑姑云)你要官休呵,我这里是个祝寿道院,你不守志,领着人来打搅我,告到官中,三推六问,枉打坏了你;若是私休,你又青春,他又年少,我与你做个撮合山媒人,成就了您两口儿,可不省事?(正旦云)姑姑,等我自寻思咱。(姑姑云)可知道来,"千求不如一吓"。(正旦云)好个出家的人,偏会放刁!姑姑,他依的我一句话儿,我便随他去罢;若不依着我呵,我断然不肯随他。(白士中云)休道一句话儿,便一百句,我也依的。(正旦唱)

【后庭花】你着他休忘了容易间,则这十个字莫放闲,岂不闻:"芳槿无终日,贞松耐岁寒。"^[34]姑姑也,非是我要拿班^[35],只怕他将咱轻慢;我、我、我,撺断的上了竿,你、你、你,掇梯儿着眼看^[36]。他、他、他,把凤求凰^[37]暗里弹,我、我、我,背王孙去不还;只愿他肯、肯、肯做一心人,不转关^[38],我和他,守、守、守,白头吟,非浪侃^[39]。

　　(姑姑云)你两个久后休忘我做媒的这一片好心儿!(正旦唱)

【柳叶儿】姑姑也,你若提着这桩儿公案,则你那观名儿唤做"清安"!你道是蜂媒蝶使^[40]从来惯,怕有人担疾患,到你行求丸散,你则与他这一服灵丹;姑姑也,你专医那枕冷衾寒!

（云）罢，罢，罢！我依着姑姑，成就了这门亲事罢。（姑姑云）白士中，这桩事亏了我么？（白士中云）你专医人那枕冷衾寒！亏了姑姑，您孩儿只今日就携着夫人同赴任所，另差人来相谢也。（正旦云）既然相公要上任去，我和你拜辞了姑姑，便索长行也。（姑姑云）白士中，你一路上小心在意者。您两口儿正是郎才女貌，天然配合，端不枉了也！（正旦唱）

【赚煞尾】这行程则宜疾不宜晚。休想我着那别人绊翻，不用追求相趁赶，则他这等闲人，怎得见我容颜？姑姑也，你放心安，不索恁语话相关[41]。收了缆，撅了桩，踹跳板，挂起这秋风布帆，试看那碧云两岸，落可便[42]轻舟已过万重山。（同白士中下）

（姑姑云）谁想今日成合了我侄儿白士中这门亲事，我心中可煞[43]喜也！（诗云）非是贫姑硬主张，为他年少守空房；观中怕惹风情事，故使机关配俊郎。（下）

[1]《望江亭》是关汉卿的又一出喜剧，人们称之为《救风尘》的姊妹篇。剧中的女主人公谭记儿巧装打扮，深入虎穴，为争取自己的婚姻幸福而斗争。她与《救风尘》中的赵盼儿交相辉映，丰富了中国戏曲史的人物画廊。二十世纪五十年代，此剧被改编成京剧，由著名京剧表演艺术家张君秋主演，后又拍成电影，影响很大。

[2] 姑姑：对女僧、女道的称呼。

[3] 攀话：谈天，闲聊。

[4] 金门：即金马门，汉代皇宫中宦官的署门，这里代指朝廷。

[5] 墨绶(shòu 受)：古时官员系印信用的黑色带子。悬鱼：唐代朝

官佩带鱼符,以显示地位高下。

〔6〕彩球偏爱掷贫儒:旧时有钱人家的姑娘或用抛彩球的方式择婿。全诗是说,已经得官了,却没有中意的妻子。

〔7〕为理:赴任。

〔8〕报复:通报。

〔9〕美除:被任命为好的官职。

〔10〕莫非不中么:可能不行吧。

〔11〕壁衣:靠墙设置的更衣用的帷幕。

〔12〕学士:官名。唐开元时置学士院,官员称翰林学士,掌起草皇帝诏命。

〔13〕泪阑干:形容眼泪流下来的样子。

〔14〕泪洒的珊珊翠竹染成斑:见《鲁斋郎》第三折注〔32〕。

〔15〕朝云暮雨:指男女欢爱。典出宋玉《高唐赋》。

〔16〕三贞九烈:封建时代妇女从一而终的贞节行为。"三"、"九"都言其程度,而非实指。

〔17〕钻懒帮闲:这里指无聊闲扯,不务正事。

〔18〕万福:古时妇女行礼,要口称"万福"。

〔19〕定害:打扰,麻烦。

〔20〕闲可:尚可。

〔21〕到大来:到头来。散诞:自由。

〔22〕儿夫:妻子对丈夫的称呼。

〔23〕心猿意马:本道家用语,比喻人心思流荡散乱,把握不定。

〔24〕坐关:即坐禅。佛、道教徒每天在一定时间里静坐,排除杂念,使心神恬静自在。

〔25〕了不的:解决不了。

〔26〕衹(zhī支)揖:作揖,拜揖。

〔27〕撮合山:原为形容人会说话,能把两座山说合到一起,以后即作为媒人的代称。

〔28〕介:古代戏曲演出术语,与"科"同,提示剧中人物的动作、表情及舞台效果。

〔29〕可甚的:说什么。

〔30〕高唐:指男女欢会的场所。见宋玉《高唐赋》。

〔31〕七星坛:道教祭神的台子,上供北斗七星,故名"七星坛"。

〔32〕甜言热趖:犹甜言蜜语。热趖,拉亲热,套近乎。

〔33〕恶叉白赖:死乞白赖,耍无赖。

〔34〕"芳槿(jǐn紧)无终日"二句:意谓爱情不要像漂亮的木槿花似的,早上开,中午就凋谢了,应该像松树那样经冬耐寒。

〔35〕拿班:摆架子。

〔36〕撺断的上了竿,掇(duō多)梯儿着眼看:怂恿人上到竿上,然后撤掉梯子看笑话。

〔37〕凤求凰:汉代司马相如借弹《凤求凰》曲,向卓文君求爱,文君瞒着父亲卓王孙与司马相如私奔。司马相如做了官后要娶妾,卓文君就写了一首《白头吟》的诗,于是二人和好如初。

〔38〕不转关:不变心,不变卦。

〔39〕浪侃:乱说,撒谎。

〔40〕蜂媒蝶使:作媒,指撮合男女之间不正当的结合。

〔41〕"这行程则宜疾不宜晚"以下八句:这是承白道姑的叮嘱而说的,意思是:姑姑呵,你放心吧,我既然跟了白士中,别的人再来追求,就决不会动心。

〔42〕落可便:便,就。落可,助词,无意。

〔43〕可煞:非常,十分。

第 二 折

(净扮杨衙内[1]引张千上,诗云)花花太岁为第一,浪子丧门世无对;普天无处不闻名,则我是权豪势宦杨衙内。某乃杨衙内是也。闻知有亡故了的李希颜夫人谭记儿,大有颜色,一心要他做个小夫人;颇奈[2]白士中无理,他在潭州为官,未经赴任,便去清安观中央道姑为媒,倒娶了谭记儿做夫人。常言道:"恨小非君子,无毒不丈夫。"论这情理,教我如何容得他过?他妒我为冤,我妒他为仇。小官今日奏知圣人[3]:"有白士中贪花恋酒,不理公事。"奉圣人的命,差人去标[4]了白士中首级;小官就顺着道:"此事别人去不中,只除非小官亲自到潭州取白士中首级复命,方才万无一误。"圣人准奏,赐小官势剑金牌。张千,你分付李稍,驾起小舟,直到潭州,取白士中首级,走一遭去来。(诗云)一心要娶谭记儿,教人日夜费寻思。若还夺得成夫妇,这回方是运通时。(下)

(白士中上,云)自娶夫人后,欢会永团圆。小官白士中,自到任以来,只用清静无事为理,一郡黎民,各安其业,颇得众心。单只一件,我这新娶谭夫人,当日有杨衙内要图他为妾,不期[5]被我娶做夫人,同往任所。我这夫人十分美貌,不消说了;更兼聪明智慧,事事精通,端的是佳人领袖,美女班头,世上无双,人间罕比。闻知杨衙内至今怀恨我,我也恐怕他要来害我,每日悬悬在心。今早坐过衙门,别无勾当,且在这前厅上闲坐片时,休将那段愁怀,使我夫人知道。(院公上,诗云)心忙来路远,事急出家门;夜眠侵早起,又有不眠人。老汉是白士中家的一个老院公。

我家主人,今在潭州为理,被杨衙内暗奏圣人,赐他势剑金牌,标取我家主人首级;俺老夫人得知,差我将着一封家书,先至潭州,报知这个消息,好预做准备。说话之间,可早来到潭州也。不必报复,我自过去。(见科)相公将息[6]的好也!(白士中云)院公,你来做甚么?(院公云)奉老夫人的分付,着我将着这书来,送相公亲拆。(白士中云)有母亲的书呵,将来我看。(院公做递书科,云)书在此。(白士中看书科,云)书中之意,我知道了。嗨!果中此贼之计!院公,你吃饭去。(院公云)理会的。(下)(白士中云)谁想杨衙内为我娶了谭记儿,挟着仇恨,朦胧奏过圣人,要标取我的首级。似此,如之奈何?兀的不闷杀我也!(正旦上,云)妾身谭记儿。自从相公履任以来,俺在这衙门后堂居住,相公每日坐罢早衙,便与妾身攀话;今日这早晚不见回来,我亲自望相公走一遭去波。(唱)

【中吕粉蝶儿】不听的报喏声齐[7],大古里[8]坐衙来恁时节不退;你便要接新官,也合[9]通报咱知;又无甚紧文书、忙公事,可着我心儿里不会[10],转过这影壁偷窥,可怎生独自个死临侵地[11]?

(云)我且不要过去,且再看咱。呀!相公手里拿着一张纸,低着头左看右看,我猜着了也!(唱)

【醉春风】常言道"人死不知心",则他这海深也须见底[12]。多管是[13]前妻将书至,知他娶了新妻,他心儿里悔、悔。你做的个弃旧怜新;他则是见咱有意,使这般巧谋奸计。

(做见科,云)相公!(白士中云)夫人,有甚么勾当,自到前厅上来?(正旦云)敢问相公:为甚么不回后堂中去?敢是你前夫人寄书来么?(白士中云)夫人,并无什么前夫人寄书来,我自有一桩儿摆不下[14]的公事,以此纳闷。(正旦云)相公,不可瞒着妾身,你定有夫人在家,今日捎书来也。(白士中云)夫人不要多心,小官并不敢欺心也。(正旦唱)

【红绣鞋】把似[15]你则守着一家一计,谁着你收拾下[16]两妇三妻?你常好是七八下里不伶俐[17]。堪相守留着相守,可别离与个别离,这公事合行[18]的不在你!

(白士中云)我若无这些公事呵,与夫人白头相守,小官之心,惟天可表。(正旦云)我见相公手中将着一张纸,必然是家中寄来的书。相公休瞒妾身,我试猜这书中的意咱!(白士中云)夫人,你试猜波!(正旦唱)

【普天乐】弃旧的委实难,迎新的终容易;新的是半路里姻眷,旧的是绾角儿夫妻[19]。我虽是个妇女身,我虽是个裙钗辈[20],见别人眨眼抬头,我早先知来意。不是我卖弄所事[21]精细,(带云[22])相公,你瞒妾身怎的?(唱)直等的恩断意绝,眉南面北[23],恁时节水尽鹅飞[24]。

(白士中云)夫人,小官不是负心的人,那得还有前夫人来!(正旦云)相公,你说也不说?(白士中云)夫人,我无前夫人,你着我说甚么?(正旦云)既然你不肯说,我只觅一个死处便了!(白士中云)住、住、住!夫人,你死了,那里发付我那[25]?我说则说,夫人休要烦恼。(正旦云)相公,你说,我不烦恼。(白士中云)夫人不知,当日杨衙内曾要图谋你为妾,不期我娶了你做夫人,他怀恨小官,在圣人前妄奏,说我贪花恋酒,不理公事;现今赐他势剑金牌,亲到潭州,要标取我的首级。这个是家中老院公,奉我老母之命,捎此书来,着我知会[26];我因此烦恼。(正旦云)原来为这般!相公,你怕他做甚么?(白士中云)夫人,休

惹他,则他是花花太岁!(正旦唱)

【十二月】你道他是花花太岁,要强逼的我步步相随;我呵,怕甚么天翻地覆,就顺着他雨约云期[27]。这桩事,你只睁眼儿觑者,看怎生的发付他赖骨顽皮!

【尧民歌】呀,着那厮得便宜翻做了落便宜[28],着那厮满船空载月明归;你休得便乞留乞良[29]捵跌自伤悲。你看我淡妆不用画蛾眉,今也波日我亲身到那里,看那厮有备应无备[30]!

(白士中云)他那里必然做下准备,夫人,你断然去不得。(正旦云)相公,不妨事。(做耳喑科)则除是恁的。(白士中云)则怕反落他勾中[31]。夫人,还是不去的是。(正旦云)相公,不妨事。(唱)

【煞尾】我着那厮磕着头见一番,恰便似神羊儿忙跪膝[32];直着他船横缆断在江心里,我可便智赚了金牌,着他去不得!(下)

(白士中云)夫人去了也。据着夫人机谋见识,休说一个杨衙内,便是十个杨衙内,也出不得我夫人之手。正是:眼观旌节旗[33],耳听好消息。(下)

〔1〕衙内:本为官僚子弟,元杂剧中往往是欺压百姓的流氓恶霸。
〔2〕颇奈:又作"叵耐",不可耐,引申为可恨。
〔3〕圣人:对皇帝的尊称。
〔4〕标:同摽(biāo 标),摘取。
〔5〕不期:不料,想不到。
〔6〕将息:歇息、修养。这里指衣、食、起、居等生活情况。

〔7〕报喏声齐：古人行礼，一面拱揖为礼，一面口中唱"喏喏"的声音，叫"唱喏"。官员坐衙时，大家同时行见面礼，齐声"唱喏"。

〔8〕大古里：大概。

〔9〕合：该。

〔10〕不会：不理会，不明白。

〔11〕死临侵地：没精打彩地，死板板地。

〔12〕海深也须见底：宋元俗语，有"日久见人心"、"事久则明"的意思。

〔13〕多管是：大概是。

〔14〕摆不下：难以处理。

〔15〕把似：倒不如，何不。

〔16〕收拾下：收留下，置办下。

〔17〕你常好是七八下里不伶俐：意为你正是同别的女人有不明不白的关系。常好是，意为正是。不伶俐，不干净。

〔18〕合行的：应该做的。

〔19〕绾（wǎn 挽）角儿夫妻：结发夫妻。绾，盘结角儿，指少年时两鬓的头发。

〔20〕裙钗辈：女人家。

〔21〕所事：凡事，事事。

〔22〕带云：唱词中夹带的道白。

〔23〕眉南面北：形容不和睦。

〔24〕水尽鹅飞：比喻一无所得，犹鸡飞蛋打。

〔25〕你死了，那里发付我那：你若死了，我怎么办呢？发付，处置。

〔26〕知会：明白，知道。

〔27〕雨约云期：约定男女幽会的时期。

〔28〕得便宜翻做了落便宜：想要沾光反倒吃了亏。落便宜，失掉便

宜。

〔29〕乞留乞良：悲痛时抽泣的声音。

〔30〕有备应无备：有准备也无济于事。

〔31〕勾中：同彀(gòu 构)中。作阴谋、圈套解。

〔32〕神羊儿忙跪膝：古时祭神的羊都捆缚作屈膝跪立的样子。这里指杨衙内必将跪地求饶。

〔33〕旌节旗：打仗时指挥作战的标志，可据此看出战争的进程。此指谭记儿与杨衙内即将展开一场智斗。

第 三 折

（衙内领张千、李稍上。衙内云）小官杨衙内是也。颇奈白士中无理，量你到的那里！岂不知我要取谭记儿为妾，他就公然背了我，娶了谭记儿为妻，同临任所，此恨非浅！如今我亲身到潭州，标取白士中首级。你道别的人为甚么我不带他来？这一个是张千，这一个是李稍。这两个小的，聪明乖觉，都是我心腹之人，因此上则带的这两个人来。（张千去衙内鬓边做拿科）（衙内云）嗯！你做什么？（张千云）相公鬓边一个虮子。（衙内云）这厮倒也说的是，我在这船只上个月期程，也不曾梳篦[1]的头。我的儿好乖！（李稍去衙内鬓上做拿科）（衙内云）李稍，你也怎的？（李稍云）相公鬓上一个狗鳖[2]。（衙内云）你看这厮！（亲随[3]、李稍同去衙内鬓上做拿科）（衙内云）弟子孩儿，直恁的般多！（李稍云）亲随，今日是八月十五日中秋节令，我每安排些酒果，与大人玩月，可不好？（张千云）你说的是。（张千同李稍做见科，云）大人，今日是八月十五日中秋节令，对着如此月色，孩儿每与大人把一杯酒赏月，何如？（衙内做怒科，云）嗯！

73

这个弟子孩儿,说什么话!我要来干公事,怎么教我吃酒?(张千云)大人,您孩儿每并无歹意,是孝顺的心肠。大人便食用,孩儿每一点不敢吃。(衙内云)亲随,你若吃酒呢?(张千云)我若吃一点酒呵,吃血[4]。(衙内云)正是,休要吃酒。李稍,你若吃酒呢?(李稍云)我若吃酒,害疔疮。(衙内云)既是您两个不吃酒,也罢,也罢,我则饮三杯,安排酒果过来。(张千云)李稍,抬果桌过来。(李稍做抬果桌科,云)果桌在此,我执壶,你递酒。(张千云)我儿,醞满[5]着!(做递酒科,云)大人满饮一杯。(衙内做接酒科)(张千倒褪[6]自饮科)(衙内云)亲随,你怎么自吃了?(张千云)大人,这个是摄毒[7]的盏儿。这酒不是家里带来的酒,是买的酒,大人吃下去,若有好歹,药杀了大人,我可怎么了?(衙内云)说的是,你是我心腹人。(李稍做递酒科,云)你要吃酒,弄这等嘴儿;待我送酒,大人满饮一杯。(衙内接科)(李稍自饮科)(衙内云)你也怎的?(李稍云)大人,他吃的,我也吃的。(衙内云)你看这厮!我且慢慢的吃几杯。亲随,与我把别的民船都赶开者!(正旦拿鱼上,云)这里也无人。妾身白士中的夫人谭记儿是也。妆扮做个卖鱼的,见杨衙内去。好鱼也!这鱼在那江边游戏,趁浪寻食,却被我驾一孤舟,撒开网去,打出三尺锦鳞,还活活泼泼的乱跳,好鲜鱼也!(唱)

【越调斗鹌鹑】则这今晚开筵,正是中秋令节,只合低唱浅斟[8],莫待他花残月缺。见了的珍奇,不消的咱说,则这鱼鳞甲鲜滋味别。这鱼不宜那水煮油煎,则是那薄批细切[9]。

(云)我这一来,非容易也呵!(唱)

【紫花儿序】俺则待稍关打节[10],怕有那惯施舍的经商不请言赊[11]。则俺这篮中鱼尾,又不比案上罗列;活计全别,俺则是一撒网,一蓑衣,一箬笠。先图些打捏[12],只问那肯买的哥哥照顾俺也些些。

(云)我缆住这船,上的岸来。(做见李稍,云)哥哥,万福!(李稍云)这个姐姐,我有些面善。(正旦云)你道我是谁?(李稍云)姐姐,你敢是张二嫂么?(正旦云)我便是张二嫂。你怎么不认的我了?你是谁?(李稍云)则我便是李阿鳖。(正旦云)你是李阿鳖?(正旦做打科,云)儿子,这些时吃得好了,我想你来。(李稍云)二嫂,你见我亲么?(正旦云)儿子,我见你,可不知[13]亲哩。你如今过去,和相公说一声,着我过去切鲙,得些钱钞,养活娘也。(李稍云)我知道了。亲随,你来。(张千云)弟子孩儿,唤我做什么?(李稍云)有我个张二嫂,要与大人切鲙。(张千云)甚么张二嫂?(正旦见张千科,云)媳妇孝顺的心肠,将着一尾金色鲤鱼特来献新[14],望与相公说一声咱。(张千云)也得,也得,我与你说去。得的钱钞,与我些买酒吃。你随着我来。(做见衙内科,云)大人,有个张二嫂,要与大人切鲙。(衙内云)甚么张二嫂?(正旦见科,云)相公,万福!(衙内做意科[15],云)一个好妇人也!小娘子,你来做甚么!(正旦云)媳妇孝顺的心肠,将着这尾金色鲤鱼,一径的来献新;可将砧板、刀子来,我切鲙哩。(衙内云)难得小娘子如此般用意!怎敢着小娘子切鲙,俗了手[16]!李稍,拿了去,与我姜辣煎炸了来。(李稍云)大人,不要他切就村了[17]。(衙内云)多谢小娘子来意!抬过果桌来,我和小娘子饮三杯。将酒来,娘子满饮一杯。(张千做吃酒科)(衙内云)你怎的?(张千云)你请他,他又请你,你又不吃,他又不吃,可不这杯酒冷了?不如等亲随趁热吃了,倒也干净。(衙内云)咳[18]!靠后!将酒来!小娘子满饮此杯。

（正旦云）相公请！（张千云）你吃便吃，不吃我又来也。（正旦做跪衙内科）（衙内扯正旦科，云）小娘子请起！我受了你的礼，就做不得夫妻了。（正旦云）媳妇来到这里，便受了礼，也做得夫妻。（张千同李稍拍桌科，云）妙，妙，妙！（衙内云）小娘子请坐。（正旦云）相公，你此一来何往？（衙内云）小官有公差事。（李稍云）二嫂，专为要杀白士中来。（衙内云）咦！你说什么！（正旦云）相公，若拿了白士中呵，也除了潭州一害。只是这州里怎么不见差人来迎接相公？（衙内云）小娘子，你却不知，我恐怕人知道，走了消息，故此不要他们迎接。（正旦唱）

【金蕉叶】相公，你若是报一声着人远接，怕不的船儿上有五十座笙歌摆设。你为公事来到这些[19]，不知你怎生做兀的关节[20]？

（衙内云）小娘子，早是你来的早；若来的迟呵，小官歇息了也。
（正旦唱）

【调笑令】若是贱妾晚来些，相公船儿上黑齁齁[21]的熟睡歇；则你那金牌势剑身傍列，见官人远离一射[22]，索用甚从人拦当者，俺只待拖狗皮的拷断他腰截。

（衙内云）李稍，我央及你，你替我做个落花媒人[23]。你和张二嫂说：大夫人不许他，许他做第二个夫人，包髻、团衫、绣手巾[24]，都是他受用的。（李稍云）相公放心，都在我身上。（做见正旦科，云）二嫂，你有福也！相公说来，大夫人不许你，许你做第二个夫人，包髻、团衫、袖腿绷……（正旦云）敢是绣手巾？（李稍云）正是绣手巾。（正旦云）我不信，等我自问相公去。（正旦见衙内科，云）相公，恰才李稍说的那话，可真个是相公说来？（衙内云）是小官说来。（正旦云）量媳妇有何才能，着相公如此般错爱也。（衙内云）多谢，多谢，小娘子就靠着小官坐一坐，可也无伤。（正旦云）妾身不敢。（唱）

【鬼三台】不是我夸贞烈，世不曾[25]和个人儿热。我丑则丑，刁决古懒[26]；不由我见官人便心邪，我也立不的志节。官人，你救黎民，为人须为彻；拿滥官，杀人须见血。我呵，只为你这眼去眉来，（正旦与衙内做意儿科[27]，唱）使不着我那冰清玉洁。

（衙内做喜科，云）勿、勿、勿[28]！（张千与李稍做喜科，云）勿、勿、勿！（衙内云）你两个怎的？（李稍云）大家要一要。（正旦唱）

【圣药王】珠冠儿怎戴者，霞帔儿怎挂者，这三檐伞怎向顶门遮？唤侍妾簇捧者，我从来打鱼船上扭的那身子儿别，替你稳坐七香车[29]。

（衙内云）小娘子，我出一对与你对，罗袖半翻鹦鹉盏[30]。（正旦云）妾对：玉纤[31]重整凤凰衾[32]。（衙内拍桌科，云）妙、妙、妙！小娘子，你莫非识字么？（正旦云）妾身略识些撇竖点划。（衙内云）小娘子既然识字，小官再出一对：鸡头[33]个个难舒颈。（正旦云）妾对：龙眼[34]团团不转睛。（张千同李稍拍桌科）妙、妙、妙！（正旦云）妾身难的遇着相公，乞赐珠玉[35]。（衙内云）哦！你要我赠你什么词赋？有、有、有，李稍，将纸笔砚墨来。（李稍做拿砚末[36]科，云）相公，纸墨笔砚在此。（衙内云）我写就了也，词寄《西江月》[37]。（正旦云）相公，表白[38]一遍咱。（衙内做念科，云）夜月一天秋露，冷风万里江湖，好花须有美人扶，情意不堪会处。仙子初离月浦,嫦娥忽下云衢[39],小词仓卒对君书,付与你个知心人物。(正旦云)高才!高才!我也回奉相公一首,词寄《夜行船》。(衙内云)小娘子,你表白一遍咱。(正旦做念科,云)花底双双莺燕语,也胜他凤只鸾孤。一霎恩情,片时云雨,关连着宿缘前注。天保今生为眷属,但则愿似水如鱼。冷落江湖,团圞人月[40],相连着夜行船去。(衙内云)妙、妙、妙!你的更胜似我的。小娘子,俺和你慢慢的再饮几杯。(正旦云)敢问相公,因甚么要杀白士中?(衙内云)小娘子,你休问他。(李稍云)张二嫂,俺相公有势剑在这里!(衙内云)休与他看。(正旦云)这个是势剑?衙内见爱媳妇,借与我拿去治[41]三日鱼好那?(衙内云)便借与他。(张千云)还有金牌哩!(正旦云)这个是金牌?衙内见爱我,与我打戒指儿罢。再有什么?(李稍云)这个是文书。(正旦云)这个便是买卖的合同?(正旦做袖文书科,云)相公再饮一杯。(衙内云)酒够了也。小娘子休唱前篇,则唱幺篇[42]。(做醉科)(正旦云)冷落江湖,团圞人月,相连着夜行船去。(亲随同李稍做睡科)(正旦云)这厮都睡着了也。(唱)

【秃厮儿】那厮也忒懵懂[43],玉山低趄[44]着鬼祟醉眼乜斜[45],我将这金牌虎符都袖褪者[46];唤相公,早醒些,快迭[47]!

【络丝娘】我且回身将杨衙内深深的拜谢,您娘向急飐飐[48]船儿上去也,到家对儿夫尽分说那一场欢悦。

(带云)惭愧,惭愧!(唱)

【收尾】从今不受人磨灭[49],稳情取[50]好夫妻百年喜悦。俺这里,美孜孜在芙蓉帐笑春风;只他那,冷清清杨柳岸伴残月〔51〕。

（衙内云）张二嫂，张二嫂那里去了？（做失惊科，云）李稍，张二嫂怎么去了？看我的势剑金牌可在那里？（张千云）就不见了金牌，还有势剑共文书哩！（李稍云）连势剑文书都被他拿去了！
（衙内云）似此怎了也！（李稍唱）

【马鞍儿】想着想着跌脚儿叫。（张千唱）想着想着我难熬。（衙内唱）酪子里〔52〕愁肠酪子里焦。（众合唱）又不敢着傍人知道；则把他这好香烧、好香烧，咒的他热肉儿跳！

（李稍云）黄昏无旅店，（亲随云）今夜宿谁家？（衙内云）这厮每扮南戏〔53〕那！（众同下）

〔1〕篦(bì 必)：一种齿很密的梳子，这里和"梳"连用，亦为动词。
〔2〕狗鳖：狗身上的一种寄生虫，又名"狗虱"。
〔3〕亲随：贴身仆从，这里指张千。
〔4〕吃血：意为像吃血的蚊子或畜生那样，不是人。
〔5〕酾(shī 师)满：即斟满酒。酾，斟酒。
〔6〕倒褪(tuì 退)：后退。
〔7〕摄毒：代为受毒。摄，代理。
〔8〕低唱浅斟：低声唱曲，慢慢喝酒。
〔9〕薄批细切：指吃生鱼片时片鱼的技巧，用刀将鱼肉斜切成薄片，宋元时称为"切鲙(kuài 块)"、"斫(zhuó 镯)鲙"。
〔10〕稍关打节：打通关节。此指先用鲜鱼麻痹杨衙内，打消他的怀疑。
〔11〕"怕有那"句：意为我卖鱼是不准赊欠的，此指谭记儿明着向杨衙内献鱼，实则要对方付出代价。

〔12〕打捏:微薄的收入。

〔13〕可不知:即可知,当然的意思。

〔14〕献新:新收获的产品,自己不吃,献给权贵人家。

〔15〕做意科:指杨衙内做出垂涎三尺的样子。

〔16〕俗了手:意思是,切鱼是低贱的俗事,不应该这样漂亮的人去做。

〔17〕村了:不好了。指鱼味道不鲜美了。

〔18〕嗾(dōu 兜):斥责人的声音。

〔19〕这些:这里。

〔20〕关节:此指计谋。

〔21〕齁(hōu 侯阴平)齁:鼾声。

〔22〕一射:一箭的射程。

〔23〕落花媒人:现成的媒人。

〔24〕包髻、团衫、绣手巾:元代娶妾的订婚礼品,都是小夫人的穿戴饰物。

〔25〕世不曾:从来不曾。

〔26〕刁决古懒:性情固执、古怪。

〔27〕做意儿科:此指谭记儿假意和杨衙内调情。

〔28〕匆匆匆:嘻笑时发出的声音。

〔29〕"珠冠儿"以下数句:这是谭记儿故意以渔人身份模仿贵妇人举动的滑稽姿态。珠冠儿,缀有珠宝的帽子。霞帔儿,花色长背心。三檐伞,三道檐的阳伞。七香车,用各种香料熏过的车子。都是当时贵妇人的用物。

〔30〕鹦鹉盏:用鹦鹉螺做的酒杯。鹦鹉螺是尖端像鹦鹉嘴的海螺。

〔31〕玉纤:形容妇女纤细的手。

〔32〕凤凰衾:绘着凤凰图案的被子。衾,被子。

〔33〕鸡头:芡实,俗称鸡头米,一种可食的水中植物。

〔34〕龙眼:即桂圆。以上两句暗含秽意。

〔35〕珠玉:对别人文学作品的美称。

〔36〕砌末:戏剧术语,指舞台道具。

〔37〕词寄《西江月》:《西江月》是词牌名,词寄《西江月》就是按《西江月》词牌规定的格律填的词。下文"词寄《夜行船》"同。

〔38〕表白:念诵。

〔39〕"仙子"二句:仙子即嫦娥,传说中月亮上的仙女。浦,水边;此处月浦即指月亮。衢(qú渠),四通八达的道路;云衢即指天空。

〔40〕团圞(luán 峦)人月:指月圆人欢。团圞,形容月亮圆的样子。

〔41〕治:用秤称。今河南一带尚习用。

〔42〕幺(yāo 妖)篇:词曲的后片,这里指〔夜行船〕的下片。

〔43〕懵懂:糊糊涂涂,这里形容醉态。

〔44〕玉山低趄(qiè 窃):形容酒醉的样子。玉山,指身躯。低趄,斜靠着。

〔45〕乜(miē 咩)斜:眼睛因困倦眯成一条缝。

〔46〕袖褪(tùn 屯去声):藏在袖子里。

〔47〕快迭:快点。

〔48〕急飐(zhān 沾)飐:快速如风的样子。

〔49〕磨灭:折磨,欺负。

〔50〕稳情取:定然能够,稳稳得到。

〔51〕冷清清杨柳岸伴残月:借用宋代柳永《雨霖铃》中的著名词句"杨柳岸晓风残月",来嘲笑杨衙内。

〔52〕酪子里:暗地里,背地里。

〔53〕扮南戏:元杂剧一人主唱,南戏则可以由配角演唱。这里〔马鞍儿〕突破了杂剧一人主唱的体制,不是由正旦谭记儿唱,而是由李稍

唱、张千唱、衙内唱、众人合唱,故衙内打诨说"扮南戏"。

第 四 折

(白士中领祗候上,云)小官白士中。因为杨衙内那厮妄奏圣人,要标取小官首级,且喜我夫人施一巧计,将他势剑金牌智赚了来。今日端坐衙门,看那厮将着甚的,好来奈何的我?左右,门首觑者,倘有人来,报复我知道。(衙内同张千、李稍上)(衙内云)小官杨衙内是也。如今取白士中的首级去。可早来到门首,我自过去。(做见白士中科,云)令人与我拿下白士中者!(张千做拿科)(白士中云)你凭着甚么符验[1]来拿我?(衙内云)我奉圣人的命,有势剑金牌,被盗失了,我有文书。(白士中云)有文书,也请来念与我听。(衙内做读文书科,云)词寄《西江月》……(白末[2]做抢科,云)这个是淫词!(衙内云)这个不是,还别有哩。(衙内又做读文书科,云)词寄《夜行船》……(白末做抢科,云)这个也是淫词!(衙内云)这厮倒挟制[3]我!不妨事,又无有原告,怕他做么?(正旦上,云)妾身白士中的夫人谭记儿。颇奈杨衙内这厮,好无理也呵!(唱)

【双调新水令】有这等倚权豪贪酒色滥官员,将俺个有儿夫的媳妇来欺骗。他只待强拆开我长挽挽[4]的连理枝,生摆断我颤巍巍的并头莲[5];其实负屈衔冤,好将俺穷百姓可怜见!

(正旦做见跪科,云)大人可怜见!有杨衙内在半江心里欺骗我来!告大人,与我作主。(白士中云)司房[6]里责口词去。(正旦云)理会的。(下)(白士中云)杨衙内,你可见来?有人告你哩!你如今怎么说?(衙内云)可怎么了?我则索央及他。相公,我自有说的话。(白士中云)你有甚么话说?(衙内云)相公,如今你的罪过我也饶了你,你也饶过我罢。则一件,说你有个好夫人,请出来我见一面。(白士中云)也罢,也罢,左右,击云板[7],后堂请夫人出来。(左右云)夫人,相公有请。(正旦改妆上,云)妾身白士中的夫人。如今过去,看那厮可认的我来?(唱)

【沉醉东风】杨衙内官高势显,昨夜个说地谈天,只道他仗金牌将夫婿诛,恰元来击云板请夫人见。只听的叫吖吖嚷成一片,抵多少笙歌引至画堂前[8]。看他可认的我有些面善?

(与衙内见科,云)衙内,恕生面,少拜识[9]。(唱)

【雁儿落】只他那身常在柳陌[10]眠,脚不离花街串,几年闻姓名,今日逢颜面。

【得胜令】呀,请你个杨衙内少埋怨。(衙内云)这一位夫人好面熟也。(李稍云)兀的不是张二嫂?(衙内云)嗨!夫人,你使的好见识,直被你瞒过小官也!(正旦唱)唬的他半晌只茫然;又无那八棒十枷罪,止不过三交两句言[11]。这一只鱼船,只费得半夜工夫缠,俺两口儿今年,做一个中秋人月圆[12]。

(外扮李秉忠冲上,云)紧骤青骢马,星火赴潭州。小官乃巡抚湖南都御史[13]李秉忠是也。因为杨衙内妄奏不实,奉圣人的命,着小官暗行体访[14],但得真情,先自勘问,然后具表申奏。来到此间,正是潭州衙舍。白士中、杨衙内,您这桩事,小官尽知了也。(正旦唱)

【锦上花】不甫能[15]择的英贤,配成姻眷;没来由遇着无徒,使尽威权。我只得亲上渔船,把机关暗展;若不沙[16],那势剑金牌,如何得免?

【幺篇】呀,只除非天见怜;奈天、天又远。今日个幸对清官,明镜高悬。似他这强夺人妻,公违律典,既然是体察端的,怎生发遣[17]?

(李秉忠云)一行人俱望阙[18]跪者,听我下断。(词云)杨衙内倚势挟权,害良民罪已多年;又兴心夺人妻妾,敢妄奏圣主之前。谭记儿天生智慧,赚金牌亲上渔船。奉敕书[19]差咱体访,为人间理枉伸冤。将衙内问成杂犯[20],杖八十削职归田。白士中照旧供职,赐夫妻偕老团圆。(白士中夫妻谢恩科)(正旦唱)

【清江引】虽然道今世里的夫妻夙世[21]的缘,毕竟是谁方便[22],从此无别离,百事长如愿;这多谢你个赛龙图[23]恩不浅!

  题目 清安观邂逅[24]说亲
  正名 望江亭中秋切鲙

 〔1〕符验:凭证,证件。
 〔2〕白末:扮演白士中的末脚。
 〔3〕挟(xié携)制:抓住别人的弱点强使其服从。
 〔4〕长挽挽:形容柔长而缠绵的样子。
 〔5〕摆断:即掰断。颤巍巍:颤动、摇曳的样子。并头莲:茎上长出两朵莲花,称为"并头莲",与"连理枝"一样,多用来比喻恩爱夫妻。
 〔6〕司房:衙门中掌管记录案情、口供及提起诉讼的部门。
 〔7〕云板:一种带云字纹的金属响器,悬在公堂一侧,如有事通知住在内院的官员女眷时,便敲击云板传信,以免男衙役直接进入内院。

〔8〕笙歌引至画堂前:元杂剧中以此表示举行婚礼。这是谭记儿嘲讽杨衙内的话。

〔9〕恕生面,少拜识:见面时的客套话,犹如"初次见面,少礼少礼"。这也是讥讽杨衙内的话。

〔10〕柳陌:和下句的"花街"均指妓女聚集的地方。

〔11〕"又无那八棒十枷罪"二句:意思是,只不过交谈了三言两语,也没有犯什么值得处罚的罪。

〔12〕做一个中秋人月圆:意为在八月中秋得以团圆。这又是讥讽杨衙内的话。

〔13〕巡抚湖南都御史:朝廷派到湖南巡视的官员。

〔14〕体访:亲身调查。

〔15〕不甫能:好不容易、刚刚。

〔16〕沙:词尾助词,犹如"啊"、"呀"。

〔17〕发遣:发落。

〔18〕阙(què确):皇帝居处。

〔19〕敕(chì斥)书:皇帝的诏书。

〔20〕杂犯:死刑以下的罪犯。

〔21〕夙(sù素)世:前世。

〔22〕谁方便:谁赐给的方便。这是对李秉忠和皇帝表示感恩的话。

〔23〕赛龙图:宋代包拯为官清正,因他曾任龙图阁直学士,故称他为"包龙图"。赛龙图即赛过包龙图。

〔24〕邂逅(xiè hòu谢后):不期而遇。

诈妮子调风月[1]

第 一 折

(老孤、正末一折)(正末、卜儿一折)(夫人上云住)(正末见夫人住)(夫人云了,下)(正末书院坐定)[2](正旦扮侍妾上)夫人言语,道有小千户[3]到来,交燕燕服侍去。"别个不中,则你去。"想俺这等人好难呵!

【仙吕点绛唇】半世为人,不曾教大人心困[4]。虽是搽胭粉,只争不裹头巾[5],将那等不做人[6]的婆娘恨。

【混江龙】男儿人若不依本分,一个抢白是非两家分,壮鼻凹硬如石铁,教满耳根都做了烧云[7]。普天下汉子尽教都先有意,牢把定自己休不成人[8],虽然两家无意,便待一面成亲,不分晓便似包着一肚皮干牛粪[9]。知人无意,及早抽身。

【油葫芦】大刚来妇女每常川有些没事狠,只不过人道村,至如那村字儿有甚辱家门?更怕我脚踏虚地难安稳,心无实事自资隐,即渐了虚变做实假做真,直到说得教大半人评论,那时节旋洗垢,不盘根[10]。

【天下乐】合下手休教惹议论[11]。(见末了)(末云了)哥哥的家门,不是一跳身[12],(末云了)便似一团儿搦成官定粉[13]。燕燕敢道么？(末云了)和哥哥外名[14]，燕燕也记得真，唤做"磨合罗小舍人"。[15]

(末云了)(旦捧砌末[16]唱)

【那吒令】等不得水温，一声要面盆，恰递与面盆，一声要手巾，却执与手巾，一声解纽门[17]，使的人无淹润[18]，百般支分[19]！

(末云了)(旦笑云)量姊妹房里有甚好？

【鹊踏枝】入得房门，怎回身？厅独卧房儿窄窄别别[20]，有甚铺陈[21]？燕燕已身有甚么孝顺，拗不过哥哥行在意殷勤。

【寄生草】卧地观经史，坐地对圣人，你观的国风雅颂施诂训，诵的典谟训诰居尧舜，(末云)说的温良恭俭行忠信。燕燕只理会得龙蟠虎踞灭燕齐，谁会甚儿婚女聘成秦晋[22]！

(末云)这书院好。

【幺】这书房存得阿马，会得客宾；翠筠月朗龙蛇印[23]，碧轩夜冷灯香信[24]，绿窗雨细琴书润，每朝席上宴佳宾，抵多少"十年窗下无人问"！

(末云住)

【村里迓鼓】更做道[25]一家生女，百家求问，才说贞烈，哪里取一个时辰？见他语言儿栽排得淹润[26]，怕不待[27]言词硬，性格村，他怎比寻常世人？

(末云)(旦唱)

【元和令】无男儿只一身，担寂寞受孤闷；有男儿吃梦入劳魂，心肠百处分，知得有情人不曾来问肯[28]，便待要成眷姻。

【上马娇】自勘婚[29]，自说亲，也是"贱媳妇责[30]媒人"。往常我冰清玉洁难侵近，是他亲只管教话儿亲[31]，我煞待嗔[32]，我便恶相闻。

【胜葫芦】怕不[33]依随蒙君一夜恩，争夸忒达地、忒知根[34]，兼上亲上成亲好对门。觑了他兀的模样，这般身分，若脱过[35]这好郎君。

【幺】教人道"眼里无珍一世贫"[36]，成就了又怕辜恩。若往常烈焰飞腾情性紧，若一遭儿恩爱、再来不问，枉侵了[37]这百年恩。

（旦云）子末[38]你不志诚？（末云了）

【后庭花】我往常笑别人容易婚，打取一千个好啼喷[39]；我往常说贞烈自由性，嫌轻狂恶尽人[40]。不争你话儿亲，自评自论，这一交直是哏，亏折了难正本。一个个忒忺新，一个个不是人[41]。

【柳叶儿】一个个背槽抛粪[42]，一个个负义忘恩。自来鱼雁无音信。自思忖，不审得话儿真，枉葫芦提[43]了"燕尔新婚"。

（调让了[44]）（旦云）许下我的休忘了。（末云了）（旦出门科）

【尾】忽地却掀帘，兜地[45]回头问，不由我心儿里便亲。你把那并枕睡的日头儿再定轮[46]，休教我逐宵价握雨携云[47]过今春，先教我不系腰裙，便是半簸箕头钱扑个复纯[48]，教人道"眼里有珍"，你可休"言而无信"！（云）许下我

包髻、团衫、绣手巾,专等你世袭千户的小夫人。(下)

〔1〕《调风月》是一出儿女风情戏,带有悲剧色彩。剧本的科白残缺较严重,从曲文和少量正旦的说白看,其大致情节如下:贵族家的仆女燕燕被小千户的花言巧语所欺骗失身,小千户却另娶了大户人家的千金莺莺,在婚礼上,燕燕公开抗争,揭露小千户玩弄女性的真面目,痛骂新娘子莺莺,老夫人只得答应燕燕也嫁给小千户(一说许她嫁给家中的男仆六儿)。诈妮子,即是燕燕。诈,机灵的意思。

〔2〕正末书院坐定:从开场到此处,写小千户告别父母,前来探亲的经过。老孤,扮演小千户的父亲。卜儿,扮演小千户的母亲。夫人,燕燕的主人,小千户的亲戚。云了,说完了,本剧科白残缺,常用"了"、"住了"表示宾白说完或一个动作做完。

〔3〕小千户:千户是金元时代的武官名,"小"表示其年轻。

〔4〕心困:不痛快。

〔5〕只争不裹头巾:意谓,我是不裹头巾的男子汉。头巾是当时男子的装束。

〔6〕不做人:不争气。

〔7〕"男儿人若不依本分"四句:男人如果不守本分,争闹起来,反而要你分担是非,他脸皮厚,你倒羞得满面通红。壮鼻凹,即厚脸皮。烧云,形容脸红。

〔8〕休不成人:休要做丢人的事。

〔9〕"虽然两家无意"三句:如果不是男女双方相爱,女方就一面热地与人成亲,结果往往自讨苦吃。干牛粪,比喻有苦说不出。

〔10〕"大刚来"以下数句:意思是,大概有些妇女动不动就发脾气,这只不过被人说成愚蠢罢了,也不会有辱家门,最怕的是一脚踩虚,上了别人的当,还假装若无其事地自欺欺人,到那时以假做真,被人议论,就

洗刷不清了。大刚来,总之、大概。常川,常常。没事狠,无事生非。

〔11〕合下手休教惹议论:该下手就下手,不要引起别人议论。

〔12〕不是一跳身:不是一下子显赫起来的。一跳身,猛然发迹的意思。

〔13〕一团儿搦成官定粉:是说小千户就像一团儿官定粉捏成的。官定粉,官家配制的脂粉,这里形容小千户皮肤白净。

〔14〕外名:即外号。

〔15〕磨合罗小舍人:这是燕燕给小千户起的绰号。磨合罗本是七夕时供养的小佛像,后来成了儿童玩具。舍人是宋元时对官家子弟的称呼。全句意为,像磨合罗一样的小舍人。

〔16〕砌末:戏剧术语,指舞台道具,此处是面盆与手巾。

〔17〕纽门:纽扣、扣鼻。

〔18〕无淹润:没有片刻停留。

〔19〕支分:指使、分派。

〔20〕厅独:伶仃孤独。窄窄别别:狭窄的意思。

〔21〕铺陈:陈设、摆设。

〔22〕"卧地观经史"以下数句:是说,你小千户读圣人之书,应该规规矩矩,不要说什么男婚女嫁之事。看来此时小千户已经作出轻浮的举动和非分的要求。国风、雅、颂,《诗经》中的三大类,这里代指《诗经》。典谟、训诰,出自《尚书》,泛指儒家的典籍和政府文告。龙盘虎踞灭燕齐,泛指历史上征战一类的事。

〔23〕翠筠月朗龙蛇映:形容月亮、星星照耀到竹林之中。翠筠,指绿色的竹子。

〔24〕碧轩夜冷灯香信:意为轩房里夜深人静时只有灯光、香气传来。

〔25〕更做道:又道是的意思。

〔26〕语言儿栽排的淹润:是说小千户话语温存。栽排,安排。淹润,温存,与本折注〔18〕意不同。

〔27〕怕不待:此处是偏不能的意思。

〔28〕问肯:请求同意亲事。

〔29〕勘婚:定婚前核定男女双方的年龄、八字是否相合的一种手续。

〔30〕责:这里是"做"的意思。

〔31〕"是他亲"句:意为他现在来亲近,只管让他说亲近的话吧。

〔32〕我煞待嗔:我要是生气。煞,相当于"啊"。

〔33〕怕不:倘不。

〔34〕忒达地、忒知根:知根知底的意思。忒,特别。

〔35〕若脱过:如何丢掉。若,此处是如何的意思。

〔36〕眼里无珍一世贫:当时成语,意为如果没有眼光,放过了珍宝,那就合该一辈子受穷。

〔37〕枉侵了:白白地占有。

〔38〕子末:即怎么。

〔39〕"我往常笑别人"二句:我往常笑别人容易被骗,现在轮到我被人家背后议论了。俗传被别人说闲话的人会打喷嚏。嚏喷,即喷嚏。

〔40〕"我往常说贞烈"二句:意谓燕燕平时总说要贞烈,要自己选择所爱之人,没想到自己遭到恶人欺骗而失身。

〔41〕"这一交直是哏",意为跌的这一跤真厉害。忺(xiān 掀)新,对新的感到快乐,谓喜新厌旧。

〔42〕背槽抛粪:牲畜背对食槽下粪,比喻忘恩负义。

〔43〕葫芦提:糊里糊涂、马马虎虎。

〔44〕调让了:调和、让步。根据剧情,应是燕燕对小千户的话有怀疑,小千户解释发誓,并许她作小夫人。

〔45〕兜地：突然地。

〔46〕定轮：说定。

〔47〕"休教我"句：别让我每天夜晚盼着和你欢会。

〔48〕扑个复纯：赌博用语。扑，掷钱赌博。复纯，即浑纯，是掷成一色的头钱。这里借指好的结果。

第 二 折

(外孤[1]一折)(正末、外旦郊外一折[2])(正末、六儿上)(正旦带酒上)却共女伴每蹴[3]罢秋千,逃席的走来家,这早晚小千户敢来家了也。

【中吕粉蝶儿】年例寒食,邻姬每斗草邀会[4],去年时没人将我拘管收拾,打千秋,闲斗草,直到个昏天黑地;今年个不敢来迟,有一个未拿着性儿[5]女婿。

(做到书院见末)你吃饭未?(末不耐烦科)(正旦唱)

【醉春风】因甚把玉粳米牙儿抵[6],金莲花攒枕[7]倚,或嗔或喜脸儿多?哎!你,你,教我没想没思,两心两意,早晨古自一家一计[8]!

(旦云)我猜你咱,(末云)(旦唱)

【朱履曲】莫不是郊外去逢着甚邪祟[9]?又不疯又不呆痴,面没罗[10]、呆答孩[11]、死堆灰。这烦恼在谁身上?莫不在我根底,打听得些闲是非?

(末云了[12])(旦审住[13])是了!

【满庭芳】见我这般微微喘息,语言恍惚,脚步儿查梨[14],慢松松胸带儿频挪系,裙腰儿空闲里偷提;见我这般气丝丝偏斜了鬓髻,汗浸浸折皱了罗衣。似你这般狂心记,一番家搓揉人的样势,休胡猜人,短命黑心贼!

（末云了）（旦云）你又不吃饭也,睡波。（末更衣科）

【十二月】直到个天昏地黑,不肯更换衣袂;把兔鹘[15]解开,纽扣相离,把袄子疏剌剌松开上拆,将手帕[16]撇漾在田地。

（末慌科）

【尧民歌】见那厮手慌脚乱紧收拾,被我先藏在香罗袖儿里。是好哥哥和我做头敌[17],咱两个官司有商议,休提!休提!哥哥撇下的手帕是阿谁的?

（末云了）

【江儿水】老阿者使将来服侍你,展污了咱身起。你养着别个的,看我如奴婢,燕燕哪些儿亏负你?

（旦做住）（末告科）

【上小楼】我敢摔碎这盒子,玳瑁纳子[18]教石头砸碎。（带云）这手帕,剪了做靴檐,染了做鞋面,挦了做铺持[19],万分好待你,好觑你。如今刀子根底,我敢割得来粉零麻碎[20]!

（末云了[21]）（旦云）直恁值钱?

【幺】更做道你好处打唤来的[22],却怎看得非轻,看得值钱,待得尊贵?这两下里捻绡的[23],有多少功绩,倒重如细挼绒绣来胸背[24]?

（云了）

【哨遍】并不是婆娘人[25]把你抑勒[26],招取那肯心儿[27]自说来的神前誓。天果报,无差移,只争个来早来迟。限时刻十王地藏[28]，六道轮回[29]，单劝化人间世。善恶天心人意[30]，"人间私语，天闻若雷[31]"，但年高都是积行好心人，早寿夭都是辜恩负德贼。好说话清晨，变了卦今日，冷了心晚夕。

（末云）（旦出来科）

【耍孩儿】我便做花街柳陌风尘妓，也无奈则忺过三朝五日[32]。你那浪心肠看得我忒容易，欺负我是半良不贱[33]身躯。半良身情深如你那指腹为亲妇，半贱体意重似拖麻拽布妻[34]。想不想在今日，都了绝爽利，休尽我精细[35]。

（云）我往常伶俐，今日都行不得了呵！

【五煞】别人斩眉我早举动眼，道头知道尾，你这般沙糖般甜话儿多曾吃！你又不是"残花酝酿蜂儿蜜，细雨调和燕子泥"。自笑我狂踪迹。我往常受那无男儿烦恼，今日知有丈夫滋味[36]。

【四煞】待争来怎地争，待悔来怎地悔，怎补得我这有气分[37]全身体？打也阿儿包髻[38]，真加[39]要带与别人成美，况团衫怎能够披[40]？他若不在俺宅司内，便大家南北，各自东西！

【三煞】明日索一般供与他衣袂穿，一般过与他茶饭吃，到晚送得他被底成双睡。他"做成暖帐三更梦"，我"拨尽寒炉一夜灰"。有句话存心记：则愿得辜恩负德，一个个荫子封妻[41]！

【二煞】出门来一脚高一脚低，自不觉鞋底儿着田地。痛连心除他外谁根前说？气夯破肚[42]别人行怎又不敢提？独自向银蟾[43]低,则道是孤鸿伴影,几时吃四马攒蹄[44]?

【尾】呆敲才[45]、呆敲才,休怨天。死贱人、死贱人,自骂你!本待要皂腰裙,刚待要蓝包髻,则这的是接贵攀高落得的。(下)

〔1〕外孤:外旦莺莺的父亲。

〔2〕正末、外旦郊外一折:这是写小千户与莺莺在郊外游赏时相遇,小千户又爱上莺莺,双方交换信物的情节。

〔3〕蹴(cù 促):踏。

〔4〕斗草:也叫"斗百草",古代游戏。采花草,比赛优劣多少。

〔5〕未拿着性儿:没摸着脾气。

〔6〕把玉粳(jīng 经)米牙儿抵:把玉粳米一般洁白的牙紧咬着。形容小千户不高兴。

〔7〕金莲花攒枕:绣着莲花的枕头。

〔8〕"教我没想没思"三句:是说真教我想不通,早晨还说我们俩人是一家人,现在又三心二意起来。古自,同"兀自",尚且的意思。

〔9〕邪祟:邪魔鬼祟。此处指不顺心的事。

〔10〕面没罗:无精打彩的样子。

〔11〕呆打孩:发呆的样子。

〔12〕末云了:从下文旦唱"休胡猜人"看,这里是小千户趁着燕燕说"莫不在我根底,打听得些闲是非",就胡说自己情绪不好正是听到燕燕与别人有私情。

〔13〕审住:思索了一会儿。

〔14〕查梨:脚步歪斜的样子。

〔15〕兔鹘:一种腰带,上等的用玉做成。

〔16〕手帕:莺莺给小千户的信物。

〔17〕头敌:对头。

〔18〕玳瑁纳子:放饰物的盒子,用玳瑁制成。

〔19〕捋(luō 挼):此处是扯碎的意思。铺持:用来打袼褙做鞋底用的碎布。

〔20〕粉零麻碎:零乱粉碎。

〔21〕末云了:这是小千户求燕燕不要将手帕剪碎。

〔22〕更做道你好处打换来的:即使是你们相勾搭换来的。好处,指小千户与莺莺相勾搭。

〔23〕两下里捻绡的:责备小千户同时向两个女人表示爱情。捻绡,用手拿手帕。旧时手帕多作为男女间定情的信物,故这里是一语双关。

〔24〕细揱绒绣来胸背:女真贵族的官服,其胸背部分均绣有图案。这里喻指官位。

〔25〕婆娘人:燕燕自指。

〔26〕抑勒:强迫、逼迫。

〔27〕肯心儿:心甘情愿。

〔28〕十王:佛教传说中的十个阎王。地藏:即地藏王,十王之一,传说他掌管阴司。

〔29〕六道轮回:佛教认为众生各依其善恶业因,一直按六道(天道、人道、阿修罗道、地狱道、牲畜道、饿鬼道)中生死相续,犹如车轮一样旋转不停。

〔30〕善恶天心人意:善恶报应,是符合天心人意的。

〔31〕人间私语,天闻若雷:当时成语,意为人间的任何私房话,老天听起来就像打雷那样响亮。

〔32〕"我便做"二句:意为我即使做妓女,也不能只有三五天那样短。欣,高兴的意思。

〔33〕半良不贱:指婢女的身份处于"良""贱"之间。

〔34〕"半良身"二句:说自己虽是婢女,情意比正妻还要深。拖麻拽布,意为可为小千户服重孝。

〔35〕"想不想"三句:没想到今天痛快了结,使不上我的聪明伶俐。

〔36〕〔五煞〕曲:这是燕燕自悔被小千户欺骗。斩眉、眨眼。"残花酝酿蜂儿蜜,细雨调和燕子泥",元代散曲家胡紫山〔阳春曲〕中句,用以比喻款款温情。

〔37〕气分:志气、体面。

〔38〕打也阿儿包髻:捶打(小千户送给她的)包髻。"也阿儿",句中衬字,无意。

〔39〕真加:真的。"加",语尾助词,犹"家",相当于"地"、"个"等字。

〔40〕"团衫"句:这是燕燕表示,如果小千户真与别人相好,就退回他送的团衫。

〔41〕"则愿得辜恩负德"二句:但愿忘恩负义的人一个个封妻荫子。这是恨极而说的反话,实际上是说总有一天会有恶报。

〔42〕气夯(hāng 杭阴平)破肚:怒气冲破肚皮。

〔43〕银蟾:指月亮。

〔44〕四马攒蹄:把马蹄捆绑起来放倒,比喻吃得走不动路。这里有"酒足饭饱,吃得痛快"的意思。这是燕燕对和小千户一起宴饮不抱希望。

〔45〕呆敲才:骂人的话,意为该打的贼坯。这是燕燕骂小千户。以下是燕燕自责。全曲刻画了燕燕复杂的心理状态。

第 三 折

(孤一折)(夫人一折)(末、六儿一折)(正旦上,云)好烦恼人

呵！（长吁了）（唱）

【越调斗鹌鹑】短叹长吁，千声万声；捣枕搥床，到三更四更。便似止渴思梅，充饥画饼，因甚顷刻休。则伤我取次成[1]，好个个舒心，干支刺没兴[2]。

【紫花儿序】好轻乞列薄命、热忽剌姻缘，短古取恩情[3]。（见灯蛾科）哎！蛾儿，俺两个有比喻：见一个耍蛾儿来往向烈焰上飞腾，正撞着银灯，拦头送了性命；咱两个堪为比并，我为那包髻白身[4]，你为这灯火青荧。

（云）我救这蛾儿。（做起身挑灯蛾科）哎，蛾儿，俺两个大刚来不省[5]呵！

【幺】我把这银灯来指定，引了咱两个魂灵，都是这一点虚名。怕不百伶百俐，千战千赢，更做道"能行怎离得影"[6]！这一场"其身不正"[7]，怎当那厮大四至[8]铺排"小夫人"名称？

（末、六儿上）（开门了）（末云）（旦唱）

【梨花儿】是教我软地上吃交[9]，我也不共你争。煞是多劳重降尊临卑，有劳长者车马，贵脚踏于贱地，小的每多谢承。本待麻线道上不和你一处行[10]，（云）你依得我一件事，依得我愿随鞭镫。

（云）你要我饶你，咱再对星月赌一个誓。（云了）（出门了）

【紫花儿序】你把遥天指定，指定那淡月疏星，再说一个海誓山盟；我便收撮了火性，铺撒了人情，忍气吞声，饶过你那亏人不志诚。赚出门楹，（入房科）呼的关上栊门[11]，铺的吹灭残灯。

（末告,不开门了）（末怒云了,下）（旦闪下）

（夫人上住）（末上见住）（云了[12]）（夫人唤了）（旦上见夫人了）（夫人云了）（旦云）燕燕不会,去不得。

【小桃红】燕燕上复:传示煞曾经,谁会甚儿成婚聘？甚的是许出羞下红定[13]？问这洛阳城,少甚么能言快语官媒证？燕燕怎敢假名托姓？但教我一权为政,情取"火上等冬凌[14]"。

（旦云）燕燕不去。（末云）（夫人怒云了）（旦唱）

【调笑令】这厮短命,没前程,做得个轻人还自轻[15]。横死口里栽排定,老夫人随邪水性[16],道我能言快语说合成,我说波娘七代先灵[17]！

【圣药王】然道户厮迎[18],也合再打听,两门亲便走一遭儿成。我若到那户庭,见那娉婷,若是那女孩儿言语没实诚,俺这厮强风情[19]。（虚下）

（外孤上）（旦上,见孤云）夫人使来问小姐亲事,相公许不许,燕燕回去。（外孤云了）（闪下）

（外旦上）（旦随上,见了）特地来问小姐亲事,许不许回[20]去。

（外旦许了）（旦唱）

【鬼三台】女孩儿言着婚聘,则合低了胭颈,羞答答地噤声；划地面皮上笑容生,是一个不识羞伴等。俺那厮做事一灭行[21],这妮子更敢有四星[22]；把体面装沉,把头梢自领[23]。

（旦背云）着几句话,破了这门亲。（对外旦云）小姐,那小千户酒性歹。（外旦骂住[24]）（旦云）呀！早第一句儿。

【天净沙】先教人掩扑[25]了我几夜恩情,来这里被他骂得我百节酸疼,我便似窬墙贼蝎螫噤声[26]。空使作心幸,被小夫人引了我魂灵。

(外旦云了)(旦云)你道有铁脊梁的,你手里做媳妇[27]。

【东原乐】我是你心头病,你是我眼内钉,都是那等不贤慧的婆娘传槽病[28]。你只牢踏着八字行,俺那厮陷坑,没一日曾干净。

【绵答絮】我又不是停眠整宿,大刚来窃玉偷香[29]。一时间宠幸,数日间忺过。俺那厮一日一个王魁负桂英[30],你被人推、人推更不轻。俺那厮一霎儿新情,撒地腿脡麻,歇地脑袋疼[31]。

【拙鲁速】终身无簸箕星[32],指云中雁做羹[33]。时下且口口声声,战战兢兢,袅袅婷婷,坐坐行行;有一日孤孤零零,冷冷清清,咽咽哽哽,觑着你个拖汉精[34]!

【尾】大刚来主人有福牙推胜[35],不似这调风月媒人背厅[36]。说得他美甘甘枕头儿上双成,闪得我薄设设[37]被窝儿里冷!(下)

〔1〕则伤我取次成:只错在我草率成事。取次,轻易、草率的意思。

〔2〕"好个个舒心"二句:好让他们(小千户、莺莺)个个舒心,而我的生活却枯燥无味。干支剌,干巴巴的意思。

〔3〕"好轻乞列"三句:轻乞列、热忽剌、短古取,三个语法结构相同的状语,主要意思在第一字上,乞列、忽剌、古取都是语气助词,无意。

〔4〕白身:白白献身。

〔5〕大刚来：大都、总之。不省：不清醒。

〔6〕能行怎离得影：当时成语，意为走得再快也离不开影子，即命中注定的意思。

〔7〕其身不正：指自己与小千户有私情之事。

〔8〕大四至：本为宋代的一种土地承包制度，有"包占"的意思，这里指小千户大模大样，煞有介事。

〔9〕软地上吃交：指小千户又用软的一套来欺骗燕燕。

〔10〕麻线道上不和你一处行：元代俗语，谓到死也不和你在一起。麻线道，迷信说法，谓黄泉路。

〔11〕栊门：指房门。

〔12〕云了：这是小千户吃了闭门羹以后，想出报复的办法，让夫人指使燕燕去莺莺处为他提亲。

〔13〕"燕燕上复"四句：上复夫人，传话之类的事我经过不少，但做媒人却不会，不知道"许出羞"、"下红定"这些事情怎么办。许出羞，即定亲的许口酒（依吴国钦说）。

〔14〕"但教我一权为政"二句：要是让我作主，事情一定会失败。一权为政，即全权作主。火上等冬凌，比喻立即失败。

〔15〕轻人还自轻：当时成语，有自食恶果的意思。

〔16〕"横死口里"二句：那不得好死的已经说定了，老夫人也随着他的意。横死，詈词，谓不得好死。随邪水性，随波逐流的意思。

〔17〕我说波娘七代先灵：我说他娘的七代祖先。波，句中衬字，无意。

〔18〕然道户厮迎：虽然说门当户对。然，虽然。

〔19〕"若是"两句：假如莺莺言语中没有什么真情，那就是小千户自做多情。

〔20〕回：回复。

〔21〕一灭行:一味胡来,一意孤行。

〔22〕这妮子更敢有四星:意为莺莺虽有诚意,也有可能是空企盼。《西厢记》:"今夜凄凉有四星,他不瞅人待怎生。"

〔23〕把头梢自领:自己心甘情愿。

〔24〕外旦骂住:由于燕燕说了小千户的坏话,所以引起莺莺骂她。从下文"掩仆了我几夜恩情"看,莺莺可能已经猜测到小千户与燕燕的偷情关系,并骂出口来。

〔25〕掩仆:一种赌博,引申作"猜测"讲。

〔26〕劓(gǒng 拱)墙贼蝎螫噤声:意为打洞钻墙行窃的贼即使被蝎子螫了也不敢作声。

〔27〕"你道"两句:这是燕燕重复莺莺对她说的话,意为:你长着铁脊梁,准备着在我手下挨打吧。

〔28〕传槽病:牲畜同槽而食,互相传染疾病。这里借指妇女之间相互嫉妒、争风吃醋的毛病。

〔29〕大刚来窃玉偷香:只不过偷情而已。偷香,晋时贾充的女儿与韩寿发生了爱情,将父亲所藏的奇香偷赠给寿。后来"偷香"常与"窃玉"连用,作为偷情的成语。

〔30〕王魁负桂英:宋元时非常流行的故事。王魁中状元之后,不顾发妻桂英对他的恩情,停妻再娶,桂英挥刀自刎。见宋张邦畿《侍儿小名录拾遗》引《摭遗》。

〔31〕"俺那厮"三句:是说小千户性情变化不定。撒地、歇地,都是忽然间、一会儿的意思。腿脡(tǐng 挺),就是腿胫。

〔32〕簸箕星:彗星的一种。迷信的说法,簸箕星出现是不祥之兆。

〔33〕指云中雁做羹:比喻不切实际的幻想。与上句相连,意思是:尽管我命运不错,但与小千户成亲却是根本不可能的。

〔34〕"时下"八句:眼下还只是战战兢兢地在口头上抱怨,到有一

天小千户真的被你个"拖汉精"(指莺莺)夺去,那就更凄惨了。

〔35〕主人有福牙推胜:意为主人如果有福,给他相面的星相术士或为他看病的医生就能得到好处。牙推,指医生或星相术士。这里借指燕燕为人做成好媒。

〔36〕背厅:背运、倒霉。

〔37〕薄设设:薄薄的。

第 四 折

(老孤、外孤上)(众外上)(夫人上住)(正末、正旦、外旦上住)(正旦唱)

【双调新水令】双撒敦[1]是部尚书,女婿是世袭千户,有二百匹金勒[2]马,五十辆画轮车。说得他儿女夫妻,似水如鱼;撇得我鳏寡孤独,哪的是撮合山[3]养身处?

【驻马听】官人每是石碾连珠[4],满腰背无瑕玉兔鹘;夫人每是依时按序,细揾绒[5]全套绣衣服,包髻是缨络大真珠[6],额花[7]是秋色玲珑玉,悠悠的品着鹧鸪[8],雁行般但举手都能舞。

(做与外旦插带了科)(外旦云)(旦唱)

【甜水令】姐姐骨甜肉净,堪描堪塑。生得肌肤似凝酥,从小里梅香嬷嬷抬举,问燕燕梳裹何如?

【折桂令】他是不曾惯傅粉施朱,包髻不仰不合,堪画堪图,你看三插花枝,颤巍巍稳当扶疏[9]。则道是烟雾内初生月兔,原来是云鬟后半露琼梳[10]。百般的观觑,一划[11]的全无市井尘俗,压尽其馀。

（末云了）（旦揪搜末科）[12]

【水仙子】推挪领系[13]眼落处,采揪住那系腰[14]行行恰胯骨。我这般拈拈掐掐有甚难当处?想我那声冤不得苦痛处。你不合先发头怒[15];你若无言语,怎敢将你觑付[16],则索做使长、郎主[17]。

（孤云了）[18]（旦唱）

【殿前欢】俺千户跨龙驹,称得上的敢望七香车。愿得同心结,永挂合欢树。鸾凤娇雏、连理枝、比目鱼,千载相完聚。花发无风雨,头白相守,眼黑[19]处全无。

（老孤问了）（旦云）煞曾勘婚来。

【乔牌儿】勘婚处恰岁数,出嫁后有衣禄。若言招女婿,下财钱将他娶过去。

【挂玉钩】是个破败家私铁扫帚[20],没些儿发旺夫家处,可更绝子嗣、妨公婆、克丈夫。脸上承泪靥[21]无重数,今年见吊客临,丧门聚;反阴复阴[22],半载其馀。

【落梅风】据着生的年月,演的岁数,不是个义夫节妇,休想得五男并二女,死得教灭门绝户。

（夫人云了）[23]（旦跪唱）

【雁儿落】燕燕那书房中服侍处,许第二个夫人做;他须是人身人面皮,人口人言语!

【得胜令】到如今总是彻梢虚[24],燕燕不是石头镌、铁头做,教我死临侵[25]身无措,错支剌[26]心受苦!（夫人云）[27]（旦唱）瘫中着身躯,教我两下里难停住;气夯破胸脯,教燕燕两下里没是处。

【阿古令】满盏内盈盈绿醑[28],只合当作婢为奴。谢相公夫人抬举,怎敢做三妻两妇?只得和丈夫、一处、对舞,便是燕燕花生满路[29]。

  题目 双莺燕暗争春
  正名 诈妮子调风月

〔1〕双撒敦:撒敦是女真语亲戚的意思,双撒敦当是指小千户与莺莺两家的亲家关系。

〔2〕金勒:勒是套在马头上带嚼口的笼头,金勒是饰金之勒,形容它的华贵。

〔3〕撮合山:指媒人。此处是燕燕自指。

〔4〕石碾连珠:珠玉相连如石碾般厚重,形容富贵。

〔5〕细挼绒:细绒布。

〔6〕缨络(yīng luò 英洛):用彩线、珠宝结成的装饰品。真珠:即珍珠。

〔7〕额花:古时用纸、绢、玉等做成的花,妇女贴在额上以为装饰。

〔8〕鹧鸪:即鹧鸪笛,女真人的一种乐器。

〔9〕扶疏:这里是形容插在头上的花交错有致的样子。

〔10〕琼梳:玉制的梳子。

〔11〕一划:全部、统统的意思。

〔12〕末云了,旦揪搜末科:从下文唱词看,这是小千户让燕燕为他整理婚礼上穿的服装,燕燕便趁机掐他、推他、捏他。

〔13〕领系:系衣领的带儿。

〔14〕系腰:即腰带。

〔15〕先发头怒:先挑起火来。

〔16〕觑付:本意是照顾,这里指燕燕对小千户的推、掐、捏等动作。

〔17〕使长、郎主:奴婢对主人的称呼。以上三句,既说要没有你(指小千户)发话,我怎会来照顾你;同时也含有当初若不是你发誓赌咒,我怎会受骗失身的意思。

〔18〕孤云了:这是燕燕家的相公见事情闹大了,想问个究竟。

〔19〕眼黑:指夫妻反目。以上是燕燕讲述自己的爱情理想,估计在这段唱前,她已经向众人讲明了与小千户的关系。所以下文老孤(小千户的父亲)问她是否"勘婚",燕燕回答"煞曾勘婚来"。

〔20〕铁扫帚:犹如说败家子,像手握铁扫帚一样,把家产全部扫出门。

〔21〕承泪靥(yè 叶):妇女泪腺下面的痣,相书上认为是苦命的标记。

〔22〕反阴复阴:即"反吟复吟",相书上认为,如果出现这种现象,婚姻不易成功。

〔23〕夫人云了:这是夫人见燕燕骂得太不像话,就出来训斥她。

〔24〕彻梢虚:完全是说假话,骗人。

〔25〕死临侵:死呆呆、毫无生气的样子。

〔26〕错支剌:进退两难、慌张失措的样子。

〔27〕夫人云:这是夫人许燕燕作小千户的妾(一说是将她许给六儿为妻)。

〔28〕绿醑(xǔ 许):美酒。

〔29〕花生满路:元杂剧中常用语,比喻前程似锦。

闺怨佳人拜月亭[1]

楔　子[2]

（孤、夫人上,云了[3]）（打唤[4]了）（正旦扮引梅香上了）（见孤科）（孤云了）（情理打别科[5]）（把盏科）父亲年纪高大,鞍马上小心咱。（孤云了）（做掩泪科）

【仙吕赏花时】卷地狂风吹塞沙,映日疏林啼暮鸦。满满的捧流霞[6],相留得半霎,咫尺隔天涯。

【幺】行色一鞭催瘦马。（孤云了）你直待白骨中原如卧麻。虽是这战伐,负着个天摧地塌,是必想着俺子母每早来家。（下）

（孤、夫人云了）

[1]《拜月亭》写王瑞兰与蒋世隆悲欢离合的爱情故事。它把一对青年男女的自由结合安排在一个战乱的环境里,因而显得真实可信。剧本提出了"愿天下心厮爱的夫妇永无分离"的主张,表现出关汉卿进步的爱情观与婚姻观。剧本的宾白大部残缺,但基本情节尚完整。现存四大南戏之一的《拜月亭》（又名《幽闺记》）,可能是根据关汉卿的这一剧本改编的。

[2]楔子:写王瑞兰和她母亲送父亲王镇（孤扮）到边域,一家人离别的情况。

〔3〕云了:即说完了。本剧和《调风月》科白残缺,常用"了"或"住了"表示一段宾白说完或一个动作做完。

〔4〕打唤:这是孤唤正旦出来作别的动作。

〔5〕情理打别科:按照情理作分别的表演。

〔6〕流霞:传说中的仙酒,这里泛指美酒。

第 一 折〔1〕

(末,小旦云了)(打救外了〔2〕)(正旦共夫人相逐慌走上了)(夫人云了)怎想有这场祸事!(做住了)

【仙吕点绛唇】锦绣华夷〔3〕,忽从西北天兵起。觑那关口城池,马到处成平地。

【混江龙】许来大〔4〕中都〔5〕城内,各家烦恼各家知。且说君臣分散,想俺父子别离。遥想着尊父东行何日还?又随着车驾〔6〕、车驾南迁甚日回?(夫人云了,做嗟叹科)这青湛湛碧悠悠天也知人意,早是秋风飒飒,可更暮雨凄凄。

【油葫芦】分明是风雨催人辞故国,行一步一叹息,两行愁泪脸边垂,一点雨间一行恓惶泪,一阵风对一声长吁气。(做滑倒科)啦!百忙里一步一撒;嗨!索与他一步一提。这一对绣鞋儿分不得帮和底,稠紧紧粘软软带着淤泥。

【天下乐】阿者〔7〕,你这般没乱慌张〔8〕到得哪里?(夫人云了)(做意〔9〕了)兀的般云低天欲黑,至近的道店十数里;上面风雨,下面泥水。阿者,慢慢的柱步〔10〕显的你没气力。

(夫人云了)(对夫人云了)

【醉扶归】阿者,我都折毁尽些新镮锶[11],关扭碎些旧钗箧,把两付藤缠儿轻轻得按的搧秕[12]。和我那压钏通三对,都绷在我那睡裹肚薄绵套里,我紧紧的着身系。

（夫人云了）（哨马[13]上叫住了）（夫人云了）（做惨科[14]）（夫人云了,闪下）（小旦上了）（便自上了）（做寻夫人科）阿者！阿者！（做叫两三科）（没乱[15]科）（末了）（猛见末打惨害羞科）（末云了）（做住了）不见俺母亲,我这里寻哩！（末云了）（做意）（旦云）呵！我每常几曾和个男儿一处说话来！今日到这里无奈处也,怎生呵是哪？

【后庭花】每常我听得绰的[16]说个女婿,我早豁地离了坐位,悄地低了咽颈,缊地红了面皮。如今索强支持,如何回避,藉不的[17]那羞共耻。

（末云了）（做陪笑科）

【金盏儿】您昆仲各东西,俺子母两分离,怕哥哥不嫌相辱呵权为个妹。（末云了）（寻思了）哥哥道:做军中男女若相随,有儿夫[18]的不掳掠,无家长的落便宜。（做意了）这般者波,怕不问时权做弟兄,问着后道做夫妻。

（末云了）（随着末行科）（外云了）（打惨科）（随末见外科）（外末共正末厮认住了[19]）（做住了）（云）怎生这秀才却共这汉是弟兄来？（做住了）

【醉扶归】你道您祖上亲文墨,昆仲晓书集,从上流传直到你,辈辈儿都及第,您端的是姑舅也那叔伯也那两姨,偏怎生养下这个贼兄弟？

（外末云了）（末云了）哥哥,你有此心,莫不错寻思了末？

【金盏儿】你心里把褐衲袄[20]脊梁上披,强似着紫朝衣,论盆家饮酒[21]压着诗词会。嫌这攀蟾折桂做官迟,为那笔尖上发禄晚,见这刀刃上变钱疾。你也待风高学放火,月黑做强贼。

(正末云了)(外末做住了)本不甚吃酒了。(正末云了)你休吃酒也,恐酒后疏狂。(末云了)

【赚尾】然是弟兄心,殷勤意,本酒量窄推辞少吃,乐意开怀虽恁地,也省可里不记东西。(做扶着末科)(做寻思科)阿!我自思忆,想我那从你的行为[22],被这地乱天翻交我做不的伶俐[23];假装些厮收厮拾[24],佯做个一家一计[25],且着这脱身术瞒过这打家贼。(下)

〔1〕本折写在兵慌马乱中,王瑞兰和母亲走散,巧遇蒋瑞隆,二人结为假夫妻,一同逃难的情节。

〔2〕末小旦云了、打救外了:这是蒋世隆(末扮)与妹妹瑞莲(小旦扮)上场,搭救陀满兴福(外末扮)的情节。打救,即搭救。

〔3〕华:华夏、中华。夷:旧时对少数民族的蔑称。剧中王瑞兰所居住的金国,正是汉族和少数民族杂处的地方。

〔4〕许来大:如此大,这般大。

〔5〕中都:指燕京(今北京)。金贞元元年(1153),金国迁都于燕京,称为"中都"。

〔6〕车驾:皇帝乘座的车辆,此处代指皇帝。

〔7〕阿者:女真语称母亲为"阿者"。

〔8〕没乱慌张:即慌里慌张。

〔9〕做意:做出某种表情,这里应当做为难的表情。

〔10〕枉步:形容举步艰难。枉,徒然。

〔11〕镮鐻(huán huì 环蕙):身上的金银佩饰。镮,同环。鐻,原为侍臣所用的一种兵器,此处当指小的佩饰品。下文钗篦、藤缠儿、压钏,都是当时妇女的装饰品。

〔12〕匾秕(biǎn bǐ 扁比):即扁平。匾,同扁。秕,原意是不饱满的谷粒,也用来指其他东西不厚实。

〔13〕哨马:巡逻的骑兵。

〔14〕做惨科:做出害羞的动作。下文"打惨害羞"、"打惨"意并同。

〔15〕没乱:慌张。

〔16〕绰的:突然、猛然。

〔17〕藉不的:顾不得。

〔18〕儿夫:妇女称自己的丈夫为"儿夫"。下文"家长"意同。

〔19〕外末共正末厮认住了:陀满兴福与蒋世隆再次相逢,这时陀满兴福已成为山寨头领。

〔20〕褐衲袄:强盗穿的粗布上衣。

〔21〕论盆家饮酒:用盆来饮酒。论,按、依照。盆家,形容绿林好汉粗鲁、酒量大。与下文"诗词会"相对而言。

〔22〕从你的行为:指跟从蒋世隆的行为。

〔23〕伶俐:干净,好的名声。

〔24〕厮收厮拾:收拾。厮,助词。

〔25〕一家一计:即一家人、夫妻。

第　二　折〔1〕

(夫人、小旦云了〔2〕)(孤云了〔3〕)(店家云了)(正旦便扮〔4〕扶末上了)(末卧地做住了)阿,从生来谁曾受他这般烦恼!(做

叹科)

【南吕一枝花】干戈动地来,横祸事从天降,爷娘三不归[5],家国一时亡。龙斗来鱼伤[6],情愿受消疏况[7],怎生般不应当,脱着衣裳,感得这些天行好缠仗[8]。

【梁州】恰似恓恓的锥挑太阳[9],忽忽的火燎胸膛,身沉体重难回项[10],口干舌涩,声重言狂。可又别无使数[11],难请街坊,则我独自一个婆娘,与他无明夜过药煎汤。阿!早是俺两口儿背井离乡,啦!则快[12]他一路上荡风打浪,嗨!谁想他百忙里卧枕着床。内伤、外伤,怕不大倾心吐胆尽筋竭力把个牙推[13]请;则怕小处尽是打当[14]。只愿的依本份伤家没变症[15],慢慢的传受阴阳[16]。

(末云了)(店家云了)(做寻思科)试请那大夫来,交觑咱。(大夫上,云了)(做意了)郎中,仔细的评这脉咱。(末共大夫云了)(做称许科)

【牧羊关】这大夫好调理,的是诊候的强。这的十中九[17]敢药病相当。阿的是五夜其高,六日向上[18],解利[19]呵过了时晌,下过呵正是时光。不用那百解通神散,教吃这三一承气汤[20]。

(大夫裹药了)(做送出来了)但较些[21]呵,郎中行别有酬劳。(孤上,云了)是不沙[22]?(做叫老孤[23]的科)阿马[24]认得瑞兰末?(孤云了)

【贺新郎】自从都下对尊堂,走马离朝,阿马间别无恙?(孤认了)则恁的犹自常思想,可更随车驾南迁汴梁,教俺去住无门,徊徨,家缘都撇漾,人口尽逃亡,闪的俺一双子母每无归向。自从身体上一朝出帝辇[25],俺这梦魂无夜不辽阳[26]!

(孤云了)(做打悲科)车驾起行了,倾城的百姓都走。俺随那众老小每出的中都城子来,当日天色又昏暗,刮着大风,下着大雨,早是赶不上大队,又被哨马赶上,轰散俺子母两人,不知阿者哪里去了。(末云了)(做着忙的科)(孤云了)(做害羞科)是您女婿,不快[27]哩。(孤云了)(做说关子[28]了)(孤云了)(做羞科)

【牧羊关】您孩儿无挨靠,没倚仗,深得他本人将傍。(孤云了)(做意了)当日目下有身亡,眼前是杀场,刀剑明晃晃,士马闹荒荒,那其间这锦绣红妆女,哪里觅个银鞍白面郎。

(孤云了)是个秀才。(孤交外扯住了[29])(做慌打惨打悲的科)阿马,你可怎生便与这般狠心!(做没乱意了)

【斗虾蟆】爹爹,俺便似遭严腊[30],久盼望,久盼望你个东皇[31],望得些春光艳阳,东风和畅;好也罗,划地[32]冻剥剥的雪上加霜!(末云了)(没乱科)无些情肠,紧揪住不把我衣裳放。见个人残生丧一命亡,世人也惭惶;你不肯哀怜悯恤,我怎不感叹悲伤!

(孤云了)父亲息怒,宽容瑞兰一步;分付他本人三两句言语呵,咱便行波。(孤云了)父亲不知,他本人于您孩儿有恩处。(孤云了)

【哭皇天】教了[33]数个贼汉把我相侵傍,阿马想波,这恩临[34]怎地忘?闪的他活支沙[35]三不归,强交俺生吃扎两分张。觑着兀的般着床卧枕叫唤声疼,撇在他个没人的店房!常言道相逐百步,尚有徘徊[36],你怎生便交我眼睁睁的不问当?(做分付末了)男儿呵,如今俺父亲将我去也,你好生的觑当你身起[37],(末云了)(做艰难科)男儿,兀的是俺亲爷的恶党,休把您这妻儿怨畅[38]。

【乌夜啼】天哪!一霎儿把这世间愁都撮在我眉尖上,这场愁不许提防。(末云了)既相别此语伊休忘,怕你那换脉交阳[39],是必省可里掀扬[40]。俺这风雹乱下的紫袍郎,不识你个云雷未至的白衣相。咱这片霎中如天样[41],一时哽噎,两处凄凉。

　　(末云了)(孤打催科)(做住了)

【三煞】男儿!怕你待赎药时准备春衫当,探食[42]后提防百物伤。(末云了)(做艰难科)这侧近的佳期休承望,直等你身体安康,来寻觅夷门[43]街巷,恁时节再相访。你这旅店消疏病客况,我那驿路上恓惶。

【二煞】则明朝你索倚窗晓日闻鸡唱,我索立马西风数雁行。(末云了)男儿,我交你放心末波。只愿的南京有俺亲娘,我宁可独自孤孀[44],怕他大抑勒[45]我别寻个家长,那话儿便休想。(末云了)你见的差了也!那玉砌朱帘与画堂,我可也觑得寻常。

【收尾】休想我为翠屏红烛流苏[46]帐,撇了你这黄卷青灯映雪窗。(孤云了)(末云了)(打别了)(嘱咐末科)你心间莫昏忘[47],你心间索记当:我言词更无妄,不须伊再审详。咱兀的做夫妻三个月时光,你莫不曾[48]见您这歹浑家说个谎?(下)

〔1〕本折主要写蒋世隆与王瑞兰同行,世隆病倒在旅店中,恰遇王镇也来到旅店,把王瑞兰强行带走的情节。

〔2〕夫人、小旦云了:这一节写王瑞兰之母与蒋世隆之妹瑞莲相遇的情况。

〔3〕孤云了:这是王镇上场自白。

〔4〕便扮:穿着便装。

〔5〕三不归:这里是没着落的意思。

〔6〕龙斗来鱼伤:比喻战争如鱼龙相斗。

〔7〕消疏况:凄凉、冷落的境况。

〔8〕"脱着"二句:言蒋世隆由于穿衣、脱衣不当,被流行性疾病纠缠上了。天行,流行性疾病。缠仗,纠缠。

〔9〕悒悒:病怏怏的样子。锥挑太阳:头痛得像用锥子挑太阳穴。

〔10〕回项:转头。项,脖子。

〔11〕使数:仆人。

〔12〕快:勉强。

〔13〕牙推:医生。

〔14〕小处:小地方。打当:这里是治疗、看病的意思。

〔15〕伤家没变症:患者的病情没发生变化。

〔16〕传受阴阳:谓使阴阳转化,病情好转。

〔17〕十中九:十分之九,九成。

〔18〕"阿的是"两句:是说五六天过后病情就可以见好。阿的,同兀的,这个的意思。其高、向上,都是以上的意思。

〔19〕解利:即泻痢。

〔20〕三一承气汤:与上文"百解通神散"都是中药名。

〔21〕但较些:只要病情好些。

〔22〕是不沙:是不是啊。

〔23〕老孤:由孤扮演的王镇。

〔24〕阿马:女真人唤父亲为"阿马"。

〔25〕帝辇:指帝都。

〔26〕辽阳:在今辽宁省,晋代被高丽强占,隋唐时此经过多次大战,才将辽阳夺回,此处代指王镇作战的地方。

〔27〕不快:指身体有病。

〔28〕说关子:叙述事情经过,替蒋世隆讲情。

〔29〕孤交外扯住了:王镇吩咐手下(外扮)将蒋世隆扯住。

〔30〕严腊:严冬腊月。

〔31〕东皇:春神。

〔32〕划地:反而。

〔33〕教了:这里是教训、劝住的意思。

〔34〕恩临:恩情、恩德。

〔35〕活支沙:与下文"生吃扎"都是活生生的意思。

〔36〕相逐百步,尚有徘徊:当时俗语,意为同行百步,分离时尚有留恋之情。

〔37〕身起:即身体。

〔38〕怨畅:怨恨、抱怨。

〔39〕换脉交阳:病情刚在好转。

〔40〕省可里掀扬:不要动不动就掀被子,撩衣服。

〔41〕天样:指二人分手,距离如天一般辽远。

〔42〕探食:吃饭。

〔43〕夷门:开封的东城门,代指开封。

〔44〕孤孀:原意是寡妇,这里是守节的意思。

〔45〕抑勒:强迫。

〔46〕流苏:下垂的穗子,一般用彩色羽毛或丝线制成,作为车马、帐

幕的装饰品。

〔47〕昏忘：糊涂、忘记。

〔48〕莫不曾：难道有过。

第 三 折[1]

（夫人一折[2]了）（末一折了）（小旦云了）（正旦便扮上了）自从俺父亲就那客店上生扭散俺夫妻两个，我不曾有片时忘的下俺那染病的男儿，知他如今是死哪活哪？不知俺爷心是怎生主意，提着个秀才便不喜，"穷秀才几时有发迹？"自古及今，那个人生下来便做大官享富贵哪？（做叹息科）

【正宫端正好】我想那受官厅，读书舍，谁不曾虎困龙蛰？（带云）信着我父亲呵，世间人把丹桂都休折，留着手把雕弓拽[3]。

【滚绣球】俺这个背晦[4]爷，听的把古书说，他便恶忿忿的脑裂，粗豪[5]的今古皆绝。您这些富产业，更怕我顾恋情惹，俺向那笔尖上自阐阅[6]得些豪奢。搊起柄夫荣妇贵三檐伞[7]，抵多少爷饭娘羹驷马车，两件儿浑别[8]。

（小旦云了）阿也！是敢待较些去也[9]。（小旦云了）

【倘秀才】阿！我付能[10]把这残春捱彻。嗨！划地是俺愁人瘦绝。（小旦云了）依着妹子只波。（小旦云了）（做意了）恰随妹妹闲行散闷些，到池沼，蓦观绝[11]，越交人叹嗟。

【呆古朵】不似这朝昏昼夜、春夏秋冬，这供愁[12]的景物好依时月，浮着个钱来大绿嵬嵬[13]荷叶；荷叶似花子[14]般团

117

圈,陂塘似镜面般莹洁。阿!几时教我腹内无烦恼,心上无萦惹?似这般青铜对面妆,翠钿侵鬓贴。

（做害羞科）早是[15]没外人,阿的是甚末言语哪,这个妹子咱。

（小旦云了）你说的这话,我猜着也罗。

【倘秀才】休着个滥名儿将咱来引惹。哝,待不你个小鬼头春心儿动也。（小旦云了）放心,放心,我与你宽打周遭[16]向父亲行说。（小旦云了）你不要呵,我要则末[17]哪?（小旦云了）（唱）我又不风欠[18],不痴呆,要则甚迭?

（小旦云了）咱无那女婿呵快活,有女婿呵受苦。（小旦云了）你听我说波。

【滚绣球】女婿行但沾惹,六亲[19]每早是说;又道是丈夫行亲热,爷娘行特地心别[20]。而今要衣呵满箱箧,要食呵尽铺啜,到晚来更绣衾铺设,我这心儿里牵挂处无些,直睡到冷清清宝鼎沉烟灭,明皎皎纱窗月影斜,有甚唇舌。

（做入房里科）（小旦云了）夜深也,妹子,你歇息去波,我也待睡也。（小旦云了）梅香,安排香桌儿去,我待烧炷夜香咱。（梅香云了）

【伴读书】你靠栏槛临台榭,我准备名香爇[21]。心事悠悠凭谁说,只除向金鼎焚龙麝[22],与你殷勤参拜遥天月,此意也无别。

【笑和尚】韵悠悠比及把角品绝[23],碧荧荧投至那灯儿灭,薄设设衾共枕空舒设,冷清清不恁迭[24],闲遥遥生枝节,闷恹恹怎捱他如年夜!

（梅香云了）（做烧香科）

【倘秀才】天哪!这一炷香,则愿削减了俺尊君狠切;这一炷香,则愿俺那抛闪下的男儿较些。那一个爷娘不间迭[25],不似俺忒阵嗻劣缺[26]。

(做拜月科。云)愿天下心厮爱的夫妇永无分离,教俺两口儿早得团圆。(小旦云了)(做羞科)

【叨叨令】原来你深深的花底将身儿遮,擦擦的背后把鞋儿捻,涩涩的轻把我裙儿拽,煴煴的羞得我腮儿热。小鬼头,直到撞破我也末哥,撞破我也末哥,我一星星的都索从头儿说。

(小旦云了)妹子,你不知,我兵火中多得他本人气力来,我以此上忘不下他。(小旦云了)(打悲了)您姐夫姓蒋,名世隆,字彦通,如今二十三岁也。(小旦打悲了)(做猛问科)。

【倘秀才】来波,我怨感、我合哽咽;不剌[27]你啼哭、你为甚迭?(小旦云了)你莫不原是俺男儿的旧妻妾?阿是,阿是,当时只争个字儿别。我错呵了,应者。

(小旦云了)您两个是亲弟兄?(小旦云了)(做欢喜科)

【呆古朵】似恁的呵,咱从今后越索着疼热,休想似在先时节。你又是我妹妹、姑姑,我又是你嫂嫂、姐姐。(小旦云了)这般者,俺父母多宗派,您昆仲无枝叶。从今后休从俺爷娘家根脚排,只做俺儿夫家亲眷者。

(小旦云了)若说着俺那相别呵,话长。

【三煞】他正天行汗病,换脉交阳,那其间被俺爷把我横拖倒拽出招商舍[28],硬撕强扶上走马车。谁想俺舞燕啼莺、翠鸾娇凤,撞着那猛虎狞狼、蝮蝎虺蛇,又不敢号咷悲哭,又不敢嘱咐叮咛,空则索感叹咨嗟!据着那凄凉惨切,则那里一雯儿似痴呆。

【二煞】则就那里先肝肠眉黛千千结,烟水云山万万叠。他便似烈焰飘风劣心卒性[29],怎禁那后拥前推、乱棒胡枷?阿!谁无个老父,谁无个尊君,谁无个亲爷,从头儿看来都不似俺那狠爹爹!

【煞尾】他把世间毒害收拾彻[30],我将天下忧愁结揽绝。(小旦云了)没盘缠,在店舍,有谁人,厮抬贴?那消疏,那凄切,生分离,厮抛撒。从相别,恁时节,音书无,信息绝。我这些时眼跳腮红耳轮热,眠梦交杂不宁贴。您哥哥暑湿风寒纵较些[31],多被那烦恼忧愁上送了[32]也!(下)

〔1〕本折写王瑞兰终日思念在病中的蒋世隆,一天晚上对月祷告,被义妹蒋瑞莲发现的情节。

〔2〕一折:一个过场。

〔3〕"世间人"二句:意为都不读书应考,而去习枪弄棒。折丹桂,比喻登科。拽雕弓,泛指演习武艺。

〔4〕背晦:糊涂、昏聩。

〔5〕粗豪:粗暴。

〔6〕阐闯(zhēng chuài 争踹):此处是谋求、博取的意思。

〔7〕三檐伞:伞有三重檐,形容华贵。

〔8〕浑别:全然不同。

〔9〕是敢待较些去也:大概好一些了吧?这是思念蒋世隆时自言自语的话。

〔10〕付能:好容易。

〔11〕蓦:一会儿。观绝:看完。

〔12〕供愁:使人忧愁。

〔13〕绿嵬(wéi 维)嵬:也作绿巍巍,形容绿色。

〔14〕花子:当时妇女用的面饰。

〔15〕早是:幸亏。

〔16〕宽打周遭:两性间不清楚的关系。王瑞兰思念蒋世隆的事被义妹发现,反倒说义妹春心动了要去父亲处告状。

〔17〕则末:无义,衬字。

〔18〕风欠:疯魔、痴呆。

〔19〕六亲:这里泛指家族亲属。

〔20〕心别:性格倔强。别,读去声。

〔21〕爇(ruò 若):烧。

〔22〕龙麝:龙涎香和麝香,都是名贵的香料。

〔23〕韵悠悠比及把角品绝:当听到傍晚的号角已经吹过。韵悠悠,形容号角的声音。比及,等到。角,号角。品绝,这里是听到、吹过的意思。

〔24〕恁迭:这样的。迭,相当于"的"字。

〔25〕间迭:阻碍、作梗。

〔26〕咋嚅(chē zhé 车哲):厉害、凶狠。劣缺:恶劣蹩脚。

〔27〕不剌:此处作"不料"解。

〔28〕招商舍:旅店。

〔29〕劣心卒性:狠心肠、暴脾气。

〔30〕收拾彻:意为做绝了。

〔31〕纵较些:纵然好些。

〔32〕送了:谓送了命。这是夸张的说法,表明对蒋世隆关心之切。

第 四 折[1]

(老孤、夫人、正末、外末上了)(媒人云了)(正旦扮上了)(小旦云了)可是由我哪不哪？

【双调新水令】我眼悬悬整盼了一周年，你也枉把您这不自由的姐姐来埋怨。恰才投至我贴上这缕金钿，一霎儿向镜台傍边，媒人每催逼了我两三遍。

（小旦云了）妹子阿，你好不知福，犹古自[2]不满意沙。我可怎生过呵是也？（小旦云了）那的是你有福，如我处哪，我说与你波。

【驻马听】你贪着个断简残编，恭俭温良好缱绻；我贪着个轻弓短箭，粗豪勇猛恶姻缘。（小旦云了）可知煞是也。您的管梦回酒醒诵诗篇；俺的敢灯昏人静夸征战，少不的向我绣帏边，说的些硶可可落得的冤魂现[3]。

（小旦云了）这意有甚难见处哪？

【庆东原】他则图今生贵，岂问咱夙世缘；违着孩儿心，只要遂他家愿。则怕他夫妻百年，招了这文武两员，他家里要将相双权。不顾自家嫌，则要傍人羡。

（外云了）（做住了）（正、外二末做住了）

【镇江回】俺兀那姊妹儿的新郎又忒腼腆，俺这新女婿那嘲掀[4]，瞅的我两三番斜避了新妆面，查查胡胡[5]的向玳筵前，知他俺那主婚人是见也那不见？

（孤云了）（外末把盏科[6]）

【步步娇】见他那鸭子绿衣服上圈金线，这打扮早难坐琼林宴。俺这新状元，早难道花压得乌纱帽檐偏[7]。把这盏许亲酒又不敢慢俄延，则索扭回头半口儿家刚刚的咽。

（孤云了）（正末把盏科）（打讹末科[8]）

【雁儿落】你而今病疾儿都较痊？你而今身体儿全康健？当初咱那埚儿各间别,怎承望这答儿里重相见!

【水仙子】今日这半边鸾镜得团圆,早则那一纸鱼封[9]不更传。(末云了)你说这话!(做意了)(唱)须是俺狠毒爷强匹配我成姻眷,不剌,可是谁央及你个蒋状元,一投得官也接了丝鞭[10],我常把伊思念,你不将人挂恋,亏心的上有青天!

　　(末云了)(做分辩科)

【胡十八】我便浑身上都是口,待教我怎分辩？枉了我情脉脉、恨绵绵。我昼忘饮馔夜无眠,则兀那瑞莲便是证见。怕你不信后[11],没人处问一遍。

　　(末云了)兀的不是您妹子瑞莲哪!(末共小旦打认了)(告孤科)(末云了)(老夫人云了)(老孤云了)你试问您那兄弟去,我劝和您姊妹去。(正末云了)(小旦云了)妹子,我和您哥哥斯认得了也!你却招取兀那武举状元呵,如何？(小旦云了)你便信我子末[12]哪!(小旦云了)

【挂玉钩】二百口家属语笑喧,如此般深宅院,休信我一时间狂口言,便哪里冤魂现。(小旦云了)我特故里说的别[13],包弹[14]遍,不嫌些蹬弩开弓,怎说他袒臂挥拳。

【乔牌儿】兀的须显出我那不乐愿,量这的有甚难见？每日我绿窗前,不整闲针线,不曾将眉黛展。

【夜行船】须是我心上斜横着这美少年,你可别无甚闷缕愁牵。便坐驷马香车,管着满门良贱,但出入、唾盂掌扇[15]。

【幺篇】但行处、两行朱衣列马前,等个文章士发禄是何年？你想那陋巷颜渊,箪瓢原宪[16],你又不是不曾受秀才的贫贱!

（外云了[17]）休休[18]，教他不要则休，咱没事则管央及他则末!

【殿前欢】忒心偏，觑重裀列鼎[19]不值钱，把黄齑淡饭[20]相留恋，要彻老终年，召新郎更拣选，忒姻眷、不得可将人怨。可须因缘数定，则这人命关天。

（小旦云了[21]）（使命上，封外末了）

【沽美酒】骤将他职位迁，中京内做行院，把虎头金牌[22]腰内悬，见那金花诰[23]帝宣，没因由得要团圆。

【太平令】咱却且尽教伴呆着休劝，请夫人更等三年[24]。你既爱青灯黄卷，却不要随机而变，把你这眼前厌倦物件，分付与他别人请佃[25]。

（孤云了）（散场）

[1] 本折写夫妻兄妹大团圆。经过一番周折，王瑞兰与文状元蒋世隆、蒋瑞莲与武状元陀满兴福结成夫妻。

[2] 古自：同"兀自"，尚且的意思。

[3] 这一曲与下曲均写王瑞兰对父母让她招武状元为夫不满意。贪着，即摊着，遇上个的意思，今北语仍有这种说法。

[4] 嘲掀：调笑喧呼。

[5] 查查胡胡：即咋咋呼呼，大声叫喊的样子。这是王瑞兰眼中的武状元形象。

[6] 外末把盏科：这是蒋世隆向王瑞兰敬"许亲酒"。

[7] 花压得乌纱帽檐偏：旧时考中科举或新婚时，帽子上要插戴花朵。

〔8〕打认末科:在文状元向瑞莲敬酒时,王瑞兰认出他就是自己日夜思念的丈夫蒋世隆。

〔9〕鱼封:指书信。

〔10〕接丝鞭:谓许婚事。古代大户人家招婿,将丝鞭递送男方,男方接了,就表示答应了这桩亲事。

〔11〕后:此处作"啊"解。

〔12〕子末:做什么。上文王瑞兰曾说嫁给武状元不好,在认出蒋世隆后,要瑞莲嫁陀满兴福,瑞莲于是重复王瑞兰说过的话,王瑞兰便作出解释。以下五支曲子都是王瑞兰劝瑞莲的话。

〔13〕特故里说的别:故意说得厉害些。特故,故意。别,指人的脾气倔强、厉害。

〔14〕包弹:指责、贬斥。

〔15〕但出入、唾盂掌伞:旧时高官及他们的命妇出门时均有仆人为他们捧着痰盂(唾盂),打着掌伞(一种遮避阳光的障扇)。

〔16〕陋巷颜渊,箪瓢原宪:颜渊、原宪都是孔子的学生,孔子曾赞扬颜渊"一箪食,一瓢饮,在陋巷",而"不改其乐"。这里是王瑞兰借以形容书生之穷。

〔17〕外云了:这时陀满兴福也上前求瑞莲。

〔18〕休休:算了,算了。

〔19〕重裀(yīn因)列鼎:裀是床垫,鼎是古代的食器。重裀列鼎,形容富贵人家陈设豪华、罗列盛馔的生活。

〔20〕黄齑淡饭:比喻穷书生的艰苦生活。黄齑是腌咸菜,常用以代指书生穷酸的生活。

〔21〕小旦云了:蒋瑞莲答应了婚事。

〔22〕虎头金牌:元代的万户(较高的武官)佩戴的虎形金符。

〔23〕金花诰:又称"五花诰",用五色绫罗制成,上有金色花饰,故

云。古代较高官员的妻子,可得到皇帝的封号,这个加封的命令叫"诰"。

〔24〕请夫人更等三年:这是王瑞兰打趣瑞莲的话。

〔25〕请(qíng 情)佃:此处是接受、承受的意思。

杜蕊娘智赏金线池[1]

楔　子

(外扮石府尹引张千上,诗云)少小知名达礼闱[2],白头犹未解朝衣[3];年来屡上陈情疏[4],怎奈君恩不放归。老夫姓石名敏,字好问,幼年进士及第,随朝数载,累蒙擢用,谢圣恩可怜,除授济南府尹之职。我有个同窗故友,姓韩名辅臣。这几时不知兄弟进取功名去了,还只是游学四方?一向音信杳无,使老夫不胜悬念。今日无甚事,在私宅闲坐。张千,门首觑者,若有客来时,报复我知道。(张千云)理会的。(末扮韩辅臣上,诗云)流落天涯又几春,可怜辛苦客中身;怪来[5]喜鹊迎头噪,济上[6]如今有故人。小生姓韩名辅臣,洛阳人氏,幼习经史,颇看诗书,学成满腹文章,争奈功名未遂。今欲上朝取应,路经济南府过,我有个八拜交的哥哥是石好问,在此为理,且去与哥哥相见一面,然后长行。说话中间,早来到府门了也。左右报复去,道有故人韩辅臣特来相访。(张千报云)禀老爷得知,有韩辅臣在于门首。(府尹云)老夫语未悬口[7],兄弟早到。快有请!(张千云)请进。(做拜科)(韩辅臣云)哥哥,数载不见,有失问候,请上,受你兄弟两拜。(做拜科)(府尹云)京师一别,几经寒暑,不意今日惠顾,殊慰鄙怀。贤弟请坐,张千看酒来。(张千云)酒在此。(做把盏科)(府尹云)兄弟满饮一杯!(做回酒科)(韩辅臣云)哥哥也请一杯！（府尹云）筵前无乐,不成欢乐。张千,与我唤的那上厅行首[8]杜蕊娘来,伏侍兄弟饮几杯酒。（张千云）理会的。出的这门来,这是杜蕊娘门首。杜大姐在家么？（正旦扮杜蕊娘上,云)谁唤门哩？我开了这门看。（做见科)（张千云）府堂上唤官身[9]哩。（正旦云)要官衫[10]么？（张千云）是小酒[11],免了官衫。（做行科)（张千云）大姐,你立在这里,待我报复去。（做报科)（府尹云）着他进来！（正旦做见科,云)相公唤妾身有何分付？（府尹云）唤你来别无他事,这一位白衣卿相[12]是我的同窗故交,你把体面[13]相见咱。（正旦做见科)（韩辅臣慌回礼云）嫂嫂请起！（府尹云）兄弟也,这是上厅行首杜蕊娘。（韩辅臣云）哥哥,我则道是嫂嫂。（背云）一个好妇人也！（正旦云)一个好秀才也！（府尹云）将酒来,蕊娘行酒。（正旦与韩连递三杯科)（府尹云）住,住！兄弟,我也吃一钟儿。（韩辅臣云）呀！却忘了送哥哥。（正旦递府尹酒,饮科)（正旦云)秀才高姓大名？（韩辅臣云）小生洛阳人氏,姓韩名辅臣。小娘子谁氏之家？姓甚名谁？（正旦云)妾身姓杜,小字蕊娘。（韩辅臣云）原来见面胜似闻名！（正旦云)果然才子,岂能无貌！（府尹云）蕊娘,你问秀才告珠玉[14]。（韩辅臣云）兄弟对着哥哥跟前,怎敢提笔？正是弄斧班门,徒贻笑耳。（府尹云）兄弟休谦！（韩辅臣云）这等,兄弟呈丑也。（做写科,云）写就了。蕊娘,你试看咱。（正旦念云）词寄《南乡子》。词云:"袅娜[15]复轻盈,都是宜描上翠屏。语若流莺声似燕,丹青,燕语莺声怎画成？难道不关情,欲语还羞便似曾。占断楚城歌舞地,娉婷[16],天上人间第一名。"好高才也！（韩辅臣云）兄弟此行,本为上朝取应,只因与哥哥久阔,迂道拜访。幸睹尊颜,复蒙嘉宴。争奈试期将近,不能久留,酒散之后,便当奉别。(府尹云)贤弟且休去,略住三朝五日,待老夫赍发[17]你一路鞍马之费,未为迟也。张千,打扫后花园,请秀才在书房中安下者!(韩辅臣云)花园冷静,怕不中么?(府尹云)既如此,就在蕊娘家安歇如何?(韩辅臣云)愿随鞭镫[18]!(府尹云)你看他,一让一个肯。蕊娘,这是我至交的朋友,与你两锭银子,拿去你那母亲做茶钱,休得怠慢了秀才者!(正旦云)多谢相公。(韩辅臣云)兄弟谢了哥哥。大姐,到你家中,拜你那妈妈去来。(正旦云)秀才,俺娘忒爱钱哩!(韩辅臣云)大姐,不妨事,我多与他些钱钞便了也。(正旦唱)

【仙吕端正好】郑六遇妖狐[19],崔韬逢雌虎[20],那大曲[21]内尽是寒儒。想知今晓古人家女,都待与秀才每为夫妇。

【幺篇】既不呵,那一片俏心肠,那里每堪分付?那苏小卿[22]不辨贤愚,比如我五十年不见双通叔,休道是苏妈妈,也不是醉驴驴,我是他亲生的女,又不是买来的奴,遮莫拷的我皮肉烂,炼的我骨髓枯,我怎肯跟将那贩茶的冯魁去!(同韩下)

(府尹云)你看我那兄弟,秀才心性,又是那吃酒的意儿,别也不别,径自领着杜蕊娘去了也。且待三朝五日,差人探望兄弟去。古语有云:"乐莫乐兮新相知"[23],岂不信然!(诗云)华省芳筵不待终,忙携红袖去匆匆;虽然故友情能密,争似新欢兴更浓!(下)

[1]《金线池》描写妓女杜蕊娘从良过程中的一波三折。由于老鸨的挑拨,杜蕊娘与始终对她一往情深的书生韩辅臣反目,然而他们之间

又彼此不能忘情,最终有情人得以结合。杜蕊娘美丽、聪明,对心上人"移情别恋"的行为不能容忍,但又时时挂念着他。作品对这种心理活动刻画得十分逼真、细腻。

〔2〕达礼闱:即下文所说的"进士及第"。礼闱是礼部主持的科举考场。

〔3〕朝衣:官服。

〔4〕陈情疏:辞官的文书。晋代李密曾以祖母年老多病为由,上《陈情表》辞职。

〔5〕怪来:难怪。

〔6〕济上:济水之上,指济南。

〔7〕语未悬口:话音未落。

〔8〕上厅行首:上等的官妓。

〔9〕唤官身:宋元时官妓被召唤到官府中承应,叫做"唤官身"或"官身"。

〔10〕官衫:妓女上官厅时按官府规定穿的服装。

〔11〕小酒:便宴。

〔12〕白衣卿相:未做官的读书人。

〔13〕把体面:即行礼。

〔14〕告珠玉:求人写诗词。珠玉是对别人词章的美称。

〔15〕袅娜(niǎo nuó 鸟挪):柔美多姿的样子。

〔16〕娉婷(pīng tíng 乒亭):指美女。

〔17〕赍(jī 鸡)发:资助,送人礼物的意思。

〔18〕愿随鞭镫:此处是完全服从的意思。

〔19〕郑六遇妖狐:唐传奇故事,郑六在长安遇到一个自称"任十二"的美妇,遂与之相爱,后来虽然知道她是狐狸精,但已难以割舍,任氏对郑六也十分忠贞。见沈既济《任氏传》。

〔20〕崔韬逢雌虎：唐传奇故事，崔韬遇到一个虎怪变成的美女，将她的虎皮扔到井中，与之同居，生下一男孩，若干年后，崔从井中取出虎皮，其妻穿上又变成老虎，将崔韬和他儿子吃掉。见薛用若《集异记》。

〔21〕大曲：此处泛指当时流行的戏曲或曲艺形式。

〔22〕苏小卿：与下文双同叔，以及第三折的〔尧民歌〕都是引用双渐、苏卿的故事，见《救风尘》第一折注〔40〕。

〔23〕乐莫乐兮新相知：最快乐的莫如新结识知己。语出《楚辞·九歌·少司命》。

第 一 折

（搽旦[1]扮卜儿上，诗云）不纺丝麻不种田，一生衣饭靠皇天；尽道吾家皮解库[2]，也自人间赚得钱。老身济南府人氏，自家姓李，夫主姓杜，所生一个女儿，是上厅行首杜蕊娘。近日有个秀才，叫做韩辅臣，却是石府尹老爷送来的，与俺女儿作伴。俺这妮子，一心待嫁他，那厮也要娶我女儿；中间被我不肯，把他撺出去了。怎么这一会儿不见俺那妮子，莫非又赶那厮去？待我唤他。蕊娘贱人那里！（正旦领梅香[3]上，向古门道云）韩秀才，你则躲在房里坐，不要出来，待我和那虔婆颓闹[4]一场去！（韩辅臣做应云）我知道。（正旦云）自从和韩辅臣作伴，又早半年光景，我一心要嫁他，他一心要娶我，则被俺娘板障，不肯许这门亲事。我想一百二十行，门门都好着衣吃饭；偏俺这一门，却是谁人制下的？忒低微也呵！（唱）

【仙吕点绛唇】则俺这不义之门，那里有买卖营运，无货本，全凭着五个字迭办[5]金银。（带云）可是那五个字？（唱）无过是恶、劣、乖、毒、狠。

【混江龙】无钱的可要亲近,则除是驴生戟角瓮生根。佛留下四百八[6]门衣饭,俺占着七十二位凶神。才定脚谢馆[7]接迎新子弟,转回头霸陵谁识旧将军[8]。投奔我的都是那矜[9]爷害娘、冻妻饿子、折屋卖田,提瓦罐爻槌运[10];哪里个慈悲为本,多则是板障为门。

（云）梅香,你看奶奶做甚么哩?（梅香云）奶奶看经哩!（正旦云）俺娘口孳作罪,你这般心肠,多少经文忏的过来?柱作的孽深了也!（唱）

【油葫芦】炕头上主烧埋的显道神[11],没事哏[12],苘麻头斜皮脸[13]老魔君。拿着一串数珠[14]是吓子弟降魔印;轮着一条拄杖,是打潲潲[15]无情棍。茶房里那一伙老孽人,酒杯间有多少闲议论,频频的间阻休熟分[16],三夜早赶离门。

（梅香云）姐姐,这话说差了!我这门户人家,巴不得接着子弟,就是钱龙[17]入门,百般奉承他,常怕一个留他不住;怎么刚刚三日,便要赶他出门?决无此理!（正旦云）梅香,你那里知道!（唱）

【天下乐】他只待夜夜留人夜夜新,殷勤,顾甚的恩!不依随又道是我女孩儿不孝顺。今日个漾人头厮摔,含热血厮喷[18],定夺俺心上人。

（做见科,正旦云）母亲,吃甚么茶饭哪?（卜儿云）灶窝里烧了几个灯盏[19],吃甚么饭来!（正旦唱）

【醉扶归】有句话多多的苦告你老年尊,累累的嘱托近比邻,一片花飞减却春[20],我如今不老也非为嫩,年纪小呵须是有气分[21],年纪老无人问。

（云）母亲,嫁了您孩儿罢,孩子年纪大了也!（卜儿云）丫头,拿镊子来镊了鬓边的白发,还着你觅钱哩!（正旦云）母亲,你只管与孩儿撒性怎的?（卜儿云）我老人家如今性子淳善了,若发起村来,怕不筋骨敲断你的!（正旦唱）

【金盏儿】你道是性儿淳,我道你意儿村,提起那人情来往佯装钝[22]。（带云）有几个打踅客旅[23]辈,丢下些刷牙掠头[24],问奶奶要盘缠家去,（唱）你可早耳朵闭眼睛昏；前门里统馒客[25],后门里一个使钱勤,揉开汪泪眼,打拍[26]老精神。

（云）母亲,嫁了你孩儿者!（卜儿云）我不许嫁,谁敢嫁?有你这样生忿[27]忤逆的!（正旦唱）

【醉中天】非是我偏生忿,还是你不关亲,只着俺淡抹浓倚市门,积趱下金银囤。（卜儿做怒科,云）你这小贱人,你今年才过二十岁,不与我觅钱,教哪个觅钱?（正旦唱）你道俺才过二旬,有一日粉消香褪,可不道老死在风尘?

（云）母亲,你嫁了孩儿罢!（卜儿云）小贱人,你要嫁那个来?（正旦唱）

【寄生草】告辞了鸣珂巷[28],待嫁那韩辅臣。这纸汤瓶再不向红炉顿,铁煎盘再不使清油混,铜磨笴再不把顽石运[29]。（卜儿云）你要嫁韩辅臣这穷秀才,我偏不许你!（正旦唱）怎将咱好姻缘生折做断头香,休想道泼烟花再打入迷魂阵!

（卜儿云）那韩辅臣有什么好处,你要嫁他?（正旦唱）

【赚煞】十度愿从良,长则九度不依允。也是我八个字[30]无人主婚,空盼上他七步才华[31]远近闻。六亲中无不欢欣,改家门,做的个五花诰夫人[32],驷马高车锦绣裀[33],道俺有三生福分,正行着双双好运。(卜儿云)好运好运,卑田院里赶趁!你要嫁韩辅臣,这一千年不长进的,看你打莲花落也!(正旦唱)他怎肯教一年春尽又是一年春[34]!(下)

(卜儿云)俺女儿心中念念只要嫁韩秀才,我好歹偏不嫁他。俺想那韩秀才是个气高的人,他见俺有些闲言闲语,必然使性出门去;俺再在女孩儿根前调拨他,等他两个不和,讪起脸来[35],那时另接一个富家郎,才中俺之愿也。正是:小娘爱的俏,老鸨爱的钞;则除非弄冷他心上人,方才是我家里钱龙到。(下)

〔1〕搽旦:元杂剧脚色名,脸上搽粉抹黑,即后来的彩旦。

〔2〕皮解库:解库是当铺,皮解库是对妓院的谑称。

〔3〕梅香:旧时多以梅香为婢女的名字,后便用梅香作为婢女的代称。

〔4〕颓闹:胡闹,不顾体面。颓,詈词。

〔5〕迭办:筹措。

〔6〕四百八:与下文"七十二"都是形容多的意思,不是实指。

〔7〕谢馆:指妓院。

〔8〕霸陵谁识旧将军:西汉名将李广,因某次战役失利被暂时革职,一次途径霸陵亭时,遇阻而未能通过。事见《史记·李将军列传》。这里是说,娼家对囊中金尽的嫖客便不再理睬。

〔9〕矜(jīn 金):原有傲慢的意思,这里指对父亲的不恭。

〔10〕提瓦罐爻槌运:穷命、讨饭的命运。瓦罐,乞丐讨饭用的食具。

爻槌,乞丐唱曲时使用的鼓槌。

〔11〕主烧埋的显道神:暗指杜蕊娘的鸨母是主宰自己命运的恶神。烧埋,指人死了烧纸钱埋葬。显道神,出殡时走在前面的开路神。

〔12〕没事哏(hěn 狠):无事生非,寻衅找碴。一说十分凶狠之意。

〔13〕苘(qǐng 请)麻头斜皮脸:苘麻即一种草本植物,茎皮多纤维,供制绳索用。麻头与斜皮脸都是说鸨母难缠、脸皮厚的意思。今河南一带尚有缠魔头、邪皮脸的说法。

〔14〕数珠:即念珠,是佛家用来记诵读经文次数的串珠。

〔15〕鸂𫛢(xī chì 西赤):水鸟名,俗称紫鸳鸯。这里用来比喻情侣。

〔16〕间阻休熟分:设置障碍,从中作梗。熟分,熟悉、亲热。

〔17〕钱龙:成串的钱,比喻钱多。

〔18〕漾人头厮摔,含热血厮喷:当时俗语,原用来形容抛头颅洒热血的战斗场面,这里意为拼着老命干。

〔19〕灶窝里烧了几个灯盏:意为灶窝里正在烧灯盏,无饭可做。

〔20〕一片花飞减却春:出自杜甫《曲江》诗。这里的意思是,青春年华正如春去花落一般,很快就要过去。

〔21〕气分:志气。

〔22〕佯装钝:假装愚痴。

〔23〕打踅(xué 学)客旅:转一转就走的临时客人。

〔24〕掠头:梳子。

〔25〕统镘客:有大把钱钞的客人。

〔26〕打拍:提起、振作的意思。

〔27〕生忿:即生分,疏远的意思。

〔28〕鸣珂巷:指妓院。

〔29〕"纸汤瓶再不向红炉顿"三句:谓今后绝不愿再做妓女了。纸

汤瓶与红炉、铁煎盘与清油、铜磨笴(gǎn 感)与顽石,均比喻妓女与嫖客的关系。顿,即炖。铜磨笴,石磨上用来转动磨盘的铜制磨杆。

〔30〕八个字:即生辰八字。

〔31〕七步才华:用三国时曹植七步成诗的故事,见《世说新语·文学》。这里借指韩辅臣才学超群。

〔32〕五花诰夫人:犹今所说官太太。古代官员的妻子,丈夫五品以上者可得到册封,叫做"诰命",用五色绫。

〔33〕裀(yīn 因):夹衣。

〔34〕一年春尽又是一年春:当时乞丐所唱莲花落中常有"一年春尽一年春"的词句。全句意思是,韩辅臣绝对不会做乞丐。

〔35〕讪(shàn 汕)起脸来:发怒时面孔涨红的样子。

第 二 折

(韩辅臣上,诗云)一生花柳[1]幸多缘,自有嫦娥爱少年;留得黄金等身在,终须买断丽春园[2]。我韩辅臣,本为进取功名,打从济南府经过,适值哥哥石好问在此为理,送我到杜蕊娘家安歇。一住半年以上,两意相投,不但我要娶他,喜得他也有心嫁我,争奈这虔婆百般板障。俺想来,他只为我囊中钱钞已尽;况见石府尹满考[3]朝京,料必不来复任,越越的欺负我,发言发语,只要撵我出门去。我是个顶天立地的男子汉,怎生受得一口气?出了他门,不觉又是二十多日。你道我为何不去,还在济南府淹阁[4]?倒也不是盼俺哥哥复任,思量告他,只为杜蕊娘,他把俺赤心相待,时常与这虔婆合气[5],寻死觅活,无非是为俺家的缘故;莫说我的气高,那蕊娘的气比我还高的多哩。他见我这日出门时节,竟自悻悻然[6]去了,说也不和他说一声儿,必然有些怪我。这个怪也只得由他怪，本等[7]是我的不是。以此沉吟展转，不好便离此处，还须亲见蕊娘，讨个明白。若他也是虔婆的见识，没有嫁我之心，却不我在此亦无指望了，不如及早上朝取应，干我自家功名去；他若是好好的依旧要嫁我，一些儿不怪我，便受尽这虔婆的气，何忍负之。今日打听得虔婆和他一班儿老姊妹在茶房中吃茶，只得将我羞脸儿揣在怀里[8]，再到蕊娘家去走一遭。（词云）我须是读书人凌云豪气，偏遇这泼虔婆全无顾忌；天若使石好问复任济南，少不的告他娘着他流递[9]。（下）

（正旦引梅香上，云）我杜蕊娘一心看上韩辅臣，思量嫁他，争奈我母亲不肯，倒发出许多说话，将他赶逐出门去了。我又不曾有半句儿恼着他，为何一去二十多日，再也不来看我？教我怎生放心得下？闻得母亲说，他是烂黄齑[10]，如今又缠上一个粉头[11]，道强似我的多哩。这话我也不信，我想，这济南府教坊[12]中人，那一个不是我手下教导过的小妮子？料必没有强似我的。若是他果然离了我家，又去蹅别家的门，久以后我在这街上行走，教我怎生见人哪？（唱）

【南吕一枝花】东洋海洗不尽脸上羞，西华山遮不了身边丑，大力鬼顿[13]不开眉上锁，巨灵神[14]劈不断腹中愁。闪的我有国难投，抵多少南浦伤离[15]后。爱你个杀才[16]没去就[17]，明知道雨歇云收[18]，还指望待天长地久。

【梁州第七】这厮懒散了虽离我眼底，忔憎[19]着又在心头。出门来信步闲行走，遥瞻远岫，近俯清流；行行厮趁[20]，步步相逐，知他在那搭儿里续上绸缪[21]？知他是怎生来结做冤仇？俏哥哥不争你先和他暮雨朝云，劣奶奶[22]则有分吃他那闲茶浪酒,好姐姐几时得脱离了舞榭歌楼?不是我出乖弄丑,从良弃贱,我命里有终须有,命里无枉生受。只管扑地掀天无了休,着甚么来由[23]?

(梅香云)姐姐,你休烦恼,姐夫好歹来家也!(正旦云)梅香,将过琵琶来,待我散心适闷咱!(梅香取砌末科,云)姐姐,琵琶在此。(正旦弹科)(韩辅臣上,云)这是杜大姐家门首。我去的半月期程,怎么门前的地也没人扫,一划的[24]长起青苔来,这般样冷落了也?(正旦做听科,云)那厮来了也,我则推不看见。

(韩辅臣做入见科,云)大姐,祗揖!(正旦做弹科,唱)

【牧羊关】不见他思量旧,倒有些两意儿投。我见了他扑邓邓火上浇油,恰便似钩搭住鱼腮,箭穿了雁口[25]。(韩辅臣云)原来你那旧性儿不改,还弹唱哩!(正旦做起拜科,唱)你怪我依旧拈音乐,则许你交错劝觥筹[26]?你不肯冷落了杯中物,我怎肯生疏了弦上手?

(韩辅臣云)那一日吃你家妈妈赶逼我不过,只得忍了一口气,走出你家门,不曾辞别的大姐,这是小生得罪了!(正旦唱)

【骂玉郎】这的是母亲故折鸳鸯偶,须不是咱设下恶机谋,怎将咱平空抛落他人后?今日个何劳你贵脚儿又到咱家走?

(韩辅臣云)大姐何出此言?你原许嫁我哩!(正旦唱)

【感皇恩】咱本是泼贱娼优,怎嫁得你俊俏儒流!(韩辅臣云)这是有盟约在前的。(正旦唱)把枕畔盟,花下约,成虚谬。(韩辅臣云)我出你家门也只得半个多月,怎便见得虚谬了哪?(正旦唱)你道是别匆匆无多半月,我觉得冷清清胜似三秋。

（韩辅臣跪科，云）大姐，我韩辅臣不是了，我跪着你请罪罢！（正旦不睬科，云）那个要你跪！（唱）越显的你嘴儿甜、膝儿软、情儿厚。

（韩辅臣云）我和你生则同衾、死则同穴哩。（正旦唱）

【采茶歌】往常个侍衾裯[27]都做了付东流，这的是娼门水局[28]下场头！（韩辅臣云）大姐，只要你有心嫁我，便是卓文君也情愿当垆沽酒来。（正旦唱）再休提卓氏女亲当沽酒肆，只被你双通叔早掘倒了玩江楼[29]。

（韩辅臣跪科，云）大姐，你休这般恼我，我打我几下罢！（正旦唱）

【三煞】既你无情呵，休想我指甲儿荡着[30]你皮肉。似往常有气性，打的你见骨头。我只怕年深了也难收救，倒不如早早丢开，也免得自僝自僽[31]。（韩辅臣云）你不发放[32]我起来，便跪到明日，我也只是跪着。（正旦唱）顽涎儿[33]却依旧，我没福和你那莺燕蜂蝶为四友，甘分[34]做跌了弹的斑鸠。

【二煞】有耨[35]处散诞松宽着耨，有偷[36]处宽行大步偷，何须把一家苦苦死淹留？也不管设誓拈香，到处里停眠整宿，说着他瞒心的慌、昧心的咒。你那手，怎掩旁人是非口？说的困须休。

【尾煞】高如我三板儿的人物[37]也出不得手，强如我十倍儿的声名道着处有，寻些虚脾，使些机彀，用些工夫，再去趁逐[38]。你与我高揎起春衫酒淹袖，舒你那攀蟾折桂[39]的指头，请先生别挽一枝章台路旁柳[40]。（下）

（韩辅臣做叹科，云）嗨，杜蕊娘真个不认我了！我只道是虔婆要钱赶我出去,谁知杜蕊娘的心儿也变了。他一家门这等欺负我,如何受的过?只得再消停几日,等我哥哥一个消耗[41],看他来也不来,再作处置。(诗云)怪他红粉变初心,不独虔婆太逼临;今日床头看壮士,始知颜色在黄金[42]。(下)

〔1〕花柳:此处谓嫖妓。

〔2〕丽春园:本是宋元戏曲小说中妓女苏小卿的居处,后来作为妓院的代称。这里借指杜蕊娘。

〔3〕满考:任期届满。

〔4〕淹阁:耽误,停留。

〔5〕合(gě葛)气:斗气、赌气、闹别扭。今河南方言尚习用。

〔6〕悻(xìng杏)悻然:恼怒的样子。

〔7〕本等:本来。

〔8〕羞脸揣在怀里:宋元俗语,形容含羞带愧的样子。

〔9〕流递:古代的一种刑罚,即放逐。

〔10〕烂黄齑(jī机):用来比喻秀才的穷酸。黄齑,咸菜。

〔11〕粉头:妓女。

〔12〕教坊:由唐至明,官方设置的一个伎乐团体。因伎乐卖艺又兼卖笑,故后来也用作妓院的代称。

〔13〕顿:这里是猛拉、猛扯的意思。

〔14〕巨灵神:传说中力气很大的神,曾经把连在一起的华山和首阳山劈开。

〔15〕南浦伤离:南朝文学家江淹《别赋》中有"送君南浦,伤如之何"的句子,这里借指离别之地。

〔16〕杀才:原是憎词,犹如说该死的。这里是爱恨交加,与"冤家"同例。

〔17〕没去就:不知所从的意思。

〔18〕雨歇云收:比喻结束爱情关系。

〔19〕忔(qì气)憎:原是讨厌、憎恶的意思,词曲中多用作反意,是爱极生憎的意思。

〔20〕厮趁:与下文"相逐"都是相随相守的意思。

〔21〕那搭儿里续上绸缪:在哪里又有了相好的。绸缪,喻男女间缠绵的关系。

〔22〕劣奶奶:指鸨母。

〔23〕"只管"二句:意为我干嘛要没完没了地大闹。整只曲子表现了杜蕊娘对韩辅臣又恨又爱,恋恋不舍的心情。

〔24〕一划的:统统的,全部。

〔25〕钩搭住鱼腮,箭穿了雁口:都是形容有话说不出的样子。

〔26〕交错劝觥(gōng公)筹:形容宴席上互相劝酒的热闹场面。觥,古代一种盛酒的器皿。筹,行酒令时用的签子。

〔27〕侍衾裯(chóu绸):形容俩人间亲密的关系。《诗经·召南·小星》:"抱衾与裯。"衾,被子。裯,帐子。

〔28〕水局:隐语,指妓院。

〔29〕玩江楼:当时有名的歌楼,元戴善夫有《柳耆卿诗酒玩江楼》的杂剧。掘倒了玩江楼,是说韩辅臣破坏了俩人之间的关系。

〔30〕荡着:挨着,擦着。

〔31〕自僝(chán蝉)自僽(zhòu宙):自寻烦恼。僝僽,烦恼。

〔32〕发放:发落,吩咐。

〔33〕顽涎儿:死皮赖脸。

〔34〕甘分:心甘情愿。

〔35〕耨(nòu):宋元时北方俗语,《南词叙录》:"北人谓相昵为耨。"指男女间火热的关系。《西厢记》:"一个哑声儿厮耨",义同。

〔36〕偷:指偷情。

〔37〕高如我三板儿的人物:意为比我强许多的人物。古人筑墙称六尺或八尺为一板。

〔38〕趁逐:追求。

〔39〕攀蟾折桂:指科举得中。

〔40〕章台路旁柳:唐传奇《柳氏传》写诗人韩翃和长安章台街上的妓女柳氏相爱,后来二人分手,韩翃写了一首诗怀念她:"章台柳,章台柳,昔日青青今在否?纵使长条依旧垂,亦应攀折他人手。"后来便用章台柳作为妓女的代称。

〔41〕消耗:消息,音信。

〔42〕"今日床头看壮士"二句:语出唐张籍《行路难》诗:"君不见床头黄金尽,壮士无颜色。"后常用来指嫖客钱财用尽时受冷落。

第 三 折

(石府尹上,云)老夫石好问是也。三年任满朝京,圣人道俺贤能清正,着复任济南。不知俺那兄弟韩辅臣,进取功名去了,还是淹留在杜蕊娘家?使老夫时常悬念。已曾着人探听他踪迹,未见回报。张千,门首觑者,待探听韩秀才的人来,报复我知道。(韩辅臣上,云)闻得哥哥复任济南,被我等着了也。来到此间,正是济南府门首。张千,报复去,道韩辅臣特来拜访。(张千报科)(石府尹云)道有请。(见科)(韩辅臣云)恭喜哥哥复任名邦,做兄弟的久客空囊,不曾具得一杯与哥哥拂尘,好生惭愧!(石府尹做笑科,云)我已谓贤弟扶摇万里[1],进取功名去了,却还淹留妓馆,志向可知矣!(韩辅臣云)这几时,你兄弟被人欺侮,险些儿一口气死了,还说那功名怎的!(石府尹云)贤弟,你在此盘缠缺少,不能快意,是有的;那一个就敢欺负着你?(韩辅臣云)哥哥不知,那杜家老鸨儿欺负兄弟也罢了,连蕊娘也欺负我。哥哥,你与我做主咱!(石府尹云)这是你被窝儿里的事,教我怎么整理?(韩辅臣云)您兄弟唱喏[2]。(石府尹不礼科,云)我也会唱喏。(韩辅臣云)我下跪。(石府尹又不礼科,云)我也会下跪。(韩辅臣云)哥哥,你真个不肯整理,教我那里告去?您兄弟在这济南府里,倚仗哥哥势力,那个不知?今日白白的吃他娘儿两个一场欺负,怎么还在人头上做人,不如就着府堂触阶而死罢了!(做跳科,石府尹忙扯住,云)你怎么使这般短见?你要我如何整理?(韩辅臣云)只要哥哥差人拿他娘儿两个来扣厅[3]责他四十,才与您兄弟出的这一口臭气。(石府尹云)这个不难;但那杜蕊娘肯嫁你时,你还要他么?(韩辅臣云)怎么不要?(石府尹云)贤弟不知:乐户[4]们一经责罚过了,便是受罪之人,做不得士人妻妾。我想,此处有个所在,叫做金线池[5],是个胜景去处;我与你两锭银子,将的去卧番羊、窨下酒[6],做个筵席,请他一班儿姊妹来到池上赏宴,央他们替你赔礼,那其间必然收留你在家,可不好哪?(韩辅臣做揖科,云)多谢哥哥厚意!则今日便往金线池上,安排酒果,走一遭去也。(下)(石府尹云)兄弟去了也。这一遭,好共歹成就了他两口儿,可来回老夫的话。(诗云)钱为心所爱,酒是色之媒,会[7]看鸳鸯羽,双双池上归。(下)

(外旦三人上,云)妾身张嬷嬷[8],这是李妗妗,这是闵大嫂。俺们都是杜蕊娘姨姨的亲眷。今日在金线池上,专为要劝韩辅臣、杜蕊娘两口儿圆和。这席面不是俺们设的,恐怕蕊娘姨姨知道是韩姨夫出钱安排酒果,必然不肯来赴,因此只说是俺们请他。酒席中间,慢慢的劝他回心,成其美事。道犹未了,蕊娘姨姨早来也。(正旦上,相见科,云)妾身有何德能,着列位奶奶们置酒张筵,何以克当?(唱)

【中吕粉蝶儿】明知道书生教门儿[9]负心短命,尽教他海角飘零。没来由强风情[10],刚可喜男婚女聘,往常我千战千赢,透风处使心作倖[11]。

【醉春风】能照顾眼前坑,不提防脑后井。人跟前不恁的[12]吃场扑腾[13],呆贱人几时能够醒醒?虽是今番,系干宿世,事关前定。

(众旦云)这是首席,姨姨请坐。(正旦云)看了这金线池,好伤感人也!(唱)

【石榴花】恰便似藕丝儿分破镜花明,我则见一派碧澄澄,东关里犹自不曾经[14],到如今整整半载其程,眼前面兜率[15]神仙境,有他呵怎肯道蓦出门庭。那时节眼扎毛和他厮拴定[16],矮房里相扑着闷怀萦。

【斗鹌鹑】虚度了丽日和风,枉误了良辰美景。往常俺动脚是熬煎,回头是撞挺,拘束的刚刚转过双眼睛[17]。到如今各自托生[18]:我依旧安业着家,他依旧离乡背井。

(众旦云)俺们都与姨姨奉一杯酒。(正旦唱)

【普天乐】小妹子是爱莲儿,你都将我相钦敬;茶儿是妹子,你与我好好的看承;小妹子是玉伴哥,从来有些独强性[19]。(众旦云)姨姨,你为何嗟声叹气的?今日这样好天气,又对着这样好景致,务要开怀畅饮,做一个欢庆会才是。(正旦唱)说什么人欢庆,引得些鸳鸯儿交颈和鸣,忽的见了,愠的面赤,兜的[20]

心疼。

（众旦云）姨姨，俺则这等吃酒可不冷静？（正旦云）待我行个酒令，行的便吃酒，行不的罚金线池里凉水。（众旦云）俺们都依着姨姨的令行。（正旦云）酒中不许提着"韩辅臣"三字，但道着的，将大觥来罚饮一大觥。（众旦云）知道。（正旦唱）

【醉高歌】或是曲儿中唱几个花名[21]。（众旦云）我不省得。（正旦唱）诗句里包笼着尾声[22]。（众旦云）我不省得。（正旦唱）续麻道字针针顶[23]。（众旦云）我不省的。（正旦唱）正题目当筵合生[24]。

（众旦云）我不省的，则罚酒罢。（正旦云）拆白道字，顶针续麻，挡筝拨阮[25]，你们都不省得，是不如韩辅臣。（众旦云）呀，姨姨，你可犯了令也！将酒来罚一大觥。（正旦饮科，唱）

【十二月】想那厮着人赞称，天生的济楚[26]才能，只除了心不志诚，诸馀的所事儿聪明。本分的从来老成，聪俊的到底杂情[27]。

【尧民歌】丽春园则说一个俏苏卿，明知道不能够嫁双生，向金山壁上去留名，画船儿赶到豫章城[28]。撒甚么清[29]！投至得你秀才每忒寡情，先接了冯魁定[30]。

（正旦做叹气科，云）我不合道着韩辅臣，被罚酒也。（众旦云）姨姨又犯令了！再罚一大觥。（正旦做饮科，唱）

【上小楼】闪的我孤孤零零，说的话涎涎邓邓[31]；俺也曾轻轻唤着，躬躬前来，喏喏连声。但酒醒硬打挣，强词夺正，则除是醉时节酒淘真性。

（正旦做醉跌科，众旦扶科）（韩辅臣上，换科）（众旦下）（正旦

唱)

【幺篇】不死心想着旧情,他将我厮看厮待,厮知厮重,厮钦厮敬。不是我把不定,无记性,言多伤行。扶咱的小哥每是何名姓?

(韩辅臣云)是小生韩辅臣。(正旦云)你是韩辅臣?靠后!
(唱)

【耍孩儿】我为你逼绰了当官令[32],(带云)谢你那大尹相公呵!(唱)烟花簿上除抹了姓名,交绝了怪友和狂朋,打併[33]的户净门清。试金石[34]上把你这子弟每从头儿画,分两戥[35]上把郎君仔细秤。我立的其身正,倚仗着我花枝般模样,愁甚么锦片也似前程!

【二煞】我比那剜[36]墙贼蝎螫索自忍,我比那俏郎君掏摸[37]须噤声,那里也恶茶白赖[38]寻争竞?最不爱打揉人七八道猫煞爪[39],掐扭的三十驮鬼捏青[40]。看破你传槽病[41],捆着手分开云雨,腾的似线断风筝。

【尾煞】我和你半年多衾枕恩,一片家缱绻[42]情,交明春岁数三十整。(带云)我老了也,你要我怎的?(唱)你且把这不志诚的心肠与我慢慢等!(做摔开科,下)

(韩辅臣云)嗨,他真个不欢喜我了,更待干罢!只得到俺哥哥那里告他去。(下)

〔1〕扶摇万里:博取功名,青云直上的意思。语出《庄子·逍遥游》:"抟扶摇而上者九万里。"
〔2〕唱喏(rě惹):旧时男子相见时的一种礼节,一边作揖,一边"喏

喏"连声。

〔3〕扣厅:犹如后来所说的"当堂"。

〔4〕乐户:这里指官妓。

〔5〕金线池:济南名胜之一,一般称金线泉。

〔6〕卧番羊、窨下酒:就是宰羊、备酒的意思。

〔7〕会:语气词,有预料其必然的意思。

〔8〕嬷(mó 磨)嬷:对老年妇女的敬称。

〔9〕书生教门儿:书生这一类人。

〔10〕强风情:勉强装作有爱情。

〔11〕透风处使心作倖:凡能透风之处都运用了谋略。使心作倖,运用计谋。

〔12〕不恁的:倘不如此。

〔13〕吃场扑腾:栽跟头、丢面子的意思。

〔14〕东关里犹自不曾经:意思难明。从上下文来看,当指杜蕊娘因韩辅臣离去,不想嫁别人,仍在原来的地方为妓,未曾出过东关。东关,地名,此处当指济南城东关。

〔15〕兜率(lù 律):兜率天或兜率宫的省称,佛教说是欲界六天的第四天,充满欢喜,道教说是太上老君的居处。

〔16〕眼扎毛和他厮拴定:眼睫毛互相拴扯在一起,形容两人挨得很近。

〔17〕"往常俺"三句:一说指杜蕊娘在妓院中受鸨母的虐待,但与上下文意不合。此处当指杜蕊娘与韩辅臣形影不离。动脚是煎熬,是说两人分离片刻便遭受相思之苦,第四折〔梅花酒〕曲有"两下里正熬煎"句可证。回头是撞挺,是说杜蕊娘与韩辅臣离得很近,碰头合脸。拘束的刚刚转过眼睛,是说杜蕊娘刚把眼睛从韩辅臣身上移开,就感到不自在。

〔18〕各自托生:这里是各奔前程的意思。

〔19〕"小妹子"六句:这是杜蕊娘对前来敬酒的姐妹们道谢的话,同时表现出她的聪明与敏感。爱莲儿、茶儿、玉伴哥是三位姐妹的名字。你与我好好的看承,意为你这样好地看承我。末句是说,平时玉伴哥性格孤独、倔强,怎么今天也来凑热闹、献殷勤。

〔20〕兜的:突然、立刻。

〔21〕曲儿中唱几个花名:把"花名"编在曲子里唱。元代院本中有"花名"名目。

〔22〕诗句里包笼着尾声:作一首诗,末尾三句,要和曲子一样能唱出来。这叫"诗头曲尾"体制。

〔23〕续麻道字针针顶:即拆白道字与顶真续麻,详见《救风尘》第一折注〔5〕、〔6〕。

〔24〕合生:宋元时在宴席上能够指物题咏的一种游戏。

〔25〕挡(chōu抽)筝拨阮:即弹奏乐器。挡是用手弹,拨是用一种薄片来弹。阮是一种比月琴大、音色浑厚的乐器。

〔26〕济楚:整齐、漂亮。

〔27〕杂情:爱情不专一。

〔28〕豫章城:今江西省南昌市。相传双渐考中得官即担任豫章县令。故事详见《救风尘》第一折注〔40〕。

〔29〕撇清:伪装置身事外,故意表示自己清高。

〔30〕"投至得"二句:在知道你双生寡情以前,早就接受了冯魁的婚约。

〔31〕涎涎邓邓:糊里糊涂,颠三倒四。

〔32〕逼绰了当官令:辞去了官妓的乐籍。

〔33〕打併:打发、整理。

〔34〕试金石:一种检验金子成色的矿石,这里借指对人的检验。

〔35〕分两戥(děng 等):戥,又作戥子,一种称量金银和药材的小秤。

〔36〕劚(gǒng 巩):钻。

〔37〕掏摸:此处谓偷情。

〔38〕恶茶白赖:无理取闹。

〔39〕打揉人七八道猫煞爪:形容像猫一样抓挠人。

〔40〕三十驮鬼捏青:把人皮肤捏得青肿起来。驮,原指畜牲负载成捆的货物,这里借指隆起的肿块。鬼捏青,原指睡觉时皮肤上无缘无故起的肿块,迷信的人认为是鬼捏的,这里是借用。

〔41〕传槽病:原指牲口不安分吃自己槽里的食物而另觅他食,这里借指爱情不专一。

〔42〕缱绻(qiǎn quǎn 浅犬):形容情意深厚,犹言缠绵。

第 四 折

(石府尹引张千上,诗云)三载为官卧治[1]过,别无一事系心窝;唯余故友鸳鸯会,金线池头竟若何? 老夫石好问,为兄弟韩辅臣、杜蕊娘,在金线池上,着他两口儿成合,这早晚不见来回话,多咱[2]是圆和了也。张千,抬放告牌[3]出去。(韩辅臣上,云)门上的,与俺通报去,说韩辅臣是告状的,要见!(张千报科)(韩辅臣做入见科,云)哥哥,拜揖。(石府尹云)兄弟,您两口儿完成了么?(韩辅臣云)若完成了时,这早晚正好睡哩,也不到你衙门里来了。那杜蕊娘只是不肯收留我,今日特来告他。(石府尹云)他委实不肯便罢了,教我怎生断理?(韩辅臣云)哥哥,你不肯断理,您兄弟唱喏。(做揖,石府尹不礼科,云)我不会唱喏哪?(韩辅臣云)您兄弟下跪。(做跪,石府尹不礼科,云)我不会下跪哪?(韩辅臣云)你再四的不肯断理,我只是死在你府堂上,教你做官不成。(做触阶,石府尹忙扯科,云)那个爱女娘的似你这般放刁来?罢,罢,罢!我完成了你两口儿。张千,与我拿将杜蕊娘来者!(张千云)理会的。(唤科,云)杜蕊娘,衙门里有勾[4]!(正旦上,云)哥哥,唤我做甚么?(张千云)你失误了官身[5],老爷在堂上好生着恼哩!(正旦云)可怎了也?(唱)

【双调新水令】忽传台旨到咱丽春园,则道是除抹[6]了舞裙歌扇。逢个节朔[7],遇个冬年,拿着这一盏儿茶钱,告哥哥可怜见!

(云)可早来到府门首也。哥哥,你与我做个肉屏风儿,等我偷觑咱。(张千云)这使的。(正旦做偷觑,内吆喝科)(旦唱)

【沉醉东风】则道是喜孜孜设席肆筵,为甚的怒哄哄列杖擎鞭?好教我足未移心先战,一步步似毛里拖毡[8]。本待要大着胆、挺着身、行靠前,百忙里仓惶倒偃。

(张千报科,云)禀爷,唤将杜蕊娘来了也!(石府尹云)拿将过来!(韩辅臣云)哥哥,你则狠着些!(石府尹云)我知道。(张千云)当面!(正旦云)妾身杜蕊娘来了也。(石府尹云)张千,准备下大棍子者,将枷来发到司房里责词去!(正旦云)可着谁人救我那?(做回顾见科,云)兀的不是韩辅臣?俺不免揣着羞脸儿哀告他去。(唱)

【沽美酒】使不着撒腼腆,仗那个替方便[9],俺只得忍耻耽羞求放免。(云)韩辅臣,你与我告一告儿!(韩辅臣云)谁着你失误官身,相公恼的狠哩。(正旦唱)你与我搜寻出些巧言,去那官人行劝一劝。

（韩辅臣云）你今日也有用着我时节,只要你肯嫁我,方才与你告去。（正旦云）我嫁你便了!（唱）

【太平令】从今后我情愿实为姻眷,你只要早些儿替我周全。（韩辅臣云）我替你告便告去,倘相公不肯饶你如何?（正旦唱）想当初罗帐里般般逗遍,今日个纸褙子[10]又将咱欺骗,受了你万千作贱,那些儿体面?呀,谁似您浪短命随机应变!

（石府尹云）张千,将大棒子来者!（韩辅臣云）哥哥,看您兄弟薄面,饶恕杜蕊娘初犯罢!（石府尹云）张千,带过杜蕊娘来!（正旦跪科）（石府尹云）你在我衙门里供应[11]多年,也算的个积年[12]了,岂不知衙门法度?失误了官身,本该扣厅责打四十,问你一个不应罪名;既然韩解元[13]在此替你哀告,这四十板便饶了,那不应的罪名却饶不的。（韩辅臣云）那杜蕊娘许嫁您兄弟了,只望哥哥一发连这公罪也饶了罢!（做跪科）（石府尹忙扯起科,云）杜蕊娘,你肯嫁韩解元么?（正旦云）妾委实愿嫁韩辅臣。（石府尹云）既如此,老夫出花银百两,与你母亲做财礼,则今日准备花烛酒筵,嫁了韩解元者。（韩辅臣云）多谢哥哥完成我这桩美事!（正旦云）多谢相公抬举。（唱）

【川拨棹】似这等好姻缘,人都道全在天,若是俺福过灾缠,空意惹情牵;间阻的山长水远,几时得人月圆?

【七弟兄】早则是对面、并肩、绿窗前,从今后称了平生愿。一个向青灯黄卷[14]赋诗篇,一个剪红绡翠锦学针线。

【梅花酒】忆分离自去年,争些儿打散文鸳,折破芳莲[15],咽断顽涎。为老母相间阻,使夫妻死缠绵,两下里正熬煎,谢公相肯矜怜。

【收江南】呀,不枉了一春常费买花钱[16],也免得佳人才子只孤眠。得官呵,相守赴临川[17],随着俺解元,再不索哭啼啼扶上贩茶船!

(韩辅臣同正旦拜谢科,云)哥哥请上,您兄弟拜谢。(石府尹答拜科,云)贤弟,恭喜你两口儿圆和了也!但这法堂上是断合的去处,不是你配合的去处。张千,近前来,听俺分付:你取我俸银二十两,付与教坊司色长[18],着他整备鼓乐,从衙门首迎送韩解元到杜蕊娘家去,摆设个大大筵席,但是他家亲眷,前日在金线池上劝成好事的,都请将来饮宴,与韩解元、杜蕊娘庆喜。宴毕之后,着来回话者。(词云)韩解元云霄贵客,杜蕊娘花月妖姬,本一对天生连理,被虔婆故意凌欺,耽搁的男游别郡,抛闪[19]的女怨深闺,若不是黄堂[20]上聊施巧计,怎能勾青楼[21]里早遂佳期!

　　题目　韩解元轻负花月约　　老虔婆故阻燕莺期
　　正名　石好问复任济南府　　杜蕊娘智赏金线池

〔1〕卧治:汉代东海太守汲黯一次生病,卧躺房内不起一年多,而所辖地区大治,受到汉武帝的称赞。见《汉书·汲黯传》。后因用"卧治"称颂政事清简。

〔2〕多咱:多半,大概,差不多。

〔3〕放告牌:官府开庭审理案件时挂出的通告牌。

〔4〕有勾:有传唤的命令。

〔5〕失误官身:指官妓在侍奉官府时有失误。

〔6〕除抹:开除,解除。

〔7〕节朔:这里是节日的意思。朔,阴历每月的初一。

〔8〕毛里拖毡:毛和毡都很涩滞,毛里拖毡就是形容步履艰难的样子。

〔9〕替方便:为我行个方便。

〔10〕纸褙子:指告状的状纸。

〔11〕供应:侍奉、承应。

〔12〕积年:多年、累年。

〔13〕解元:金元时对读书人的美称,这与科举考试中第一名含义不同。

〔14〕青灯黄卷:指读书生活。青灯,指油灯,其光焰颜色青荧,故称。黄卷,指书籍,古代线装书涂有防蠹之药物,纸色发黄,故称。

〔15〕文鸳、芳莲:带花纹的彩色鸳鸯,芳香浓郁的并蒂莲,均喻指美好的婚姻。

〔16〕买花钱:嫖客付给妓女的钱财。

〔17〕临川:地名,在江西省。这里仍然是用双渐、苏卿的故事,双渐后来任临川县令,并且和苏小卿一起赴任。

〔18〕色长:教坊中的头目。

〔19〕抛闪:抛弃、离开。

〔20〕黄堂:太守的厅堂,此处指石府尹办公的地方。

〔21〕青楼:妓院的代称。

温太真玉镜台[1]

第 一 折

（老旦扮夫人引梅香上，诗云）花有重开时，人无再少日；生女不生男，门户凭谁立？老身姓温，夫主姓刘，早年辞世；别无儿男，只生得一个女儿，小字倩英，年长一十八岁，未曾许聘他人。夫主在日，教孩儿读书，老身如今待教他写字抚琴，只是无个好明师。我有个侄儿温峤[2]，见任翰林学士，今将老身子母搬取来京，旧宅居住，说道要来拜望老身。梅香，门首觑者，只待学士来时，报复我知道。（梅香云）理会的。（正末扮温峤上，云）小官姓温名峤，字太真，官拜翰林学士。小官别无亲眷，只有一个姑娘，年老寡居，近日取来京师居住。连日公衙事冗，不曾拜候，今日稍闲，须索拜候一遭。我想方今贤臣登用[3]，际遇圣主，觑的富贵容易。自古及今，那得志与不得志的多有不齐。我先将这得志的说一遍则个。（唱）

【仙吕点绛唇】车骑成行，诣门稽颡[4]，来咨访。无非那今古兴亡，端的是语出人皆仰。

【混江龙】也只为平生名望，博得个望尘遮拜路途傍。出则高牙大纛[5]，入则峻宇雕墙。万里雷霆驱号令，一天星斗焕文章。威仪赫奕[6]，徒御轩昂[7]。喜时节鹓鸾并簉[8]，怒时节虎豹潜藏。生前不惧獬豸冠[9]，死来图画麒麟像[10]；

何止是析圭儋爵[11],都只待拜将封王。

（云）却说那不得志的也有一等。（唱）

【油葫芦】还有那苦志书生才学广,一年年守选场,早熬的萧萧白发满头霜;几时得出为破虏三军将,入为治国头厅相?只愿的圣主兴、世运昌,把黄金结作漫天网,收俊杰、揽贤良。

【天下乐】当日个谁家得凤凰、翱也波翔,在那天子堂,争知他朝为田舍郎?傅说呵在版筑处生[12],伊尹呵从稼穑中长[13],他两个也不是出胞胎便显扬。

（云）虽然如此,那得志不得志的,都也由命不由人,非可勉强。（唱）

【那吒令】他每都恃着口强,便仪秦[14]呵怎敢比量?都恃着力强,便贲育呵怎敢赌当[15]?原来都恃着命强,便孔孟呵也没做主张。这一个是王者师,这一个是苍生望[16],到底揾不彻雪案萤窗[17]。

【鹊踏枝】只落的意彷徨,走四方,昨日燕陈,明日齐梁。若不是聚生徒来听讲,怎留得这诗书万古传芳?

（云）我今日也非敢擅自夸奖,端的不在古人之下。（唱）

【寄生草】我正行功名运,我正在富贵乡。俺家声先世无诽谤[18],俺书香今世无虚诳,俺功名奕世[19]无谦让,遮莫是[20]帽檐相接御楼前,靴踪不离金阶上。

【幺篇】不枉了开着金屋[21],空着画堂[22],酒醒梦觉无情况[23],好天良夜成虚旷,临风对月空惆怅。怎能够可情人消受锦幄[24]凤凰衾,把愁怀都打撇[25]在玉枕鸳鸯帐。

（云）一头说话,早来到姑娘门首。梅香,报复去,说温峤特来问候。(梅香报科,云)报的奶奶得知:有温峤在于门首。(夫人云)老身恰才说罢,学士真个来了。道有请!(梅香云)请进。(正末做见科)(夫人云)学士王事勤劳,取个座儿来,教学士稳便[26];一面将酒来,与学士递一杯。(梅香云)酒在此。(夫人云)学士,满饮一杯!(正末接饮科)(夫人云)梅香,绣房中叫小姐来拜见学士咱。(梅香云)小姐,有请。(旦扮倩英上,云)妾身倩英,正在房中习针指;梅香说母亲在前厅呼唤,不知有甚事?须索走一遭去。(做见科,云)母亲,叫孩儿有甚事?(夫人云)孩儿,唤你来无别事,只为温家哥哥在此,你须拜见。(旦云)理会的。(夫人云)且住者,休拜!梅香,前厅上将老相公坐的栲栳圈银交椅[27]来,请学士坐着,小姐拜见。(正末云)老相公的交椅,侄儿如何敢坐?(夫人云)学士休谦,恭敬不如从命。(正末云)谨依尊命。(夫人云)小姐,把体面拜哥哥者。(旦做拜科)(正末做欠身科)(夫人云)妹妹拜哥哥,岂有欠身之理?(正末云)礼无不答,焉可坐受?(夫人云)好一个有道理的人也。(正末背云)是好一个女子也呵!(唱)

【六幺序】兀的不[28]消人魂魄,绰[29]人眼光?说神仙哪的是天堂?则见脂粉馨香,环珮丁当,藕丝[30]嫩新织仙裳,但风流都在他身上,添分毫便不停当[31]。见他的不动情,你便都休强,则除是铁石儿郎,也索恼断柔肠。

【幺篇】我这里端详他那模样:花比腮庞,花不成妆;玉比肌肪,玉不生光。宋玉襄王,想像高唐,止不过魂梦悠扬,朝朝暮暮阳台上[32],害的他病在膏肓;若还来此相亲傍,怕不就形消骨化、命丧身亡。

(夫人云)梅香,将酒来,小姐与哥哥把盏。(旦奉酒科,云)哥

哥,满饮一杯。(做递酒科)(正末唱)

【醉扶归】虽是副轻台盏无斤两,则他这手纤细怎擎将?久立着神仙也不当。你待把我做真个的哥哥讲,我欲说话别无甚伎俩,把一盏酒漾[33]一半在阶基上。

(夫人云)老身欲教小姐写字弹琴,争奈无个明师;学士肯看老身薄面,教你妹子弹琴写字?(正末云)姑娘在上,据你侄儿所学,怎生教的小姐?(夫人云)学士休谦。梅香,取历日来,教学士选个好日子,教小姐弹琴写字。(正末云)温峤今日出来时,有别勾当,也曾选日子,来日是个好日辰。(唱)

【金盏儿】来日不空亡[34],没相妨。天生壬申癸酉[35]全家旺,不比那长星赤口[36]要提防。大纲来[37]阴阳偏有准,择日要端详,岂不闻成开皆大吉,闭破莫商量。

(夫人云)既如此,就是明日要劳动学士者。(正末云)谨依尊命!明日温峤自来。但温峤无学,怎生教的小姐?(夫人云)学士休得推辞,只看你下世姑夫的面皮,教训女孩儿则个。(正末唱)

【醉中天】白日短,无时响,兼夜教,正更长,便误了翰林院编修有甚忙?我待做师为学长,拼的个十分应当,再无推让,早收拾幽静书房。

(夫人云)梅香,伏侍小姐辞别了哥哥,回绣房去。(旦云)理会的。(拜科,下)(夫人云)多谢学士幸不违阻,是必明日早来。(正末云)敢不惟命。(唱)

【赚煞尾】恰才立一朵海棠娇,捧一盏梨花酿,把我双送入愁乡醉乡。我这里下得阶基无个顿放,画堂中别是风光,恰才

则挂垂杨一抹斜阳,改变了暗暗阴云蔽上苍。眼见得人倚绿窗。又则怕灯昏罗帐,天那,休添上画檐间疏雨滴愁肠。(下)

(夫人云)学士去了也。梅香,便收拾万卷堂,来日是吉日良辰,请学士来教你小姐弹琴写字。收拾的停当时,可来回我话。(诗云)只因爱女要多才,收拾书堂待教来。(梅香诗云)从来男女不亲授,也不是我引贼过门胡乱猜。(同下)

〔1〕《玉镜台》是根据《世说新语》记载的晋人温峤的一段故事写成的。剧本写温峤与刘倩英这对老夫少妻的结合过程。在关汉卿的爱情剧中,这是唯一的末本戏。剧中成功地塑造了主人公温峤滑稽多智、风流蕴藉的性格特征,其中有作者个人生活的影子。本剧结构完整,到第四折仍令人感到波澜起伏。明代柴鼎有《玉镜台传奇》,比本剧显然逊色得多。

〔2〕温峤:晋人,少时聪明,有胆识,曾率领军队扫平王敦叛乱,拜骠骑将军,封始安郡公。《晋书》有传。

〔3〕登用:选拔、重用。

〔4〕诣(yì 易)门稽颡(sǎng 嗓):到门前磕头。诣,到。稽颡,古时的一种跪拜礼,屈膝下跪,以额触地。颡,额,脑门子。

〔5〕高牙大纛(dào 道):古时军队用的旗帜。牙,牙旗。纛,大旗。

〔6〕赫奕:显耀盛大的样子。

〔7〕徒御轩昂:驾着华贵的车子。徒御,驾驭马车。

〔8〕鹓鸾并箨(zào 造):意为各类人物相聚、荟萃。鹓,与鸾凤同类的鸟。箨,荟萃。

〔9〕"生前"句:谓因为一生不做违法的事,所以不怕法官。獬豸(xiè zhì 卸至)冠,代指法官。古代执法者戴的帽子叫"獬豸冠"。獬

豸,传说是一种神羊,能别曲直。

〔10〕麒麟像:汉代朝廷曾建麒麟阁,将霍光等十一名功臣的像画在上面,以表彰其功绩。

〔11〕析圭儋爵:即做大官的意思。圭,古代的一种玉器,周时由君王分颁给诸侯,并赐以爵位。扬雄《解嘲》有"析人之圭,儋人之爵"句。

〔12〕傅说(yuè月):商时大臣,相传原是从事版筑的奴隶。版筑:筑墙法,用两版相夹,中间填上泥土。

〔13〕伊尹:商初大臣,原来从事农耕。

〔14〕仪秦:即战国时著名的雄辩之士张仪、苏秦。

〔15〕贲育:战国时著名的勇士孟贲、夏育。赌当:即抵挡。赌,同堵。

〔16〕苍生:百姓。

〔17〕雪案:南朝时孙康家穷,常借着雪光读书。萤窗:晋时车胤把几十个萤火虫集中起来,以照明读书。

〔18〕无诽谤:这里是无可指责的意思。

〔19〕奕世:累世。

〔20〕遮莫是:这里是句首语气词,带有"并且""而且"的意思。

〔21〕金屋:汉武帝小时候,曾对他姑母说:"若得阿娇做妇,当作金屋贮之。"阿娇就是他姑母的女儿。后来常以"金屋"作藏娇的处所。

〔22〕画堂:本为汉代宫殿名,后泛指华丽的房屋。

〔23〕情况:此处指男女恋情。

〔24〕幄(wò沃):帐子。

〔25〕打撒:丢弃、抛掷。

〔26〕稳便:客套话,听便、自便的意思。

〔27〕栲栳(kǎo lǎo考老)圈银交椅:一种形似栲栳的镶银的圈椅。

栲栳,用柳条或竹篾编成的椭圆形盛物器具。

〔28〕兀的不:怎不。

〔29〕绰:此处当吸引解。

〔30〕藕丝:颜色,疑与现在的藕荷色类似。

〔31〕不停当:不恰当、不贴切。

〔32〕"宋玉襄王"四句:传说楚怀王曾与巫山神女做爱,神女作辞云:"旦为朝云,暮为行雨,朝朝暮暮,阳台之下。"见宋玉《高唐赋序》。后世遂作为男女交合的隐语。

〔33〕溮:泼、洒。

〔34〕不空亡:没有妨碍。迷信的说法,"空亡"是坏日子。

〔35〕"天生"句:意谓按天干地支来计算,可使全家兴旺。壬,天干的第九位。申,地支的第九位。癸,天干的第十位。酉,地支的第十位。

〔36〕长星:彗星的一种,旧时传说长星出现是不吉利的征兆。赤口:口舌是非,旧时端午节多写"赤口"贴壁上,以竹钉钉之,断口舌之意。

〔37〕大纲来:大概,总之。

第 二 折

(老夫人上,云)昨日选定今日是吉日良辰。梅香,门首觑者,则怕学士来时,报我知道。(梅香云)理会的。(正末上,云)姑娘选定今日好日辰,不曾衙门里去。肯分[1]的姑娘又来请;便不来请,我也索去。可早来到门首。梅香,报复去,道温峤来了也。(梅香报科,云)温学士来了。(夫人云)道有请。(梅香云)请进。(正末做见科)(夫人云)今日学士怎生来的恁早?(正末云)为领尊命教小姐琴书,就不曾到衙门去。(夫人云)因为老身薄面,误了学士公事,老身知感不尽。梅香,快请小姐出来拜学士者。(梅香云)小姐,有请。(旦上云)妾身正在绣房中,听的母亲呼唤,须索见去。(做见科)(夫人云)倩英,你拜哥哥!今日为始,便是你师父了也。(旦做拜科)(正末背云)小姐比昨日打扮的又别,真神仙中人也。(唱)

【南吕一枝花】藕丝翡翠裙,玉腻蝤蛴[2]颈,妲己[3]空破国,西子枉倾城[4]。天上飞琼[5],散下风流病。若是寝正浓,梦乍醒,且休问斜月残灯,直睡到东窗日影。

(云)将琴过来,教小姐操一曲咱。(旦学操琴科)(正末唱)

【梁州第七】兀的不可喜煞罗帏绣幕,风流煞金屋银屏!这七条弦兴亡祸福都相应,端的个圣贤可对,神鬼堪惊,俗怀顿爽,尘虑皆清。一弄儿指法泠泠[6],早合着古操新声。金徽[7]弹流水潺湲,冰弦打馀音齐整,玉纤[8]点逸韵轻盈。聪明,怎生得口诀手未到心先应!海棠色、蕙兰性[9],想天地全将秀结成,一团儿智巧心灵。

(夫人云)再操一遍,则怕还有不是处,教学士听,有不是处再教。
(正末唱)

【牧羊关】纵然道肌如雪、腕似冰,虽是一段玉,却是几样磨成:指头是三节儿琼瑶[10],指甲似十颗水晶。稳坐的有那稳坐堪人敬,但举动有那举动可人憎[11]。他兀自未揎起金衫袖,我又早先听的玉钏鸣。

(夫人云)小姐,弹琴不打紧,须装香来,请哥哥在相公抱角床[12]上坐着,小姐拜哥哥。一日为师,终身为父。学士教小姐写字者。(旦写字科)(正末云)腕平着,笔直着。小姐,不是这等。(正末起把笔捻旦手科)(旦云)是何道理,妹子跟前捻手捻腕!(正末云)小生岂有他意?(夫人云)小鬼头,但得哥哥捻手捻腕,你早十分有福也。(旦云)"男女七岁,不可同席。"(夫人笑科,云)哥哥跟前调书带儿[13]。(正末唱)

【隔尾】你便温柔起手里须当硬[14],我呆想望迎头儿撒会清[15],恰才轻搭着春葱[16]尽侥幸。(带云)似这等酥蜜[17]般抢白。(唱)遮莫你骂我尽情,我断不敢回你半声,也强如编修院里和书生每厮强挺[18]。

　　(云)小姐,不是了也,腕平着,笔直着。(旦怒云)哥哥,你又来也!(正末唱)

【四块玉】兀的紫霜毫烧甚香,斑竹管有何幸,倒能够柔荑[19]般指尖擎。只你那纤纤的手腕儿须索平正,我不曾将你玉笋[20]荡,他又早星眼睁,好骂我这泼顽皮没气性。

　　(夫人云)小姐,辞了哥哥回绣房去。(旦拜科,下)(正末云)温峤更衣去咱。(做行科,云)见小姐下的阶基,往这里去了。我只见小姐中注[21]模样,不曾见小姐脚儿大小。沙土上印下小姐脚踪儿,早是我来的早,若来的迟呵,一阵风吹了这脚迹儿去,怎能够见小姐生的十全也呵!(唱)

【牧羊关】妇人每鞋袜里多藏着病[22],灰土儿没面情,除底外四周围并无馀剩。几般儿窄窄狭狭,几般儿周周正正,几时迤逗的独强性,勾引的把人憎。几时得使性气由他跐[23],恶心烦自在蹬。

　　(带云)小姐去了也。几时得见,着小官撇不下呵!(唱)

【贺新郎】你便是醉中茶,一啜[24]曛然醒。都为他皓齿明眸,不由我使心作倖,待寻条妙计无踪影。老姑娘手把着头稍自领[25],索什么嘱咐叮咛,似取水垂辘轳,用酒打猩猩[26]。到这里惜甚廉耻,敢倾人命。休、休、休,做一头海来深不本分,使一场天来大昧前程[27]。

【隔尾】他借妆梳颜色花难并,宜环珮腰肢柳笑轻,一对不倒踏[28]窄小金莲尚古自[29]剩。想天公是怎生?这世情,教他独占人间第一等。

(正末回科)(夫人云)学士稳便。老身有句话:想小姐年长一十八岁,不曾许聘他人,翰林院有一般学士,烦哥哥保一门亲事。(正末背云)小官暗想来只得如此,若不忒的呵不济事。(做向夫人云)姑娘,翰林院有个学士,才学文章不在侄儿之下。(夫人云)似你这般才学少有。那学士多大年纪?怎生模样?哥哥你说一遍。(正末唱)

【红芍药】年纪和温峤不多争,和温峤一样身形;据文学比温峤更聪明,温峤怎及他豪英?保亲的堪信凭,搭配的两下里相应。不提防对面说才能,远不出门庭。

【菩萨梁州】古人亲事,把闺门礼正,但得人心至诚,也不须礼物丰盈。点灯吃饭两分明:猴山[30]无梦碧瑶笙,玉台有主菱花镜[31]。更有场大厮併[32],月夜高烧绛蜡灯,只愁那烦扰非轻!

(云)温峤与那学士说成,择定日子同来。(夫人云)多劳学士用心。(正末做出门笑科,云)温峤,你早则人生三事[33]皆全了也。(虚下、将砌末上科,做见夫人科,云)告的姑娘得知,适才侄

儿径去与那学士说了。今日是吉日良辰,将这玉镜台权为定物,别使官媒人来通信,央您侄儿替那学士谢了亲者。(唱)

【煞尾】俺待麝兰[34]腮、粉香臂、鸳鸯颈,由你水银渍、朱砂斑、翡翠青[35]。到春来小重楼策杖登,曲阑边把臂行,闲寻芳、闷选胜。到夏来追凉院、近水庭,碧纱厨、绿窗净,针穿珠、扇扑萤。到秋来入兰堂、开画屏,看银河、牛女星,伴添香、拜月亭。到冬来风加严、雪乍晴,摘疏梅、浸古瓶,欢寻常、乐馀剩。那时节、趁心性,由他娇痴、尽他怒憎,善也偏宜、恶也相称。朝至暮不转我这眼睛,孜孜[36]觑定,端的寒忘热、饥忘饱、冻忘冷。(下)

(官媒上,诗云)"析薪如何,匪斧弗克;娶妻如何,匪媒弗得。"[37]自家是个官媒。温学士着我去老夫人家说知,选吉日良辰,娶小姐过门。可早来到也。无人报复,我自过去。(做见科,云)老夫人磕头!(夫人云)媒婆何来?(官媒云)奉学士言语,着我见老夫人,选日辰娶小姐过门。(夫人云)是那个学士?(官媒云)是温学士。(夫人云)他是保亲的。(官媒云)他不是保亲的,则他是女婿。(夫人云)何为定物?(官媒云)玉镜台便是定礼。(夫人云)有这等事!我把这玉镜台摔碎了罢。(官媒云)住,住!这玉镜台不打紧,是圣人御赐之物,不争你摔碎了,做的个大不敬,为罪非小。(夫人云)嗨,吃他瞒过了我也!梅香,便说与小姐知道,收拾停当,选定吉日,送小姐过门去罢。(下)

[1] 肯分:宋元俗语,凑巧的意思。

[2] 蝤蛴(qiú qí 求奇):蝎虫,即天牛的幼虫。因色白身长,常用

来形容妇女的脖颈。

〔3〕妲(dá达)己:商纣王的宠妃,传说曾怂恿纣王干了许多坏事,导致商朝灭亡。

〔4〕西子枉倾城:西子,即古代著名美人西施。传说越国的范蠡曾利用她对吴王夫差巧施美人计,最后消灭了吴国。倾城,形容女子极度之美貌。以上二句说刘倩英比妲己、西施还漂亮。

〔5〕飞琼:即仙女许飞琼。传说唐代诗人许浑(一说许瀍)曾梦遇仙女许飞琼从天上下凡与他相会。参见《太平广记》卷七十或《本事诗》。

〔6〕泠(líng灵)泠:拟声词,形容弹琴的声音。

〔7〕金徽:名贵的琴。

〔8〕玉纤:比喻美女的手指。

〔9〕蕙兰性:蕙兰一样的性格。蕙兰是香草名,常用来比喻女人性情美好。

〔10〕琼瑶:美玉。

〔11〕可人憎:反语,惹人爱的意思。

〔12〕抱角床:一种带扶手的椅子。

〔13〕调书带儿:也作"调书袋",讥讽好引经据典、以示渊博的人。

〔14〕起手里须当硬:开始写字的时候,手必须用力才行。

〔15〕撇会清:装一会儿正经。

〔16〕春葱:比喻少女的手指。

〔17〕酥蜜:酥油、蜂蜜,比喻又香又甜。

〔18〕厮强挺:互相顶撞、争辩。

〔19〕柔荑(tí提):初生的茅草,色白而柔,多用来比喻女子的手指。

〔20〕玉笋:比喻美女的手指。

〔21〕中注:指相貌。

〔22〕鞋袜里多藏着病:旧时女人的脚是被鞋袜紧紧包裹着不给人看见的,就像人有病藏在体内一样。

〔23〕跐(cǐ此):踩,踏。

〔24〕啜(chuò绰):喝。

〔25〕手把着头稍自领:元代歇后语,即"手把着头稍——自领"。意为心甘情愿接受。这里是说,老姑母无意中给温峤造成了机会。

〔26〕取水垂辘轳,用酒打猩猩:正要打水,辘轳垂下来了;猩猩喜欢喝酒,恰好把酒扔给了它。这两句说,姑母让温峤教表妹写字弹琴,正中温峤下怀。

〔27〕昧前程:昏暗、险恶的前程。

〔28〕不倒踏:谓走路轻盈,不拖拖沓沓。

〔29〕古自:犹"兀自",这里是尚且的意思。

〔30〕緱(gōu勾)山:在今河南偃师县南。传说王子晋七月七日乘白鹤来到这里,离开世人升仙而去。

〔31〕玉台有主菱花镜:谓玉台有了菱花镜,不再是空镜台了。暗喻温峤已经找到了妻子。玉台,指玉镜台。

〔32〕大厮併:大肆铺排。

〔33〕人生三事:这里指的是中举、做官、完婚三件事。

〔34〕麝兰:或作兰麝,泛指香气。

〔35〕水银渍(zì字)、朱砂斑、翡翠青:水银,指水银粉;渍,这里当搽讲。朱砂斑和翡翠青是两种贵重的玉石首饰。这里紧承上句,说任你刘倩英对着玉镜台梳洗打扮,在脸腮上搽水银粉,在手腕上戴朱砂斑玉镯,在脖颈上佩翡翠青的项链。

〔36〕孜孜:注视貌。

〔37〕"析薪如何"四句:《诗经·齐风·南山》:"析薪如之何?匪

斧不克。"又《豳风·伐柯》："伐柯如何？匪斧不克。娶妻如何？匪媒不得。"元杂剧中媒人上场，常念这几句诗表明自己的身份。

第 三 折

（正末引赞礼[1]鼓乐上）（赞礼唱科，诗云）一枝花插满庭芳，烛影摇红昼锦堂；滴滴金杯双劝酒，声声慢唱贺新郎[2]。请新人出厅行礼！（梅香同官媒拥旦上）（正末唱）

【中吕粉蝶儿】怕不动的鼓乐声齐，若是女孩儿不谐鱼水[3]，我自拖拽这一场出丑扬疾[4]，安排下佯小心装大胆丹方一味：他若是皱着双眉，我则索牙床前告[5]他一会。

（云）媒婆，你遮我一遮，我试看咱。（官媒云）我遮着你看。（正末做看科）（旦云）这老子好是无礼也！（正末唱）

【红绣鞋】则见他无发付氲氲[6]恶气，急节里[7]不能够步步相随。我那五言诗作上天梯，首榜上标了名姓，当殿下脱了白衣[8]，今夜管洞房中抓了面皮。

（云）媒人，待咱大了胆过去来。（唱）

【迎仙客】到这里论甚使数[9]，问甚官媒？紧逐定[10]一团儿休厮离。和他守何亲，等甚喜？一发的走到跟底，大家吃一会没滋味。

（旦云）兀那老子，若近前来，我抓了你那脸！教他外边去。媒婆，你来，我和你说，这老子当初来时节，俺母亲教小姐拜哥哥，他曾受我的礼来。（官媒云）学士，小姐说，起初时他曾拜你做哥哥，你受过他礼来。（正末云）我哪里受他礼来？你与小姐说去。（官媒云）小姐，学士说哪里受你礼来？（旦云）在俺先父栲栳圈

银交椅上坐着,受我的礼来。(官媒云)小姐说,学士在他老相公栲栳圈银交椅上受他礼来。(正末唱)

【醉高歌】我见他姿姿媚媚容仪,我几曾稳稳安安坐地?向傍边踢开一把银交椅,我则是靠着个栲栳圈站立。

(旦云)媒婆你来,他又受我的礼来。(官媒云)小姐说你又受他的礼来。(正末云)我哪里又受他礼来?(官媒云)小姐,学士说他哪里又受你的礼来?(旦云)这老子!俺母亲着我弹琴写字,学士,他坐在俺先父抱角床上,我拜他为师来。(官媒云)学士,小姐说学弹琴写字,拜你为师,你在老相公抱角床上受他礼来。(正末唱)

【醉春风】我坐着窄窄半边床,受了他怯怯两拜礼,我这里磕头礼拜却回席。划地[11]须还了你,你,便得些欢娱,便谈些好话,却有那般福气。

(旦云)媒婆,你说与他去:我在正堂中做卧房[12],教他再休想到我跟前;若是他来时节,我抓了他那老脸皮,看他好做得人!(官媒云)学士,小姐说来,他在正堂中做卧房,教你休想到他跟前;若是你来时节,他抓了你老脸皮,教你做人不得。(正末唱)

【红绣鞋】正堂里夫人寝睡,小官在书房中依旧孤恓,遮莫待尽世儿[13]不能够到他这罗帏。人都道刘家女被温峤娶为妻,落得个虚名儿则是美!

(云)将酒来,我与小姐把盏咱。(正末把酒科)(旦云)我不吃。(官媒云)小姐接酒。(正末唱)

【普天乐】初相见在玉堂中,常想在天宫内,则索向空闲偷觑,怎生敢整顿[14]观窥?得如今服侍他,情愿待为奴婢。

厨房中水陆烹炮珍馐味,箱柜内无限锦绣珠翠,但能够与你插戴些首饰,执料些饮食,则这的我早福共天齐。

　　(旦做滗酒科,云)我不吃。(正末唱)

【满庭芳】量这些值个甚的?忒斟得金杯潋滟[15],因此上把宫锦淋漓。大人家展污了何须计,只要你温夫人略肯心回,便滗到一两瓮香醪[16]在地,浇到百十个公服朝衣!今夜里我早知他来意,酒淹得袖湿,几时花压帽檐低?

　　(官媒云)这小姐则管不就亲,做的个违宣抗敕[17]哩。(正末云)媒婆,休说这般话。(唱)

【上小楼】休提着违宣抗敕,越逗的他烦天恼地。你则说迟了燕尔[18],过了新婚,误了时刻;你说领着省事[19],掌着军权,居着高位;又道会亲处倚官挟势。

　　(云)我则索哀告你个媒婆做个方便者。(做跪科)(官媒云)学士,你为何在老身跟前下礼?(正末唱)

【幺篇】我"求灶头不如告灶尾"[20],为甚我今日媒人跟前做小伏低?教他款慢里劝谏的俺夫妻和会,兀的是罗帏中用人之际。

　　(官媒云)天色明了也。学士,你先往衙门中去,我自夫人跟前回话去也。(正末云)夫人,你的心事我已知道了,你听我说。(唱)

【耍孩儿】你少年心想念着风流配,我老则老争多的几岁?不知我心中常印着个不相宜,索将你百纵千随。你便不欢欣,我则满面儿相陪笑;你便要打骂,我也浑身都是喜。我把你看承的、看承的家宅土地[21],本命神祇[22]。

【四煞】论长安富贵家,怕青春子弟稀,有多少千金娇艳为妻室,这厮每黄昏鸾凤成双宿,清晓鸳鸯各自飞,哪里有半点儿真实意?把你似粪堆般看待,泥土般抛掷。

【三煞】你攒着眉熬夜阑[23],侧着耳听马嘶,闷心欲睡何曾睡,灯昏锦帐郎何在?香烬金炉人未归,渐渐的成憔悴。还不到一年半载,他可早两妇三妻。

【二煞】今日咱守定伊,休道近前使唤丫鬟辈,便有瑶池[24]仙子无心觑,月殿嫦娥懒去窥。俺可也别无意,你道因甚的千般惧怕?也只为差了这一分年纪。

【煞尾】我都得知、都得知,你休执迷、休执迷,你若别寻的个年少轻狂婿,恐不似我这般十分敬重你。(同下)

〔1〕赞礼:旧时主持仪式并兼唱赞歌的人,相当于司仪。

〔2〕"一枝花"四句:这是一首由曲牌名组成的诗,依次为〔一枝花〕、〔满庭芳〕、〔烛影摇红〕、〔画锦堂〕、〔滴滴金〕、〔双劝酒〕、〔声声慢〕、〔贺新郎〕。

〔3〕不谐鱼水:比喻夫妻不和,这句是推测刘倩英对婚事不满。

〔4〕拖拽:这里是招致的意思。出丑扬疾:因吵闹而出丑。扬疾,谓吵闹。

〔5〕告:求告、劝告。

〔6〕氲(yūn)氲:即晕晕,形容脸涨得通红的样子。

〔7〕急节里:也作急且里,急忙、慌张的意思。

〔8〕脱了白衣:谓做了官。古代未做官的人穿白衣,犹如后来所说的布衣。

〔9〕使数:指奴婢。

〔10〕逐定：紧跟。

〔11〕划地：这里是仍旧、照样的意思。

〔12〕做卧房：谓寝睡。

〔13〕遮莫待尽世儿：难道等一辈子。遮莫，这里是难道的意思。

〔14〕整顿：长时间地、一个劲儿地。

〔15〕潋滟：波光闪动的样子。

〔16〕香醪(láo 劳)：美酒。

〔17〕违宣抗敕：违抗皇帝的旨意。因定亲的信物玉镜台是皇帝赐予的，所以这婚事就好像皇帝作主一般。

〔18〕燕尔：指新婚。《诗经·谷风》："宴尔新婚，如兄如弟。"

〔19〕领着省事：指做大官。省，古代中央政府直属的最高权力机构，相当于现在的部。

〔20〕求灶头不如告灶尾：当时俗语，意思是灶头有火，灶尾才有东西吃。

〔21〕土地：土地神、土地爷。

〔22〕本命神祇：主宰自己命运的神。

〔23〕夜阑：夜尽、更深。

〔24〕瑶池：传说是西王母的居处。

第 四 折

(外扮王府尹引祗从上，诗云)龙楼凤阁九重城，新筑沙堤[1]宰相行；我贵我荣君莫羡，十年前是一书生。老夫王府尹是也。今有温学士亲事一节，老夫奏过官里[2]，特设一宴，叫做水墨宴，又叫做鸳鸯会，专请学士同夫人赴席，筵宴中间则教他两口儿和会。等学士、夫人到时，自有主意。这早晚敢待来也。(正末同

(旦上,云)今日府尹相公设宴请客,不知何意,须索走一遭去也呵!(唱)

【双调新水令】则为凤鸾失配累了苍鹘[3],今日个珉筵[4]开,专要把鸳鸯完聚。我前面骑的是五花骢[5],他背后坐的是七香车;人都道这村里妻夫,直恁般似水如鱼,两口儿不肯离了一步。

【驻马听】想当日沽酒当垆,拚了个三不归青春卓氏女;今日膝行肘步,招了个百般嫌皓首汉相如。偏不肯好头好面到成都,懒的我没牙没口题桥柱;谁跟前敢告诉,兀的是自招自揽风流苦[6]!

(云)可早来到也。左右,报复去,道温学士和夫人来了也。(祗从报科,云)温学士和夫人到于门首。(府尹云)道有请。(见科,府尹云)小官奉圣人的命,设此水墨宴,请学士、夫人吟诗作赋。有诗的,学士金钟饮酒,夫人插金凤钗,搽官定粉[7];无诗的,学士瓦盆里饮水,夫人头戴草花,墨乌面皮[8]。(旦云)学士,你听者,大人说,你若有诗便吃酒,无诗便吃冷水,你用心着!(正末唱)

【乔牌儿】自从不应举,何尝对两字句?昨日会宾朋饮到遥天暮,今日酒渴的我没是处[9]。

【挂玉钩】恨不的巴到[10]咽喉嚥下去。井坠着朱砂玉[11],与咱更压瘴气,凉心经,解脏毒。夫人呵他自有通仙术,至如[12]肿了面皮,疮生眉目,也索蘸笔挥毫,咒水书符[13]。

(府尹云)若无诗呵,学士罚水,夫人头戴草花,墨乌面皮。(正末唱)

【川拨掉】这官人待须臾,休恁般相逼促。你道是傅粉涂朱,妖艳妆梳,貌赛过神仙洛浦[14],怎好把墨来乌?

(旦云)学士着意吟诗;无诗的吃水,墨乌面皮,什么模样!(正末云)休叫学士,你叫我丈夫。(旦云)无计所奈,则索唤丈夫。丈夫,须要着意者!(正末唱)

【豆叶黄】你在黑阁落里[15]欺你男儿,今日呵可不道指斥銮舆[16],也有禁住你限[17]时、降了你乖处!两个月方才唤了我个丈夫,虽不曾彻胆欢娱,荡着皮肤,刚听的这一声娇似莺雏,早着我浑身麻木。

(旦云)丈夫,你知道么,倘或罚水、乌墨搽面,教我怎了?(正末唱)

【乔牌儿】如今便面上笔落处,也则是浮抹不生住,咱自有新合来澡豆香粉馥,到家银盆中洗面去。

(旦云)丈夫,着意吟诗。(正末唱)

【挂玉钩】我从小里文章不大古[18],年老也还有甚词赋?则道我沉醉黄公旧酒垆[19],怎知我也有妆幺[20]处。见他害恐惧,我倒身无措。且等他急个多时,慢慢的再做支吾[21]。

(府尹云)学士,请吟诗者。(正末云)小官就吟。(旦云)丈夫,你要着意者。(正末云)夫人放心。(唱)

【水仙子】须闻得温峤不尘俗,明知道诗书饱满腹,那里是白头把你青春误?就嫌的我无地缝钻入去?少甚么年少儿夫;这一个眼灌的白邓邓,那一个脸抹的黑突突,空恁般绿鬓[22]何如?

(旦云)学士吟诗波,休似吃凉水的。(正末云)夫人,我吟的诗

好呵,你肯随顺我么?(旦云)你若吟得诗好,我插金钗、饮御酒,我便依随你。(正末云)夫人,你请放心者。(唱)

【甜水令】我如今举起霜毫,舒开茧纸,题成诗句,待费我甚工夫!冷眼偷看这盆凉水,何须忧虑,只当做醒酒之物。

【折桂令】想着我气卷江湖,学贯珠玑[23],又不是年近桑榆[24],怎把金马玉堂、锦心绣口[25],都觑的似有如无?则被你欺负得我千足万足,因此上我也还他佯醉佯愚。(旦云)丈夫,着意吟诗!倘罚水、墨乌面皮,教我怎了?(正末唱)他如今做了三谒茅庐[26],勉强诚服,软兀剌[27]走向前来,恶支煞[28]倒退回去。

(正末吟诗科,云)不分[29]君恩重,能怜玉镜台。花从仙禁出,酒自御厨来。设席劳京尹,题诗属上才。遂令鱼共水,由此得和谐。(府尹云)温学士,不枉了高才大手,吟得好诗!赐金钟饮酒,夫人头插凤钗、搽官定粉。(旦喜科,云)学士,这多亏了你也!(正末云)夫人,我温峤何如?(府尹云)夫人,你肯依随学士么?(旦云)妾身愿随学士。(府尹云)既然夫人一心依随学士,老夫即当奏过官里,再准备一个庆喜的筵席。(正末唱)

【雁儿落】你常好是吃赢不吃输,亏的我能说又能做。你只要应承了这一首诗,倒被我勒掯[30]的情和睦。

【得胜令】呀,兀的不是一字一金珠,煞强似当日吓蛮书[31]!你着宝钗簪云鬓,我着金杯饮醹醁[32],山呼[33],共谢得当今主。娇姝,早则不嫌我老丈夫。

(府尹云)人间喜事,无过夫妇会合,就今日杀羊造酒,安排庆喜筵席,送学士、夫人还宅去。(诗云)金樽银烛启华筵,一派笙歌

彻九天;若非恩赐鸳鸯会,焉能夫妇两团圆。(正末拜谢科,唱)

【鸳鸯煞】从今后姻缘注定姻缘簿,相思还彻相思苦,剩道[34]连理欢浓,于飞[35]愿足。可怜你窈窕巫娥,不负了多情宋玉[36]。则这琴曲诗篇吟和处,风流句,须不是我故意亏图[37],成就了那朝云和暮雨。

  题目 王府尹水墨宴
  正名 温太真玉镜台

  〔1〕沙堤:唐代宰相出行,载沙填路,称为沙道,亦称沙堤。这里是借用。
  〔2〕官里:指皇帝。
  〔3〕凤鸾失配累了苍鹘:意为因我们夫妻不和给王府尹添了麻烦。苍鹘是唐代参军戏中的脚色名,元杂剧中为"外"。此剧中王府尹由"外"扮,故云。
  〔4〕玳(dài 代)筵:豪华的宴席。玳,即玳瑁(mào 冒),形似海龟的海生动物,其甲壳光滑,可做装饰品。
  〔5〕五花骢(cōng 聪):青白色相间的骏马。
  〔6〕【驻马听】曲:用司马相如与卓文君的故事。三不归,无着落的意思。
  〔7〕官定粉:官家配制的脂粉。
  〔8〕墨乌面皮:用墨涂黑了脸,以示羞辱。
  〔9〕没是处:不得了。
  〔10〕巴到:巴望到,盼到。
  〔11〕井:喻口。朱砂玉:此处指玉石做的酒杯。
  〔12〕至如:即使、就算的意思。

〔13〕咒水书符:原指道士作法时喷水念咒的行为,这里借指温峤作诗。

〔14〕神仙洛浦:洛水之神。浦,水边。曹植有《洛神赋》,将洛水女神写得非常美丽。这里比喻刘倩英的美貌。

〔15〕黑阁落里:即黑角落里、暗地里。

〔16〕指斥銮舆:谓议论皇帝的是非。銮舆,本是皇帝坐的车子,常用来代指皇帝。

〔17〕禁住你限:即禁限住你。

〔18〕不大古:不怎么样,不太高明的意思。

〔19〕沉醉黄公旧酒垆:意为终日沉醉饮酒。黄公,魏晋时人,开酒店为生,王戎、阮籍、嵇康等人常到他的酒店里饮酒。

〔20〕妆幺:装模作样、故意作态。

〔21〕支吾:对付、搪塞。

〔22〕绿鬓:黑色的头发,代指年轻人。

〔23〕珠玑:本是珠玉之类,常用来形容人的词章好或博学。

〔24〕桑榆:日落时馀辉所在处,常用来形容人的老年。

〔25〕锦心绣口:形容文思敏捷,出口成章。

〔26〕三谒茅庐:此处借用刘备三顾茅庐的典故,指刘倩英已经三次请求他快些作诗。

〔27〕软兀剌:松软无力的样子。至今北方尚有"软不剌"的说法。

〔28〕恶支煞:恶狠狠的样子。

〔29〕不分:没有料到。

〔30〕勒揩:勒索、强迫。

〔31〕吓蛮书:传说李白曾为唐玄宗起草"吓蛮书",使番国不敢再侵犯唐朝。

〔32〕醁醑(lù xǔ 路许):美酒。

〔33〕山呼:山呼万岁的省称。这是温峤对皇帝表示的感激之情。

〔34〕剩道:正好是的意思。

〔35〕于飞:《诗经·大雅·卷阿》有"凤凰于飞"句,本指凤凰相谐而飞,后多用来比喻夫妻和谐。

〔36〕"可怜你窈窕巫娥"二句及曲末"朝云和暮雨":均用宋玉《高唐赋序》典故。又,传说宋玉还作过《登徒子好色赋》,所以又有宋玉多情的说法。

〔37〕亏图:暗算。

钱大尹智宠谢天香[1]

楔　子

(冲末扮柳耆卿[2]，引正旦谢天香上)(柳诗云)本图平步上青云，直为红颜滞此身；老天生我多才智，风月场中肯让人？小生姓柳名永，字耆卿，幼习儒业，颇读诗书。平生以花酒为念，好上花台[3]做子弟。不想游学到此处，与上厅行首谢天香作伴。小生想来，今年春榜动、选场开，误了一日，又等三年，则今日辞了大姐，便索上京应举去。大姐，小生在此多蒙管待，小生若到京师阙下[4]得了官呵，那五花官诰、驷马香车[5]，你便是夫人县君也。(正旦云)耆卿，衣服盘缠我都准备停当，你休为我误了功名者。(净张千上，云)小人张千，在这开封府做着个乐探[6]执事。我管的是那僧尼道俗乐人，迎新送旧，都是小人该管。如今新除[7]来的大尹姓钱，一应[8]接官的都去了，止有妓女每不曾去。此处有个行首是谢天香，他便管着这散班女人[9]，须索和他说一声去。来到门首也。谢大姐在家么？(旦见科，云)哥哥，叫做什么？(张千云)大姐，来日新官到任，准备参官去。(旦云)哥哥，这上任的是什么新官？(张千云)是钱大尹。(旦云)莫不是波厮[10]钱大尹么？(张千云)你休胡说！唤大人的名讳。我去也，谢大姐明日早来参官。(下)(柳云)大姐，你欢喜咱！钱大尹是我同堂故友，明日我同大姐到相公行吩咐着看觑

你,我也去的放心。(正旦唱)

【仙吕赏花时】则这一曲翻成和泪篇,最苦偏高离恨天[11],双泪落尊前。山长水远,愁见理行轩[12]。

【幺篇】待得鸾胶续断弦,欲盼雕鞍难顾恋。谢他新理任这官员,常好是[13]与民方便,咱又得个一夜并头莲。(同下)

〔1〕本剧是关汉卿杂剧中又一个妓女从良的故事,与《金线池》风格相近。剧中歌颂了女主人公谢天香的聪明、美丽、勇于追求个人幸福和钱大尹乐于成人之美的优良品质。钱大尹宁可自己"受无妄之愆",也要助朋友"了平生之愿"。按照元杂剧的体例,这个人物不能主唱,但却给人留下了沉刻印象。

〔2〕柳耆卿:即北宋著名词人柳永,字耆卿,福建崇安人。原名三变。做过屯田员外郎,世称柳屯田;排行第七,故又称柳七。有《乐章集》行世。相传他与歌妓之间有过许多风流韵事。

〔3〕花台:指妓院。

〔4〕阙下:宫阙之下,指朝廷。

〔5〕驷马香车:古代显贵者所乘之车,一车套四匹马。

〔6〕乐探:衙门中管理官妓的小吏。

〔7〕新除:新任。除,拜官受职。

〔8〕一应:所有、一切。

〔9〕散班女人:即乐妓。散班,松散的歌妓团体。

〔10〕波斯:即波斯,大胡子。波斯男人多留络腮胡子,故下文钱大尹自云:"老夫自幼修髯满部,军民识与不识,皆呼为波斯钱大尹。"

〔11〕离恨天:佛教传说中三十三天中最高的一层,元杂剧中常用来比喻男女爱情受到阻碍,不能相见的境况。

〔12〕理行轩:整理好赶路的车辆。轩,古时一种轻便的小车。

〔13〕常好是:同"畅好是",正好是的意思。

第 一 折

(外扮钱大尹,引张千上,诗云)寒蛩[1]秋夜忙催织,戴胜[2]春朝苦劝耕;若道民情官不理,须知虫鸟为何鸣?老夫姓钱名可,字可道,钱塘人也。自中甲第以来,累蒙擢用,颇有政声。今谢圣恩,加老夫开封府尹之职。老夫自幼修髯[3]满部,军民识与不识,皆呼为波厮钱大尹。暗想老夫当时有一同堂故友,姓柳名永,字耆卿,论此人学问,不在老夫之下。相离数载,不知他得志也不曾?使老夫悬悬在念。今日升堂,坐起早衙。张千,有该签押的文书,将来我发落。(张千云)禀的老爷知道,还有乐人每未曾参见哩。(钱大尹云)前官手里曾有这例么?(张千云)旧有此例。(钱大尹云)既是如此,着他参见。(张千云)参官乐人走动。(正旦同众旦上,云)今日新官上任,咱参见去来。你每小心在意者!(众旦云)理会的。(正旦唱)

【仙吕点绛唇】讲论诗词,笑谈街市,学难似,风里飏丝[4],一世常如此。

【混江龙】我逐日家把您相试,乞求的教您做人时,但能够终朝为父,也想着一日为师。但有个敢接我这上厅行首案,情愿盼咐与你这班演戏台儿。则为四般儿[5]误了前程事,都只为"聪明智慧",因此上辛苦无辞。

(众旦云)姐姐,你看笼儿中鹦哥念诗哩。(旦云)这便是你我的比喻。(唱)

【油葫芦】你道是金笼内鹦哥能念诗,这便是咱家的好比似。

原来越聪明越不得出笼时,能吹弹好比人每日常看伺,惯歌讴好比人每日常差使。(云)我不怨别人。(众旦云)姐姐,你怨谁?(旦云)咱会弹唱的,日日官身[6];不会弹唱的,倒得些自在。(唱)我怨那礼案里几个令史[7],他每都是我掌命司,先将那等不会弹不会唱的除了名字,早知道则做个哑猱儿[8]。

【天下乐】俺可也图甚么香名贯人耳!想当也波时,不三思[9]越聪明,不能够无外事。卖弄的有伎俩,卖弄的有艳姿,则落的临老来呼"弟子"!

(张千云)谢大姐,你怎生这早晚[10]才来?你只在这里,我报复去。(做报科,云)报的老爷得知:有乐人每来参见。(钱大尹云)别的休进来,则着那为头的一人来见。(张千云)别的都回去,则着谢大姐过去哩!(众旦下)(正旦见、拜科,云)上厅行首谢天香谨参。(钱大尹云)休要误了官身。(旦云)理会的。(做出门科,云)爷爷,那官人好个冷脸子也!(唱)

【金盏儿】猛觑了那容姿,不觉的下阶址,下场头少不的跟官长厅前死;往常觑品官宣使似小孩儿。他则道官身休失误,启口更无词。立地刚一饭间,心战够两炊时[11]。

(柳上,云)大姐参官去了,我看大姐去来。(做见旦科,云)大姐,你参了官也?我过去见他。(正旦云)你休见罢,这相公不比其他的。(柳云)不妨事,哥哥看待我比别人不同。(做见张千科,云)大哥,报复一声:杭州柳永特来参谒。(张千云)这个便是早晨间在谢大姐家的那先生。你在这里,我报复去。(做报科,云)衙门外有杭州柳永特来拜见。(钱大尹云)他说是杭州柳永?(张千云)是。(钱大尹笑云)老夫语未绝口,不想贤弟果然至此,使老夫不胜之喜。道有请!(张千云)请进。(柳见钱科,云)小弟游学到此,不意正值高迁,一来拜贺兄长,二来进取功名去也。(钱大尹云)自别贤弟许久,想慕颜范[12],使老夫悬悬在念。今日一会,实老夫之幸也。左右,看酒来!(柳云)兄弟去的急,不必安排茶饭。(钱大尹云)虽然如此,许久不会,何妨片时?张千,就讼厅上看酒来,款待学士。(柳云)哥哥,这是国家公堂,不是您兄弟坐的去处。(钱大尹云)贤弟差矣!一来是老夫同堂故友,二来贤弟是一代文章,正可款待。老夫欲待留贤弟在此盘桓[13]数日,便好道[14]大丈夫当以功名为念,因此不好留得。贤弟,请满饮一杯!(把酒科)(柳云)兄弟酒够了也,辞了哥哥,便索长行。(钱大尹云)贤弟,不成款待,只听你他日得意,另当称贺。贤弟,恕不远送了。(柳云)哥哥不必送。(出见旦科,云)柳永,你为什么来,则为大姐,怎就忘了?我再过去。(正旦云)耆卿,你休去,这相公不比其他的。(柳云)不妨事,哥哥待我较别[15]哩。(做见张千科,云)张千,再报一声。(张千云)你怎么又来?(柳云)你道杭州柳永再来拜见,有说的话。(张千报科,云)杭州柳永又要见相公,有说的话。(钱大尹云)是、是,想必老夫在此为理,有见不到处,道有请。(张千云)有请。(见科,钱大尹云)老夫在此为理,多有见不到处,我料贤弟必有嘉言善行教训老夫咱。(柳云)您兄弟别无他事,则是好觑谢氏。(钱云)耆卿,敬重看待。恕不远送。(柳云)多谢了哥哥。(柳见旦,云)大姐,我说了也,他说"敬重看待"。(正旦云)耆卿,你知道相公的意思么?(柳云)我不知道。(正旦唱)

【醉中天】初相见呼你为学士,谨厚不因而[16],今遍回身嘱咐尔,相公也,冷眼儿频偷视。你觑他交椅上抬颏[17]样儿,待的你不同前次,他则是微分间将表字呼之[18]。

(柳云)怕你不放心,我再过去。(正旦云)耆卿,你休过去。(柳云)不妨事,哥哥待我较别哩。(钱大尹云)张千,你近前来。恰才耆卿说道好觑谢氏,必定是峨冠博带[19]一个名士大夫,你与老夫说咱。(张千云)禀的老爷知道,就是早晨参官的谢天香。(钱大尹云)哦,是早间那个谢氏!耆卿,你错用了心也。(柳做见张千科,云)张大哥,你再报一声:杭州柳永再有说话。(张千云)你怎么又来?我不敢过去。(柳云)不妨事,再说一声。(张千报科,云)杭州柳永有说的话。(钱大尹云)着他过来。(柳进见科)(钱大尹云)耆卿,有何见谕?(柳云)哥哥,则是好觑谢氏。(钱大尹云)我才不说来:"敬重看待。"恕不远送。(柳见旦,云)相公说"敬重看待",可是如何?(正旦唱)

【金盏儿】你拿起笔作文词,衡[20]才调无瑕疵,这一场无分晓、不裁思[21]。他道"敬重看待",自有几桩儿:看则看你那钓鳌八韵赋,待则待你那折桂五言诗,敬则敬你那十年辛苦志,重则重你那一举状元时[22]。

(柳云)大姐,你也忒心多。怕你放不下,我再过去。(正旦云)耆卿,休去。(柳云)不妨事,哥哥看待较别哩。(见张千科,云)张大哥,你再过去,说杭州柳永又来,有说的话。(张千云)你还不曾去哩?这遭敢不中么?(柳云)不妨事。(张千报科,云)杭州柳永又来有话说。(钱大尹云)着他过来。(见科,钱大尹云)耆卿,有何说话?(柳云)哥哥,好觑谢氏。(钱大尹做怒科,云)耆卿,你种的桃花放,砍的竹竿折[23]。(柳云)多谢了哥哥。(出见旦,云)我说了也。(正旦云)相公说什么来?(柳云)相公说:"种的桃花放,砍的竹竿折。"(正旦唱)

【醉扶归】你陡恁[24]的无才思,有甚省不的两桩儿[25]?我道这相公不是漫词[26],你怎么不解其中意?他道是种桃花砍折竹枝,则说你重色轻君子。

(柳云)怕你不放心,待我再去与他说过。(正旦云)耆卿,你休去。(柳云)不妨事,哥哥待我较别哩。(见张千,云)张大哥,你再说一声:杭州柳永又来有话说。(张千云)那里有个见不了的?我不敢报。(柳云)我自过去。(张千报科)(钱大尹云)敢是杭州柳永?(张千云)便是。(钱大尹云)泼禽兽[27]!你则管着这一桩儿,且过一壁。(柳云)张千进去,可怎生不见出来?莫非他不肯通报?我自过去。(进见科,云)哥哥。(钱大尹怒云)敢是"好觑谢氏"?张千,抬过书案者!耆卿,是何相待?"君子不重则不威,学则不固"[28],你何轻薄至此!这里是官府黄堂,又不是秦楼楚馆[29],则管里谢氏、谢氏!耆卿,我是开封府尹,又不是教坊司乐探!平昔老夫待足下非轻,可是为何?为子有才也。古人道:"德胜才为君子,才胜德为小人。"[30]今观足下所为,可正是才有馀而德不足。《礼记》云:君子"奸声乱色,不留聪明"[31]。《老子》曰:"五色[32]令人目盲,五音[33]令人耳聋。"大丈夫当"先天下之忧而忧,后天下之乐而乐"[34]。便好道"富贵不能淫,贫贱不能移,威武不能屈,此之谓大丈夫"[35]也!今子告别,我则道有什么嘉言善行,略无一语;只为一匪妓,往复数次,虽鄙夫有所耻,况衣冠之士,岂不愧颜?耆卿,比及你在花街里留意,且去你那功名上用心,可不道"三十而立"[36]!当今王元之[37]七岁能文,今官居三品,见为翰林学士之职;汝辈不自耻乎,耆卿!(诗云)则你那浑身多锦绣,满腹富文章;不学王内翰,只说谢天香。张千,你近前来!(做耳喑[38]科,云)只恁的便了。(张千云)理会的。(钱大尹云)左右的,击鼓退堂,我回私宅去也。(下)(柳见旦科)(正旦云)我说什么来,直逗的相公恼了!(柳云)大姐放心,我到帝都阙下,若得一官半职,钱可道,你长保着做大尹,休和咱轴头儿厮抹着[39]!大姐,我今便索长行也。(正旦云)妾送你到城外那小酒务儿[40]里,权与你饯行咱。(张千上,云)等我一等,我张千也来送柳先生。(柳云)多有起动[41]了。大姐,我临行做了一首词,词寄《定风波》,是商角调,留与大姐表意咱。(词云)自春来惨绿愁红[42],芳心事事可可[43]。日上花梢,莺喧柳带,犹压香衾卧。暖酥消[44],腻云亸[45],终日恹恹倦梳裹。无那,想薄情一去,音书无个! 早知恁么,悔当初不把雕鞍锁。向鸡窗收拾蛮笺象管[46],拘束教吟和[47]。镇日相随莫抛躲,针线拈来共伊坐,和我,免使年少光阴虚过。(张抄科,云)我先回去也。(下)(正旦云)耆卿,你去也,教妾身如何是好!(柳云)大姐放心,小生不久便回。(正旦唱)

【赚煞】我这府里祗候[48]几曾闲,差拨无铨次[49],从今后无倒断[50]嗟呀怨咨。我去这触热也似[51]官人行将礼数使,若是轻咳嗽便有官司。我直到揭席[52]来到家时,我又索趱下些工夫忆念你。是我那清歌皓齿,是我那言谈情思,是我那湿浸浸舞困袖梢儿[53]。(下)

〔1〕蛩(qióng穷):蟋蟀。

〔2〕戴胜:鸟名。其状如鹊,头顶有大羽冠,故名。

〔3〕修髯:长胡须。修,长。

〔4〕风里飏丝:形容妓女走路轻飘飘地,好像随风飘舞的柳丝一样。

〔5〕四般儿:即指下句"聪明智慧"。

〔6〕官身:宋元时妓女应召到官府承应,叫做"官身"或"唤官身"。

〔7〕令史:此处指衙门中的书吏。

〔8〕猱(náo挠)儿:妓女、女优。

〔9〕不三思:谓困惑、糊涂、没主意。

〔10〕这早晚:这样晚。

〔11〕"立地刚一饭间"二句:意思是站在那里时间虽不长,却心惊胆战了半天。这只曲子形容钱大尹面容冷峻。

〔12〕颜范:指面容。

〔13〕盘桓:这里是逗留的意思。

〔14〕便好道:意为"常言说得好"、"有道是"。

〔15〕较别:非同一般、与众不同。

〔16〕不因而:不随便、不马虎的意思。

〔17〕抬颏:抬起下巴,威严骄傲的样子。

〔18〕将表字呼之:用字来称呼。旧称人的"字"为"表字"。此句指的是上一段宾白中,钱大尹对柳永的称呼,从"贤弟"转为"耆卿"(柳永字)。

〔19〕峨冠博带:高帽子和宽衣带,古代士大夫的装束。

〔20〕衠(zhūn谆):纯粹、真正。

〔21〕裁思:思考鉴别。

〔22〕"看则看"以下四句:是说钱大尹只看重柳永能够搏取功名的文才。钓鳌,比喻远大的抱负,后常用来指科场奋斗。八韵赋,唐宋时科举考试采用的一种文体,由考官命题,出八个韵字,规定八类韵脚,故称。

〔23〕种的桃花放,砍的竹竿折:古代常以桃花比喻女人,竹竿比喻君子的气节。这两句意即如后文谢天香所唱"重色轻君子"。

〔24〕陡恁:忽然这样。

〔25〕两桩儿:指"种的桃花放"两句。

〔26〕漫词:随便说的话。

〔27〕泼禽兽:骂人的话,犹如说"狗东西"。

〔28〕"君子不重则不威,学则不固":语见《论语·学而》,意思是君子如果不能够自重,则没有威严,学业也不能巩固。

〔29〕秦楼楚馆:妓院的别称。

〔30〕"德胜才为君子,才胜德为小人":语出司马光《资治通鉴》,元杂剧中常用。

〔31〕"奸声乱色,不留聪明":引自《礼记·乐记》。意思是,对于邪恶的声音,令人淫乱的女色,不能够让其进入到自己的耳目中来。

〔32〕五色:指青、赤、黄、白、黑五种颜色,也泛指各种颜色。

〔33〕五音:指宫、商、角、徵(zhǐ旨)、羽五声,也泛指各种音乐。

〔34〕"先天下之忧而忧"二句:语出范仲淹《岳阳楼记》。

〔35〕"富贵不能淫"以下数句:语出《孟子·滕文公下》。

〔36〕"三十而立":语出《论语·为政》,意为人到了三十岁应当有所成就。

〔37〕王元之:指北宋著名文学家王禹偁,字元之。

〔38〕耳喑(yīn音):即耳语。

〔39〕轴头上厮抹着:民间谚语。车轴头相碰,谓见面、沾惹的意思。

〔40〕酒务:酒店。

〔41〕起动:有劳、受累的意思。

〔42〕惨绿愁红:看见绿叶、红花就生出愁绪。

〔43〕事事可可:每件事都不放在心上。事事,一切事。可可,不在意,此处还暗含对钱大尹(名可)的讥讽。

〔44〕暖酥消:肌肤消瘦。

〔45〕腻云亸(duǒ 朵)：懒梳头。腻，厌烦。按，此处原作"腻云髻"，柳永词作"亸"，"云亸"指"云鬟下垂"，"腻云亸"亦指懒梳头。下文"无那"，原作"无奈"，柳永词作"无那"(nuó 挪)，为"奈何"义，"亸"与"那"在"定风波"词中均为押韵字，"亸"属歌戈韵，"髻"属齐微韵。据柳词改。

〔46〕鸡窗：指书房。传说晋时宋处宗曾买一长鸣鸡，经常放置于窗间，鸡遂作人语，与处宗谈论，处宗因此"言巧大进"。后因以"鸡窗"代指书窗或书房。蛮笺象管：指纸和笔。蛮笺，古时四川产的彩色笺纸，又叫"蜀笺"；象管，象牙做的笔管，泛指毛笔。

〔47〕拘束教吟和：承上句，意为与人吟诗唱和应拘谨。

〔48〕祗候：此处当"侍候"讲。

〔49〕无铨次：次数频繁而不固定。铨次，本意是依次第量才授官，这里引申为按规定次序到官府承应。

〔50〕无倒断：不间断，没完没了。

〔51〕触热也似：像触到热东西似的，比喻挨不得、惹不得。

〔52〕揭席：散席，终席。揭，有终了的意思。

〔53〕"是我那"三句：是谢天香自怨自艾的话。意为：由于与所爱之人分手，官差频繁，使我后悔有此皓齿清歌和言谈情思，致使终日歌舞，累得连袖头都被汗水湿透。

第 二 折

（钱大尹上，云）事不关心，关心者乱。老夫钱大尹，昨日使张千干事，这早晚不见来回话。左右，门首觑着，来时报复我知道。（张千上，云）自家张千是也。奉俺老爷命着干事回来，如今见老爷去咱。（见科，钱大尹云）张千，我分付你的事如何？（张千云）奉老爷的命，使我跟他两个到一个小酒务儿里饯别。柳耆卿临行做了一首词，词寄《定风波》，小人就记将来了。（钱大尹云）你记的了？（张千云）小人记的颠倒烂熟。（钱大尹云）你念。（张千念云）"自春来惨绿愁红，芳心事事……"（做不语科）（钱大尹云）怎的？（张千云）老爷，孩儿忘了也！（钱大尹云）却不道记的颠倒烂熟那？（张千云）孩儿见了老爷惧怕，忘了也。（钱大尹云）有抄本么？（张千云）有抄本。（钱大尹云）将来我看。（张千云）早是我抄得来了。（做递科）（钱接念科，云）"自春来惨绿愁红，芳心事事可可。日上花梢，莺喧柳带，犹压香衾卧。暖酥消，腻云亸，终日恹恹倦梳裹。无那，想薄情一去，音书无个！　　早知恁么，悔当初不把雕鞍锁。向鸡窗收拾蛮笺象管，拘束教吟和。镇日相随莫抛躲，针线拈来共伊坐，和我，免使年少光阴虚过。"嗨，耆卿，你好高才也！似你这等才学，在那五言诗、八韵赋、万言策[1]上留心，有什么都堂[2]不做哪？我试再看："自春来惨绿愁红，芳心事事可可"，耆卿怪了老夫去了也！老夫姓钱名可，字可道，这词上说"可可"二字，明明是讥讽老夫。恰才张千说记的颠倒烂熟，他念到"事事"，将"可可"二字则推忘了；他若念出"可可"二字来，便是误犯俺大官讳字[3]，我扣厅责他四十，这厮倒聪明着哩！（张千云）也颇颇的[4]。（钱大尹云）我如今唤将谢天香来，着他唱这《定风波》词，"自春来惨绿愁红，芳心事事可可"，若唱出"可可"二字来呵，便是误犯俺大官讳字，我扣厅责他四十；我若打了谢氏呵，便是典刑过罪人[5]也，使耆卿再不好往他家去。耆卿也，俺为朋友直如此用心！我今升罢早衙，在这后堂闲坐。张千，与我提名唤将谢天香来者。（张千云）理会的。（做唤科，云）谢天香在家么?(正旦上,云)是谁唤门哩?(做见张科,云)原来是张千哥哥。叫我做什么?(张千云)谢大姐,老爷提名儿叫你官身哩。(正旦唱)

【南吕一枝花】往常时唤官身可早眉黛[6]舒,今日个叫祗候喉咙响。原来是你这狠首领,我则道是那个面前嗓?恰才陪着笑脸儿应昂[7],怎觑我这查梨相[8],只因他忒过当[9]。据妾身貌陋残妆,谁教他大尹行将咱过奖?

【梁州第七】又不是谢天香其中关节[10],这的是柳耆卿酒后疏狂[11]。这爷爷记恨无轻放,怎当那横枝罗惹[12],不许提防!想着俺用时不当,不作周方[13],兀的唤甚么牵肠?想俺那去了的才郎,休、休、休,执迷心不许[14]商量;他、他、他,本意待做些主张,嗨、嗨、嗨,谁承望惹下风霜?这爷爷行思坐想,则待一步儿直到头厅相[15];背地里锁着眉骂张敞[16]。岂知他殢雨尤云俏智量,刚理会得燮理阴阳[17]。

(张千云)大姐,你且休过去,等我遮着你试看咱。(正旦看科,云)这爷爷好冷脸子也!(唱)

【隔尾】我见他严容端坐挨着罗幌,可甚么和气春风满画堂?我最愁是劈先里[18]递一声唱,这里但有个女娘、坐场,可敢烘散我家私做的赏[19]。

(张千云)大姐,你过去把体面者。(正旦见科,云)上厅行首谢天香谨参。(钱大尹云)则你是柳耆卿心上的谢天香么?(正旦唱)

【贺新郎】呀,想东坡一曲满庭芳,则道一个香霭雕盘,可又早祸从天降[20]!当时嘲拨无拦当,乞相公宽洪海量,怎不的仔细参详?(钱大尹云)怎么在我行打关节那?(正旦唱)小人便关节煞[21],怎生勾除籍不做娼,弃贱得为良。他则是一时间带酒闲支谎[22],量妾身本开封府阶下承应辈,怎做的柳耆卿心上谢天香?

(钱大尹云)张千,将酒来我吃一杯,教谢天香唱一曲调咱。(正旦云)告宫调。(钱大尹云)商角调。(正旦云)告曲子名。(钱大尹云)《定风波》。(正旦唱)自春来惨绿愁红,芳心事事……(张咳嗽科)(正旦改云)已已[23]。(钱大尹云)聪明强毅谓之才,正直中和谓之性。老夫着他唱"自春来惨绿愁红,芳心事事可可",他若唱出"可可"二字来,便是误犯俺大官讳字,我扣厅责他四十;听的张千咳嗽了一声,他把"可可"二字改为"已已"。哦,这"可"字是歌戈韵,"已"字是齐微韵。兀那谢天香;我跟前有古本,你若是失了韵脚,差了平仄,乱了宫商,扣厅责你四十。则依着齐微韵唱,唱的差了呵,张千,准备下大棒子者!(正旦唱云)自春来惨绿愁红,芳心事事已。日上花梢,莺喧柳带,犹压绣衾睡。暖酥消,腻云髻,终日恹恹倦梳洗。无奈,想薄情一去,音书无寄! 早知恁的,悔当初不把雕鞍系。向鸡窗收拾蛮笺象管,拘束教吟味。镇日相随莫抛弃,针线拈来共伊对,和你,免使少年光阴虚费。[24](钱大尹云)嗨,可知柳耆卿爱他哩!老夫见了呵,不由的也动情。张千,你近前来,你做个落花的媒人,我好生赏你。你对谢天香说,大夫人不与你,与你做个小夫人咱;则今日乐籍里除了名字,与他包髻、团衫、绣手巾[25]。张千,你与他说!(张千见正旦,云)大姐,老爷说大夫人不许你,着你做个小夫人,乐案里除了名字,与你包髻、团衫、绣手巾,你意下如何?(正旦唱)

【牧羊关】相公名誉传天下,妾身乐籍在教坊;量妾身则是个妓女排场,相公是当代名儒。妾身则好去待宾客,供些优唱。妾身是临路金丝柳,相公是架海紫金梁;想你便意错见、心错爱,怎做的门厮敌、户厮当[26]?

  (钱大尹云)张千,着天香到我宅中去。(正旦云)杭州柳耆卿,早则绝念也!(唱)

【二煞】则恁这秀才每活计似鱼翻浪,大人家前程似狗探汤[27]。则俺这侍妾每近帏房,只不过供手巾到他行,能够见些模样?着护衣须是相亲傍,只不过梳头处俺胸前靠着脊梁,几时得儿女成双?

  (云)指望嫁杭州柳耆卿,做个自在人,如今怎了也?(唱)

【煞尾】罢、罢、罢!我正是闪了他闷棍着他棒,我正是出了芋篮入了筐[28]。直着[29]咱在罗网,休摘离,休指望,便似一百尺的石门教我怎生撞?便使尽些伎俩,干愁断我肚肠,觅不的个脱壳金蝉这一个谎!(下)

  (钱大尹云)张千送谢天香到私宅中去了也。(诗云)我有心中事,未敢分明说;留待柳耆卿,他自解关节。(下)

  〔1〕万言策:向朝廷上的策论文。万言,指篇幅很长。
  〔2〕都堂:唐代尚书省的大厅,这里泛指大官办公的厅堂。
  〔3〕讳字:旧时,下级官吏、差役、普通百姓等,不能直呼上级官员的名字,遇到非呼出来不可时,要用其他意义相近字或词来代替。不然,就要受到处罚。
  〔4〕颇颇的:很是如此,的确如此。
  〔5〕典刑过罪人:受过法律制裁的罪人。

〔6〕眉黛:古代女子用青黑色颜料画眉,因称眉为"眉黛"。黛,青黑色颜料。

〔7〕应昂:答应。

〔8〕查梨相:坏模样。

〔9〕忒过当:太过分、太失当。

〔10〕关节:这里是有关的意思,与下文"打关节"意思不同。全句说,本来与我谢天香无关。

〔11〕疏狂:放浪形骸,不拘小节。

〔12〕横枝罗惹:无故牵连别人。

〔13〕周方:周全、方便。

〔14〕不许:不能。

〔15〕头厅相:首相的俗称。

〔16〕张敞:汉代京兆人,曾为妻子画眉,此处代指柳永。

〔17〕燮理阴阳:调理阴阳(天地四时),比喻大臣辅佐皇帝治理国家。常与"调合鼎鼐"连用。这里暗寓男女交合。

〔18〕劈先里:劈头。

〔19〕"这里但有个"二句:意为在这可怕的官厅里若有女妓坐场(演出),我情愿将家私散尽赏与人。

〔20〕"想东坡一曲满庭芳"三句:传说苏东坡因填《满庭芳》词而得罪了王安石。"香霭雕盘"是《满庭芳》的第一句。聪明的谢天香,已经意识到柳永写词而使钱大尹不满。

〔21〕便关节煞:即便是关节做尽。

〔22〕闲支谎:随便说出的谎话。

〔23〕已已:止住,罢了。这是谢天香随机应变编出来的词句,以避免说出钱大尹的名字。

〔24〕柳永所填《定风波》,原押歌戈韵,谢天香先随口改歌戈韵的

"可可"为齐微韵的"已已",避免说出钱大尹的名字,故而后来,将全词中韵脚都改作齐微韵,如"卧"改"睡","倦梳裹"改"倦梳洗"等,灵机应变,十分聪慧。

〔25〕包髻、团衫、绣手巾:这是元代娶妾时送给女方的聘礼。包髻,古代妇女包头用的头巾。团衫,一种黑色上衣,前边扫到地面,后边离地一尺左右。

〔26〕门厮敌、户厮当:门当户对的意思。

〔27〕"则恁这秀才们"二句:将柳永与钱大尹比较,前句说柳永成不了大事,后句说钱大尹莫测高深。恁,你们,今河南、东北等地尚习用。鱼翻浪,鱼小翻不起大浪,比喻成不了大事。狗探汤,狗爪往滚水里伸,比喻不可估量、莫测高深。

〔28〕"闪了他闷棍"二句:意为躲开了这一招,又被另一招算计。闪,躲开。孛篮,竹篮子。

〔29〕直着:定让。

第 三 折

(正旦上,云)妾身谢天香。自从进到钱大尹相公宅内,又早三年光景,将我那歌妓之心消磨尽了也!(唱)

【正宫端正好】往常我在风尘为歌妓,只不过见了那几个筵席,到家来须做个自由鬼;今日个打我在无底磨牢笼内!

【滚绣球】到早起过洗面水,到晚来又索铺床叠被,我服侍的都入罗帏,我恰才舒铺盖似孤鬼,少不的拳踢[1]寝睡,整三年有名无实。本是个见交[2]风月耆卿伴,教我做遥受恩情大尹妻,端的谁知?

（二旦扮姬妾上，云）俺二人是钱大尹家侍妾，今日无甚事，去望姓谢的姐姐走一遭去。（见旦科，云）姐姐，俺二人竟来望姐姐。（正旦云）二位姐姐请坐。（二旦云）姐姐，你在宅中三年，相公曾亲近你么？（正旦唱）

【倘秀才】俺若是曾宿睡呵则除是天知地知，相公那铺盖儿知他是横的竖的！比我那初使唤，如今越更稀。想是我出身处本低微，则怕展污了相公贵体。

（二旦云）姐姐，虽然如此，你也自当亲近些。（正旦唱）

【滚绣球】姐姐每肯教诲，怕不是好意？争奈我官人行，怎敢失了尊卑？（二旦云）姐姐，你又无什么过失。（正旦唱）你道是无过失，学恁的，姐姐每会也那不会？我则是斟量着紧慢迟疾，强何郎[3]旖旎煞难搽粉，狠张敞央及煞怎画眉？要识个高低。

（二旦云）敢问姐姐，当日柳七官人《乐章集》，姐姐收的好么？（正旦唱）

【倘秀才】便休题花七柳七，若听得这里是那里，相公的耳朵里风闻那旧是非。休只管这几句，滥黄齑，我也记得。

（二旦云）姐姐，可是那几句儿？说一遍儿我听咱。（正旦唱）

【穷河西】姐姐每谁敢道袖褪[4]《乐章集》，都则是断送的我一身亏。怕待学大曲子[5]，我从头儿唱与你。本记的人前会，挂口儿从今后再休提。

（二旦云）咱和你同去竹云亭上赌戏咱。（正旦云）姐姐每，咱去波。（唱）

【滚绣球】想前日使象棋，说下的、则是个手帕儿赌戏，你将我那玉束纳[6]藤箱子，便不放空回。近新来下雨的那一日，你输与我绣鞋儿一对，挂口儿再不曾提。那里为些些赌赛绝了交契，小小输赢丑了面皮，道我不精细。

（二旦云）姐姐，咱掷这色数儿[7]，俺输了也。姐姐，可该你掷。

（正旦拿色子科，唱）

【倘秀才】幺四五骰着个撮十，二三二趁着个夹七，一面打个色儿，也当得幺二三是鼠尾。赌钱的、不伶俐，姐姐你可便再掷。

（二旦云）等我再掷。俺又输了也，可该你掷。（正旦唱）

【呆骨朵】我将这色数儿轻放在骰盆内，二三五又掷个乌十，不下钱打赛我可便赢了你两回，这上面分明见，色数儿且休提。姐姐，我可便做桩儿三个五，你今日这般输说甚的？

（钱大尹把拄杖暗上）（二旦惊下）（正旦唱）

【倘秀才】你休要不君子便将闹起，我永世儿不和你厮极[8]。塌着那臭尸骸，一壁稳坐的！（钱将拄杖放在旦左肩上）（正旦拨科，唱）兀的不闲着您！（钱将拄杖放在旦右肩上）（正旦拨科，唱）臭驴蹄[9]！（钱又将拄杖放在旦左肩上）（正旦拿住，回头科，唱）兀的是谁？

（钱大尹云）天香，你骂谁哩？（正旦慌跪科，唱）

【醉太平】唬的我连忙的跪膝，不由我泪雨似扒推[10]；可又早七留七力[11]来到我跟底，不言语立地，我见他出留出律两个都回避。相公将必留不剌[12]拄杖相调戏，我不该必丢不搭口内失尊卑，这的是天香犯罪。

（钱大尹云）天香，你怕么？（正旦云）可知怕哩。（钱大尹云）你要饶么？（正旦云）可知要饶哩。（钱大尹云）既然要饶，或诗或词，作一首来我看，我便饶了你。（正旦云）请题目。（钱大尹云）就把这骰盆中色子为题。（正旦云）诗有了。（诗云）一把低微骨，置君掌握中；料应嫌点涴[13]，抛掷任东风！（钱大尹笑科，云）圣人道："在心为志，发言为诗。情动于中而形于言，言之不足故嗟叹之，嗟叹之不足故歌咏之。"[14]这四句诗中大意，道我娶他做小夫人，到我家中三年，也不偢[15]不问；岂知我的意思！天香，我也和了四句诗，我念你听。（诗云）为伊通四六[16]，聊擎在手中；色缘有深意，谁谓马牛风[17]？天香，你在我家三年也，你心中休烦恼，我拣个吉日良辰，则在这两日内立你做个小夫人，你心下如何？（正旦唱）

【二煞】往常时不曾挂眼都无意，今日回心有甚迟？相公的言语更怕不中，委付妾身教我转转猜疑。相公又不是戏笑，又不是沉醉，又不是昏迷；待道是颠狂睡呓，兀的不青天这白日？

（云）相公莫不是谬语？（钱大尹云）我又不曾吃酒，岂有谬语？我只爱惜你那聪明才学，可怜你那烦恼悲啼。（正旦唱）

【一煞】相公，你一言既出如何悔，驷马奔驰不可追。妾身出入兰堂，身居画阁，行有香车，宿在罗帏。相公，整过了三年，可便调理，无个消息；不想道今朝错爱我这匪妓，也则是可怜见哭啼啼。

（钱大尹云）天香，后堂中换衣服去。（下）（正旦唱）

【煞尾】则今番文诌诌的施才艺，从来个扑簌簌没气力。相公这一句言语可立碑，我也不敢十分相信的。许来大官员，恁来大职位,发出言词忒口疾[18]。你不委心为自家没见识,又不是花街中、柳陌里,那一个彻梢虚、雾塌桥[19],浑身我可也认的你!(下)

〔1〕挛踡(luán quán 栾全):缩为一团。

〔2〕见交:现交。交,交欢。

〔3〕强(jiàng 匠):倔强。何郎:三国时何晏,长得很美,面如傅粉,世称"傅粉何郎"。"强何郎"与下句"狠张敞"都比喻钱大尹,意为无论怎样撒娇、央求,钱大尹都不会像何郎那样傅粉修饰,像张敞那样为我画眉。

〔4〕袖褪(tùn 屯去声):衣袖里藏着。

〔5〕大曲子:即大曲,唐宋时一种体制宏大、歌舞结合的乐曲。这里是与柳永的《乐章集》相对而言的。

〔6〕玉束纳:也称"玉纳",用玉做成的盒子,与"藤箱子"对应。

〔7〕色数儿:骰子,一种赌具,即下文的色子。

〔8〕厮极:计较、争执。

〔9〕臭驴蹄:骂别的妓女的话。谢天香此时仍不知在她身后的是钱大尹。

〔10〕扒推:形容流泪的样子。

〔11〕七留七力:拟声词,下文"出留出律"同。形容鞋底与地面摩擦发出的声音。

〔12〕必留不刺:拟声词,用来形容一连串动作或说话时发出的声音。今河南一带尚习用。下文"必丢不搭"同。

〔13〕点涴(wò 卧):玷污、沾污。

〔14〕"在心为志"五句:语见《毛诗序》。意思是,在心中的感情,抒发出来成为言语就是诗;情感冲动就要表现在语言上,言辞不足以表达

就会叹息,叹息不足以表达就要歌唱、吟咏。

〔15〕僦(chǒu 丑):同瞅,看、理睬的意思。

〔16〕伊:你。四六:四六文的简称,以四字六字为对偶,属于雅文学,这里引申为高雅的生活。

〔17〕马牛风:风马牛不相及的意思。

〔18〕口疾:口快。这里是谢天香讥钱大尹说话快,兑现迟。

〔19〕彻梢虚、雾塌桥:一味说谎骗人。彻梢虚,见《救风尘》第一折注〔7〕;雾塌桥,已坍塌的桥在雾中,容易使人上当。

第 四 折

(钱大尹引张千上,云)老夫钱大尹是也。谁想柳耆卿一举状元及第,夸官[1]三日。张千,安排下筵席,你去当街里拦住新状元柳耆卿,道钱府尹请状元;他若不肯来时,你只把马带着,休放了过去,好歹请他来。若来时,报的老夫知道。(下)

(柳骑马引祗候上,诗云)昔日龌龊不足夸,今朝放荡思无涯;春风得意马蹄疾,一日看尽长安花[2]。小官柳永,自与谢天香分别之后,到于帝都阙下,一举状元及第。今借宰相头踏[3],夸官三日。我闻知钱大尹娶了谢天香为妻。钱可道也,你情知谢氏是我的心上人,我看你怎么相见?左右的,摆开头踏,慢慢的行将去。(张千上,云)状元,钱大尹相公有请!(柳云)我不去。(张千扯马,云)我好歹请状元见俺相公去来。(同下)

(钱大尹上,云)早间着张千请柳耆卿去了,怎生不见来?(张千同柳上,云)状元少待,我报复去。(报科,云)请的状元到了也!(钱大尹云)道有请。(柳做见科)(钱大尹云)贤弟,峥嵘有日,奋发有时,兀的不壮哉!将酒来,今日与贤弟作贺。(把酒科,云)贤弟,满饮一杯!(柳云)小官量窄,吃不得。(钱大尹云)贤弟平昔以花酒为念,今日如何不饮?(柳云)小官今非昔比,官守所拘,功名在念,岂敢饮酒?(钱大尹云)若是这般呵,功名成就多时了。你端的不饮酒,敢有些怪我么?张千,近前来。(做耳语科,云)只除恁的……(张千云)理会的。(做叫科,云)谢夫人,相公前厅待客,请夫人哩。(正旦云)天香,谁想有今日也呵!(唱)

【中吕粉蝶儿】送的那水护衣[4]为头,先使了熬麸浆细香澡豆[5],暖的那温泔清[6]手面轻揉。打底干南定粉[7],把蔷薇露和就;破开那苏合香油[8],我嫌棘针梢燎的来油臭。

【醉春风】那里敢深蘸着指头搽,我则索轻将绵絮纽。比俺那门前乐探等着官身,我今日个不丑。丑?虽不是宅院里夫人,也是那大人家姬妾,强似那上厅的祗候。

(云)相公前厅待客,我且不过去,我试望咱。(唱)

【石榴花】我则道坐着的是那个俊儒流,我这里猛窥视、细凝眸,原来是三年不肯往杭州,闪的我落后、有国难投。莫不是将咱故意相迤逗[9],特教的露丑逞羞?你觑那衣服每[10]各自施忠厚,百般儿省不的甚缘由。

【斗鹌鹑】并无那私事公仇,倒与俺张筵置酒。(带云)我这一过去,说些什么的是?(唱)我则是佯不相瞅,怎敢道特来问候?(见科)(钱大尹云)天香,与耆卿施礼咱。(正旦唱)我这里施罢礼,官人行紧低首。(钱大尹云)天香,近前来些。(正旦唱)谁敢道是离了左右,我则索侍立傍边,我则索趋前退后。

(钱大尹云)天香,与耆卿把一杯酒者。(正旦云)理会的。

（唱）

【上小楼】我待要提个话头，又不知他可也甚些机彀，倒不如只做朦胧，为着东君[11]奉劝金瓯；他若带酒，是必休将咱僝僽[12]。（柳云）天香，近前来些。（正旦唱）这里可便不比我做上厅行首。

（钱大尹云）天香把盏，教状元满饮此杯。（递酒科）（柳云）我吃不得了也。（正旦唱）

【幺篇】他那里则是举手，我这里忍着泪眸，不敢道是厮问厮答、厮来厮去、厮捆厮揪，我如今在这里不自由！（柳云）大姐，你怎生清减了？（正旦唱）你觑我皮里抽肉，你休问我可怎生骨岩岩脸儿黄瘦！

（钱大尹云）耆卿，你怎生不吃酒？（柳云）我吃不得了也。（钱大尹云）罢、罢、罢！话不说不知，木不钻不透，冰不搣不寒[13]，胆不试不苦。"君子见几而作，不俟终日"[14]，耆卿何故见之晚矣！当日见足下留心于谢氏，恣意于鸣珂[15]，耽耳目之玩，惰功名之志，是以老夫侃侃而言，使足下怏怏而别。一从贤弟去了，老夫差人打听，道贤弟临行留下一首《定风波》词。老夫着张千唤此谢氏，张千把盏，谢氏歌唱，我着他唱那《定风波》词。我则道犯着老夫讳字，不想他将韵脚改过；老夫甚爱其才，随即乐案里除了名字，娶在我宅中为姬妾。老夫不避他人之是非，盖为贤弟之交契；若使他仍前迎新送旧，贤弟可不辱抹了高才大名！老夫在此为理三年，治百姓水米无交[16]，于天香秋毫不染。我则待剪了你那临路柳[17]，削断他那出墙花，合是该二人成配偶。都因他一曲《定风波》，则为他和曲填词，移宫换羽，使老夫见贤思齐[18]，回嗔作喜，教他冠金摇凤[19]效宫妆，佩玉鸣鸾罢歌舞。老夫受无妄之愆[20],与足下了平生之愿。你不肯烟月久离金殿阁,我则怕好花输与富家郎;因此上三年培养牡丹花,专待你一举首登龙虎榜。贤弟,你试寻思波,歌妓女怎做的大臣姬妾?我想你得志呵,则怕品官不得娶娼女为妻,以此上锁鸳鸯、巢翡翠,结合欢、谐琴瑟[21]。你则道凤台空锁镜[22],我将那鸾胶续断弦;我怎肯分开比翼鸟,着您再结并头莲?老夫偕推做小夫人,专待你个有志气的知心友。老夫不必多言。天香。你面陈肝胆,说兀的做甚!(诗云)拣选下锦绣红妆女,付与你银鞍白面郎;柳耆卿休错怨开封主,这的是钱大尹智宠谢天香。(柳云)嗨,多谢老兄肯为小弟这等留心!大姐,我去之后,你怎生到得相公府中。试说一遍与我听者。(正旦唱)

【哨遍】一自才郎别后,相公那帘幕里香风透,又无个交错觥筹,又无个宾客闲游饮杯酒,坐衙紧唤,乐探忙勾,唬的我难收救,只得向公厅祗候。不问我舞旋,只着我歌讴;将凤凰杯注酒尊前递,把商角调填词韵脚搜,唱到"惨绿愁红,事事可可",一时禁口。

【耍孩儿】相公讳字都全有,我将别韵儿轻轻换偷;即时间乐案里便除名,扬言说要结绸缪。三年甚事曾占着铺盖,千日何曾靠着枕头?相公意,难参透。我本是沾泥飞絮,倒做了不缆孤舟[23]!

【二煞】见妾身精神比杏桃,相公如何共卯酉[24]?见天香颜色当春昼。观花不比观娇态,饮酒合当饮巨瓯;谁把清香嗅?则是深围在阑底,又何曾插个花头!

(钱大尹云)张千,快收拾车马,送谢夫人到状元宅上去。(柳同

旦拜谢科,云)深感相公大恩。(正旦唱)

【煞尾】这天香不想艳阳天气开,我则道无情干罢休!谁想这牡丹花折入东君手,今日个分与章台路傍柳[25]。

题目　柳耆卿错怨开封主
正名　钱大尹智宠谢天香

[1] 夸官:旧时考中状元的人要游街三日,以示显耀,叫做"夸官"。
[2] "昔日龌龊(wò chuò 卧辍)"四句:引唐孟郊《登科后》诗。龌龊,本意为肮脏、不干净,此处指不得意。放荡,放浪不羁,与"龌龊"意义相反。
[3] 头踏:古代官员出巡时的仪仗队。
[4] 水护衣:不详,疑为防水的头套。
[5] 澡豆:用豆粉制成的一种东西,用来洗手、洗面,可使之光泽。
[6] 温泔清:化妆品,类似现在的润肤膏一类。
[7] 干南定粉:搽脸用的香粉。
[8] 苏合香油:从苏合树中提炼出的一种定香剂。
[9] 迤逗:调逗,引诱。
[10] 衣服每:指钱大尹和柳永。衣服,犹如衣冠,古代士以上戴冠,后用衣冠指官僚士大夫。
[11] 东君:东道主,指钱大尹。
[12] 僝僽(chán zhòu 蝉宙):这里是辱骂、捉弄的意思。
[13] 冰不搊不寒:不用手搊,就不知道冰有多寒。
[14] "君子见几而作,不俟终日":语见《周易·系辞下》。意思是君子应该看到机会就行动,不要等一天完了才去干。
[15] 鸣珂:指妓院。
[16] 水米无交:比喻不贪百姓一点钱财。

〔17〕剪了临路柳:比喻除去乐籍,抛弃妓女生涯。临路柳,即章台柳。

〔18〕见贤思齐:语出《论语·里仁》。这里借用作钱大尹对谢天香的看重。

〔19〕冠金摇凤:头戴金摇凤。金摇凤,古代的一种首饰,凤凰形,人走路时它摇摆不定。下文的"玉鸣鸾"也是一种首饰。

〔20〕无妄之愆(qiān 牵):意料不到的罪过。

〔21〕"锁鸳鸯"以下四句:是说钱大尹将谢天香收留在家,假装结为夫妻,其实是不让她再与别人来往,以便来日与柳永结亲。

〔22〕凤台空锁镜:家里空自幽闭着美丽的女子。凤台,相传是秦穆公女弄玉与萧史吹箫引凤处,这里比作钱大尹的家。镜,镜台,据说隋文帝的皇后不尚华丽,隋文帝就把精巧的镜台赐给她,以表示不满,后来有人写了一首《怨诗》,其中有"愁妇镜台前"句,因而,后人又将镜台喻为怨妇,这里指谢天香。

〔23〕不缆孤舟:没有用缆拴住的小船。这是谢天香自比没有丈夫,故无人管束。

〔24〕卯酉:十二时辰中的两个。卯时是午前五时到七时,酉时是午后五时到七时,这两个时辰相反,常被比喻为难以见面,没有缘分。这句说谢天香与钱大尹没有做夫妻的缘分。

〔25〕章台路傍柳:借指柳永。柳,此处是双关字。

关大王独赴单刀会[1]

第 一 折

(冲末鲁肃[2]上,云)三尺龙泉[3]万卷书,皇天生我意何如?山东宰相山西将[4],彼丈夫兮我丈夫[5]。小官姓鲁,名肃,字子敬,见在吴王麾下为中大夫之职[6]。想当日俺主公孙仲谋占了江东[7],魏王曹操占了中原,蜀王刘备占了西川。有我荆州[8],乃四冲[9]用武之地,保守无虞[10],分天下为鼎足之形。想当日周瑜死于江陵[11],小官为保,劝主公以荆州借与刘备,共拒曹操。主公又以妹妻刘备[12]。不料此人外亲内疏[13],挟诈而取益州[14],遂并汉中[15],有霸业兴隆之志。我今欲索取荆州,料关公在那里镇守,必不肯还我。今差守将黄文[16]先设下三计,启过主公,说:关公韬略过人,有兼并之心,且居国之上游,不如索取荆州。今据长江形势,第一计:趁今日孙、刘结亲,已为唇齿[17],就江下排宴设乐,修一书以贺近退曹兵,玄德称主于汉中,赞其功美,邀请关公江下赴会为庆,此人必无所疑;若渡江赴宴,就于饮酒席中间,以礼索取荆州。如还,此为万全之计;倘若不还,第二计:将江上应有战船,尽行拘收,不放关公渡江回去。淹留[18]日久,自知中计,默然有悔,诚心献还;更不与呵,第三计:壁衣[19]内暗藏甲士,酒酣之际,击金钟为号,伏兵尽举,擒住关公,囚于江下。此人是刘备股肱[20]之臣,若将荆州复还江东,则放关公还益州;如其不然,主将既失,孤兵必乱,乘势大举,觑荆州一鼓而下,有何难哉!虽则三计已定,先交黄文请的乔公[21]来商议则个。(正末乔公上,云)老夫乔公是也。想三分鼎足已定!曹操占了中原,孙仲谋占了江东,刘玄德占了西蜀。想玄德未济时,曾问俺东吴家借荆州为本,至今未还。鲁子敬常有索取之心,沉疑未发;今日令人来请老夫,不知有甚事,须索走一遭走。我想汉家天下,谁想变乱到此也呵!(唱)

【仙吕点绛唇】俺本是汉国臣僚。汉皇软弱;兴心闹,惹起那五处兵刀[22],并董卓,诛袁绍。

【混江龙】只留下孙、刘、曹操,平分一国作三朝。不付能河清海晏[23],雨顺风调;兵器改为农器用,征旗不动酒旗摇;军罢战,马添膘;杀气散,阵云高[24];为将帅,作臣僚;脱金甲,着罗袍;则他这帐前旗卷虎潜竿[25],腰间剑插龙归鞘[26]。人强马壮,将老兵骄。

(云)可早来到也。左右报复去,道乔公来了也。(卒子报云)报的大夫得知:有乔公来到了也。(鲁云)道有请。(卒云)老相公,有请!(末见鲁云)大夫,今日请老夫来,有何事干?(鲁云)今日请老相公,别无甚事,商量索取荆州之事。(末云)这荆州断然不可取!想关云长好生勇猛,你索荆州呵,他弟兄怎肯和你甘罢?(鲁云)他弟兄虽多,兵微将寡。(末唱)

【油葫芦】你道"他弟兄虽兵多将少",(云)大夫,你知博望烧屯[27]那一事么?(鲁云)小官不知,老相公试说则。(末唱)赤紧的[28]将夏侯惇先困了。(云)这隔江斗智[29]你知么?(鲁云)

隔江斗智,小官知便知道,不得详细,老相公试说则。(末唱)则他那周瑜、蒋干是布衣交,那一个股肱臣诸葛施略韬,亏杀那苦肉计黄盖添粮草。(云)赤壁鏖兵[30]那场好厮杀也!(鲁云)小官知道,老相公再说一遍则。(末云)烧折弓弩如残苇,燎尽旗旛似乱柴。半明半暗花腔鼓[31],横着扑着伏兽牌[32]。带鞍带辔烧死马,有袍有铠死尸骸。哀哉百万曹军败,个个难逃水火灾!(唱)那军多半向火内烧,三停[33]在水上漂。若不是天交有道伐无道,这其间吴国尽属曹。

（鲁云）曹操英雄智略高,削平僭窃[34]篡刘朝;永安宫[35]里擒刘备,铜雀春深锁二乔[36]。(末唱)

【天下乐】你道是"铜雀春深锁二乔",这三朝恰定交[37],不争[38]咱一日错便是一世错。(鲁云)俺这里有雄兵百万,战将千员,量他到的那里!(末唱)你则待要行霸道,你待要起战讨。(鲁云)我料关云长年迈,虽勇无能。(末唱)你休欺负关云长年纪老。

（云）收西川一事[39],我说与你听。(鲁云)收西川一事,我不得知,你试说一遍。(末唱)

【那吒令】收西川白帝城,将周瑜来送了。汉江边张翼德,将尸骸来当着[40]。船头上鲁大夫,几乎间唬倒。你待将荆州地面来争,关云长听的闹[41],他可便乱下风雹[42]。

（鲁云）他便有甚本事?(末唱)

【鹊踏枝】他诛文丑逗粗躁,刺颜良显英豪。他去那百万军中,他将那首级轻枭[43]。(鲁云)想赤壁之战,我与刘备有恩来。(末唱)那时间相看的是好[44],他可便喜孜孜笑里藏刀。

（鲁云）他若与我荆州，万事罢论；若不与荆州呵，我将他一鼓而下。（末云）不争你举兵呵，（唱）

【寄生草】幸然是天无祸，是咱这人自招[45]。全不肯施恩布德行王道，怎比那多谋足智雄曹操？你须知南阳诸葛[46]应难料！（鲁云）他若不与呵，我大势军马，好歹夺了荆州。（末唱）你则待千军万马恶相持，全不想生灵百万遭残暴！

（鲁云）小官不曾与此人相会；老相公，你细说关公威猛如何？（末云）想关云长但上阵处，凭着他坐下马、手中刀、鞍上将，有万夫不当之勇。（唱）

【金盏儿】他上阵处赤力力[47]三绺美髯飘，雄赳赳一丈虎躯摇，恰便似六丁神簇捧定一个活神道[48]。那敌军若是见了，唬的他七魄散、五魂消。（云）你若和他厮杀呵，（唱）你则索多披上几副甲，腾[49]穿上几层袍。便有百万军，挡不住他不刺刺[50]千里追风骑；你便有千员将，闪不过明明偃月三停刀[51]。

（鲁云）老相公不知，我有三条妙计索取荆州。（末云）是那三条妙计？（鲁云）第一计：趁今日孙、刘结亲，以为唇齿，就于江下排宴设乐，作书一封，以贺近退曹兵，玄德称主于汉中，赞其功美，邀关公江下赴会为庆，此人必无所疑；若渡江赴宴，就于饮酒中间，以礼索取荆州。如还，此为万全之计；如不还……第二计，将江上应有战船，尽行拘收，不放关公回还。淹留日久，自知中计，默然有悔，诚心献还；更不与呵……第三条计，壁衣内暗藏甲士，酒酣之际，击金钟为号，伏兵尽举，擒住关公，囚于江下。此人乃是刘备股肱之臣，若将荆州复还江东，则放关公归益州；如其不然，主将既失，孤兵必乱，领兵大举，乘机而行，觑荆州一鼓而下，

有何难哉！这三条计决难逃。(末云)休道是三条计,就是千条计,也近不的他。(唱)

【金盏儿】你道是"三条计决难逃";一句话不相饶[52],使不的武官粗懆文官狡。(鲁云)关公酒性[53]如何?(末唱)那汉酒中劣性显英豪,仡塔的[54]揪住宝带,没揣的[55]举起钢刀。(鲁云)我把岸边战船拘了。(末唱)你道是岸边厢拘了战船,(云)他若要回去呵,(唱)你则索水面上搭座浮桥!

(鲁云)老相公不必转转[56]议论,小官自有妙策神机。乘此机会,荆州不可不取也。(末云)大夫,你这三条计,比当日曹公在灞陵桥上三条计如何?到了[57]出不的关云长之手。(鲁云)小官不知。老相公试说一遍我听咱。(末唱)

【尾声】曹丞相将送路酒手中擎,饯行礼盘中托,没乱杀[58]姪儿和嫂嫂。曹孟德心多能做小[59],关云长善与人交。早来到灞陵桥,险唬杀许褚、张辽[60]。他勒着追风骑,轻轮动偃月刀。曹操有千般计较[61],则落的一场谈笑。(云)关云长道:"丞相勿罪!某不下马了也。"(唱)他把那刀尖儿斜挑锦征袍。(下)

(鲁云)黄文,你见乔公说关公如此威风,未可深信。俺这江下,有一贤士,复姓司马,名徽[62],字德操。此人与关公有一面之交,就请司马先生为伴客[63],就问关公平昔智勇谋略,酒中德性如何。黄文,就跟着我去司马庵[64]中相访一遭去。(下)

[1]《单刀会》是关汉卿最优秀的历史剧。作品调动各种艺术手段,集中塑造了三国时蜀将关羽的英雄形象。在主角关羽登场之前,作

品精心安排了两折戏,反复渲染铺垫,从而达到先声夺人的艺术效果。第三、四折,关羽正面出场,演出了一幕威武雄壮,动人心魄的活剧。关大王:指关羽。字云长,河东解县(今山西省临猗西南)人。初封汉寿亭侯,刘备为汉中王,拜他为前将军,假节钺,督荆州事。吴将吕蒙袭取荆州,他兵败被杀,追谥壮缪侯。宋元时代曾加封"义勇武安王"。关大王是民间对关羽的敬称。

〔2〕鲁肃:三国时吴将,字子敬,临淮东城(今安徽定远东南)人。曾助周瑜大破曹军于赤壁,瑜死后,任奋武校尉,继续与刘备保持同盟关系。

〔3〕三尺龙泉:剑的代称。三尺,语本《史记·高祖本纪》:"吾以布衣,持三尺剑取天下。"龙泉,事见《晋书·张华传》:雷焕为豫章丰城县令,掘监狱屋基,得一石匣,内有宝剑两柄,一曰"龙泉",一曰"太阿",精芒炫日。后因以"三尺"、"龙泉"作为宝剑的代称。

〔4〕"山东"句:《汉书·赵充国辛庆忌传赞》:"秦汉以来,山东出相,山西出将。"这里的山指华山,"山东"、"山西"非现在的山东省、山西省。元杂剧常以这两句话作为将相上场诗的一部分。

〔5〕彼丈夫兮我丈夫:语出《孟子·滕文公上》:"彼丈夫也,我丈夫也,吾何畏彼哉!"意思是说,他是一个人,我也是一个人,我为什么要怕他?

〔6〕见:即现。麾(huī挥)下:麾是古代指挥作战用的旗帜,麾下也就是将帅的大旗下。此处指在孙权手下供职。中大夫:官名,在上大夫之下。中央政府中的文官。

〔7〕孙仲谋:孙权字仲谋。江东:三国时吴地,长江下游南岸地区。

〔8〕荆州:州名,旧治在今湖北省襄阳。

〔9〕四冲:四通八达的交通要地。冲,纵横相交的大道。

〔10〕无虞:无须戒备,没有危险。

〔11〕江陵:地名,毗邻荆州。

〔12〕以妹妻刘备:把妹妹嫁给刘备为妻。

〔13〕外亲内疏:表面亲密,内心疏远。

〔14〕益州:州名,旧治在今四川省成都一带。

〔15〕汉中:地名,在今陕西省南郑县。

〔16〕黄文:这个人物史书无记载。

〔17〕唇齿:比喻彼此相依,关系密切。

〔18〕淹留:停留。

〔19〕壁衣:帷幕。

〔20〕股肱(hóng 宏)之臣:股肱是人的大腿和胳膊,股肱之臣就是辅佐君主的大臣。

〔21〕乔公:亦即桥公,有二女,一嫁孙策,一嫁周瑜。

〔22〕"兴心闹"二句:这是个倒装句,意思是"惹起那五处兵刀,兴心闹"。五处兵刀指董卓、袁绍与刘备、曹操、孙权。兴心闹,有意起哄。

〔23〕不付能:好容易。河清海晏:黄河清,海浪平,比喻天下太平。

〔24〕阵云高:战争之云远离地面,谓战事少。

〔25〕虎潜竿:卷起战旗。虎,画有虎形的军旗。潜竿,伏在旗竿上。

〔26〕龙归鞘:收起刀剑,龙即龙泉。

〔27〕博望烧屯:指三国时曹、刘之间的一场战事,诸葛亮用计烧了曹军的粮草。博望,地名,在今河南省新野县境内。

〔28〕赤紧的:实在是,确实是。

〔29〕隔江斗智:赤壁大战前,曹操派蒋干去周瑜营中刺探虚实,周瑜将计就计,智赚蒋干,使曹操杀了两个水军将领。又用苦肉计使黄盖诈降去向曹操献粮草。此言"诸葛施韬略",疑与后来小说情节有异。

〔30〕赤壁鏖(áo 熬)兵:指三国时孙、刘联合在赤壁击败曹操的一场大战。赤壁,地名,在今湖北省蒲圻(qí 祁)县长江南岸。鏖兵,激战。

211

〔31〕半明半暗花腔鼓：被火光照耀，若明若暗的军鼓。花腔鼓，指鼓框有花纹装饰。

〔32〕伏兽牌：画有兽形的盾牌。

〔33〕三停：十分之三。

〔34〕僭（jiàn 箭）窃：指董卓、袁绍。二人都在东汉末年自己称帝，这在当时被称为僭位。

〔35〕永安宫：刘备的皇宫，在今四川省奉节县境内。

〔36〕铜雀春深锁二乔：用唐杜牧《赤壁》诗句。二乔，即大乔和小乔。大乔是孙策的妻子，小乔是周瑜的妻子。

〔37〕这三朝恰定交：指魏、蜀、吴三国战事才停止，刚刚安定下来。

〔38〕不争：若是。

〔39〕收西川一事：下文《那吒令》所说收西川情节，与后世小说不同。

〔40〕当着：挡着。

〔41〕听的闹：听到你胡闹。

〔42〕乱下风雹：形容脾气发作的样子。

〔43〕枭（xiāo 逍）：斩、杀。

〔44〕相看的是好：看起来关系很好。

〔45〕"幸然"二句：天没有降下灾祸，人倒把祸招来了。

〔46〕南阳诸葛：指诸葛亮。他本是琅琊人，随叔父避乱至南阳。

〔47〕赤力力：形容胡须飘动的样子。

〔48〕六丁神：道教神名，火神。神道：神仙、天神。

〔49〕腾（shèng 胜）：多的意思。

〔50〕不刺刺：形容马急驰时的声音。

〔51〕偃月三停刀：半月形的长柄刀。三停，刀身占整个刀的三分之一长。

〔52〕一句话不相饶:意为不客气地说一句。
〔53〕酒性:指饮酒的脾气、德性。下文"酒中德性"同。
〔54〕圪塔的:一下子,突然地。
〔55〕没揣的:突然的、想不到。
〔56〕转转:拟声词,同啭啭,此指说话的声音。
〔57〕到了:到末了,始终。
〔58〕没乱杀:又作"没乱煞",烦愁、慌乱。
〔59〕心多能做小:心计多,能佯装低三下四。
〔60〕许褚、张辽:曹操的两员大将。
〔61〕计较:计策、办法。
〔62〕司马徽:字德操,汉末隐士,曾向刘备推荐过诸葛亮、庞统。
〔63〕伴客:陪客。
〔64〕庵:小草屋。古代隐士、文人多称自己的居处为"庵"。

第 二 折

(正末扮司马徽领道童上,末云)贫道复姓司马,名徽,字德操,道号水鉴先生。想汉家天下,鼎足三分。贫道自刘皇叔[1]相别之后,又是数载。贫道在此江下结一草庵,修行办道,是好悠哉也呵!(唱)

【正宫端正好】本是个钓鳌人[2],到做了扶犁叟;笑英布、彭越、韩侯[3]。我如今紧抄定两只拿云手[4],再不出麻袍[5]袖。

【滚绣球】我则待要聚村叟,会诗友,受用的活鱼新酒,问甚么瓦钵磁瓯,推台不换盏,高歌自捆手[6]。任从他阴晴昏昼,醉时节衲被蒙头。我向这矮窗睡彻三竿日,端的是傲煞人间万户侯,自在优游。

（云）道童,门首觑者,看有甚么人来。（道童云）理会的。（鲁肃上,云）可早来到也,接了马者。（见道童科,鲁云）道童,先生有么?（童云）俺师父有。（鲁云）你去说:鲁子敬特来相访。（童云）你是紫荆[7]?你和那松木在一答里[8]。我报师父去。（见末,云）师父弟子孩儿……（末云）这厮怎么骂我!（童云）不是骂,师父是师父,弟子是徒弟,就是孩儿一般。师父弟子孩儿……（末云）这厮泼说[9]!有谁在门首?（童云）有鲁子敬特来相访。（末云）道有请。（童云）理会的。（童出见鲁,云）有请!（鲁见末科）（末云）稽首。（鲁云）区区俗冗[10],久不听教。（末云）数年不见,今日何往?（鲁云）小官无事不来,特请先生江下一会。（末云）贫道在此江下修行,方外之士[11],有何德能,敢劳大夫置酒张筵?（唱）

【倘秀才】我又不曾垂钓在磻溪岸口[12],大夫也,我可也无福吃你那堂食[13]玉酒;我则待溪山学许由[14]。（云）大夫请我呵,再有何人?（鲁云）别无他客,只有先生故友寿亭侯[15]关云长一人。（末唱）你道是旧相识寿亭侯,和咱是故友。

（云）若有关公,贫道风疾[16]举发,去不的!去不的!（鲁云）先生初闻鲁肃相邀,慨然许诺;今知有关公,力辞不往,是何故也?想先生与关公有一面之交,则是筵间劝几杯酒。（末唱）

【滚绣球】大夫,你着我筵前劝几瓯,那汉劣性怎肯道折了半筹[17]。（鲁云）将酒央人,终无恶意。（末唱）你便休题安排着酒肉,他怒时节目前见鲜血交流。你为汉上[18]九座州,我为筵前一醉酒,（云）大夫,你和贫道,（唱）咱两个都落不的完全尸首。(鲁云)先生是客,怕做甚么?(末唱)我做伴客的少不的和你同病同忧。(鲁云)我有三条计索取荆州。(末唱)只为你千年勋业三条计,我可甚[19]一醉能消万古愁,提起来魂魄悠悠。

（鲁云）既是先生故友,同席饮酒何妨?（末云）大夫既坚意要请云长,若依的贫道两三桩儿,你便请他;若依不得,便休请他。（鲁云）你说来,小官听者。（末云）依着贫道说,云长下的马时节,(唱)

【倘秀才】你与我躬着身将他来问候。(云)你依得么?(鲁云)关云长下的马来,我躬着身问候。不打紧,也依得。(末唱)大夫,你与我跪膝着连忙的劝酒;饮则饮、吃则吃、受则受。道东呵随着东去,说西去随着西流。(云)这一桩儿最要紧也!(唱)他醉了呵你索与我便走。

（鲁云）先生,关公酒后德性如何?（末唱）

【滚绣球】他尊前有一句言,筵前带二分酒[20]。他酒性躁不中撩斗[21],你则绽口儿[22]休提着索取荆州。(鲁云)我便索荆州有何妨?(末云)他听的你索荆州呵,(唱)他圆睁开丹凤眸,轻舒出捉将手;他将那卧蚕眉紧皱,五蕴山[23]烈火难收。他若是玉山低趄[24],你安排着走;他若是宝剑离匣,你则准备着头。枉送了你那八十一座军州!

（鲁云）先生不须多虑,鲁肃料关公勇有馀而智不足。到来日我壁间暗藏甲士,擒住关公,便插翅也飞不过大江去。我待要先下手为强。(末云)大夫,量你怎生近的那关云长?(唱)

【倘秀才】比及你东吴国鲁大夫仁兄下手,则消得[25]西蜀国诸葛亮先生举口,奏与那有德行仁慈汉皇叔。那先生抚琴霜雪降,弹剑鬼神愁,则怕你急难措手。

(鲁云)我观诸葛亮也小可[26],除他一人,也再无用武之人。

(末云)关云长他弟兄五个,他若是知道呵,怎肯和你甘罢!(鲁云)可是那五个?(末唱)

【滚绣球】有一个黄汉升猛似彪;有一个赵子龙胆大如斗;有一个马孟起[27],他是个杀人的领袖;有一个莽张飞,虎牢关力战[28]了十八路诸侯,骑一匹闭月乌[29],使一条丈八矛,他在那当阳坂有如雷吼,喝退了曹丞相一百万铁甲貔貅[30]。他瞅一瞅漫天尘土桥先断,喝一声拍岸惊涛水逆流,那一伙[31]怎肯干休!

(鲁云)先生若肯赴席呵,就与关公一会何妨?(末云)大夫,不中,不中!休说贫道不曾劝你。(唱)

【尾声】我则怕刀尖儿触抹着轻勢[32]了你手,树叶儿提防打破我头。关云长千里独行觅二友,匹马单刀镇九州;人似巴山越岭彪,马跨翻江混海兽;轻举龙泉杀车胄[33],怒扯昆吾[34]坏文丑;麾盖下颜良剑标了首,蔡阳英雄立取头。这一个躲是非的先生决应了口[35],那一个杀人的云长,(云)稽首[36]!(唱)我更怕他下不得手!(末下)

(道童云)鲁子敬,你愚眉肉眼,不识贫道。你要索取荆州,他不来问我;关云长是我酒肉朋友,我交他两只手送与你那荆州来。

(鲁云)道童,你师父不去,你去走一遭去罢。(童云)我下山赴会走一遭去,我着老关两手送你那荆州。(唱)

【隔尾】我则待拖条藜杖家家走,着对麻鞋处处游。(云)我这一去,(唱)恼犯云长歹事头[37],周仓[38]哥哥快争斗,轮起刀来劈破了头,唬的我恰便似缩了头的乌龟则向那汴河[39]里走。(下)

(鲁云)我听那先生说了这一会,交我也怕上来了。——我想三条计已定了,怕他怎的!黄文,你与我持这一封请书,直至荆州请关公去来,着我知道,疾去早来者。(下)

〔1〕刘皇叔:指刘备。他是汉景帝子刘胜之后,论辈分是献帝之叔,故称"皇叔"。

〔2〕钓鳌人:抱负远大的人。

〔3〕英布、彭越、韩侯:三人皆汉初名将,曾协助高祖刘邦打天下,后来分别被刘邦处死。韩侯是淮阳侯韩信。

〔4〕拿云手:拿云之手,比喻志气远大,有高强的本领。

〔5〕麻袍:指平民的服装。

〔6〕"问甚么瓦钵磁瓯"三句:谓任何闲心都不操,任何闲事都不管,只一杯一杯喝酒,拍着手高声唱歌。捆(guó国)手,拍手。

〔7〕紫荆:"子敬"的谐音。这一段是剧本插科打诨处。紫荆和松木同为树木,故有下句"和那松木在一答里"。

〔8〕一答里:一块儿。

〔9〕泼说:胡乱说。

〔10〕区区俗冗:自谦的说法。区区,小、微。俗冗,平庸。

〔11〕方外之士:隐居在世俗之外的人。

〔12〕垂钓在磻溪岸口:传说周太公望未遇文王时曾垂钓磻溪。磻溪在今陕西宝鸡市东南。

〔13〕堂食:唐代宰相的公膳叫堂食,后也泛指一般官员的宴会。

〔14〕许由:上古高士,隐于箕山。相传尧让以天下,许由不受,尧又

召为九州长,许由不愿听,到颖水洗耳。

〔15〕寿亭侯:汉寿亭侯之讹简。汉寿,旧县名,故城在今湖南省常德县东北。

〔16〕风疾:中风的病症。

〔17〕折了半筹:一筹莫展,无计可施。

〔18〕汉上:汉水沿岸。

〔19〕可甚:说什么。

〔20〕"他尊"二句:意为在关云长饮酒时多说一句话,便添了他二分酒性。尊前,即樽前。

〔21〕不中撩斗:禁不起撩拨、挑逗。

〔22〕绽口儿:开口讲话。

〔23〕五蕴山:禅宗、全真教均以"五蕴山"指人的思想感情,王喆诗:"五蕴山头阐五门,气神交结碧桃浑。"此指关羽性格刚烈,感情如火。

〔24〕玉山低趄:酒醉身体歪斜的样子。玉山,指身体。

〔25〕则消得:只须是。

〔26〕小可:尚可,还可以。

〔27〕"有一个黄汉升"三句:黄汉升即黄忠,赵子龙即赵云,马孟起即马超,三人均为蜀国大将。

〔28〕力战:元刊本作"立伏",指讨伐董卓时与吕布作战,《关张双赴西蜀孟》杂剧第四折"虎牢关酣战温侯"一语可证。

〔29〕闭月乌:指黑色的战马。

〔30〕貔貅(pí xiū 皮休):原为猛兽名,古人多用以比喻勇猛之士。

〔31〕那一伙:指关、张、赵、马、黄等人。

〔32〕劙(lí 离):割,拉。

〔33〕车胄:三国时魏将。

〔34〕昆吾:宝刀。据《山海经》,昆吾山产赤铜,以之作刃,切玉如泥,后人遂用"昆吾"作刀剑代称。

〔35〕这一个躲是非的先生决应了口:若是我说到做到,一定避开是非。决应了口,一定说到做到。

〔36〕稽首:行礼。这是司马徽对关羽表示尊敬,在唱词中夹带的道白。

〔37〕歹事头:冤家,不好惹的人。

〔38〕周仓:相传是关羽的忠实部将,古典戏曲小说中常见这个人物。

〔39〕汴河:也称汴水,古时的一条河流,流经今河南省开封、商丘等地区。

第 三 折

(正末扮关公领关平、关兴[1]、周仓上,云)某姓关,名羽,字云长,蒲州解良[2]人也。见随刘玄德为其上将。自天下三分,形如鼎足:曹操占了中原;孙策占了江东;我哥哥玄德公占了西蜀。着某镇守荆州,久镇无虞。我想当初楚汉争锋,我汉皇仁义用三杰,霸主英雄凭一勇。三杰者,乃萧何、韩信、张良;一勇者,喑呜叱咤[3],举鼎拔山。大小七十馀战,逼霸王自刎乌江[4]。后来高祖登基,传到如今,国步艰难,一至于此!(唱)

【中吕粉蝶儿】那时节天下荒荒,恰周、秦早属了刘、项[5],分君臣先到咸阳[6]。一个力拔山[7],一个量容海,他两个一时开创。想当日黄阁乌江,一个用了三杰,一个诛了八将[8]。

【醉春风】一个短剑下一身亡,一个静鞭三下响[9]。祖宗传授与儿孙,到今日享、享。献帝又无靠无依,董卓又不仁不义,吕布又一冲一撞[10]。

(云)某想当日,俺弟兄三人,在桃园中结义,宰白马祭天,宰乌牛祭地,不求同生,只愿同日死。(唱)

【十二月】那时节兄弟在范阳[11],兄长在楼桑[12],关某在蒲州解良,更有诸葛在南阳;一时出英雄四方,结义了皇叔、关、张。

【尧民歌】一年三谒卧龙冈,却又早鼎分三足汉家邦。俺哥哥称孤道寡世无双,我关某匹马单刀镇荆襄。长江,今经几战场,却正是后浪催前浪。

(云)孩儿,门首觑者,看甚么人来。(关平云)理会的。(黄文上,云)某乃黄文是也。将着这一封请书,来到荆州,请关公赴会。早来到也。左右,报复去:有江下鲁子敬,差上将拖地胆黄文,持请书在此。(平云)你则在这里者,等我报复去。(平见正末,云)报的父亲得知:今有江东鲁子敬,差一员首将,持请书来见。(正云)着他过来。(平云)着你过去哩。(黄文见科)(正末云)兀那厮甚么人?(黄慌云)小将黄文。江东鲁子敬,差我下请书在此。(正云)你先回去,我随后便来也。(黄文云)我出的这门来。看了关公英雄一相个神道[13]。鲁子敬,我替你愁哩。小将是黄文,特来请关公。髯长一尺八,面如挣枣[14]红。青龙偃月刀,九九八十斤;脖子里着一下,那里寻黄文?来便吃筵席,不来豆腐酒吃三钟。(下)(正末云)孩儿,鲁子敬请我赴单刀会,走一遭去。(平云)父亲,他那里筵无好会,则怕不中么?(正云)不妨事。(唱)

【石榴花】两朝相隔汉阳江,上写着道"鲁肃请云长"。安排筵宴不寻常,休想道是"画堂别是风光"[15],那里有凤凰杯满捧琼花酿,他安排着巴豆、砒霜[16]!玳筵前摆列着英雄将,休想肯"开宴出红妆"。

【斗鹌鹑】安排下打凤牢龙[17],准备着天罗地网;也不是待客筵席,则是个杀人、杀人的战场。若说那重意诚心更休想,全不怕后人讲。既然谨谨相邀,我则索亲身便往。

(平云)那鲁子敬是个足智多谋的人,他又兵多将广,人强马壮。则怕父亲去呵,落在他彀中。(正唱)

【上小楼】你道他"兵多将广,人强马壮";大丈夫敢勇当先,一人拚命,万夫难当。(平云)许来大[18]江面,俺接应的人,可怎生接应?(正唱)你道是隔着江起战场,急难亲傍[19];我着那厮鞠躬、鞠躬送我到船上。

(平云)你孩儿到那江东,旱路里摆着马军,水路里摆着战船,直杀一个血胡同[20]。我想来,先下手的为强。(正唱)

【幺】你道是先下手强,后下手殃。我一只手揪住宝带,臂展猿猱,剑掣秋霜[21]。(平云)父亲,则怕他那里有埋伏。(正唱)他那里暗暗的藏,我须索紧紧的防。都是些狐朋狗党!(云)单刀会不去呵,(唱)小可如千里独行,五关斩将[22]。

(云)孩儿,量他到的哪里?(平云)想父亲私出许昌一事,您孩儿不知,父亲慢慢说一遍。(正唱)

【快活三】小可如我携亲侄访冀王[23],引阿嫂觅刘皇,灞陵桥上气昂昂,侧坐在雕鞍上。

【鲍老儿】俺也曾挝鼓三咚斩蔡阳[24],血溅在沙场上。刀挑征袍出许昌,险唬杀曹丞相。向单刀会上,对两班文武,小可如三月襄阳[25]。

(平云)父亲,他那里雄赳赳排着战场。(正唱)

【剔银灯】折莫他雄赳赳排着战场,威凛凛兵屯虎帐,大将军智在孙、吴[26]上,马如龙、人似金刚;不是我十分强,硬主张,但提起我是三国英雄汉云长,端的是豪气有三千丈。厮杀呵磨拳擦掌。

【蔓青菜】他便有快对付,能征将,排戈戟,列旗枪,对仗。

(云)孩儿,与我准备下船只,领周仓赴单刀会走一遭去。(平云)父亲去呵,小心在意者!(正唱)

【尾声】须无那临潼会秦穆公[27],又无那鸿门会楚霸王[28],折么他满筵人列着先锋将,小可如百万军刺颜良时那一场攘[29]。(下)

(周仓云)关公赴单刀会,我也走一遭去。志气凌云贯九霄,周仓今日逞英豪。人人开弓并蹬弩,个个贯甲与披袍。旌旗闪闪龙蛇[30]动,恶战英雄胆气高。假饶[31]鲁肃千条计,怎胜关公这口刀!赴单刀会走一遭去也。(下)(关兴云)哥哥,父亲赴单刀会去了,我和你接应一遭去。大小三军,跟着我接应父亲去。到那里古剌剌彩磨旌旗[32],扑咚咚画鼓凯征鼙,齐臻臻[33]枪刀如流水,密匝匝人似朔月疾[34]。直杀的苦淹淹尸骸遍郊野,哭啼啼父子两分离;恁时节喜孜孜鞭敲金镫响,笑吟吟齐和凯歌回。(下)(关平云)父亲兄弟都去也,我随后接应走一遭去。大小三军,听吾将令:甲马不许驰骤,金鼓不许乱鸣,不许交头接耳,不许语笑喧哗,弓弩上弦,刀剑出鞘,人人敢勇,个个威风。我到那里:一刃刀,两刃剑,齐排雁翅;三股叉,四楞铜,耀日争光;五方旗[35],六沉枪[36],遮天映日;七稍弓[37],八楞棒[38],打碎天灵[39];九股索、红绵套[40],漫头[41]便起;十分战,十分杀,显耀高强。俺这里雄兵浩浩渡长江,汉阳两岸列刀枪,水军不怕江心浪,旱军岂惧铁衣郎[42]!关公杀入单刀会,显耀英雄战一场。匹马横枪诛鲁肃,胜如亲父刺颜良。大小三军,跟着我接应父亲走一遭去。(下)

〔1〕关平、关兴:小说、戏曲中关羽的两个儿子。

〔2〕蒲州解良:古地名,在今山西省永济县。

〔3〕喑呜叱咤:发怒喝叫声,又作喑恶叱咤。《史记·淮阴侯列传》:"项王喑恶叱咤,前人皆废。"

〔4〕自刎乌江:项羽与刘邦作战兵败,最后在乌江自刎。事见《史记·项羽本纪》。

〔5〕恰:正。

〔6〕分君臣先到咸阳:秦末,刘邦和项羽曾经约定,谁先打到秦国的都城咸阳,谁就可以称王于关中。

〔7〕力拔山:项羽自言力气极大。语出项羽《垓下歌》:"力拔山兮气盖世。"

〔8〕"想当日黄阁乌江"三句:按曲意是说刘邦在黄阁用了三杰,项羽在乌江诛了八将。黄阁是宰相办事的厅堂,因以黄色涂门,故称。

〔9〕一个静鞭三下响:是说刘邦做了皇帝。静鞭,皇帝的一种仪仗,甩响它好让官员们肃静,以表示皇帝的威严。

〔10〕吕布:东汉九原人,字奉先。初事董卓为义父,因卓暴虐无道,布与王允共诛除之,后依袁术、袁绍,终为曹操所杀。一冲一撞:冒冒失失,瞎碰乱撞。

〔11〕兄弟在范阳:兄弟,指张飞。范阳,古县名,故址在今河北省定兴县南,张飞的原籍。

〔12〕兄长在楼桑:兄长,指刘备。楼桑,河北涿县的一个村子,刘备即生于此。

〔13〕一相个神道:一派神道相。神道即神仙。

〔14〕挣枣:或作"重枣",形容关羽脸色红得像枣子一样。

〔15〕画堂别是风光:此句和结句"开宴出红妆",都是苏轼《满庭芳》词句。

〔16〕巴豆、砒霜:毒药名。这里指鲁肃宴请不怀好意。

〔17〕打凤牢龙:安排圈套,使人中计的意思。

〔18〕许来大:如此大,这般大。

〔19〕亲傍:接近。

〔20〕直杀一个血胡同:杀出一条血路来。

〔21〕剑掣秋霜:拔出剑来,寒光似秋霜一般。

〔22〕"小可如千里独行"二句:意说比之我千里独行,五关斩将,是微不足道的。小可,微不足道。

〔23〕携亲侄访冀王:冀王指袁绍。刘备兵败投袁绍,关羽辞了曹操前去找他。"携亲侄"情节未见有记载。

〔24〕挝鼓三咚斩蔡阳:关羽要到袁绍处找刘备,曹操部将蔡阳前来追杀关羽,张飞擂三通鼓助关羽斩蔡阳。

〔25〕三月襄阳:刘备在荆州投刘表时,刘表部下蒯越、蔡瑁想在宴会上谋害他,他假装出去解手,骑马跳过襄阳城西的檀溪脱险。

〔26〕孙、吴:指孙武、吴起。二人都是春秋战国时著名的军事家。

〔27〕临潼会秦穆公:春秋时秦穆公发起在临潼斗宝,楚国伍子胥胜了秦国人,穆公恼羞成怒,擒拿十七国诸侯,伍子胥仗剑捉住秦穆公,他才不得不放了诸侯,答应与各方修好。

〔28〕鸿门会楚霸王：楚汉战争时，项羽在鸿门宴请刘邦，想在宴会上把他杀掉。这二句是说，鲁肃并没有当年的秦穆公、楚霸王厉害。

〔29〕攘：侵夺，这里意为冲杀。

〔30〕龙蛇：指旌旗上的图像。

〔31〕假饶：任凭。

〔32〕古剌剌彩磨旌旗：古剌剌，拟声词，旌旗飘动的声音。此句和下句"扑咚咚画鼓凯征辇"对文，"彩"字下当脱一字。

〔33〕齐臻臻：整整齐齐。

〔34〕密匝匝：密密实实。朔月疾：黑压压一片。农历每月初一为朔日，人们看不见月亮，故也称"朔月"。道家称这一天为"合朔，月疾而日迟"。（《道德真经广圣义》）

〔35〕五方旗：标明东西南北中五个方向的旗号。

〔36〕六沉枪：即绿沉枪。杆上涂有绿漆，故名。六与绿同音假借。

〔37〕七稍弓：即漆稍弓。漆与七同音假借。

〔38〕八楞棒：一种有八个棱角的兵器。

〔39〕天灵：亦称天灵盖，人的头盖骨。

〔40〕九股索、红绵套：古兵器，用皮、麻等坚韧东西编制成，用以绊人或套人。

〔41〕漫头：迎头。

〔42〕铁衣郎：指身穿铁甲的战士。

第 四 折

(鲁肃上，云)欢来不似今朝，喜来那逢今日。小官鲁子敬是也。我使黄文持书去请关公，欣喜许今日赴会，荆襄地合归还俺江东。英雄甲士已暗藏壁衣之后，令人江上相候，见船到便来报我知道。

(正末关公引周仓上,云)周仓,将到哪里也?(周云)来到大江中流也。(正云)看了这大江,是一派好水也呵!(唱)

【双调新水令】大江东去浪千叠[1],引着这数十人驾着这小舟一叶。又不比九重龙凤阙[2],可正是千丈虎狼穴。大丈夫心别[3],我觑这单刀会似赛村社[4]。

(云)好一派江景也呵!(唱)

【驻马听】水涌山叠,年少周郎何处也?不觉的灰飞烟灭,可怜黄盖转伤嗟。破曹的樯橹[5]一时绝,鏖兵的江水由然[6]热,好教我情惨切!(带云)这也不是江水,(唱)二十年流不尽的英雄血!

(云)却早来到也,报复去。(卒报科)(做相见科)(鲁云)江下小会,酒非洞里之长春,乐乃尘中之菲艺[7]。猥劳[8]君侯屈高就下,降尊临卑,实乃鲁肃之万幸也!(正云)量某有何德能,着大夫置酒张筵?既请必至。(鲁云)黄文,将酒来。二公子满饮一杯。(正云)大夫饮此杯。(把盏科)(正云)想古今咱这人过日月好疾也呵!(鲁云)过日月是好疾也。光阴似骏马加鞭,浮世似落花流水。(正唱)

【胡十八】想古今立勋业,那里也舜五人、汉三杰[9]?两朝相隔数年别,不付能见者,却又早老也。开怀的饮数怀,(云)将酒来。(唱)尽心儿待醉一夜。

(把盏科)(正云)你知"以德报德,以直报怨"[10]么?(鲁云)既然将军言"以德报德,以直报怨",借物不还者谓之怨。想君侯文武全材,通练兵书,习《春秋》、《左传》,济拔颠危,匡扶社稷[11],可不谓之仁乎?待玄德如骨肉,觑曹操若仇雠,可不谓之义乎?辞曹归汉,弃印封金[12],可不谓之礼乎?坐服于禁,水淹七军[13],可不谓之智乎?且将军仁义礼智俱足,惜乎止少个"信"字,欠缺未完。若再得全个"信"字,无出君侯之右也。(正云)我怎生失信?(鲁云)非将军失信,皆因令兄玄德公失信。(正云)我哥哥怎生失信来?(鲁云)想昔日玄德公败于当阳之上,身无所归,因鲁肃之故,屯军三江夏口。鲁肃又与孔明同见我主公,即日兴师拜将,破曹兵于赤壁之间。江东所费巨万,又折了首将黄盖。因将军贤昆玉[14]无尺寸地,暂借荆州以为养军之资;数年不还。今日鲁肃低情曲意,暂取荆州,以为救民之急;待仓廪丰盈,然后再献与将军掌领。鲁肃不敢自专,君侯台鉴[15]不错。(正云)你请我吃筵席来哪,是索荆州来?(鲁云)没、没、没,我则这般道。孙、刘结亲,以为唇齿,两国正好和谐。(正唱)

【庆东原】你把我真心儿待,将筵宴设,你这般攀今览古,分甚枝叶[16]?我根前使不着你"之乎者也"、"诗云子曰",早该豁口截舌!有意说孙、刘,你休目下番成吴、越[17]!

(鲁云)将军原来傲物轻信!(正云)我怎么傲物轻信?(鲁云)当日孔明亲言:破曹之后,荆州即还江东。鲁肃亲为代保。不思旧日之恩,今日恩变为仇,犹自说"以德报德,以直报怨"。圣人道:"信近于义,言可复也。"[18]去食去兵,不可去信[19]。"大车无輗,小车无軏,其何以行之哉?"[20]今将军全无仁义之心,枉作英雄之辈。荆州久借不还,却不道"人无信不立"!(正云)鲁子敬,你听的这剑界[21]么?(鲁云)剑界怎么?(正云)我这剑界,头一遭诛了文丑,第二遭斩了蔡阳,鲁肃呵,莫不第三遭到

你也?(鲁云)没、没,我则这般道来。(正云)这荆州是谁的?(鲁云)这荆州是俺的。(正云)你不知,听我说。(唱)

【沉醉东风】想着俺汉高皇图王霸业,汉光武秉正除邪,汉王允将董卓诛,汉皇叔把温侯[22]灭,俺哥哥合情受汉家基业。则你这东吴国的孙权,和俺刘家却是甚枝叶?请你个不克己[23]先生自说!

(鲁云)那里甚么响?(正云)这剑界二次也。(鲁云)却怎么说?(正云)这剑按天地之灵,金火之精,阴阳之气,日月之形;藏之则鬼神遁迹,出之则魑魅[24]潜踪;喜则恋鞘沉沉而不动,怒则跃匣铮铮而有声。今朝席上,倘有争锋,恐君不信,拔剑施呈。吾当摄剑[25],鲁肃休惊。这剑果有神威不可当,庙堂之器岂寻常;今朝索取荆州事,一剑先交[26]鲁肃亡。(唱)

【雁儿落】则为你三寸不烂舌,恼犯我三尺无情铁。这剑饥餐上将头,渴饮仇人血。

【得胜令】则是条龙向鞘中蛰[27],唬得人向座间躲。今日故友每才相见,休着俺弟兄每相间别[28]。鲁子敬听者,你心内休乔怯[29],畅好是随邪[30],休怪我十分酒醉也。

(鲁云)臧宫[31]动乐。(臧官上,云)天有五星,地攒[32]五岳,人有五德,乐按五音。五星者,金、木、水、火、土;五岳者,常、恒、泰、华、嵩;五德者,温、良、恭、俭、让;五音者,宫、商、角、徵、羽。(甲士拥上科)(鲁云)埋伏了者。(正击案,怒云)有埋伏也无埋伏?(鲁云)并无埋伏。(正云)若有埋伏,一剑挥之两段!(做击案科)(鲁云)你击碎菱花[33]。(正云)我特来破镜!(唱)

【搅筝琶】却怎生闹炒炒军兵列,上来的休遮当,莫拦截。

(云)当着我的,呵呵!(唱)我着他剑下身亡,目前流血。便有那张仪口、蒯通舌[34],休那里躲闪藏遮。好生的送我到船上者,我和你慢慢的相别。

(鲁云)你去了倒是一场伶俐[35]。(黄文云)将军,有埋伏哩。

(鲁云)迟了我的也。(关平领众将上,云)请父亲上船,孩儿每来迎接哩。(正云)鲁肃,休惜殿后。(唱)

【离亭宴带歇指煞】我则见紫袍银带公人列,晚天凉风冷芦花谢。我心中喜悦。昏惨惨晚霞收,冷飕飕江风起,急飐飐[36]云帆扯。承款待、承款待,多承谢、多承谢。唤梢公慢者,缆解开岸边龙,船分开波中浪,棹搅碎江心月。正欢娱有甚进退,且谈笑不分明夜。说与你两件事先生记者:百忙里趱[37]不了老兄心,急切里倒不了俺汉家节[38]。

  题目 孙仲谋独占江东地 请乔公言定三条计
  正名 鲁子敬设宴索荆州 关大王独赴单刀会

  〔1〕大江东去浪千叠:化用苏轼《念奴娇·赤壁怀古》词"大江东去,浪淘尽千古风流人物"及"樯橹灰飞烟灭"句。
  〔2〕九重龙凤阙:指皇宫。
  〔3〕心别:性格倔强。
  〔4〕赛村社:民间"社火"每于节日进行演出竞赛,谓之"赛社"。
  〔5〕樯橹:樯,桅杆。橹,行舟的工具。此处联用借指船只。
  〔6〕由然:同犹然。
  〔7〕"酒非洞里之长春"二句:意说我这里没有好酒,也没有好的歌舞技艺。长春,酒名。菲艺,菲薄的技艺。
  〔8〕猥劳:猥系谦词,犹言辱。这句意说,有劳大驾光临我们这小地

229

方。

〔9〕舜五人、汉三杰：舜五人，指舜手下的五个贤臣：禹、弃、契、皋陶、垂。汉三杰，指辅佐刘邦定天下的张良、萧何、韩信。

〔10〕"以德报德"二句：语见《论语·宪问》，意为应该用恩德、公正的态度对待别人的怨恨。

〔11〕匡扶：匡正扶助。社稷：指国家。

〔12〕弃印封金：关羽在许昌得到刘备的消息后，把曹操所授"汉寿亭侯"印留在原处，并封存曹操所赠金银，而后离去，以示清白。

〔13〕"坐服于禁"二句：曹操派于禁统领七支部队攻樊城，庞德为先锋。关羽决襄江水淹了七军，生擒庞德。

〔14〕贤昆玉：昆玉指弟兄，贤昆玉是对别人弟兄的敬称。

〔15〕台鉴：台，对人的敬称。鉴，观察。

〔16〕枝叶：枝和叶互相依存，用以喻吴蜀两国的关系。此句意说，像你这样琐细计较，对原来密切的吴蜀关系很不利。下文"和俺刘家却是甚枝叶"，犹"和俺刘家有什么关系？"

〔17〕吴、越：春秋时吴、越世为敌国，后人用以喻敌对关系。

〔18〕"信近于义，言可复也"：语见《论语·学而》，意为守信用和"义"接近，守信用的人说出来的话可以用行动来印证。

〔19〕去食去兵，不可去信：语出《论语·颜渊》，意说宁可不吃饭，不要武装，也不能没有信用。

〔20〕"大车无輗（ní 泥）"三句：《论语·为政》："子曰：人而无信，不知其可也。大车无輗，小车无軏，其何以行之哉？"輗、軏（yuè 月）都是车辕与车衡衔接处的销钉，缺少它车就不能走。这里比喻人无信用就难以在社会上生存下去。

〔21〕剑界：当为"剑戛"之误。剑戛即剑响。

〔22〕温侯：指吕布，他曾进封温侯。

〔23〕不克己:不肯吃亏,不肯克制自己。

〔24〕螭魅(chī mèi 吃昧):古代传说中害人的山林精怪。这句说宝剑可以辟邪。

〔25〕摄剑:拔剑。

〔26〕先交:先教。

〔27〕蛰(zhé 折):藏。

〔28〕间别:离别,分别。

〔29〕乔怯:伪装害怕。

〔30〕随邪:不正经。

〔31〕臧宫:不见史载,可能是编造出来的人物,掌管音乐。

〔32〕攒(zǎn):积累。

〔33〕菱花:原是镜上的图饰,借指镜子。下文关羽说"我特来破镜","镜"与"子敬"的"敬"同音,语带双关。

〔34〕张仪口、蒯(kuǎi 快上声)通舌:张仪,战国时魏人,曾游说六国以连横事秦。蒯通,谋士,韩信用其计平定齐地。两人都是著名的说客、辩士。

〔35〕伶俐:干净利索。

〔36〕急飐飐:船只顺风疾行貌。

〔37〕趁:同称。趁心即称心。

〔38〕急且里:急迫之间。汉家节:汉朝的政权。节,本是古代使者代表国家出使时的凭证,这里借用作政权。

包待制智斩鲁斋郎[1]

楔　子

(冲末扮鲁斋郎[2]引张龙上,诗云)花花太岁为第一,浪子丧门再没双;街市小民闻吾怕,则我是权豪势要鲁斋郎。小官鲁斋郎是也。方今圣人在位,四海晏然,八方无事。小官随朝数载,谢圣恩可怜,除授[3]今职。小官嫌官小不做,嫌马瘦不骑,但行处引的是花腿闲汉[4],弹弓粘竿[5],贼儿小鹞[6]。每日价飞鹰走犬,街市闲行。但见人家好的玩器,怎么他倒有我倒无,我则借三日玩看了,第四日便还他,也不坏了他的;人家有那骏马雕鞍,我使人牵来则骑三日,第四日便还他,也不坏了他的。我是个本分的人,自离了汴梁,来到许州[7],因街上骑着马闲行,我见个银匠铺里一个好女子,我正要看他,那马走的快,不曾得仔细看。张龙,你曾见来么?(张龙云)比及[8]爹有这个心,小人打听在肚里了。(鲁斋郎云)你知道他是甚么人家?(张龙云)他是个银匠,姓李,排行第四。他的个浑家生的风流,长的可喜。(鲁斋郎云)我如今要他,怎么能够……(张龙云)爹要他也不难,我如今将着一把银壶瓶去他家整理,多与他些钱钞,与他几钟酒吃,着他浑家也吃几钟,扶上马就走。(鲁斋郎云)此计大妙。则今日收拾鞍马,跟着我银匠铺里整理壶瓶走一遭去。(诗云)推整壶瓶生巧计,拐他妻子忙逃避;总饶赶上焰摩天[9],教

他无处相寻觅。(下)

(外扮李四同旦、二俫[10]上,云)小可许州人氏,姓李,排行第四,人口顺唤做银匠李四。嫡亲的四口儿,浑家张氏,一双儿女,厮儿叫做喜童,女儿叫做娇儿。全凭打银过其日月。今日早间开了这铺儿,看有甚么人来。(鲁斋郎引张龙上,云)小官鲁斋郎,因这壶瓶跌漏,去那银匠铺整理一整理。左右接了马者,将交床[11]来。(张龙云)理会的。(坐下科)(鲁斋郎云)张龙,你与我叫那银匠出来。(张龙做唤科,云)兀那银匠,鲁爷在门首叫你哩!(李四慌出跪科,云)大人唤小人有何事干?(鲁斋郎云)你是银匠么?(李四云)小人是银匠。(鲁斋郎云)兀那李四,你休惊莫怕,你是无罪的人,你起来。(李四云)大人唤我做甚么?(鲁斋郎云)我有把银壶瓶跌漏了,你与我整理一整理,与你十两银子。(李四云)不打紧,小人不敢要偌多银子。(鲁斋郎云)你是个小百姓,我怎么肯亏你?与我整理的好,着银子与你买酒吃。(李四接壶整理科,云)整理的复旧如初。好了也,大人试看咱。(鲁斋郎云)这厮真个好手段,便似新的一般。张龙,有酒么?(张龙云)有。(鲁斋郎云)将来赏他几杯。(做筛酒[12],李四连饮三杯科,云)够了。(鲁斋郎云)你家里再有甚么人?(李四云)家里有个丑媳妇,叫出来见大人。大嫂[13],你出来拜大人。(旦出拜科)(鲁斋郎云)一个好妇人也,与他三钟酒吃。我也吃一钟。张龙,你也吃一钟。兀那李四,这三钟酒是肯酒[14],我的十两银子与你做盘缠;你的浑家,我要带往郑州去也,你不拣那个大衙门里告我去!(同旦下)(李四做哭科,云)清平世界,浪荡乾坤,拐了我浑家去了,更待干罢[15]?不问那个大衙门里,告他走一遭去。(下)

（贴旦引二俅上，云）妾身姓李；夫主姓张，在这郑州做着个六案孔目[16]，嫡亲的四口儿家属，一双儿女，小厮唤做金郎，女儿唤做玉姐。孔目衙门中去了，这早晚敢待来也。（李四慌上，云）一心忙似箭，两脚走如飞。自家李四的便是。因鲁斋郎拐了我的浑家往郑州来了，我随后赶来到这郑州，我要告他，不认的那个是大衙门。来到这长街市上，不觉一阵心疼，我死也，却教谁人救我这性命咱？（正末扮张珪引祗候上，云）自家姓张名珪，字均玉，郑州人氏，幼习儒业，后进身为吏；嫡亲的四口儿，浑家李氏，是华州华阴县人氏，他是个医士人家女儿，生下一双儿女金郎、玉姐。我在这郑州做着个六案都孔目，今日衙门中无甚事，回家里去，见一簇人闹。祗候，你看是甚么人？（祗候问云）你是甚么人，倒在地上？（李四云）小人害急心疼，看看至死。哥哥可怜见，救小人一命咱！（祗候见末科，云）是一个人，害急心疼，倒在地上。（正末云）我试看咱。兀那君子，为甚么倒在地下？（李四云）小人急心疼看看至死，怎么救小人一命！（正末云）那里不是积福处？我浑家善治急心疼，领他到家中，与他一服药吃，怕做甚！祗候人，扶他家里来。大嫂那里？（贴旦见末科，云）孔目来了也，安排茶饭你吃。（正末云）且不要茶饭。我来狮子店门首，见一人害急心疼，我领将来，你与他一服药吃，救他性命，那里不是积福处！（贴旦云）待我调药去。（做调药科，云）君子，你试吃这药。（李四吃药科，云）我吃了这药，哎哟，无事了也！多谢官人、娘子！若不是官人、娘子，那里得我这性命来！（正末云）我问君子，那里人氏，姓甚名谁？（李四云）小人姓李，排行第四，人口顺都叫李四，许州人氏，打银为生。（贴旦云）你也姓李，我也姓李，有心要认你做个兄弟，未知孔目心中肯不肯？

我问孔目咱。(做问末科,云)这人也姓李,我也姓李,我有心待认他做个兄弟,孔目意下如何?(正末云)大嫂,你主了[17]便罢。兀那李四,你近前来,我浑家待认你做个兄弟,你意下如何?(李四云)你救了我性命,休道是做兄弟,在你家中随驴把马[18]也是情愿。(正末云)你便是我舅子,我浑家就是你亲姐姐一般。兄弟,你为甚么到这里?(李四云)你便是我亲姐姐、姐夫,有人欺负我来,你与我做主。(正末云)谁欺负你来,我便着人拿去,谁不知我张珪的名儿!(李四云)不是别人,是鲁斋郎强夺了我浑家去了。姐姐、姐夫,与我做主。(末做掩口科,云)哎哟,唬杀我也!早是[19]在我这里,若在别处,性命也送了你的。我与你些盘缠,你回许州去罢,这言语你再也休题。(唱)

【仙吕端正好】被论人有势权,原告人无门下[20],你便不良会可跳塔轮铡[21],那一个官司敢蹅把勾头[22]押?提起他名儿也怕。

【幺篇】你不如休和他争,忍气吞声罢;别寻个"家中宝"[23],省力的浑家。说那个鲁斋郎胆有天来大,他为臣不守法,将官府敢欺压,将妻女敢夺拿,将百姓敢蹅踏[24]。赤紧的他官职大的忒稀诧[25]!(下)

(李四云)我这里既然近不的他,不如仍还许州去也。(下)

[1]《鲁斋郎》是一出包公戏。但作品的主要关目是写中层官吏张珪一家的悲欢离合。严格说来,这并不是一幕历史题材的公案戏,而是元代社会现实的真实写照。作品中的鲁斋郎比《窦娥冤》中的张驴儿、《望江亭》中的杨衙内、《救风尘》中的周舍都要骄横得多,连立朝刚毅的包公也不敢直判鲁斋郎之罪,可见其后台之硬。作品的主人公张珪是个

中间人物,毫无作为,懦弱可怜。第四折的大团圆结局,落入了俗套。

〔2〕斋郎:本唐宋时侍候皇帝祭祀宗庙社稷的执事人员,此剧中的鲁斋郎是个极有特权的官僚。

〔3〕除授:授予新官。

〔4〕花腿闲汉:腿上刺有花纹,专为贵族做帮闲的浮浪子弟。

〔5〕粘竿:捕捉小鸟的猎具,竿上涂有胶粘液体。

〔6〕鹔(sōng 松)儿小鹞(yào 要):鹔儿是一种捕雀的鸟类,似鹰而小。鹞即老雕,一种凶猛的猎禽。

〔7〕许州:州名。旧治在今河南省许昌市。

〔8〕比及:等到。

〔9〕总饶:纵使,即使。焰摩天:佛家谓欲界有六重天,焰摩天即其中之一。此句意谓极远的地方。

〔10〕俫(lái 来):元杂剧中的小孩叫俫或俫儿。

〔11〕交床:即交椅,一种可以折叠的椅子。

〔12〕筛酒:斟酒。

〔13〕大嫂:这里是对妻子的称呼。呼妻为"嫂",可能是古代兄弟共妻婚俗的遗迹。

〔14〕肯酒:允亲的酒。

〔15〕干罢:善罢干休。

〔16〕六案孔目:地方政府中的吏员头目。六案即吏、户、礼、兵、刑、工六房。

〔17〕主了:做主。

〔18〕随驴把马:赶驴牵马,比喻最低下的劳役。

〔19〕早是:幸好是。

〔20〕门下:门第。

〔21〕不良会可跳塔轮铡:不顾一切后果地干。不良会,即会,能。

跳塔轮铡,指从高处下跳和从车轮下轧过,都指有勇气干冒险的事。

〔22〕勾头:古时捕人的拘票。

〔23〕家中宝:指不漂亮的妻子。俗语有云:"丑妇家中宝",是说丑媳妇不会惹出麻烦。

〔24〕蹅踏:践踏,凌辱。

〔25〕赤紧的:真个是,实在是。稀诧:稀奇,可怪。

第 一 折

(鲁斋郎上,云)小官鲁斋郎,自从许州拐了李四的浑家,起初时性命也似爱他,如今两个眼里不待见[1]他。我今回到这郑州,时遇清明节令,家家上坟祭扫,必有生得好的女人,我领着张龙一行步从,直到郊野外踏青[2]走一遭去来。(下)

(正末引贴旦上,云)自家张珪,时遇寒食[3],家家上坟,我今领着妻子上坟走一遭去。想俺这为吏的多不存公道,熬的出身[4],非同容易也呵!(唱)

【仙吕点绛唇】则俺这令史[5]当权,案房里面关[6]文卷,但有半点儿牵连,那刁蹬[7]无良善。

【混江龙】休想肯与人方便,衒一片害人心,勒措[8]了些养家缘。(带云)听的有件事呵,(唱)押文书心情似火,写帖子[9]勾唤如烟,教公吏勾来衙院里,抵多少笙歌引至画堂前。冒支国俸,滥取人钱;那里管爷娘冻馁,妻子熬煎。经旬间不想到家来,破工夫则在那娼楼串,则图些烟花[10]受用,风月留连[11]。

【油葫芦】只待置下庄房买下田,家私积有数千;那里管三亲六眷尽埋冤。逼的人卖了银头面,我戴着金头面;送的人典了旧宅院,我住着新宅院。有一日限满时,便想得重迁[12]。怎知他提刑司[13]刷出三宗卷,恁时节带铁锁纳赃钱。

【天下乐】那其间敢卖了城南金谷园[14],百姓见无权,一昧里掀[15],泼家私[16]如败云风乱卷;或是流二千,遮莫徒一年[17],恁时节则落的几度喘。

(云)早来到坟所也,是好春景也呵。(唱)

【金盏儿】觑郊原,正晴暄,古坟新土都添遍,家家化钱烈纸痛难言。一壁厢黄鹂声恰恰[18],一壁厢血泪滴涟涟,正是"莺啼新柳畔,人哭古坟前"。

(贴旦云)孔目,咱慢慢耍一会家去。(鲁斋郎引张龙上,云)你都跟着我闲游去来。这一所好坟也!树木上面一个黄莺儿,小的,将弹弓来。(做打弹科)(俫儿哭云)奶奶,打破头也!(贴旦云)那个弟子孩儿[19]闲着那驴蹄烂爪,打过这弹子来!(正末云)这个村弟子孩儿无礼,我家坟院里打过弹子来。你敢是不知我的名儿!我出去看波。(唱)

【后庭花】是谁人墙外边,直恁的没体面[20]?我擦擦的[21]望前去,(鲁斋郎云)张珪,你骂谁哩?(正末唱)唬的我行行的往后偃[22]。(鲁斋郎云)你这弟子孩儿作死也!我是谁,你骂我?(正末唱)我恰便似坠深渊,把不定心惊胆战,有这场死罪愆。我今朝遇禁烟[23],到先茔[24]来祭奠,饮金杯,语笑喧;他弓开时似月圆,弹发处又不偏,刚落在我面前。

(鲁斋郎云)张珪,你骂我呵,不是寻死哩!(正末唱)

【青哥儿】你教我如何、如何分辨?(贴旦云)是那一个不晓事弟子孩儿,打破我孩儿的头?(正末唱)省可里[25]乱语胡言。(俫儿云)打破我头也!(正末唱)哎,你个不识忧愁小孽冤[26]!唬的我魂魄萧然,言语狂颠,谁敢迟延,我只得破步撩衣[27]走到根前,少不的把屎做糕縻咽[28]。

(正末做跪科)(鲁斋郎云)张珪,你怎敢骂我!你不认的我?觑我一觑该死,你骂我该甚么罪过?(正末云)张珪不知道大人,若知道是大人呵,张珪那里死的是!(鲁斋郎云)君子千言有一失,小人千言有一当。他不知是我,若知是我,怎么敢骂我!不和你一般见识。这座坟是谁家的?(正末云)是张珪家的。(鲁斋郎云)消不的[29]你请我坟院里坐一坐,教你祖宗都得升天!(正末云)只是张珪没福消受[30],请大人到坟院里坐一坐。(鲁斋郎云)倒好一座坟院也。我听的有女人言语,是谁?(正末云)是张珪的丑媳妇儿。(鲁斋郎云)消不得拜我一拜?(正末云)大嫂,你来拜大人。(贴旦云)我拜他怎地?(正末云)你只依着我。(贴旦出拜)(鲁斋郎还礼科,云)一个好女子也!他倒有这个浑家,我倒无。张珪!你这厮该死,怎敢骂我?这罪过且不饶你!近前将耳朵来:把你媳妇明日送到我宅子里来!若来迟了,二罪俱罚。小厮,将马来,我回去也。(下)(贴旦云)孔目,他是谁,你这等怕他?(正末云)大嫂,咱快收拾回家去来!(唱)

【赚煞】哎,只被你巧笑倩[31]祸机藏,美目盼灾星现;也是俺连年里时乖运蹇[32],可可的与那个恶那吒打个撞见[33],唬的我似没头鹅[34],热地上蚰蜒[35],恰才个马头边,附耳低言,一句话似亲蒙帝主宣。(做拿弹子拜科,唱)这弹子举贤荐贤,他来的扑头扑面,明日个你团圆、却教我不团圆。(下)

〔1〕不待见:看不惯,不喜欢。今河南一带尚习用。

〔2〕踏青:春天郊游。《秦中岁时纪》谓三月三日为踏青节,今谓清明节郊游叫踏青。

〔3〕寒食:节令名,在清明节前一日或两日。相传晋文公悼念介子推被焚死,故定是日禁火寒食。

〔4〕出身:旧指做官的资历。

〔5〕令史:衙门里的书吏,这里与"孔目"同。

〔6〕关:审阅,处理。

〔7〕刁蹬:刁难,无理纠缠。

〔8〕勒掯(kèn 肯去声):敲诈勒索。

〔9〕帖子:拘人的传票。

〔10〕烟花:指妓女。

〔11〕留连:留恋不愿离开。

〔12〕"有一日限满时"二句:任期满时希望调职升官。

〔13〕提刑司:提刑按察司的简称。

〔14〕金谷园:本是晋石崇所修园林名,这里借指官僚们的豪华宅院。

〔15〕一昧里掀:一个劲儿地揭发。

〔16〕泼家私:泼天似的家私,形容家私甚多。

〔17〕遮莫:或者。徒一年:监禁一年。

〔18〕一壁厢:一边,一面。恰恰:拟声词,黄鹂的叫声。

〔19〕弟子孩儿:骂人的话,犹今"婊子养的"。

〔20〕没体面:骂人的话,犹今"不要脸"。

〔21〕擦擦的:急行时发出的响声。

〔22〕后偃:后退。偃,倒,仰。

〔23〕禁烟:指寒食节令。

〔24〕先茔：祖坟。

〔25〕省可里：休得要。

〔26〕小孽冤：作孽的小冤家。

〔27〕破步撩衣：迈大步，撩起衣服。

〔28〕屎做糕糜咽：把屎当做糕糜咽下去，形容无可奈何，忍气吞声。

〔29〕消不的：值不得，不配。这里有反问口气，意为"难道不配"。

〔30〕消受：承受，享受。

〔31〕巧笑倩：与下句"美目盼"皆出自《诗经·硕人》，全句为："巧笑倩兮，美目盼兮。"指笑时和眼珠转动时的美态。

〔32〕时乖运蹇（jiǎn简）：时运不好。乖，背，错。蹇，艰难。

〔33〕可可的：恰巧，刚好。那（né讷阳平）吒：佛教传说中的护法神，很有威力。这里喻鲁斋郎之凶狠。

〔34〕没头鹅：形容恐惧慌张，六神无主的样子。

〔35〕蚰蜒（yóu yán 尤延）：一种小的节肢动物，见阳光或受热时到处乱藏。这里形容张珪焦急难受的心情。

第 二 折

(鲁斋郎引张龙上，诗云)着意[1]栽花花不发，等闲[2]插柳柳成阴。谁识张珪坟院里，倒有风流可喜活观音[3]。小官鲁斋郎，因赏玩春景，到于郊野外张珪坟前，看见树上歇着个黄莺儿，我拽满弹弓，谁想落下弹子来，打着张珪家小的，将我千般毁骂，我要杀坏了他，不想他倒有个好媳妇。我着他今日不犯[4]，明日送来。我一夜不曾睡着。他若来迟了，就把他全家尽行杀坏。张龙，门首觑者[5]，若来时，报复我知道。(正末同贴旦上，云)

大嫂,疾行动些!(贴旦云)才五更天气,你敢风魔九伯[6],引的我那里去?(正末云)东庄里姑娘家有喜庆勾当[7],用着这个时辰,我和你行动些。大嫂,你先行。(贴旦先行科)(正末云)张珪怎了也?鲁斋郎大人的言语:"张珪,明日将你浑家,五更你便送到我府中来。"我不送去,我也是个死;我待送去,两个孩儿久后寻他母亲,我也是个死。怎生是好也呵!(唱)

【南吕一枝花】全失了人伦天地心,倚仗着恶党凶徒势,活支刺[8]娘儿双拆散,生各扎夫妇两分离。从来有日月交蚀[9],几曾见夫主婚、妻招婿?今日个妻嫁人、夫做媒,自取些衾房断送陪随,那里也羊酒、花红、段匹?

【梁州第七】他凭着恶狠狠威风纠纠,全不怕碧澄澄天网恢恢[10],一夜间摸不着陈抟睡[11],不分喜怒,不辨高低。弄的我身亡家破,财散人离!对浑家又不敢说是谈非,行行里只泪眼愁眉。你、你、你,做了个别霸王自刎虞姬[12],我、我、我,做了个进西施归湖范蠡[13],来、来、来,浑一似嫁单于出塞明妃[14]。正青春似水,娇儿幼女成家计,无忧虑,少萦系,平地起风波二千尺,一家儿瓦解星飞。

(贴旦云)俺走了这一会,如今姑娘家在那里?(正末云)则那里便是。(贴旦)这个院宅便是?他做甚么生意,有这等大院宅?(正末唱)

【牧羊关】怕不"晓日楼台静,春风帘幕低",没福的怎生消得[15]!这厮强赖人钱财,莽夺人妻室,高筑座营和寨,斜搠面杏黄旗,梁山泊贼相似,与蓼儿洼争甚的[16]!

(云)大嫂,你靠后。(正末见张龙科,云)大哥,报复一声,张珪在于门首。(张龙云)你这厮才来,你该死也!你则在这里,我报复去。(鲁斋郎云)兀那厮做甚么?(张龙云)张珪两口儿在于门首。(鲁斋郎云)张龙,我不换衣服罢,着他过来见。(末、旦叩见科)(鲁斋郎云)张珪,怎这早晚才来?(正末云)投到安伏[17]下两个小的,收拾了家私,四更出门,急急走来,早五更过了也。(鲁斋郎云)这等也罢,你着那浑家近前来我看。(做看科,云)好女人也,比夜来增十分颜色。生受你[18],将酒来吃三杯。(正末唱)

【四块玉】将一杯醇糯酒十分的吃[19]。(贴旦云)张孔目少吃,则怕你醉了。(正末唱)更怕我酒后疏狂失了便宜[20]。扭回身刚咽的口长吁气,我乞求得醉似泥,唤不归。(贴旦云)孔目,你怎么要吃的这等醉?(正末云)大嫂,你那里知道!(唱)我则图别离时,不记得。

(贴旦云)孔目,你这般烦恼,可是为何?(正末云)大嫂,实不相瞒:如今大人要你做夫人,我特地送将你来。(贴旦云)孔目,这是甚么说话?(正末云)这也由不的我,事已至此,只得随顺他便了。(唱)

【骂玉郎】也不知你甚些儿看的能当意[21]?要你做夫人,不许我过今日,因此上急忙忙送你到他家内。(贴旦云)孔目,你这般下的也!(正末唱)这都是我缘分薄,恩爱尽,受这等死临逼[22]。

(贴旦云)你在这郑州做个六案都孔目,谁人不让你一分?那厮甚么官职,你这等怕他,连老婆也保不的?你何不拣个大衙门告他去?(正末云)你轻说些!倘或被他听见,不断送了我也?(唱)

【感皇恩】他、他、他,嫌官小不为,嫌马瘦不骑,动不动挑人眼、剔人骨、剥人皮。(云)他便要我张珪的头,不怕我不就送去与他;如今只要你做个夫人,也还算是好的。(唱)他少甚么温香软玉[23],舞女歌姬!虽然道我灾星现,也是他的花星照[24],你的福星催。

(贴旦云)孔目,不争[25]我到这里来了,抛下家中一双儿女,着谁人照管他?兀的不痛杀我也!

(正末唱)

【采茶歌】撇下了亲夫主不须提,单是这小孽种好孤恓,从今后谁照觑他饥时饭、冷时衣?虽然个留得亲爷没了母,只落的一番思想一番悲。

(正末同旦掩泣科)(鲁斋郎云)则管里说甚么[26],着他到后堂中换衣服去。(贴旦云)孔目,则被你痛杀我也!(正末云)苦痛杀我也,浑家!(鲁斋郎云)张珪,你敢有些烦恼,心中舍不的么?(正末云)张珪不敢烦恼,则是家中有一双儿女,无人看管。(鲁斋郎云)你早不说!你家中有两个小的,无人照管。张龙,将那李四的浑家梳妆打扮的赏与张珪便了。(张龙云)理会的。(鲁斋郎云)张珪,你两个小的无人照管,我有一个妹子,叫做娇娥,与你看觑两个小的。你与了我你的浑家,我也舍的个妹子酬答你。你醉了骂他,便是骂我一般;你醉了打他,便是打我一般。我交付与你,我自后堂去也。(下)(正末云)这事可怎了也?罢,罢,罢!(唱)

【黄钟尾】夺了我旧妻儿,却与个新佳配,我正是弃了甜桃绕山寻醋梨[27]。知他是甚亲戚!教喝下庭阶,转过照壁[28],

出的宅门,扭回身体,遥望着后堂内养家的人,贤惠的妻!非今生是宿世,我则索寡宿孤眠过年岁,几时能够再得相逢,则除是南柯梦儿里[29]!(下)

〔1〕着意:有意,存心。

〔2〕等闲:随便,轻易。

〔3〕活观音:观音是佛教中救苦救难的菩萨,貌美。活观音比喻张珪妻子李氏的美貌。

〔4〕不犯:不必。一说是鲁斋郎不许张珪当晚侵犯李氏。

〔5〕觑(qù去)者:看看。

〔6〕风魔九伯:形容疯疯癫癫,神态失常的样子。

〔7〕喜庆勾当:喜事。勾当,此指事情。

〔8〕活支剌:活生生地。下文"生各扎"意同。

〔9〕日月交蚀:日食和月食同时发生。这是罕见的,但偶尔还可以遇到。

〔10〕天网恢恢:语出《老子》"天网恢恢,疏而不失。"意思是上天的法网是很广大的,虽然很宽疏,却不会漏掉坏人。

〔11〕一夜间摸不着陈抟(tuán团)睡:意为一夜不曾睡。陈抟,五代时的隐士,传说他一睡就是一百多天。

〔12〕别霸王自刎虞姬:秦末项羽自称西楚霸王,兵败时其妾虞姬为他起舞辞别,自杀而死。

〔13〕进西施归湖范蠡(lǐ李):民间传说越王勾践令范蠡献西施给吴王,后来越国打败了吴国,范蠡就带着西施泛舟五湖去了。

〔14〕嫁单于出塞明妃:汉元帝时以宫人王嫱出嫁匈奴呼韩邪单于,后人称王嫱为明妃。

〔15〕怎生消得:怎能享受。

〔16〕与蓼儿洼争甚的:与梁山泊没什么区别。蓼儿洼是梁山泊的根据地,这里把鲁斋郎强抢民妻的行为和梁山盗贼等同起来看。

〔17〕投到:等到。安伏:安顿。

〔18〕生受你:有劳你。

〔19〕十分的吃:拼命吃、狠狠吃。

〔20〕疏狂:放浪、不拘小节。失了便宜:吃亏的意思。

〔21〕当意:中意。

〔22〕死临逼:严酷地逼迫。

〔23〕温香软玉:形容少女的温柔美好。

〔24〕花星:主男女婚事的星宿。迷信认为,它照准谁,谁就走桃花运。

〔25〕不争:若是。

〔26〕则管里说什么:只管说什么。

〔27〕弃了甜桃绕山寻醋梨:当时成语,意为丢掉好的,找个坏的。

〔28〕照壁:宅院里遮隔门户的短墙。

〔29〕南柯梦儿里:唐代李公佐的传奇小说《南柯记》,写淳于棼梦为槐安国驸马,官至南柯太守,醒后见树下有大蚁穴。南柯原来是槐树的南枝,后来常用"南柯"代指梦境。

第 三 折

(李四上,云)自家李四,因鲁斋郎夺了我浑家,赶到郑州不告的他,又回许州来,一双儿女,不知去向。那里也难住,我且往郑州投奔我姐姐、姐夫去也。(下)

(俫儿上,云)我是张孔目的孩儿金郎,妹子玉姐。父亲、母亲人情〔1〕去了,这早晚敢待来也。(正末上,云)好是苦痛也!来到

家中,且看两个孩儿,说些甚么?鲁斋郎,你好狠也呵!(唱)

【中吕粉蝶儿】倚仗着恶党凶徒,害良民肆生淫欲,谁敢向他行挟细拿粗[2]?逗刁顽全不想他妻我妇,这的是败坏风俗,那一个敢为敢做!

【醉春风】空立着判黎庶受官厅,理军情元帅府,父南子北各分离,端的是苦、苦!俺夫妻千死千生,百伶百俐,怎能够一完一聚?

(俫儿云)爹爹,你来家也,俺奶奶在那里?(正末云)孩儿,你母亲便来。(叹科,云)嗨,可怎了也!(唱)

【红绣鞋】怕不待打迭起[3]千忧百虑,怎支吾这短叹长吁?(俫儿云)俺母亲怎生不见来了?(正末唱)他可便一上青山化血躯[4]。将金郎眉甲[5]按,把玉姐手梢扶,兀的不痛杀人也儿共女!

(俫儿云)爹爹,俺母亲端的在那里?(正末云)你母亲被鲁斋郎夺去了也!(俫儿云)兀的不气杀我也!(俫气倒科)(正末救科,云)孩儿,你苏醒者!则被你痛杀我也!(张龙引旦上,云)自家张龙便是。奉着鲁斋郎大人言语,着我送小姐到这里。张珪在家么?(正末云)谁在门外?待我开门看咱。(做看科,云)呀,你来怎么?(张龙云)我奉大人言语,着我送小姐与你,休说甚么。小姐,你也休说甚么。我回去也。(下)(正末云)小姐,请进家来。两个孩儿,来拜你母亲。小姐,先前浑家,止有这两个孩儿,小姐早晚看觑咱。(旦云)孔目,你但放心,都在我身上。(正末唱)

【迎仙客】你把孩儿亲觑付,厮抬举[6]。这两个不肖孩儿也有甚么福?便做道忒贤达,不狠毒。(旦云)孔目,你放心,就是我的孩儿一般看成。(正末唱)看成的似玉颗神珠[7],终不似他娘肠肚。

(李四上,云)我来到郑州,这是姐姐、姐夫,我叫门咱。(做叫门科)(正末云)谁叫门哩?我看去。(见科)(正末云)原来是舅子,你的症候我如今也害了也!(李四云)姐姐有好药。(正末云)不是那个急心疼症候,用药医得;是你那整理银壶瓶的症候,你姐姐也被鲁斋郎夺将去了也!(李四云)鲁斋郎,你早则要了俺家两个人儿也!(正末云)舅子,我可也强似你,他与了我一个小姐,叫做娇娥。(李四云)鲁斋郎,你夺了我的浑家,草鸡[8]也不曾与我一个。姐夫既没了姐姐,我回许州去罢。(正末云)舅子,这个便是你姐姐一般,觑见[9]一面,怕做么?(李四云)既如此,待我也见一面,我就回去。姐夫,你可休留我。(做相见各留意科)(正末云)舅子,你敢要回去么?(李四云)姐夫,则这里住倒好。(正末云)好奇怪也!(唱)

【红绣鞋】他两个眉来眼去,不由我不暗暗踌躇,似这般哑谜儿教咱怎猜做?那一个心犹豫,那一个口支吾,莫不你两个有些儿曾面熟?

(祗候上,云)张孔目,衙门中唤你趱文书[10]哩。(正末云)舅子,你和你姐姐在家中,我衙门中趱文书去也。(下)(旦与李四打悲科)(李四云)娘子,你怎么到得这里?(俫儿上,云)奶奶,俺爹爹那里去了?(旦云)衙门中趱文书去了。(俫儿云)这等,俺两个寻俺爹爹去。(下)(李四云)则被你想杀我也!(正末冲上,见科,喝云)你两个待怎么!(李四同旦跪科)(正末云)你早招了也。(唱)

【石榴花】早难道"君子断其初"[11],今日个亲者便为疏。人还害你待何如?我是你姐夫,倒做了姨夫[12]。当初我医可了你病症还乡去,把你似太行山倚仗[13]做亲属;我一脚的出宅门,你待展污俺婚姻簿[14],我可便负你有何辜!

【斗鹌鹑】全不似管鲍分金[15],倒做了孙庞刖足[16];把恩人变做仇家,将客僧翻为寺主。自古道无毒不丈夫,他将了你的媳妇,不敢向鲁斋郎报恨雪冤,则来俺家里殢云㜸雨[17]。

(李四云)姐夫,实不相瞒:则他便是我的浑家,改做鲁斋郎的妹子与了姐夫。(正末云)谁这般道来?(唱)

【上小楼】谁听你花言巧语,我这里寻根拔树[18]。谁似你不分强弱,不识亲疏,不辨贤愚。纵是你旧媳妇、旧丈夫,依旧欢聚,可送的俺一家儿灭门绝户!

(云)我一双孩儿在那里?(旦云)你去趱文书,他两个寻你去了。(正末云)眼见的所算[19]了我那孩儿,兀的不气杀我也!(唱)

【幺篇】我一时间不认的人,您两个忒做的出,空教我乞留乞良[20]、迷留没乱[21]、放声啼哭。这郑孔目拿定了萧娥胡做,知他那里去了赛娘、僧住[22]?

(云)罢,罢,罢!浑家被鲁斋郎夺将去了,一双儿女又不知所向;甫能[23]得了个女人,又是银匠李四的浑家。我在这里,怎生存坐[24]?舅子,我将家缘家计,都分付与你两口儿;每月斋粮道服[25],休少了我的。我往华山出家去也!(李四云)姐夫,你怎生弃舍了铜斗儿家缘、桑麻地土?我扯住你的衣服,至死不

放你去!(正末唱)

【十二月】休把我衣服扯住,情知咱冰炭不同炉。(李四云)姐夫,这桑麻地土、宝贝珍珠怎生割舍的?(正末唱)管甚么桑麻地土,更问甚宝贝珍珠!(李四云)姐夫,把我浑家与你罢。(正末唱)呸!不识羞闲言长语,他须是你儿女妻夫。

(旦云)孔目,你与我一纸休书[26]咱。(正末唱)

【尧民歌】索甚么恩绝义断写休书!(李四云)鲁斋郎知道,他不怪我?(正末唱)鲁斋郎也不是我护身符[27]。(李四云)俺姐姐不知在那里?(正末唱)他两行红袖醉相扶,美女终须累其夫[28]。嗟吁,嗟吁!教咱何处居?则不如趁早归山去。

(李四云)姐夫,许多家缘家计、田产物业,你怎下的都抛撇了?(正末唱)

【耍孩儿】休道是东君去了花无主[29],你自有莺俦燕侣[30]。我从今万事不关心,还恋甚衾枕欢娱?不见浮云世态纷纷变,秋草人情日日疏,空教我泪洒遍湘江竹[31]!这其间心灰卓氏,干老了相如[32]。

(李四云)俺姐姐不知在那里?(正末云)你那姐姐呵!(唱)

【二煞】这其间听一声金缕歌[33],看两行红袖舞,常则是笙箫缭绕丫鬟簇,三杯酒满金鹦鹉[34],六扇屏开锦鹧鸪[35],反倒做他心腹。那厮有拐人妻妾的器具[36],引人妇女的方术。

(李四云)这一年四季斋粮道服都不打紧。姐夫,你怎么出的

家?还做你那六案都孔目去!(正末唱)

【尾煞】再休提掌刑名都孔目,做英雄大丈夫,也只是野人[37]自爱山中宿。眼看那幼子娇妻,我可也做不的主?(下)

(李四云)姐夫去了也。娘子,我那知道还有完聚的日子!如今我两个掌着他这等家缘家计,许他的斋粮道服,须按季送去与他,不要少了他的。(诗云)我李四今年大利,全不似整壶瓶这般晦气,平空的还了浑家,又得他许多家计。(同旦下)

〔1〕人情:应酬、交往。此处指走亲戚。

〔2〕挟细拿粗:寻事生非。

〔3〕怕不待:岂不想。打迭起:收拾起。

〔4〕一上青山化血躯:用古代望夫石的故事。意说张珪的妻子被夺走,一定会很想念他。

〔5〕眉甲:额头。

〔6〕厮:相。抬举:抚养。

〔7〕玉颗神珠:指珠玉般的珍宝。

〔8〕草鸡:母鸡。

〔9〕厮见:相见。

〔10〕趱(zǎn 赞上声)文书:赶办文书。趱,赶,加快。

〔11〕早难道君子断其初:早难道,岂不闻。君子断其初,当时成语,意为君子从开初就能判断出来。张珪搭救李四时,称他为"君子"。这里有懊悔之意。

〔12〕姨夫:元人以两男共狎一妓称做"姨夫",借指为两男共有

一女。

〔13〕似太行山倚仗：像太行山那样可以倚靠。

〔14〕展污：玷污，损坏。婚姻簿：注定人间婚姻的册子，相传为月下老人掌管。这里指张珪与李四妻的姻缘。

〔15〕管鲍分金：春秋时管仲和鲍叔牙是好朋友，两人同做生意，鲍叔牙知道管仲家穷，总多分些钱给他。后来用"管鲍分金"形容朋友间的义气。

〔16〕孙庞刖（yuè月）足：春秋时孙膑和庞涓是同学，后来庞涓做了魏国的相，因妒忌孙膑的才能，把他骗去砍断了双脚。后来用"孙庞"比喻不忠实的朋友。刖足，即砍掉脚，古代的一种酷刑。

〔17〕犹（yóu尤）云殢（tì替）雨：对云雨事留恋不舍。云雨指男女之事，本宋玉《高唐赋》。

〔18〕寻根拔树：盘根问底的意思。

〔19〕所算：暗算。

〔20〕乞留乞良：悲痛时抽泣的声音。

〔21〕迷留没乱：形容人着急时昏头转向的样子。

〔22〕"这郑孔目拿定了萧娥胡做"二句：元代流传故事，郑州府衙孔目郑嵩，娶妓女萧娥为后妻，前妻之子僧住、女赛娘受尽虐待折磨。详见杨显之《郑孔目风雪酷寒亭》杂剧。

〔23〕甫能：刚才。

〔24〕存坐：存身，过日子。

〔25〕斋粮道服：出家人需用的粮食、衣物。

〔26〕休书：封建时代丈夫凭借夫权离弃妻子的文书。李四之妻是鲁斋郎赏配给张珪的，本不合法，但惧于鲁斋郎的权势，只好承认其合

法,因而才向张珪要"休书"。

〔27〕护身符:迷信的说法,一种可以给人免灾除害的符箓,此处喻有势力的靠山。

〔28〕"美女"句:是说漂亮的妻子一定会给丈夫带来不幸。

〔29〕东君去了花无主:此句说不要认为我走之后这里就没有主人了。东君,春神。

〔30〕莺俦(chóu 仇)燕侣:指李四夫妻相聚。

〔31〕泪洒遍湘江竹:古代神话传说,舜死之后,他的两个妃子娥皇、女英哭得悲切,泪洒在青竹上,变成了竹上的斑点,后称这种竹叫湘妃竹。

〔32〕心灰卓氏,干老了相如:这是承上句"浮云世态纷纷变,秋草人情日日疏"说的,意思是任凭我司马相如干熬到老,怎奈卓文君她已心灰意冷。

〔33〕金缕歌:歌曲曲牌名,即金缕衣曲。这里泛指一般的欢乐歌曲。

〔34〕金鹦鹉:华丽讲究的酒杯。

〔35〕锦鹧鸪:屏风上画的彩色的鹧鸪鸟。

〔36〕器具:这里指权势,手段。

〔37〕野人:指隐士。

第 四 折

(外扮包待制引从人上,诗云)咚咚衙鼓响,公吏两边排;阎王生死殿,东岳摄魂台〔1〕。老夫姓包名拯,字希文,庐州〔2〕金斗郡四望乡老儿村人氏。官封龙图阁待制[3],正授开封府尹[4]。奉圣人的令,差老夫五南[5]采访。来到许州,见一儿一女,原来是银匠李四的孩儿,他母亲被鲁斋郎夺了,他爷不知所向。这两个孩儿,留在身边。行到郑州,又收得两个儿女,原来是都孔目张珪的孩儿,他母亲也被鲁斋郎夺了,他爷不知所向。我将这两个孩儿,也留在家中,着他习学文章。早是十五年光景,如今都应过举,得第了也。老夫将此一事,切切于心,拳拳在念。想鲁斋郎恶极罪大,老夫在圣人前奏过:有一人乃是"鱼齐即",苦害良民,强夺人家妻女,犯法百端。圣人大怒,即便判了斩字,将此人押赴市曹,明正典刑。到得次日,宣鲁斋郎。老夫回奏道:"他做了违条犯法的事,昨已斩了。"圣人大惊道:"他有甚罪斩了?"老夫奏道:"他一生掳掠百姓,强夺人家妻女,是御笔亲判斩字,杀坏了也。"圣人不信,"将文书来我看。"岂知"鱼齐即"三字,鱼字下边添个日字,斋字下边添个小字,即字上边添一点。圣人见了,道:"苦害良民,犯人鲁斋郎,合该斩首。"被老夫智斩了鲁斋郎,与民除害。只是银匠李四,孔目张珪,不知所向。我如今着他两家孩儿,各带他两家女儿,天下巡庙烧香,若认着他父母,教他父子团圆,也是老夫阴骘[6]的勾当。张千,你分付他两个孩儿,同两个女儿,明日往云台观烧香去,老夫随后便来。(诗云)他不遵王法太疏狂,专要夺人妇女做妻房,被我中间改做"鱼齐即",用心智斩鲁斋郎。(下)

(净扮观主上,云)"道可道,非常道;名可名,非常名。"[7]小道姓阎,道号双梅,在这云台观做着个住持[8]。今日无事,看有甚么人来。(李四同旦儿上,云)自家李四是也。自从与俺那儿女失散了十五年光景,知他有也无? 来到这云台观里,与俺姐姐、姐夫,并两家的孩儿,做些好事[9]咱。(做见观主科,云)兀那观主,我是许州人氏,一径的[10]来做些好事。(观主云)你做甚么好事? 超度谁? (李四云)超度姐夫张珪,姐姐李氏,一双儿女金郎、玉姐;还有自己一双儿女喜童、娇儿。与你这五两银子,权做经钱[11]。(观主云)我出家人,要他怎么? 是好银子,且收下一边。看斋食,请吃了斋,与你做好事。(贴旦道扮上,云)贫姑李氏,乃张珪的浑家,被鲁斋郎夺了我去,可早十五年光景,一双儿女不知去向,连张珪也不知有无。鲁斋郎被包待制斩了,我就舍俗出家。今日去这云台观,与张珪做些好事咱。早来到也。(做见观主科)(观主云)一个好道姑也! 道姑,你从那里来? (贴旦云)我一径的来与丈夫张珪,孩儿金郎、玉姐,做些好事。(李四云)谁与张珪做好事? (贴旦云)我与张珪做好事。(李四云)兀的不是姐姐李氏! (相见打悲科)(贴旦云)兄弟,这妇人是谁? (李四云)这个便是你兄弟媳妇儿。姐姐,你怎生得出来? (贴旦云)包待制斩了鲁斋郎,俺都无事释放。今日来云台观,追荐你姐夫并孩儿金郎、玉姐。(李四云)我也为此事来,咱和你一同追荐者。(李倸冠带同小旦上,云)小官李喜童,妹子娇儿。我母亲被鲁斋郎夺将去了,父亲不知所向。亏了包待制大人,收留俺兄妹二人,教训成人。今应过举,得了头名状元。奉着包待制言语,着俺去云台观里,追荐我父母去。早来到了也。兀那住持那里? (观主云)早知相公到来,只合远接;接待不着,勿令见罪。呀,怎生带着个小姐走? (李倸云)我一径的来做些好事。(观主云)相公要追荐何人? (李倸云)追荐我父亲银匠李四。(李四云)是谁唤银匠李四?(李俫云)兀的不是我父亲?(李四云)你是谁?(李俫云)则我便是您孩儿喜童,妹子娇儿。(旦云)孩儿也,你在那里来?(李俫再说前事,悲科)(李四云)孩儿,拜你姑姑者。(做拜科)(贴旦云)这两人是谁?(李四云)这两个便是我的孩儿。(贴旦悲科,云)你一家儿都完聚了,只是俺那孔目并两个孩儿,不知在那里!(张珪冠带同小旦上,云)小官是张孔目的孩儿金郎,妹子玉姐。我母亲被鲁斋郎夺去,父亲不知所向。多亏了包待制大人,收留俺兄妹二人,教训成人,应过举,得了官也。包待制着俺云台观追荐父母去,可早来到也。住持那里?(观主云)又是一个官人,他也带着小娘子走。相公到此只甚〔12〕?(张珪云)特来做些好事。(观主云)追荐那一个?(张珪云)追荐我父亲张珪,母亲李氏。(贴旦云)谁唤张珪、李氏?(张珪云)我唤来。(贴旦云)你敢是金郎么?(张珪云)妹子,兀的不是母亲?(做悲科)(贴旦云)这十五年,你在那里来?(张珪云)自从母亲去了,父亲不知所向。多亏了包待制大人,将我兄妹二人教训,应过举,得了官也。今日奉包待制言语,着俺云台观追荐父母,不想得见母亲;不知俺父亲有也无!(做悲科)(李四云)姐姐,这个既是你的儿子,我把女儿娇儿,与外甥做媳妇罢。(张珪云)母亲,将妹子玉姐,与兄弟为妻,做一个交门亲眷〔13〕,可不好那?(贴旦云)俺两家子母怕不完聚,只是孔目不知在那里,教我如何放的下!(做悲科)(正末愚鼓、简板〔14〕上,诗云)身穿羊皮百衲衣〔15〕,饥时化饭饱时归;虽然不得神仙做,且躲人间闲是非。想俺出家人,好是清闲也呵!(唱)

【双调新水令】想人生平地起风波,争似我乐清闲支着个枕头儿高卧!只问你炼丹砂唐吕翁[16],何如那制律令汉萧何[17]?我这里醉舞狂歌,繁华梦已参破。

【风入松】利名场上苦奔波,因甚强夺?蜗牛角上争人我[18],梦魂中一枕南柯。不恋那三公华屋,且图个五柳婆娑[19]。

(云)俺这出家人,一年四季,春夏秋冬,好是快活也呵!(唱)

【甜水令】俺这里春夏秋冬,林泉兴味,四时皆可。常则是日夜宿山阿[20],有人相问,静里工夫,炼形打坐[21],笑指那落叶辞柯[22]。

【折桂令】想当初向清明日共饮金波[23],张孔目家世坟茔,须不是风月鸣珂[24]。他将俺儿女夫妻,直认做了云雨巫娥[25]。俺自撇下家缘过活,再无心段匹绫罗。你休只管信口开合,絮絮聒聒[26]。俺张孔目怎还肯缘木求鱼[27],鲁斋郎他可敢暴虎冯河[28]。

【雁儿落】鲁斋郎忒太过,(带云)他道:"张珪,将你媳妇,则明日五更送将来,我要。"(唱)不是张孔目从来懦。他在那云阳市[29]剑下分,我去那华山顶峰头卧。

(云)我则道他一世儿荣华富贵,可怎生被包待制斩了,人皆欢悦。(唱)

【得胜令】今日个天理竟如何?黎庶尽讴歌。再不言宋天子英明甚,只说他包龙图智慧多。鲁斋郎哥哥,自惹下亡身祸;

我舍了个娇娥,早先寻安乐窝[30]。

(云)今日我去云台观散心咱。(贴旦云)李四,你看那道人,好似你姐夫,你试唤他一声咱!(李四叫科,云)张孔目!(正末回头科,云)是谁叫张孔目?(做见科,云)兀的不是我浑家李氏?(贴旦云)你怎生撇了我出了家?劝你还俗罢!(正末诗云)你待散时我不散,悲悲切切男儿汉;从前经过旧恩情,要我还俗呵,有如曹司翻旧案[31]。(众云)你还了俗罢!(正末云)我修行到这个地步,如何肯再还俗!(众拜科)(正末唱)

【川拨棹】不索你闹镤铎[32],磕着头礼拜我。(李四云)姐夫,今日咱两家夫妇儿女都完聚了,你可怎生舍的出家去?你依着我,只是还了俗者!(正末唱)谁听你语话喧聒,嚷似蜂窝,甜似蜜钵!我若是还了俗,可未可!

(贴旦云)孔目,平素你是受用的人,你为何出家?你怎生受得那苦?(正末唱)

【七弟兄】你那里问我为何受寂寞,我得过时且自随缘过,得合时且把眼来合,得卧时侧身和衣卧。

【梅花酒】不是我自间阔[33],趁浪逐波,落落拓拓[34],大笑呵呵。夫共妻、任摘离,儿和女、且随他,我这里自磨陀[35],饮香醪[36],醉颜酡[37],拚沉睡在松萝[38]。

【收江南】呀!抵多少南华庄子鼓盆歌[39]。乌飞兔走疾如梭[40],猛回头青鬓早皤皤[41]。任傍人劝我,我是个梦醒人,怎好又着他魔?

(包待制冲上,云)事不关心,关心者乱。老夫包拯,来到这云台观,见一簇人闹,不知为甚么?(李四云)爷爷,小的是许州人银匠李四。俺姐姐被鲁斋郎强夺为妻,幸得爷爷智斩鲁斋郎,如今俺姐姐回家来了。争奈姐夫张珪出了家,不肯认他,因此小的每和他儿女,在此相劝,只望爷爷做主咱!(包待制云)兀那张珪,你为何不认他?(正末云)我因一双儿女,不知所在,已是出家多年了,认他做甚么!(包待制云)张珪,你那儿女和李四的儿女,都在跟前,这十五年间,我都抬举的成人长大,都应过举,得了官也。如今将李四的女儿,与张珪的孩儿为妻;张珪的女儿,与李四的孩儿为妻:你两家做个割不断的亲眷。张珪,你快还了俗者!(词云)则为鲁斋郎苦害生民,夺妻女不顾人伦,被老夫设智斩首,方表得王法无亲[42]。你两家夫妻重会,把儿女各配为婚。今日个依然完聚,一齐的仰荷天恩[43]。(正末同众拜谢科,唱)

【收尾】多谢你大恩人救了咱全家祸,抬举的孩儿每双双长大,莫说他做亲的得成就好姻缘,便是俺还俗的也不误了正结果[44]。

题目　三不知[45]同会云台观

正名　包待制智斩鲁斋郎

〔1〕东岳摄魂台:相传东岳大帝为执掌幽冥地府之神,凡一应生死转化,俱从东岳勘对,方许施行。

〔2〕庐州:州名,旧治在今安徽省合肥市。

〔3〕龙图阁待制:龙图阁为宋代官署名,掌御文集及典籍、图书等

事,待制与学士等同为龙图阁官名,但常常是一种荣誉官衔,非正式官职。所以这句说"官封龙图阁待制",下句说"正授开封府尹"。

〔4〕正授:正式授予官职。府尹:一府的最高行政长官。

〔5〕五南:皇帝居住有五门,五南即五门之南。这里指京城以南地区。

〔6〕阴骘(zhì 质):暗地里保护。骘,安定。

〔7〕"道可道"四句:语见老子《道德经》第一章。道家以此书为重要经典,故剧中道士出场时常念此数语以表示身份。

〔8〕住持:僧寺之主。

〔9〕做些好事:迷信的说法,为死去的人诵经祝福,也叫"超度"或"追荐"。

〔10〕一径的:径直的。

〔11〕经钱:付给僧、道念经的报酬。

〔12〕只甚:做什么。

〔13〕交门亲眷:指两家互通姻亲,即两家互相娶对方的女儿做媳妇。

〔14〕愚鼓、简板:皆为道士唱道情用的乐器。愚鼓即渔鼓,又叫木鱼。简板是打拍用的木片。

〔15〕百衲衣:僧道徒们为了表示苦行修身,用零碎布缝制成衣,叫百衲衣。

〔16〕唐吕翁:指传说中的道教八仙之一,即唐代吕洞宾。

〔17〕制律令汉萧何:萧何,汉初丞相,曾协助高祖刘邦制定各种法律条令。

〔18〕蜗牛角上争人我:《庄子·则阳》:"有国于蜗之左角者曰触

氏,有国于蜗之右角者曰蛮氏,时相于争地而战,伏尸数万。"后用以比喻为小利而争斗。

〔19〕五柳婆娑:晋代陶潜辞官归隐,其宅旁有五棵柳树,遂自号"五柳先生"。婆娑,形容柳树在微风中舞姿摇曳。

〔20〕山阿:山中曲处,古代寺观多建筑于此。

〔21〕炼形打坐:道士们用静坐默思来修炼自己的形体和意志。

〔22〕落叶辞柯:落叶从树枝上掉下来。柯,树枝。

〔23〕金波:指酒。

〔24〕风月鸣珂(kē 科):指男女玩乐的地方。古时贵族骑马,在马上悬玉板叫"珂"。马一走起来,珂碰撞出响声叫"鸣珂"。这些人骑着马,经常到妓院去,唐时长安妓女聚居的地方就叫"鸣珂曲"。

〔25〕云雨巫娥:借用巫山神女故事,见宋玉《高唐赋序》。此处代指妓女。

〔26〕絮絮聒(guō 郭)聒:絮絮叨叨,话语多的样子。

〔27〕缘木求鱼:爬到树上去捉鱼,比喻白费力气。

〔28〕暴虎冯(píng 平)河:比喻有勇无谋,冒险行事,这里指肆无忌惮,胡作非为。暴虎,赤手空拳打老虎。冯河,不用船只去渡河。

〔29〕云阳市:指刑场。

〔30〕安乐窝:宋邵雍隐居苏门山中,自名所住的地方为"安乐窝"。此指逍遥自在的住所。

〔31〕曹司翻旧案:意为不可能的事。曹司,办案官员。

〔32〕镬铎(huò duó 获夺):闹嚷嚷的嘈杂声音。镬是无足的鼎,铎是乐器,二者都是金属制品。

〔33〕间阔:远远离开。

〔34〕落落拓拓：性情放浪，不拘小节。

〔35〕磨陀：无拘无束，逍遥自在。

〔36〕香醪(láo 劳)：醇厚的香酒。

〔37〕酡(tuó 驮)：饮酒脸红貌。

〔38〕松萝：指山间林下。松，松树。萝，爬蔓的植物。

〔39〕南华庄子鼓盆歌：战国时庄周所著书名《庄子》，唐代称为《南华经》，书中说"庄子妻死，惠子吊之，庄子则方箕踞，鼓盆而歌"。

〔40〕乌飞兔走疾如梭：谓光阴很快。乌指太阳，传说太阳中有三足金乌。兔指月亮，传说月亮中有玉兔。

〔41〕青鬓早皤皤：黑色的头发早已变白了。皤皤，头发白的样子。

〔42〕无亲：不分亲疏。

〔43〕仰荷天恩：承受皇帝的恩德。仰，尊崇的意思。

〔44〕正结果：佛教谓修行有了好的结果为成正果，这里指张珪还俗，合家团圆。

〔45〕三不知：这里指意料不到，突然。

包待制三勘蝴蝶梦[1]

楔　子

(外扮孛老,同正旦引冲末扮王大、王二,丑扮王三上,诗云)月过十五光明少,人到中年万事休;儿孙自有儿孙福,莫为儿孙作远忧。老汉姓王,是这开封府中牟县人氏,嫡亲的五口儿家属。这是我的婆婆[2]。生下三个孩儿,都不肯做农庄生活,只是读书写字。孩儿也,几时是那峥嵘发迹的时节也呵!(王大云)父亲、母亲在上,做农庄生活有甚么好处?您孩儿"一举首登龙虎榜,十年身到凤凰池"[3]。(孛老同旦云)好儿,好儿!(王二云)父亲、母亲,你孩儿"十年窗下无人问,一举成名天下知"。(孛老同旦云)好儿,好儿!(王三云)父亲在上,母亲在下。(孛老云)胡说!怎么母亲在下?(王三云)我小时看见俺爷在上头,俺娘在底下,一同床上睡觉来。(孛老云)你看这厮!(王大云)父亲、母亲,从古道"文章可立身",这不是读书的好处?(孛老云)孩儿,你说的是。(正旦云)老的,虽然如此,你还替孩儿寻一个长久立身之计。(唱)

【仙吕赏花时】且休说"文章可立身",争奈家私时下窘[4]!枉了寒窗下受辛勤,却被那愚民暗哂[5],多咱是宜假不宜真。

【幺篇】他只敬衣衫不敬人,我言语从来无向顺[6]。若三个儿到开春,有甚么实诚定准[7],怎生便都能够跳龙门[8]?(同下)

[1]《蝴蝶梦》是关汉卿的又一出公案戏。与《鲁斋郎》一样,其主旨不在于渲染案情本身,而是力图作出一种道德上的评判。王婆舍弃亲子、保全丈夫前妻之子的场面尤其令人感动,正是在这种精神的感召下,包待制才宣布王三无罪,而让一个盗马贼糊里糊涂地送了性命。明传奇《琼林宴》,以及据此改编的近代京剧中包公铡死葛登云、书生范仲禹一家团圆的故事,当受到关汉卿《蝴蝶梦》的影响。

[2] 婆婆:宋元时中原一带对年老妻子的称呼。

[3] 一举首登龙虎榜,十年身到凤凰池:指科举及第,获得高官厚禄。唐时欧阳詹和韩愈、李观等人一起考中进士,时称"龙虎榜",见《新唐书·欧阳詹传》;魏晋时,中书省接近皇帝,权势很大,称凤凰池。

[4] "争奈"句:言自己家中贫寒,根本不可能去应试。

[5] 哂(shěn 审):讥笑。

[6] 无向顺:不好听,不顺着别人说。

[7] 实诚定准:可靠的把握。

[8] 跳龙门:民间传说,黄河中的鲤鱼,能跳过龙门口那一段,就可以成龙。科举时代,把读书人考进士比喻为鲤鱼跳龙门。

第 一 折

(孛老上,云)老汉来到这长街市上,替三个孩儿买些纸笔,走的乏了,且坐一坐歇息咱。(净扮葛彪上,诗云)有权有势尽着使,见官见府没廉耻;若与小民共一般,何不随他带帽子[1]。自家葛彪是也。我是个权豪势要之家,打死人不偿命,时常的则是坐牢。今日无甚事,长街市上闲耍去咱。(做撞孛老科,云)这老子是甚么人,敢冲着我马头?好打这老驴!(做打。孛老死科,下)(葛彪云)这老子诈死赖我,我也不怕,只当房檐上揭片瓦相似,随你那里告来。(下)

(副末扮地方[2]上,云)王大、王二、王三在家么?(王大兄弟上,云)叫怎的?(地方云)我是地方,不知甚么人打死你父亲在长街上哩!(王大兄弟云)是真实?母亲,祸事了也!(哭科)(王三云)我那儿也,打死俺老子。母亲快来!(正旦上,云)孩儿,为甚么大惊小怪的?(王三云)不知是谁打死了俺父亲也。(正旦云)呀!可是怎地来?(唱)

【仙吕点绛唇】仔细寻思,两回三次,这场蹊跷事。走的我气咽声丝,恨不的两肋生双翅。

【混江龙】俺男儿负天何事?拿住那杀人贼,我乞个罪名儿。他又不曾身耽疾病,又无甚过犯公私[3]。若是俺软弱的男儿有些死活,索共那倚势的乔才打会官司。我这里急忙忙过六街、穿三市,行行里挢腮揾[4]耳,抹泪揉眵[5]。

(做行见尸哭科,唱)

【油葫芦】你觑那着伤处一埚儿[6]青间紫,可早停着死尸。你可便从来忧念没家私,昨朝怎晓今朝死,今日不知来日事。血模糊污了一身,软答剌[7]冷了四肢,黄甘甘面色如金纸,干叫了一炊时[8]！

【天下乐】救不活将咱没乱死[9]！咱家私、自暗思,到明朝若是出殡时,又没他一陌纸,空排着三个儿,这正是家贫也显孝子。

（王大兄弟云）母亲,人都说是葛彪打杀了俺父亲来。俺如今寻见那厮,扯到官偿命来。（下）（正旦唱）

【那吒令】他本是太学中殿试[10],怎想他拳头上便死,今日个则落得长街上检尸！更做道见职官,俺是个穷儒士、也索称词[11]。

（葛彪上,云）自家葛彪,饮了几杯酒,有些醉了也,且回家中去来。（王大兄弟上,云）兀的不是那凶徒？拿住这厮！（做拿住科,云）是你打死俺父亲来？（葛彪云）就是我来,我不怕你！（正旦唱）

【鹊踏枝】若是俺到官时,和您去对情词,使不着国戚皇亲、玉叶金枝；便是他龙孙帝子,打杀人要吃官司！

（王大兄弟打葛死科,兄弟云）这凶徒妆醉不起来。（正旦云）我试问他。（问科,云）哥哥,俺老的怎生撞着你,你就打死他？你如何推醉睡在地下不起来？则这般干罢了？你起来,你起来！呀！你兄弟可不打杀他也！（王三云）好也,我并不曾动手。（正旦云）可怎了也！（唱）

【寄生草】你可便斟量着做,似这般甚意儿？你三人平昔无瑕疵,你三人打死虽然是,你三人倒惹下刑名事。则被这清风明月两闲人,送了你玉堂金马三学士[12]。

（做指葛彪科，唱）

【金盏儿】想当时，你可也不三思，似这般逞凶撒泼干行止[13]，无过恃着你有权势、有金赀。则道是长街上装好汉，谁想你血泊内也停尸！正是"将军着痛箭，还似射人时"。

（王大兄弟云）这事少不的要吃官司，只是咱家没有钱钞，使些甚么？（正旦唱）

【醉中天】咱每日一瓢饮、一箪食[14]，有几双箸、几张匙；若到官司使钞时，则除典当了闲文字。（带云）便这等也不济事。（唱）你合死呵今朝便死，虽道是杀人公事[15]，也落个孝顺名儿。

（净扮公人上，云）休教走了，拿住这杀人贼者！（正旦唱）

【金盏儿】苦孜孜，泪丝丝，这场灾祸从天至，把俺横拖倒拽怎推辞！一壁厢碜可可[16]停着老子，一壁厢眼睁睁送了孩儿。可知道"福无重受日，祸有并来时"。

（公人云）杀人事不同小可，咱见官去来。（正旦悲科，云）儿也！（唱）

【后庭花】再休想跳龙门、折桂枝[17]，少不得为亲爷、遭横死。从来个人命当还报，料应他天公不受私[18]。（带云）儿也！（唱）不由我不嗟咨，几回家看视，现如今拿住尔到公庭，责口词，下脑箍[19]，使拶子[20]，这其间，痛怎支？

【柳叶儿】怕不待的一确二[21]，早招承死罪无辞。（带云）儿也！（唱）你为亲爷雪恨当如是，便相次[22]赴阴司，也得个孝顺名儿。

(祗候云)快见官去罢。(正旦云)儿也!你每做下这事,可怎了也?(王大兄弟云)母亲!可怎了也?(正旦唱)

【赚煞】为甚我教你看诗书、习经史?俺待学孟母三移教子[23]。不能够金榜[24]上分明题姓氏,则落得犯由牌书写名儿。想当时,也是不得已为之。便做道审得情真,奏过圣旨,只不过是一人处死,须断不了王家宗祀,那里便灭门绝户了俺一家儿!(同下)

〔1〕带帽子:即戴帽子。此句说如果与百姓一样,就要像他们一样戴便帽。宋代官员一般头戴幞头,硬翅展其两角,与一般百姓所戴帽子式样不同。

〔2〕地方:相当于地保。

〔3〕过犯公私:触犯过公罪或私罪。元代条律有公罪、私罪之分。

〔4〕挠腮撅(jué 绝)耳:抓耳挠腮,形容心神不宁。

〔5〕眵(chī 吃):眼屎。

〔6〕一埚(guō 锅)儿:一片,一块。

〔7〕软答剌:无力下垂的样子。答剌在口语中作搭拉或耷拉,现在北方地区尚习用。

〔8〕一炊时:一顿饭的时间。

〔9〕没乱死:形容心情极其悲痛,到了迷离恍惚,心神无主的地步。

〔10〕太学中殿试:太学即国子学,太学生中成绩优异者可参加殿试,见《宋史·选举三》。

〔11〕也索称词:也需要呈上讼词。称词,即呈上状子,打官司。

〔12〕"则被这"两句:《渑水燕谈录》:"欧阳文忠公、赵少师、吕学士同燕集,作口号云:金马玉堂三学士,清风明月两闲人。"此处是借用,两闲人指葛彪,三学士指王氏三兄弟。玉堂为汉代宫殿名。金马即金马门,汉代宫门名。

〔13〕行止:行为。

〔14〕一瓢饮、一箪食:比喻清贫的生活,语出《论语·雍也》。

〔15〕公事:此处指官司。

〔16〕一壁厢:一面,一边。碜可可:见《救风尘》二折注〔16〕,碜同瘆、瘆。

〔17〕折桂枝:比喻科举及第。旧时人们以为科举得中犹如到蟾宫(月宫)中折取桂枝,因以为喻。

〔18〕不受私:不徇私情。

〔19〕下脑箍:旧时的一种酷刑,用绳子捆住头部,再加上木楔,使之越勒越紧。

〔20〕使拶(zǎn 赞上声)子:旧时的一种酷刑,以绳穿小棍,套入手指间用力紧收,叫拶指,简称拶。

〔21〕的一确二:的的确确,确确实实。

〔22〕相次:依次,一个挨着一个。

〔23〕孟母三移教子:《列女传》记载,孟轲的母亲为了儿子避免受到坏的影响,三次搬家,避开不好的邻居。

〔24〕金榜:科举时代殿试揭晓时将被录取者的名单写在黄纸上,叫做"金榜"。

第 二 折

(张千领祗候排衙〔1〕科,喝云)在衙人马平安,喏!(外扮包待制上,诗云)咚咚衙鼓响,公吏两边排;阎王生死殿,东岳摄魂台。老夫姓包名拯,字希文,庐州[2]金斗郡四望乡老儿村人也。官拜龙图阁待制学士,正授开封府府尹[3]。今日升厅,坐起早衙。张千,分付司房[4],有合佥押[5]的文书,将来老夫佥押。(张千云)六房吏典[6],有甚么合佥押的文书?(内应科)(张千云)可[7]不早说?早是我问你。喏,酸枣县解到一起偷马贼赵顽驴。(包待制云)与我拿过来!(祗候押犯人跪科)(包待制云)开了那行枷[8]者。兀那小厮,你是赵顽驴?是你偷马来?(犯人云)是小的偷马来。(包待制云)张千,上了长枷,下在死囚牢里去[9]。(押下)(包待制云)老夫这一会儿困倦,张千,你与六房吏典,休要大惊小怪的,老夫暂时歇息咱。(张千云)大小属官,两廊吏典,休要大惊小怪的,大人歇息哩。(包做伏案睡做梦科,云)老夫公事操心,那里睡的到眼里,待老夫闲步游玩咱。来到这开封府厅后,一个小角门[10],我推开这门,我试看者,是一个好花园也。你看那百花烂熳,春景融和。兀那花丛里一个撮角亭子[11],亭子上结下个蜘蛛罗网,花间飞将一个蝴蝶儿来,正打在网中。(诗云)包拯暗暗伤怀,蝴蝶曾打飞来;休道人无生死,草虫也有非灾。呀!蠢动含灵[12],皆有佛性。飞将一个大蝴蝶来,救出这蝴蝶去了。呀!又飞了一个小蝴蝶,打在网中,那大蝴蝶必定来救他。……好奇怪也!那大蝴蝶两次三番只在花丛上飞,不救那小蝴蝶,佯常[13]飞去了。圣人道:"恻隐之心,人皆有之。"[14]你不救,等我救。(做放科)(张千云)喏!午时了也。(包待制做醒科,诗云)草虫之蝴蝶,一命在参差[15];撒然[16]梦惊觉,张千报午时。张千,有甚么应审的罪囚,将来我问。(张千云)两房吏典,有甚么合审的罪囚,押上勘问。(内应科)(张千云)喏!中牟县解到一起犯人:弟兄三人,打死平人葛彪。(包待制云)小县百姓,怎敢打死平人!解到也未?(张千云)解到了也。(包待制云)与我一步一棍,打上厅来。(解子押王大兄弟上,正旦随上,唱)

【南吕一枝花】解到这无人情御史台[17],原来是有官法开封府。把三个未发迹小秀士,生扭做吃勘问死囚徒。空教我意下踌躇,把不定心惊惧,赤紧的贼儿胆底虚,教我把罪犯私下招承,不比那小去处官司孔目[18]。

【梁州第七】这开封府王条清正,不比那中牟县官吏糊涂。扑咚咚阶下升衙鼓,唬的我手忙脚乱,使不得胆大心粗;惊的我魂飞魄丧,走的我力尽筋舒。这公事不比寻俗,就中间担负公徒[19]。嗨、嗨、嗨,一壁厢老夫主在地停尸;更、更、更,赤紧地子母每坐牢系狱;呀、呀、呀,眼见的弟兄每受刑遭诛。早是怕怖,我向这屏墙边侧耳偷睛觑,谁曾见这官府!则今日当厅定祸福,谁实谁虚。

(正旦同众见官跪科)(张千云)犯人当面。(包待制云)张千,开了行枷,与那解子批回去。(做开枷科)(王三云)母亲,哥哥,咱家去来。(包待制云)那里去?这里比你那中牟县那!张千,这三个小厮是打死人的,那婆子是甚么人?必定是证见人;若不是呵,敢与这小厮关亲?兀那婆子,这两个是你甚么人?(正旦云)这两个是大孩儿。(包待制云)这个小的呢?(正旦云)是我第三的孩儿。(包待制云)嗏声!你可甚治家有法?想当日孟母教子，居必择邻；陶母教子，剪发待宾[20]；陈母教子，衣紫腰银[21]；你个村妇教子，打死平人。你好好的从实招了者！（正旦唱）

【贺新郎】孩儿每万千死罪犯公徒。那厮每情理难容，俺孩儿杀人可恕。俺穷滴滴寒贱为黎庶，告爷爷与孩儿每做主。这三个自小来便学文书，他则会依经典、习礼义，那里会定计策、厮亏图？百般的拷打难分诉。岂不闻"三人误大事，六耳不通谋"？[22]

（包待制云）不打不招。张千，与我加力打者！（正旦悲科，唱）

【隔尾】俺孩儿犯着徒流绞斩萧何律[23]，枉读了恭俭温良孔圣书[24]。拷打的浑身上怎生觑！打的来伤筋动骨，更疼似悬头刺股[25]。他每爷饭娘羹[26]，何曾受这般苦！

（包待制云）三个人必有一个为首的，是谁先打死人来？（王大云）也不干母亲事，也不干两个兄弟事，是小的打死人来。（王二云）爷爷，也不干母亲事，也不干哥哥、兄弟事，是小的打死人来。（王三云）爷爷，也不干母亲事，也不干两个哥哥事，是他肚儿疼死的，也不干我事。（正旦云）并不干三个孩儿事，当时是皇亲葛彪先打死妾身夫主，妾身疼忍不过，一时乘忿争斗，将他打死。委的是妾身来！（包待制云）胡说！你也招承，我也招承，想是串定的。必须要一人抵命。张千，与我着实打者！（正旦唱）

【斗虾蟆】静巉巉[27]无人救，眼睁睁活受苦，孩儿每索与他招伏。相公跟前拜复：那厮将人欺侮，打死咱家丈夫。如今监收媳妇，公人如狼似虎，相公又生嗔发怒。休说麻槌[28]

脑箍,六问三推,不住勘问,有甚数目,打的浑身血污。大哥声冤叫屈,官府不由分诉;二哥活受地狱,疼痛如何担负;三哥打的更毒,老身牵肠割肚。这壁厢那壁厢由由忊忊[29],眼眼厮觑,来来去去,啼啼哭哭。则被你打杀人也待制龙图!可不道"儿孙自有儿孙福"!难吞吐,没气路[30],短叹长吁,愁肠似火,雨泪如珠。

(包待制云)我试看这来文咱。(做看科,云)中牟县官好生糊涂,如何这文书上写着王大、王二、王三打死平人葛彪?这县里就无个排房吏典?这三个小厮,必有名讳;便不呵,也有个小名儿。兀那婆子,你大小厮叫做甚么?(正旦云)叫做金和。(包待制云)第二的小厮叫做甚么?(正旦云)叫做铁和。(包待制云)这第三个呢?(正旦云)叫做石和。(王三云)尚。(包待制云)甚么尚?(王三云)石和尚。(包待制云)嗨,可知打死人哩!庶民人家,取这等刚硬名字!敢是金和打死人来?(正旦唱)

【牧羊关】这个是金呵,有甚么难镕铸?(包待制云)敢是石和打死人来?(正旦唱)这个是石[31]呵,怎做的虚?(包待制云)敢是铁和打死人来?(正旦唱)这个便是铁呵,怎当那官法如炉?(包待制云)打这赖肉顽皮!(正旦唱)非干是孩儿每赖肉顽皮,委的衔冤负屈。(包待制云)张千,便好道:"杀人的偿命,欠债的还钱",把那大的小厮,拿出去与他偿命。(正旦唱)眼睁睁难搭救,簇拥着下阶除。教我两下里难顾瞻,百般的没是处。

(云)包待制爷爷好葫芦提也!(包待制云)我着那大的儿子偿命,兀那婆子说甚么?(张千云)那婆子手扳定枷梢,说包待制爷爷葫芦提。(包待制云)那婆子他道我葫芦提,与我拿过来! (正旦跪科)(包待制云)着你大儿子偿命,你怎生说我葫芦提? (正旦云)老婆子怎敢说大人葫芦提,则是我孩儿孝顺,不争〔32〕杀坏了他,教谁人养活老身?(包待制云)既是他母亲说大小厮孝顺,又多邻家保举,这是老夫差了。留着大的养活他。张千,着第二的偿命。(正旦唱)

【隔尾】一壁厢大哥行牵挂着娘肠肚,一壁厢二哥行关连着痛肺腑。要偿命,留下孩儿,宁可将婆子去。似这般狠毒,又无处告诉,手扳定枷梢叫声儿屈。

(云)包待制爷爷好葫芦提也!(包待制云)又做甚么大惊小怪的?(张千云)那婆子又说老爷葫芦提。(包待制云)与我拿过来!(正旦跪科)(包待制云)兀那婆子,将你第二的小厮偿命,怎生又说我葫芦提?(正旦云)怎敢说爷爷葫芦提,则是第二的小厮会营运生理,不争着他偿命,谁养活老婆子?(包待制云)着大的偿命,你说他孝顺;着第二的偿命,你说他会营运生理;却着谁去偿命?(王三自带枷科)(包待制云)兀那厮做甚么?(王三云)大哥又不偿命,二哥又不偿命,眼见的是我了,不如早做个人情。(包待制云)也罢,张千,拿那小的出去偿命。(做推转科)(包待制云)兀那婆子,这第三的小厮偿命可中么?(正旦云)是了,可不道"三人同行小的苦",他偿命的是。(包待制云)我不葫芦提么?(正旦云)爷爷不葫芦提。(包待制云)噤声!张千,拿回来!争些着婆子瞒过老夫。眼前放着个前房后继,这两个小厮必是你亲生的;这一个小厮,必是你乞养来的螟蛉之子〔33〕,不着疼热,所以着他偿命。兀那婆子,说的是呵,我自有个主意;说的不是呵,我不道饶了你哩!(正旦云)三个都是我的孩儿,着我说些甚么?(包待制云)你若不实说,张千,与我打着者!(正旦云)大哥、二哥、三哥,我说则说,你则休生分[34]了。(包待制云)这大小厮是你的亲儿么?(正旦唱)

【牧羊关】这孩儿虽不曾亲生养,却须是咱乳哺。(包待制云)这第二的呢?(正旦唱)这一个偌大小是老婆子抬举。(包待制云)兀那小的呢?(正旦打悲科,唱)这一个是我的亲儿,这两个我是他的继母。(包待制云)兀那婆子近前来,你差了也!前家儿[35]着一个偿命,留着你亲生孩儿养活,你可不好那?(正旦云)爷爷差了也!(唱)不争着前家儿偿了命,显得后尧婆[36]忒心毒。我若学嫉妒的桑新妇[37],不羞见那贤达的鲁义姑[38]!

(包待制云)兀那婆子,你还着他三人心服,果是谁打死人来?
(正旦唱)

【红芍药】浑身是口怎支吾,恰似个没嘴的葫芦。打的来皮开肉绽损肌肤,鲜血模糊,恰浑似活地狱。三个儿都教死去,你都官官相为倚亲属,更做道国戚皇族。

(做打悲科,唱)

【菩萨梁州】大哥罪犯遭诛,二哥死生别路,三哥身归地府,干闪下我这老孽身躯。大哥孝顺识亲疏,二哥留下着当门户,第三个哥哥休言语,你偿命正合去,常言道"三人同行小的苦",再不须大叫高呼。

(包待制云)听了这婆子所言,方信道"良贾深藏若虚,君子盛德,容貌若愚"[39]。这件事,老夫见为母者大贤,为子者至孝。

为母者与陶、孟同列,为子者与曾、闵[40]无二。适间老夫昼寐,梦见一个蝴蝶,坠在蛛网中,一个大蝴蝶来救出;次者亦然;后来一小蝴蝶亦坠网中,大蝴蝶虽见不救,飞腾而去,老夫心存恻隐,救这小蝴蝶出离罗网。天使老夫预知先兆之事,救这小的之命。(词云)恰才我依条犯法分轻重,不想这分外却有别词讼。杀死平人怎干休?莫言罪律难轻纵。先教长男赴云阳,为言孝顺能供奉;后教次子去餐刀,又言营运充日用;我着那最小的幼男去当刑,他便欢喜紧将儿发送。只把前家儿子苦哀矜,倒是自己亲儿不悲痛。似此三从四德[41]可褒封,贞烈贤达宜请俸。忽然省起这事来,天使游魂预惊动,三个草虫伤蛛丝,何异子母官司向谁控!三番继母弃亲儿,正应着午时一枕蝴蝶梦。张千,把一干人都下在死囚牢中去!(正旦慌向前扯科,唱)

【水仙子】则见他前推后拥厮揪摔,我与你扳住枷梢高叫屈。眼睁睁有去路无回路,好教我百般的没是处。这窝儿便死待如何?好和弱随将去,死共活拦挡住,我只得紧揸住[42]衣服。

(张千推旦科,押三人下)(正旦唱)

【黄钟尾】包龙图往常断事曾着数[43],今日为官忒慕古[44]。枉教你坐黄堂[45]、带虎符、受荣华、请俸禄。俺孩儿、好冤屈,不睹事[46]、下牢狱。割舍了、待泼做[47];告都堂、诉省部[48];撼皇城、打怨鼓[49];见銮舆、便唐突[50]。呆老婆唱今古[51],又无人肯做主,则不如觅死处,眼不见鳏寡孤独,也强如没归着,痛煞煞、哭啼啼、活受苦。(下)

(包待制云)张千,你近前来。可是恁的……(张千云)可是中也不中?(包待制云)贼禽兽,我的言语可是中也不中!(诗云)我扶立当今圣明主,欲播清风千万古,这些公事断不开,怎坐南衙开封府!(同下)

〔1〕排衙:旧时代官府开庭审案时,所属吏役依次参谒,叫做"排衙"。

〔2〕庐州:州名,旧治在今安徽省合肥市。

〔3〕正授:即正式任命。府尹:为一府之长官。

〔4〕司房:元朝政府中主管诉讼的部门。

〔5〕佥押:审阅批示。

〔6〕六房吏典:此处指衙门中全部副职官吏。

〔7〕可:何。

〔8〕行枷:押解犯人上路时所用的较小的枷。下文"长枷"指的是长而重的枷,用于重刑犯人。

〔9〕下在死囚牢里去:据《元史·刑法志》,"盗马一二匹者,即论死。"可见元代对盗马者处罚极严,可能与元蒙统治者是游牧民族有关。

〔10〕角门:边门,侧门。

〔11〕撺角亭子:檐角向上翘起的亭子。

〔12〕蠢动含灵:有生命力的动物都有灵性。

〔13〕佯常:即扬长。

〔14〕恻隐之心,人皆有之:语出《孟子·公孙丑上》。恻隐,怜悯,同情。

〔15〕参差:此处意为几乎、差一点儿。

〔16〕撒然:突然惊醒的样子。

〔17〕御史台:官署名,负责监察、肃政纲纪的衙门。

〔18〕小去处官司孔目:指小地方的官司衙门。

〔19〕公徒:触犯官家刑律的囚徒。

〔20〕陶母教子,剪发待宾:晋代陶侃年幼时家贫,其母剪头发卖钱沽酒待客。

〔21〕陈母教子,衣紫腰银:宋代陈良资、良叟、良佐三兄弟得到母亲冯氏的教育,皆成状元。第三折提到的"陈婆婆",即指冯氏。

〔22〕六耳不通谋:意为密谋大事只能在两个人之间进行,不能有第三人在场。这是说三兄弟不会预谋打死人。

〔23〕萧何律:萧何,汉初丞相,汉代法律多出自他手,后以萧何律泛指法律。

〔24〕恭俭温良孔圣书:泛指儒家经典。《论语·学而》:"子贡曰:'夫子温、良、恭、俭、让以得之。'"

〔25〕悬头刺骨:汉代孙敬读书勤奋,为防止困倦废读,用绳子系住头发,另一头悬在屋梁上;战国时苏秦,读书困倦时,就用锥子扎一下大腿,不使自己睡着。

〔26〕爷饭娘羹:意为在父母的养育下生活。

〔27〕静巉(chán 蝉)巉:与下文"无人救"相应,形容静寂的样子。

〔28〕麻槌:旧时酷刑之一,用生麻绞成鞭子,蘸着凉水打人。

〔29〕由由忬(yù 预)忬:犹犹豫豫的借字,此处形容心神不定的样子。

〔30〕没气路:喘不过气来。

〔31〕石:谐"实"音。所以下文说"怎做的虚"。

〔32〕不争:如果。

〔33〕螟蛉(míng líng 明伶)之子:非亲生的义子。螟蛉原是一种绿色的小虫,《诗经·小雅·小宛》:"螟蛉有子,蜾蠃(guǒ luǒ 果裸)负之。"蜾蠃常捕螟蛉喂它的幼虫,古人错认为蜾蠃养螟蛉为子,故将"螟蛉"作为养子的代称。

〔34〕生分:疏远。

〔35〕前家儿:丈夫前妻的儿子。

〔36〕后尧婆:继母。

〔37〕桑新妇:传说庄子一次在路上碰见一个女人用扇子扇她丈夫的坟,原来她丈夫生前告诉她要等他的坟干了才能改嫁,她等不及,就去扇坟。元杂剧中称这个女人为"桑新妇",是品德不好的女人的代称。

〔38〕鲁义姑:春秋时齐兵攻打鲁国,一女子携家逃难,她舍弃了儿子而保存了侄子。事见《列女传》。

〔39〕"良贾深藏若虚"三句:大意是会做生意的人善于把宝货保藏起来,好像什么也没有一样;有道德和学问的人,从外表看来,好像什么也不懂的样子。语见《史记·老子列传》。

〔40〕曾、闵:指孔子的学生曾参、闵子骞,都以孝道而闻名。

〔41〕三从四德:旧社会束缚妇女的道德准则。三从即在家从父,出嫁从夫,夫死从子;四德即妇德、妇言、妇容、妇功。

〔42〕揝(zuàn 攥)住:用手扯住。

〔43〕着数:犹算数。谓包公以往判案清明,说一不二。

〔44〕慕古:糊涂。

〔45〕黄堂:古时太守衙中的正堂,此处指开封府尹包拯的办公大厅。

〔46〕不睹事：不懂事，糊涂。

〔47〕待泼做：与上句"割舍了"都是不顾一切、豁出去的意思。

〔48〕告都堂、诉省部：要到都堂、省部去告状。都堂，唐代尚书省正厅；省，即尚书省；部，指六部；以上均指政府最高行政机关。

〔49〕撅皇城、打怨鼓：意思是到京城去告御状。撅，有击打的意思。怨鼓，旧时帝王为了表示爱民，在朝堂外面设有"登闻鼓"，有冤枉可去敲鼓鸣冤。

〔50〕见銮舆、便唐突：见了皇帝，便冲上前去告状。銮舆，皇帝乘坐的车，这里代指皇帝。唐突，冲犯。

〔51〕呆老婆：王婆自指。唱今古：即讲唱古今小说平话。这是说王婆婆向包拯诉说冤情，讲了那么多话，就像讲唱古今小说平话一样。

第 三 折

（张千同李万上，诗云）手执无情棒，怀揣滴泪钱；晓行狼虎路，夜伴死尸眠。自家张千便是。有王大、王二、王三，下在死囚牢中，与我拿将他三个出来。（王大、王二上，云）哥哥可怜见！（张千云）别过枷梢来，打三下杀威棒！（打三下科，云）那第三个在那里？（王三上，云）我来了！（张千云）李万，抬过柳床[1]来，丢过这滚肚索去扯紧着。（做扯科，三人叫科）（张千云）李万，你家去吃饭，我看着，则怕提牢官来[2]。（李万下）（正旦上，云）我三个孩儿都下在死囚牢中，我叫化了些残汤剩饭，送与孩儿每吃去。（唱）

【正宫端正好】遥望着死囚牢，恰离了悲田院[3]，谁敢道半步俄延！排门儿叫化都寻遍，讨了些泼剩饭和杂面。

【滚绣球】俺孩儿本思量做状元，坐琴堂[4]、请俸钱，谁曾遭这般刑宪，又不曾犯"五刑之属三千"[5]；我不肯吃、不肯穿，烧地卧、炙地眠[6]，谁曾受这般贫贱！正按着陈婆婆古语常言[7]，他须"不求金玉重重贵，却甚儿孙个个贤"，受煞熬煎。

(做到牢门科,云)这里是牢门首，我拽动这铃索者。(张千云)则怕是提牢官来。我开开这门，看是谁拽动铃索来？(正旦云)是我拽来。(张打科,云)老村婆子！这是你家里？你来做甚么？(正旦云)我与三个孩儿送饭来。(张千云)灯油钱[8]也无，冤苦钱也无，俺吃着死囚的衣饭，有钞将些来使。(正旦云)哥哥可怜见！一个老的被人打死了，三个孩儿又在死囚牢内；老身吃了早晨，无了晚夕，前街后巷，叫化了些残汤剩饭，与孩儿每充饥。哥哥只可怜见！(唱)

【倘秀才】叫化的剩饭重煎再煎，补衲的破袄儿翻穿了正穿。(云)哥哥，则这件旧衣服送你罢！(唱)有这个旧褐袖[9]，与哥哥且做些冤苦钱。(张千云)我也不要你的。(正旦唱)谢哥哥相觑当[10]，厮周全，把孩儿每可怜。

(张千云)罪已问定也，救不的了。(正旦唱)

【脱布衫】争奈一家一计，肠肚萦牵；一上一下，语话熬煎；一左一右，把孩儿顾恋；一搦一把，雨泪涟涟。

【醉太平】数说起罪愆[11]，委实的衔冤，我这里烦烦恼恼怨怨青天，告哥哥可怜。他三个足丢没乱眼脑剔抽秃刷转[12]，依柔乞煞手脚滴羞笃速战[13]；迷留没乱[14]救他叫破俺喉咽,气的来前合后偃。

（张千云）放你进来,我掩上这门。（正旦进见科,云）兀的不是我孩儿!（做悲科）（王大云）母亲,你做甚么来?（正旦云）我与你送饭来。（正旦向张千云）哥哥,怎生放我孩儿吃些饭也好。（张千云）你没手?兀那婆子,喂你那孩儿。（正旦喂王大、王二科,唱）

【笑和尚】我、我、我,两三步走向前,将、将、将,把饭食从头劝;我、我、我,一匙匙都抄遍[15]。你、你、你,胡噎饥[16];你、你、你,润喉咽。（王三云）娘也,我也吃些儿。（正旦唱）石和尚好共歹一口口刚刚咽。

（旦做倾饭科,云）大哥,这里有个烧饼,你吃,休教石和看见。二哥,这里有个烧饼,你吃,休教石和看见。（唱）

【叨叨令】叫化的些残汤剩饭,那里有重罗面[17]!你不想堂食玉酒琼林宴[18],想当初长枷钉出中牟县,却不道布衣走上黄金殿。兀的不苦杀人也么哥!兀的不苦杀人也么哥!告你个提牢押狱行方便。

（云）大哥,我去也,你有甚么说话?（王大云）母亲,家中有一本《论语》,卖了替父亲买些纸烧。（正旦云）二哥,你有甚么话说?（王二云）母亲,我有一本《孟子》,卖了替父亲做些经忏[19]。（王三哭云）我也没的分付你,你把你的头来我抱一抱。（正旦出科）（张千云）兀那婆子,你要欢喜么?（正旦云）我可知要欢喜哩!（张千入牢科,云）那个是大的?（王大云）小人是大的。（张千云）放水火[20]!（王大做出科）（张千云）兀那婆子,你这大的孝顺,保领出去养活你,你见了这大的儿子,你欢喜么?(正旦云)我可知欢喜哩!(张千云)我着你大欢喜。(做入牢科,云)那个是第二的?(王二云)小人便是。(张千云)起来,放水火!(做放出科)(张千云)兀那婆子,再与你这第二的,能营运养活你。(正旦云)哥哥,那第三个孩儿呢?(张千云)把他盆吊[21]死,替葛彪偿命去。明日早墙底下来认尸。(正旦悲科,唱)

【上小楼】将两个哥哥放免,把第三的孩儿推转;想着我咽苦吞甘,十月怀耽[22],乳哺三年。不争教大哥哥、二哥哥身遭刑宪,教人道桑新妇不分良善。

【幺篇】你本待冤报冤,倒做了颠倒颠,岂不闻杀人偿命,罪而当刑,死而无怨。(做看王三科,唱)若是我两三番将他留恋,教人道后尧婆两头三面。

(王大、王二云)母亲,我怎舍得兄弟也!(正旦云)大哥、二哥家去来,休烦恼者!(唱)

【快活三】眼见的你两个得生天,单则你小兄弟丧黄泉。(做觑王三悲科,唱)教我扭回身,忍不住泪涟涟。(王大、王二悲科)(正旦云)罢,罢,罢!但留的你两个呵,(唱)他便死也我甘心情愿。

【朝天子】我可便可怜孩儿忒少年,何日得重相见?不争将前家儿身首不完全,枉惹得后代人埋怨。我这里自推自擗[23]到三十馀遍,畅好是苦痛也么天!到来日一刀两段,横尸在市廛[24],再不见我这石和面。

【尾煞】做爷的不曾烧一陌纸钱,做儿的又当了罪愆,爷和儿要见何时见?若要再相逢一面,则除是梦儿中咱子母团圆。(王大、王二随下)

(王三云)张千哥哥,我大哥、二哥都那里去了?(张千云)老爷的言语,你大哥、二哥都饶了,着养活你母亲去,只着你替葛彪偿命。(王三云)饶了我两个哥哥,着我偿命去,把这两面枷我都带上。只是我明日怎么样死?(张千云)把你盆吊死,三十板高墙[25]丢过去。(王三云)哥哥,你丢我时放仔细些,我肚子上有个疖子哩。(张千云)你性命也不保,还管你甚么疖子。(王三唱)

【端正好】腹揽五车书[26],(张千云)你怎么唱起来?(王三云)是曲尾。(唱)都是些《礼记》和《周易》。眼睁睁死限相随,指望待为官为相身荣贵,今日个毕罢了名和利。

【滚绣球】包待制比问牛的[27]省气力,俺父亲比那教子的[28]少见识,俺秀才每比那题桥人无那五陵豪气[29]。打的个遍身家鲜血淋漓,包待制又葫芦提,令史[30]每装不知。两边厢列着祗候人役,貌堂堂都是一火洒[31]合娘的。隔牢揎彻[32]墙头去,抵多少平空寻觅上天梯。(带云)张千,(唱)等我合你奶奶歪屄。(张千随下)

[1] 柙(xiá匣)床:古时牢狱中的刑具,使犯人躺在上面,再用绳子缚之,以防止其逃跑。

[2] 提牢官:主管牢狱的吏、卒。下文"提牢押狱"同。

〔3〕悲田院:佛教徒创办的收养鳏寡孤独的贫民组织称"悲田院"。称"卑田"、"悲天"者,是同音误用。后来便成为乞丐收容所的代称。

〔4〕琴堂:县官官署。

〔5〕五刑之属三千:语见《孝经》。五刑为墨(在面上刺字染黑)、劓(yì 义,割鼻)、剕(fèi 废,断足)、宫(阉割生殖器)、大辟(死刑);三千指法律条文很多,不是实数。

〔6〕烧地卧、炙地眠:是说穷人没有热炕睡,冬天睡觉前先要用火把地面和墙角烘热,就睡在地上。

〔7〕古语常言:指陈母的话。下文"不求金玉"两句见关汉卿《陈母教子》头折正旦白:"不求金玉重重贵,只愿儿孙个个贤。"

〔8〕灯油钱:狱卒敲诈犯人巧立的名目,下文"冤苦钱"同。

〔9〕褐(hè 贺)袖:粗劣的衣服。

〔10〕觑(qù 去)当:照顾。

〔11〕罪愆(qiān 千):过失,罪过。

〔12〕足丢没乱:惊慌不安。眼脑剔抽秃刷转:眼珠慌乱的转动。眼脑,即眼睛。

〔13〕依柔乞煞:可怜的样子。滴羞笃速战:谓手足发抖。象声词。

〔14〕迷留没乱:手足无措,心绪撩乱。

〔15〕抄遍:用匙把碗里的食物刮干净。

〔16〕胡噎饥:胡乱吃一点东西压饥。

〔17〕重罗面:用罗筛过多次的面粉,精细的面粉。

〔18〕琼林宴:琼林,园名,在开封城西。北宋时皇帝于此宴新科进士,后世就把皇帝赐新科进士宴饮叫"琼林宴"。

〔19〕经忏:指请和尚念诵经文、超度亡魂。

285

〔20〕放水火：原意是大小便，这里是借放犯人大小便为名，故意放他逃走。

〔21〕盆吊：古代酷刑之一。《水浒传》第二十八回，狱中犯人告诉武松说："他到晚，把两碗黄仓米饭和些臭鲞鱼来与你吃了，趁饱带你去土牢里去，把索子捆翻，着一床干蒿荐把你卷了，塞住了你七窍，颠倒竖在壁边，不消半个更次，便结果了你性命。这个唤做'盆吊'。"

〔22〕怀耽：即怀胎。

〔23〕自推自擂：反复考虑掂量。擂，同掂。

〔24〕市廛(chán 缠)：集市。

〔25〕三十板高墙：指很高的墙。古时筑墙，一板约高二尺，三十板约为六丈高。

〔26〕五车书：比喻读书多，极有学问。《庄子·天下篇》："惠施多方，其书五车。"

〔27〕问牛的：汉代宰相丙吉，出游时不过问人殴斗，反而过问牛为什么喘气。别人问他为什么重牛轻人，他说，人殴斗自有官员过问，牛在春天发喘，则是因为气候不正常，这才是影响全国人民生活的大事，应当过问。

〔28〕教子的：当指前文提到的陈母。一说指五代人窦禹钧，他教育五个儿子都相继登科。

〔29〕题桥人：汉代文学家司马相如，由蜀入京时经过登仙桥，在桥上题写："不乘驷马高车，不过此桥。"后来果然得官而回。五陵豪气：富贵人家的豪迈气派。五陵，汉代皇帝的五个陵墓，富豪之家，多居于此。

〔30〕令史：官名。汉代设有兰台令史，尚书令史，掌文书案牍之事。此处指开封府府吏。

〔31〕一火洒:一伙人。洒是助词。

〔32〕撺彻:抛过去的意思。

第 四 折

(王三背赵顽驴尸上,伏定)(王大、王二上,云)咱同母亲寻三哥尸首去来,母亲行动些!(正旦上,云)听的说石和孩儿盆吊死了,他两个哥哥抬尸首去了,我叫化了些纸钱,将着柴火,烧埋[1]孩儿去呵!(唱)

【双调新水令】我从未拔白[2]悄悄出城来,恐怕外人知大惊小怪。我叫化的乱烘烘一陌纸,拾得粗垄垄[3]几根柴,俺孩儿落不得席卷椽抬,谁想有这一解[4]!

(打悲科,云)孩儿呵!(唱)

【驻马听】想着你报怨心怀,和那横死爷相逢在分界牌[5]。(带云)若相见时呵,(唱)您两个施呈手策[6],把那杀人贼推下望乡台。黑洞洞天色尚昏霾,静巉巉回野荒郊外,隐隐似有人来,觑绝时[7]教我添惊骇。

(王大、王二背尸上,云)母亲那里?这不是三哥尸首?(旦做认悲科,唱)

【夜行船】慌急列[8]教咱观了面色,血模糊污尽尸骸。我与你慌解下麻绳,急松开衣带,您疾忙向前来扶策[9]。

【挂玉钩】你与我揪住头心掐下颏,我与你高阜处招魂魄。石和哎!贪慌处将孩儿落了鞋[10],你便叫煞他、怎得他瞅睬,空教我闷转加、愁无奈,只落得哭哭啼啼、怨怨哀哀。

（带云）石和孩儿呵！（唱）

【沽美酒】我将这老精神强打拍[11],小名儿叫的明白,你个孝顺的石和安在哉？则被他抛杀您奶奶,教我空没乱[12]把地皮掴。

【太平令】空教我哭哭啼啼自敦自摔[13],百般的唤不回来。也是我多灾多害,急煎煎不宁不耐。（云）石和孩儿！（王三上,应云）我在这里！（正旦唱）教我左猜右猜,不知是那里应来？呀！莫不是山精水怪？

（王三上,云）母亲,孩儿来了。（正旦慌科,云）有鬼！有鬼！

（王三云）母亲休怕,是石和孩儿,不是鬼。（正旦唱）

【风入松】我前行他随后赶将来,唬的我搵耳挠腮,教我战笃速[14]忙把孩儿拜,我与你收拾垒七修斋[15]。（王三云）母亲,我是人。（正旦唱）不是鬼疾言个皂白,怎免得这场灾？

（王三云）包爷爷把偷马贼赵顽驴盆吊死了,着我拖他出来,饶了你孩儿也。（正旦唱）

【川拨棹】这场灾,一时间命运衰;早则解放愁怀,喜笑盈腮。我则道石沉大海！（云）大哥、二哥,您两个管着甚么哩？（唱）这言语休见责。

（云）您两个好不仔细,抬这尸首来做甚？（唱）

【殿前欢】孩儿,你也合把眼睁开,却把谁家尸首与我背将来？也不是提鱼穿柳[16]欢心大,也不是鬼使神差。虽然道死是他命该,你为甚无妨碍?(王三云)孩儿知道没事,是包爷爷分付,教我背出来的。(正旦唱)常言道"老实的终须在"!把错抬的尸首,你与我土内藏埋。

(包待制冲上,云)你怎生又打死人?(正旦慌科)(包待制云)你休慌莫怕。他是偷马的赵顽驴,替你偿葛彪之命。你一家儿都望阙跪者,听我下断。(词云)你本是龙袖娇民[17],堪可为报国贤臣;大儿去随朝勾当,第二的冠带荣身,石和做中牟县令,母亲封贤德夫人。国家重义夫节妇,更爱那孝子顺孙,今日的加官赐赏,一家门望阙沾恩。(正旦同三儿拜谢科,云)万岁,万岁,万万岁!(唱)

【水仙子】九重天飞下纸赦书来,您三下里休将招状责,一齐的望阙疾参拜,愿的圣明君千万载。更胜如枯树花开,揾了些脓血债,受彻了牢狱灾,今日个苦尽甘来。

【鸳鸯煞】不甫能黑漫漫填满这沉冤海,昏腾腾打出了迷魂寨,愿待制位列三公,日转千阶[18]。唱道[19]娘加做贤德夫人,儿加做中牟县宰,赦得俺一家儿今后都安泰;且休提这恩德无涯,单则是子母团圆,大古里彩[20]!

  题目 葛皇亲挟势行凶横 赵顽驴偷马残生送
  正名 王婆婆贤德抚前儿 包待制三勘蝴蝶梦

  〔1〕烧埋:火葬。
  〔2〕拔白:拂晓时,天色发白的时候。
  〔3〕粗坌(bèn笨)坌:粗劣的样子。

〔4〕这一解：佛家谓人死于刀尖者曰"兵解"，死于火者曰"火解"。这一解就是这样的死法。

〔5〕分界牌：迷信说法，阳世和阴间交界的地方。

〔6〕手策：手段。

〔7〕觑绝时：看完时。

〔8〕慌急列：惊慌的样子。

〔9〕扶策：扶持。

〔10〕落了鞋：谓丢掉性命。晋人阮孚好收集屐鞋，一次当着众人面给木屐打蜡，并感叹道："不知一生能穿几双鞋！"元曲中多称"与鞋履相别"为死亡。

〔11〕打拍：提起、振作。

〔12〕空没乱：形容精神极其不安，心神无着落的样子。

〔13〕自敦自摔：是说自己又顿脚又摔打，形容悲痛欲绝的心情。

〔14〕战笃速：浑身打颤、哆嗦的样子。

〔15〕垒七修斋：旧时风俗，人死后每隔七天祭奠一次，共祭奠七次，称"垒七修斋"。

〔16〕提鱼穿柳：提着用柳条穿腮的鱼儿，形容心情愉快的样子。

〔17〕龙袖娇民：指住在京城的良民百姓。宋代京城百姓可以受到许多特殊优待，故称。

〔18〕位列三公，日转千阶：官运亨通，当上朝廷中最高的官。三公，一般称太师、太傅和太保；西汉时称大司马、大司寇和大司空为三公。都是朝廷最高的官职。

〔19〕唱道：真正是，实在是。

〔20〕大古里彩：很幸运。大古里是特别的意思。彩，幸运。

钱大尹智勘绯衣梦[1]

第 一 折

(冲末扮王员外同姆姆[2]上)(王员外云)耕牛无宿料,仓鼠有馀粮;万事分已定,浮生空自忙。老夫姓王,双名得富,是这汴京人氏。家中颇有万贯资财,人口顺都唤我做王半州。在城有一人,也是个财主,姓李,唤做李十万。俺两个当初指腹成亲,我根前得了个女孩儿,唤做王闰香,年一十六岁也;他根前得了个儿孩儿,唤做李庆安。他当初有钱时,我便和他做亲家;他如今消乏[3]了也,都唤他做叫化李家,我怎生与他做亲家?老夫想来,怎生与他成亲?我心中欲要悔了这门亲事,姆姆,你意下如何?(姆姆云)老员外,咱如今有万贯家财,小姐又生的如花似玉,年方二八,怎生与这等人家做亲?不教傍人笑话也!(王员外云)姆姆,你也说的是。我如今与你十两银子,有闰香孩儿亲手与李庆安做了一双鞋儿,你将的去与李员外悔了这门亲事。等他不肯悔亲时,你便说:"你既不肯,俺员外说,着你选吉日良辰,下财置礼,娶的小姐去。"他那里得那钱钞来?必然悔了这门亲事。停当了呵,可来回我的话。老夫无甚事,且回后堂中去也。(下)(姆姆云)老身将着银子、鞋儿去李员外悔亲走一遭去。堪笑乔才[4]家道贫,凄凉终日受辛勤;难成鸾凤双飞友,却向他家去悔

亲。(下)

(外扮孛老儿薄篮[5]上)月过十五光明少,人到中年万事休。老汉汴梁人氏,姓李,双名荣祖,嫡亲的三口儿家属,婆婆早年下世,有个孩儿是李庆安,孩儿每日上学攻书。我当初也是巨富的财主来,唤我做李十万。我如今穷暴了也,我一贫如洗,人都唤我做叫化李家。庆安孩儿当初我曾与王员外家指腹成亲,他根前得了个女孩儿,我根前得了个儿孩儿,他见俺家穷暴了也,他数次家要悔了这门亲事。孩儿上学去了也,老汉在家闲坐,看有甚么人来。(姆姆上,云)老身是王员外家姆姆的便是。俺员外着我将着这十两银子、这双鞋儿,直至李庆安家悔亲走一遭去。来到门首也,无人报复,我自过去。(做见孛老儿拜科,云)老的,你爷儿每好么?(孛老儿云)姆姆,俺穷安乐。你今日来做甚么?(姆姆云)无事可也不来,俺员外的言语,要和你悔了这门亲事。与你这十两银子;这双鞋儿是罢亲的鞋儿,着庆安蹋断线脚儿[6],便罢了这门亲事也。(孛老儿云)姆姆,那里有这等道理来!等我孩儿来家与他商量。(姆姆云)我不管你,鞋儿银子交付与你,我回员外话去也。(下)(孛老儿云)嗨!似此怎了也?天哪!欺侮俺这穷汉。孩儿敢待来家也。(李庆安上,云)自家李庆安的便是。俺当初有钱时,唤俺做李十万家,今日穷暴了,都唤我做叫化李家。在城[7]有王半州和俺父亲指腹成亲来,他见俺穷暴了,他要悔了这门亲事。我是个读书人,量一个媳妇打甚么不紧!我上学去来,一般的学生每笑话我无个风筝儿放,我见父亲走一遭去。可早来到也,我自过去。父亲,您孩儿来家了也。你这哭怎的?(孛老儿云)孩儿,我啼哭哩。(李庆安云)父亲为甚么烦恼？（孛老儿云）孩儿也,王员外差姆姆来,拿着十两银子,一双鞋儿与你穿,蹅断线脚,也就罢了这门亲事,因此上我烦恼也。（李庆安云）父亲,你休烦恼,量这媳妇打甚么不紧！将这鞋儿我穿的上学去。一般的学生每笑话我,道我无个风筝儿放,父亲有银子与我买一个风筝儿放耍子。（孛老儿云）孩儿也,我与你二百钱,你买个风筝儿放耍子去。休要惹事,疾去早来,休着我忧心也！（李庆安云）有了钱也,我买风筝儿去也。（下）（孛老儿云）孩儿买风筝儿去了,老汉无甚事,隔壁人家吃疙疸茶儿[8]去也。（下）

（李庆安拿风筝儿上,云）自家李庆安的便是。买了个风筝儿放将起去,不想一阵大风刮在这家花园内梧桐树上抓住了。这花园墙较低,我跳过墙,取我那风筝儿去。（做跳墙科,云）我跳过这墙来,一所好花园也。我来到这梧桐树下,脱了我这鞋儿,我上树取这风筝儿咱。看有甚么人来。（正旦领梅香上,云）妾身是王半州的女孩儿,小字闰香。时遇秋间天道,梅香,咱后花园中闲散心走一遭去来。（梅香云）姐姐,时遇秋间天气,万花绽折,柳绿如烟,咱去后花园中闲散心去来。（正旦云）来到这后花园中,是好景致也呵！（唱）

【仙吕点绛唇】天淡云闲,几行征雁,秋将晚。衰柳凋残,飞绵后开青眼。

【混江龙】更和这玉芙蓉相间,你看那战西风疏竹两三竿。则他这一年四季,更和这每岁循环。则他这守紫塞[9]的征夫愁夜永,和俺这倚庭轩家妇怯衣单。消宝篆[10]、冷沉檀[11]，珠帘卷、玉钩弯，纱窗静、绣闱闲。则我这倦身躯暂把绣针停，绕着这后花园独步雕栏看。则他那池塘中枯荷减翠，树梢头梨叶添颜。

（梅香云）姐姐，你每日家不曾穿这等衣服，今日姐姐这般打扮着，可是为何？（正旦唱）

【油葫芦】疑怪这老姆姆今朝这箱柜来翻，把衣服全套儿拣；换上这大红罗裙子绣鞋儿弯，拣的那大黄菊簪戴将时来按，拣的他这玉簪花直插学宫扮[12]。则今番临绣床有些儿不耐烦，则我这睡起来云髻儿微偏躲[13]，插不定秋色玉钗环。

（梅香云）姐姐，你天生的花容月貌，这几日可怎生清减了，可端的为何也？（正旦唱）

【天下乐】想起俺那指腹的这成亲李庆安。（梅香云）姐姐，你想那穷弟子孩儿怎的？（正旦云）这妮子，你也嫌他穷！（唱）咱人这家也波寒，休将人小觑看，今日个穷暴了也是他无奈间。俺父亲是王半州，他父亲是李十万，（带云）人有七贫七富，人有且贫且富。（唱）天哪，偏怎生他一家儿穷暴难！

（梅香云）姐姐，比及[14]你这般想他，你可不好瞒着父亲母亲送与他些金银钱钞，倒换过来做他的财礼钱，教他来娶你可不好？（正旦云）梅香，多承你顾爱，我怕不也有此心，争奈我是女孩儿家，一时间耽不下[15]也！（梅香云）姐姐，放着梅香哩，不妨事。（正旦云）梅香，俺绕着这花园内是看咱。梅香，那树下不是一双鞋儿？你取将来看咱。（梅香云）理会的。姐姐，委的是双鞋儿，姐姐看！（正旦看科，云）这鞋不是我做与李庆安的，可怎生放在这里?梅香,树上不是个人影儿?(梅香云)姐姐,树上可知是个人哩。(正旦云)梅香,你唤他下树来,我问他咱。(梅香唤科,云)那小哥哥,你下来!俺姐姐唤你哩。(李庆安云)理会的。我下来这树,小娘子将我的鞋儿来,我见小姐去。(梅香云)我与你鞋,穿上见俺姐姐去。(李庆安做见正旦,云)小娘子支揖!小生不合擅入花园,望小娘子宽恕咱。(正旦云)万福。你哪里人氏,姓字名谁?(李庆安云)小生是李员外的孩儿,唤做李庆安,因放风筝儿耍子,不想落在你家梧桐树上抓住了,我来取风筝儿来,小娘子恕小人之罪。(正旦云)谁是李庆安?(李庆安云)则我便是李庆安。(正旦云)你认的那指腹成亲的王闰香么?(李庆安云)小生不认的。(正旦云)则我便是王闰香。(李庆安云)原来是王闰香小姐,天使其然在此相会。恕小生之罪也!(正旦云)你因何不来娶我?(李庆安云)小姐不知:俺家当初有钱时,唤俺做李十万;如今穷暴了,唤俺做叫化李家。我无钱,将甚么来娶你?如今人有钱的相看好,无钱的人小看。(正旦云)庆安,你休这般道。(唱)

【后庭花】你道是无钱的人小看,则俺这富豪家人见罕,则他这富贵天之数,端的是兴衰有往还。您穷汉每得身安,则俺这前程休怠慢!谁将你来小觑看?天着咱相会间,好将你来厮顾盼。我觑了你面颜,休忧愁,染病患。

(李庆安云)既然你家悔了亲,我又无钱,将甚么来娶你?(正旦唱)

【青哥儿】庆安也,我和你难凭、难凭鱼雁,我每日家枕冷、枕冷衾寒,则俺这夙世姻缘休等闲!(李庆安云)则是万望小姐怜悯小生也。(正旦云)庆安,我今夜晚间收拾一包袱金珠财宝,着梅香送与你,倒换过来做你的财礼钱,你可来娶我,你意下如何?(李庆安云)恁的呵,多谢姐姐!我到多早晚来?(正旦唱)你等到的夜静更阑,柳影花间。(李庆安云)我知道了也。姐姐,我回去也。(正旦云)你且回来。(唱)我则怕别时容易见时难,庆安,你则将这佳期盼。

（李庆安云）小姐之恩小生不敢有忘,今夜晚间在那些儿相等?

（正旦云）你则在太湖石边相等,是必早些儿来!（唱）

【尾声】你可也莫因循[16],休迟慢,天色儿真然[17]向晚。倚着那梧桐树,风筝儿遥望眼,你可便休忘了曲槛雕栏。那其间墙里无人看,墙外行人则要你厮顾盼。（李庆安云）小姐有顾盼之意,小生怎肯失了信也!（正旦唱）赴期的早些动惮[18],则我这呆心儿不惯[19]。休着我倚着他这太湖石,（正旦云）庆安也,你是必早些儿来!（李庆安云）理会的。（正旦唱）身化做望夫山。（同梅香下）

（李庆安云）姐姐回去了也。天色可也早哩,回我家中去也。（下）

[1]《绯衣梦》是关汉卿杂剧中一个比较纯粹的公案戏。和《鲁斋郎》、《蝴蝶梦》相比,此剧以曲折、动人的情节取胜,而较少道德内容。同时,也必然造成科白较多、曲词较少的情况。宋元南戏《林招得》演大致相同的故事,但剧本早已失传。明代无名氏有《血手印》传奇。二十

世纪五十年代末与六十年代初,根据此剧改编而成的京戏和各地方剧种非常流行,有的还被拍成电影。

〔2〕姆姆:此处指女管家。

〔3〕消乏:破落。

〔4〕乔才:犹如说"无赖"、"坏蛋"等。

〔5〕薄篮:扁圆形竹篮。此处指乞丐所用的篮子。

〔6〕蹅断线脚儿:踩断线脚,表示断绝来往。可能是旧时的一种风俗。

〔7〕在城:即本城。在,此处作"本"字解。

〔8〕疙疸茶儿:当时的一种用廉价茶饼冲泡出的茶。

〔9〕紫塞:指长城,也泛指边塞。

〔10〕消宝篆:谓熄灭盘香。

〔11〕沉檀:沉香与檀香。

〔12〕学宫扮:照宫里的式样梳洗打扮。

〔13〕軃(duǒ 朵):偏斜、下垂。

〔14〕比及:既然。

〔15〕耽不下:放不下架子,抹不开情面。

〔16〕因循:此处是拖延、迟慢的意思。

〔17〕真然:一到。

〔18〕动惮:即动弹。

〔19〕呆心儿不惯:等得不耐烦。

第 二 折

(王员外上,云)老夫王员外的便是。自从悔了这门亲事,老夫心中十分欢喜。今日开开这解典库[1],看有甚么人来。(裴炎上,云)两只脚穿房入户,一双手偷东摸西。自家姓裴,名个炎字,一生杀人放火,打家劫道,偷东摸西。但是别人的钱钞,我劈手的夺将来我就要;我则做这等本分的营生买卖,似别的那等歹勾当我也不做他。这两日无买卖,拿着这件衣服去王员外解典库里当些钱钞使用走一遭去。可早来到也。(做见王员外科,云)员外,我这件绵团袄值当些钱钞使用。(王员外云)这厮好无礼也,甚么好衣服拿来当钱!值的多少?我不当!(裴炎云)我好也要当,歹也要当!(做摔在王员外怀里科)(王员外云)这厮好大胆也!我根前你来我去的,你不知道我的行止?我大衙门中告下你来,拷下你那下半截来!你原是个旧境撒泼[2]的贼,还歇着案哩,你快去!(裴炎云)员外息怒息怒,不当则便了也。我出的这门来。便好道:"恨小非君子,无毒不丈夫。"一领绵团袄子你当不当便罢,他骂我是歇案的贼!便好道:"你妒我为冤,我妒你为仇。"今夜晚间,提短刀在手,越墙而过,将他一家儿都杀了,方称我平生愿足。员外没来由,骂我是贼头;磨的钢刀快,今宵必报仇。(下)(王员外云)裴炎去了也,着这厮恼了我这一场。无甚事,闭了解典库,后堂中饮酒去来。(下)

(裴炎上,云)短刀拿在手,专等夜阑时。自家裴炎的便是。颇奈王员外无礼,一领绵团袄当便当,不当便罢,骂我做歇案的贼!我今夜务要杀了他一家儿。天色晚也,来到这后花园中,我跳过这墙去。(做跳墙科,云)阿,可绰[3]我跳过这墙来,一所好花园也。我在这太湖石边等候,看有甚么人来。(梅香上,云)自家梅香的便是,俺家闰香姐姐着我将这一包袱金珠财宝送与李庆安去。来到这后花园中,等庆安来赴期时先与他,可怎生不见庆安来?庆安,赤、赤、赤[4]。(裴炎云)一个妇人来也,我先杀了他。(做拿住梅香杀科,云)黄泉做鬼休怨我。(梅香死科)(裴炎云)我杀便杀了,我是看咱:一包袱金珠财宝。罢、罢、罢,也够了我的也,不杀王员外了,背着这包袱,跳过这墙去,还家中去也。(下)

(李庆安上,云)自家李庆安的便是。天色晚了也,瞒着我父亲,来到这后花园中,有这苦墙[5]的柳枝,我跳过这墙去。(做跳墙科,云)这的不是太湖石?梅香,赤、赤、赤。(绊倒科,云)是甚么东西绊我一交?我是看咱:原来是梅香,他等不将我来,睡着了。我唤他咱:梅香姐姐,我来了。这个梅香原来贪酒,吐了一身。(唤摇科,云)可怎生粘挞挞的?有些胧胧的月儿,我是看咱:可怎么两手血?不知甚么人杀了他梅香,这事不中,我跳过这墙,望家中走、走、走。(下)(正旦上,云)妾身王闰香,约下与李庆安赴期,先着梅香送一包金银去了。这梅香好不会干事也,这早晚可怎生不见来?好着我忧心也呵!(唱)

【南吕一枝花】去时节恰黄昏灯影中,看看的定夜钟声后。我可便本欲图两处喜,倒翻做满怀愁。心绪浇油,脚趔趄[6]家前后,身倒在门左右。觉一阵地惨天愁,遍体上寒毛抖擞。
【梁州】战速速肉如钩搭,森森的发似人揪。本待要铺谋定计[7]风也不教透,送的我有家难奔,有事难收。脚下的鹅榠涩道[8],身倚定亮隔虹楼[9],我一片心搜寻遍四大神州。不中用野走娇羞!俺、俺、俺,本是那一对儿未成就交颈的鸳鸯,是、是、是,则为那软兀剌误事的那禽兽,天哪!天哪!闪的我嘴碌都恰便似跌了弹的斑鸠[10]。我欲待问一个事头,昏天黑地,谁敢向花园里走?我从来又怯后[11]。则为那无用的梅香无去就[12],送的我泼水难收。

(正旦云)我来到这后花园中也。兀的不是风筝儿!(唱)

【四块玉】那风筝儿为记号,他可便依然有,咱两个相约在梧桐树边头。(带云)险不绊倒了我那!(唱)则我这绣鞋儿莫不蹅[13]着那青苔溜,这泥污了我这鞋底尖,红染了我这罗袴口,可怎生血浸湿我这白那个袜头?

(正旦云)我道是谁?原来是梅香倒在这花园中。我是叫他咱:梅香!梅香!(做手摸科,云)这妮子兀的不吃酒来,更吐了那,摸了我两手,有些胧胧的月儿,我是看咱。(正旦做慌科,云)可怎生两手血?兀的不唬杀我也!不知甚么人杀了梅香,不中,我与你唤出姆姆来者。(叫科,云)姆姆!(姆姆上,云)姐姐,你叫我怎么?(正旦云)您孩儿不瞒姆姆说,我在后花园中见李庆安来,我道:因何不来娶我?他道,他家无了钱也。我便道:"今夜晚间收拾一包袱金珠财宝,我着梅香送与你倒换过做财礼,你来娶我。"相约在太湖石边等候。不知甚么人杀了梅香,似此怎了也?(姆姆云)不干别人事,这的就是李庆安杀了咱家梅香来。(正旦云)姆姆,敢不是[14]么。(姆姆云)不是他可是谁?(正旦唱)

【骂玉郎】这的也难同殴打相争斗,这的是人命事怎干休?怎当那绷扒吊拷难禁受。可若是取了招,审了囚,端的着谁

300

人救？

（姆姆云）姐姐，这件事敢隐藏不住。（正旦唱）

【感皇恩】庆安也，你本是措大[15]儒流，少不的号令在街头。不想望至公楼春榜动，划的可便分秋[16]。你则为鸾交凤友，更和这燕侣莺俦，则为俺爷毒害，分缱绻、折绸缪[17]。

（姆姆云）姐姐，这愁烦何时是了？必要惊官动府也。（正旦唱）

【采茶歌】往常则为俺不成就，一重愁，到今日一重愁番做了两重愁。则俺那父母公婆记冤仇，则管里冤家相报可也几时休！

（姆姆云）此一桩事不敢隐讳，我叫将老员外来，我与他说。老员外，你出来！（王员外上，云）姆姆，这早晚你叫我有甚事？（姆姆云）不知甚么人杀了梅香，丢下一把刀子。（王员外云）嗨，有甚么难见处，则是李庆安这个小弟子孩儿！为我悔了亲事也，他杀了我家梅香，更待干罢！姆姆，将着刀子，我如今踏着脚踪儿直到李庆安家，试探他那虚实走一遭去。（正旦唱）姆姆，你看这刀子，则怕不是他么。（姆姆云）可怎生便知不是他？（正旦唱）

【尾声】这场人命则在这刀一口，量这个十四五的孩儿，姆姆也，他怎做的这一手？只不过伤了浮财，损了人口；若打这场官司再穷究，和父亲细谋，休惹那事头。（正旦云）常是[18]庆安无话说，久后拿住杀人贼呵，（唱）我则怕屈坏了他平人，姆姆也，咱可敢[19]倒罢手。（下）

（王员外云）姆姆，将着刀子，跟我直至李庆安家中，问此人这桩事走一遭去来。（同下）

（李老儿上，云）自家李员外的便是。俺孩儿李庆安上学来家吃了饭，不知那里去了；我关上这门，这早晚敢待来也。（李庆安上，做慌科，云）自家李庆安的便是。小姐约我赴期，不知甚么人将梅香杀了，我害慌也，家中见父亲去。来到门首也，父亲开门来！（李老儿云）孩儿来了也，我开开这门。（开门科，见云）孩儿也，你慌做甚么？（李庆安云）不瞒父亲说，我早晨间放风筝儿耍子，不想抓住在王员外家梧桐树上，我跳过花园墙取去，不想正撞着王闰香。他说道："你为何不来娶我？"我道："因为俺家穷暴了，无钱娶你，你父亲悔了这门亲事。"他便道："你今夜晚间来我这后花园中太湖石边等着，我着梅香送一包袱金珠财宝与你，你倒换过来娶我。"投到[20]您孩儿去，不知甚么人把他梅香杀了，摸了我两手血，孩儿不敢隐讳，敬告父亲说知。（李老儿云）孩儿，你敢做下来[21]了也！（李庆安云）不干您孩儿事。（李老儿云）孩儿，你不要大惊小怪的，关上门，俺歇息罢。（王员外同姆姆上）（王员外云）来到也。姆姆，正是他杀了梅香来，门上两个血手印。开门来！开门来！（开门科）（李老儿云）我开开这门，老员外家里来，有甚么事，这早晚到俺这里？（王员外云）老畜生，你还说嘴哩，你家庆安做的好勾当！见俺悔了这门亲事，昨夜晚间把我家梅香杀了，你还推不知道哩！（李老儿云）俺孩儿是读书的人，他怎肯做这等的勾当？不干俺孩儿之事。（王员外云）不是他可是谁？你舒出手来。（李庆安云）父亲，不干您孩儿事。（王员外云）既然不是，你舒出手来。（李庆安做舒手科，云）兀的不是手。（王员外云）好啊，两手鲜血，还不是你哩！正是杀人贼，明有清官，我和你见官去来。（王员外扯李

庆安科)(李庆安云)天哪,着谁人救我也?(同下)

(净扮官人贾虚同外郎[22]、张千上)(净官人云)小官身姓贾,房上去跑马,"聘胖"响一声,跚破一路瓦。小官姓贾,名虚,字蓼然。幼习儒业,颇看《春秋》,《西厢》之记,念的滑熟。噇[23]的饭饱,扒上城楼,望下一看,打个筋斗;撞破脑袋,鲜血直流,贴上膏药,撕上包头;疼的我战,冷汗浇流,忙叫外郎,与我就揉;疼了两日,害了一秋,不吃米饭,则咽骨头。我在这开封府祥符县做个理刑之官,但是那驴吃田,马吃豆,斗打相争,人命等事,都来我根前伸诉。今日坐起早衙,外郎,喝撺厢放告!(外郎云)张千喝撺厢!(张千云)理会的。撺厢放告!(王员外扯李庆安同李老儿上)(王员外云)老汉王员外的便是。李庆安杀了我家梅香,更待干罢,我扯他同这老子去衙门中告他去。可早来到也,大开着门哩,我是叫冤屈咱,冤屈也!(净官人云)甚么人吵闹?定是告状的。我说外郎,买卖来了,我则凭着你,与我拿将过来。(张千云)理会的。当面!(王员外扯李庆安同李老儿跪科)(净官人云)兀那厮!你告甚么人?(王员外云)大人可怜见!小人姓王,是王半州;这个老子姓李,是李十万。俺两个曾指腹成亲来,我根前生了个女孩儿,是王闰香,他生了这个小厮,唤做李庆安。他有钱时我便与他做亲,因他穷暴了,我悔了这门亲事;这小厮怀冤挟仇,越墙而过,图财致命,杀了我家梅香。大人可怜见,与小的每做主。(净官人云)你来告状,此乃人命之事,我也不管你们是的不是的,将这厮拿下去打着者!(张千云)理会的。(做拿王员外科)(王员外舒三个指头科)(外郎云)那两个指头瘸?(王员外舒五个指头科)(外郎云)相公,既是这等,将就他罢,他是原告,不必问他,着他随衙听候。(净官人云)提控说的是。王员外,你是无事的人,随衙听候,唤你便来。(王员外云)理会的,我还家中云也。(下)(净官人云)张千,将李庆安拿近前来!(张千云)理会的。靠前说词因!(李庆安云)理会的。(净官人云)兀那李庆安,你是个穷汉家,怎么图财致命,杀了王员外的梅香来?从实的说!(李庆安云)大人可怜见,小人是个读书之人,把笔尚然腕劳,怎敢手持钢刀杀人?并不知此情。(外郎云)大人,这厮癞肉顽皮,不打不招。张千,与我打着者!(张千做打科)(外郎云)你招也不招?(李庆安云)大人,并不干小人之事。(外郎云)再与我打着者!(又做打科)(净官人云)你招也不招?(李庆安云)大人可怜见,打死小人并不知情。(外郎云)再与我打着者!(又做打科)(李庆安云)罢、罢、罢,父亲,我那里捱的这等打拷?我招了罢,是我杀了他家梅香来。(净官人云)可又来,这厮不打也不招。既是招了也,外郎着他画字,将枷来下在死囚牢里,等府尹相公下马,判个斩字,便是了手[24]。(外郎云)大人说的是。张千将枷来,将这小厮押赴牢中去!(张千做拿枷云)理会的。上枷,牢里收人!(李老儿同李庆安哭科,云)哎哟,兀的不屈杀人也!(下)(外郎云)大人,听知的新官下马,你慢在。张千,跟着我接新官去来。(外郎同张千下)(净官人云)外郎这厮无礼也,问了一日人命事,我也不知道怎么了了,他把银老[25]又挟了,又领的张千接新官去了。倘或新官下马,问我这桩公事,我可怎么了!(做打滚叫科,云)天也,兀的不欺负煞我也!他都去了,桌儿也没人抬,罢、罢、罢,我自家收拾了家去。(顶桌儿云)炒豆儿,量炒米。(下)

(张千上排衙住,云)在衙人马平安,抬书案！(官人领外郎上)(官人云)诵《诗》知国政,讲《易》见天心；笔题忠孝子,剑斩不平人。老夫姓钱,名可,字可道,累任为官,今御笔亲除开封府府尹之职。为因老夫满面胡髯,貌类波斯,满朝中皆呼老夫波斯钱大尹。我平日所行正直公平,所断之事并无冤枉。今日升厅,坐起早衙,当该司吏,有甚么合金押的文书,决断的重囚,押上厅来。(外郎递文书科,云)有。(官人云)令史,这一宗是甚么文卷？(外郎云)在城有一人是李庆安,杀了王员外家梅香,招状是实,等大人判个"斩"字。(官人云)那罪囚有么？(外郎云)有。(官人云)与我拿将过来。(张千云)理会的。(李庆安带枷同李老儿上)(李老儿云)孩儿怎生是好？如今新官下马,如之奈何？(李庆安云)父亲,你看那蜘蛛罗网里打住一个苍蝇；父亲,你与我救了者。(李老儿云)孩儿,你的命也顾不的,且救他？(李庆安云)父亲依着你孩儿,替我救了者。(李老儿云)依着你,我与你救了者。(李庆安云)我救了你非灾,何人救我这横祸？(外郎云)拿过来！(张千云)当面！(李庆安见官人,跪下科)(官人云)令史,则这个小厮便是杀人贼？(外郎云)则他便是。(官人云)这个小厮他怎生行凶杀人？其中必有冤枉。兀那李庆安,是你杀了他家梅香来？有甚么不尽的词因,你说,老夫与你做主。(李庆安云)大人可怜见,我无了词因也。(官人云)既然无词因,令史,他有行凶的赃仗么？(外郎云)有这把行凶的刀子。(官人云)将来我看。(外郎递刀子科,云)则这个便是。(官人云)这小的便怎生拿的偌大一把刀子？这刀子必是个屠家使的,其中必然暗昧。(外郎云)大人,前官断定,请大人断个"斩"字,便去典刑。(官人云)既然前官断定,将笔来,我判个"斩"字。(判字科,云)一个苍蝇落在笔尖上,令史赶了者!(外郎云)理会的。(做赶科)(官人又判字科,云)可怎生又一个苍蝇抱住笔尖?令史与我赶了者!(外郎赶科,云)理会的。(官人判字科,云)你看这个苍蝇,两次三番抱住这笔尖,令史与我拿住者!(外郎拿住科,云)大人,我捉住了也。(官人云)装在我这笔管里,将纸来塞住,看他怎生出来?(外郎拿住,入笔管塞住科)(官人又判字科)(爆破笔科)(官人云)好是奇怪也!我本是依条断罪钱大尹,又不是舞文弄法汉萧曹[26];两次三番判"斩"字,可怎生苍蝇爆破紫霜毫?这事必有冤枉。令史将这小厮枷锁开了,拿他去狱神庙里歇息;将着一陌黄钱,烧了那纸,祈祷了,你倒拽上那狱神庙门,你将着纸笔,看那小厮睡中说的言语,你与我写将来。(外郎云)理会的。(开枷锁科,云)开枷!(李庆安见李老儿科)(李老儿云)孩儿,为甚么开了枷?(李庆安云)可是那苍蝇救了我也。(李老儿云)既然这等,你若无了事,我替你盖个苍蝇菩萨庙儿。(外郎云)可早来到也,你入庙去。我倒拽上这门,我将着这纸笔,听他说甚么。(李庆安云)大人教我狱神庙里歇息去。我到这庙中也,我烧了纸,我歇息咱。(睡科,云)非衣两把火,杀人贼是我;赶的无处藏,走在井底躲。(外郎云)这小厮真个说睡话!我写在这纸上,见大人去。(外郎做见官人科,云)大人,那小厮到的庙中则说睡语,我都写将来了,大人是看。(官人云)你读,有杀人贼就与我拿住。(外郎云)"非衣两把火,杀人贼是我……"(官人云)原来是你杀人,与我拿下去!(张千拿外郎科)(外郎云)大人,是那小厮说的话!(官人云)这的是我差了。将来我看:"非衣两把火,杀人贼是我……"(外郎拿官人科,云)哦?(官人云)嗯!你怎的?(外郎云)你恰才是这等来!(官人云)"赶的无处藏,走在井底躲。"——这四句诗内必有杀人贼!我再看咱。"非衣两把火",这名字则在这头一句里面。这"衣"字在上面,"非"字在下面,不成个字;"非"字在上,"衣"字在下,可不是个"裴"字!那"两把火":并着两个"火"字,可也不成个字;上下两个"火"字,不是炎热的"炎"字!这杀人贼人不是姓炎名裴,便是姓裴名炎。第二句"杀人贼是我",正是这前面的这个人。这第三句"赶的无处藏",拿的那厮慌也!第四句说"走在井底躲",莫不这杀人贼赶的慌,投井而死么?不是这等说;这城中街巷桥梁必有按着个"井"之一字的去处!可着谁人干这件事?则除是窦鉴、张弘方可知道。与我唤将窦鉴、张弘来者!(窦鉴同张弘上)(窦鉴云)手搭无情棒,怀揣滴泪钱;晓行狼虎路,夜伴死尸眠。自家窦鉴的便是,这个兄弟是张弘,俺二人在这开封府做着个五衙都首领。我这个兄弟为他能办事,唤他做"磨眼里鬼"。俺管的是桥梁道路,风火盗贼。有钱大尹大人呼唤;不知有甚事,须索走一遭去。(见科,云)大人唤窦鉴、张弘那里使用?(官人云)你两个管着甚么哩?(窦鉴云)小人每管的是风火贼盗。(官人云)既管的是风火贼盗,有李庆安人命之事,你怎么不捉拿?(窦鉴云)不曾得大人的言语,未敢擅便捉拿。(官人云)这街巷桥梁有按着个"井"之一字的么?(窦鉴云)大人,俺这里有个棋盘街井底巷。(官人云)你近前来,我分付你:李庆安这桩人命公事都在你二人身上!与你行凶的刀子,又四句诗;头一句,那杀人贼若不是姓炎名裴,便是姓裴名炎。你则去那棋盘街井底巷寻那杀人贼去,与你三日假限,拿将来有赏,拿不将来必然见罪! 你听者:我平生心量最公直,堪与国家作柱石;我救那负屈衔冤忠孝子,问你要那图财致命的杀人贼。(同下)

〔1〕解典库:当铺。
〔2〕旧境撒泼:谓有过前科、有案可查。下文"歇着案"意同。
〔3〕可绰:拟声词,同"可察"。
〔4〕赤、赤、赤:打口哨的声音。元杂剧中常用作男女私会时的暗号。
〔5〕苫(shān山)墙:覆盖墙头。
〔6〕趔趄(lèi qiè列窃):站立不稳,脚步踉跄。
〔7〕铺谋定计:设计谋、打主意。
〔8〕鹅楣涩道:难行的石级阶梯。鹅楣,即峨嵋。
〔9〕亮隔虹楼:指门窗。
〔10〕嘴碌都恰便似跌了弹的斑鸠:就像中了弹的斑鸠一样,嘟噜着嘴。
〔11〕怯后:走路时老觉得身后有人跟着,心中不安。
〔12〕无去就:不知去了哪里。
〔13〕跚(shān 珊):蹒跚,这里是一踩一滑的意思。
〔14〕敢不是:大概不是。敢,大概。
〔15〕措大:旧时对穷酸书生蔑视的称谓。
〔16〕"不想望至公楼"二句:意为没有去参加科举考试,却反而杀人犯罪。至公楼,考场。春榜动,即开选场,古代科举考试多在春天,故

云。分秋,谓犯了大罪,该受到严厉制裁了。古代行刑多在秋天,《吕氏春秋·仲秋纪》:"命有司申严百刑,斩杀必当。"周时以秋官掌刑法,后来称刑部官为秋卿。

〔17〕分缱绻、折绸缪:将恩爱的情侣分开。

〔18〕常是:真正是。

〔19〕可敢:此处是商量、求告的语气,意为"是不是"、"最好是"。

〔20〕投到:待到。

〔21〕做下来:闯下祸的意思。

〔22〕外郎:主审官的助手,即下文所说的"提控"。

〔23〕囕(jiǎn剪):吃。

〔24〕了手:了结。

〔25〕银老:指王员外。

〔26〕汉萧曹:指汉代的萧何和曹参。萧何制定了许多律令,曹参忠实地执行,故成语有"萧规曹随"的说法。

第 三 折

(净扮茶博士[1]上,云)吃了茶的过去,吃了茶的过去。俺这里茶迎三岛客,汤送五湖宾,喝上七八盏,敢情去出恭[2]。自家茶博士的便是,在此棋盘街井底巷开着座茶房,但是那经商客旅做买做卖的都来俺这里吃茶。今日清早晨起来,烧的汤瓶儿热,开开这茶铺儿,看有甚么人来。(窦鉴、张弘各拿水火棍[3]上,云)自家窦鉴、张弘的便是,这里前后可也无人,俺二人奉大人的言语,着俺缉访杀人贼。来到这棋盘街井底巷,兄弟,咱去那茶房里吃茶去来。(张弘云)去来,去来。(二人入茶房科)(窦鉴云)茶博士,茶三婆有么?(茶博士云)有。(窦鉴云)你与我唤出茶三婆来。(茶博士唤科,云)茶三婆,有客官唤你哩!(正旦扮茶三婆上,云)来也,来也。好年光也!俺这里船临汴水休举棹,马到夷门[7]懒赠鞭;看了大海休夸水,除了梁园[7]总是天。俺这里惟有一塔[6]闲田地,不是栽花蹴气球。好京师也呵!(唱)

【越调斗鹌鹑】俺这里锦片也似夷门,蓬莱般帝城。端的是辏集[7]人烟,骈阗[8]市井,年稔时丰,太平光景。四海宁,乐业声。休夸你四百座军州,八十里汴京;俺这里千军聚会,万国来朝,五马攒营。

【紫花儿序】好茶也,汤浇玉蕊[9],茶点金橙[10]。茶局子提两个茶瓶,一个要凉蜜水,搭着味转胜,客来要两般茶名。南阁子里啜盏会钱[11],东阁子里卖煎提瓶[12]。

(茶博士云)三婆,有客官唤你哩。(正旦云)你看茶汤去。(茶博士云)理会的。(下)(正旦云)客官每敢在这阁子里,我是觑咱。(做见科,云)我道是谁?原来是司公哥哥、"磨眼里鬼"哥哥[13]。你吃个甚茶?(窦鉴云)你说那茶名来我听。(正旦云)造两个建汤[14]来。(裴炎上,做卖狗肉科,云)卖狗肉,卖狗肉,好肥狗肉!自家裴炎的便是,四脚儿狗肉卖了三脚儿,剩下这一脚儿卖不出去,送与茶三婆去。可早来到也。(做见正旦,怒科,云)茶三婆,你今日怎生躲了我?(正旦云)我迎接哥哥来,怎敢躲了?这个是何物?(裴炎云)是肥狗肉。(正旦云)三婆吃七斋。(裴炎云)你吃八斋待怎的?收了者!(正旦云)

三婆这些时没买卖。(裴炎怒云)我回来便要钱,你也知道我的性儿!我局子里扳了你那窗棂[15],茶阁子里摔碎你那汤瓶,我白日里就见个簸箕星[16]!我吃酒去也。(下)(正旦云)裴炎去了,被这厮欺负煞我也!(窦鉴云)三婆说谁哩?(正旦云)三婆不曾说哥哥,俺这里有一人是裴炎,他好生的欺负俺百姓每。(窦鉴云)那厮是裴炎?你这里是甚么坊巷?(正旦云)是棋盘街井底巷;有一人是裴炎,好生的方头不劣[17]也!(窦鉴云)您可怎生怕那厮?(正旦云)哥哥不知,听三婆说一遍咱。(窦鉴云)你说,俺是听咱。(正旦唱)

【金蕉叶】那厮他每日家吃的十分酩酊,(窦鉴云)他怎么方头不劣?(唱)他见一日有三十场斗争,他吃的来涎涎邓邓,(窦鉴云)他这等厉害,好是无礼也!(唱)他则待杀坏人的性命。

(窦鉴云)那厮这等凶泼,每日家做甚么买卖?(正旦云)他卖狗肉,他叫一声呵,(唱)

【寨儿令】那厮可便舒着腿脡,他可早叉着门桯,精唇泼口毁骂人。那厮他嘴脸天生,鬼恶人憎。他则要寻吵闹,要相争。

(窦鉴云)这等凶恶!您若恼着他呵,他敢怎的你?(正旦唱)

【幺篇】他去那阁子里扳了窗棂,茶局子里摔碎了汤瓶。他直挺挺的眉踢竖,骨碌碌的眼圆睁,叫一声:白日里要见簸箕星!

(张弘云)窦鉴哥,这厮好生无礼也!三婆,你看茶汤去。(正旦云)二位哥哥则在这里,三婆看茶客去也。(下)(窦鉴云)兄弟,你近前来:可是这般恁的……(张弘云)理会的。(下)(窦鉴云)

兄弟这一去必有个主意。我且在此茶房里闲坐,看有甚么人来。(张弘扮货郎挑担子插刀子上科,云)自家是个货郎儿,来到这街市上,我摇动不郎鼓儿,看有甚么人来。(裴旦上,云)妾身是裴炎的浑家,我拿着这把刀鞘儿,去街上配一把刀子去。(做见张弘科)(裴旦云)肯分[18]的遇着个货郎儿,我叫他过来是看咱。(拿刀子入鞘儿科,云)这刀子不是俺家的来!(张弘背云)谁道"是俺家的来",这刀子是我卖的!(裴旦云)物见主必索取,是我的刀子!(张弘云)是我的!(闹科)(正旦上,云)街上吵闹,我是看咱。(见科,云)原来是裴嫂嫂,你闹做甚么?(裴旦云)这厮偷了我的刀子!(正旦云)茶房里有司公哥哥,你告去,他与你做个证见。(裴旦云)你说的是,我扯着他告去。(裴旦做见窦鉴科,云)哥哥,这厮偷了我刀子!(窦鉴云)怎么是你的刀子?(裴旦云)这刀子鞘儿见在我家里,怎么不是我的?(窦鉴云)我不信,将来我看!(裴旦云)哥哥,你看这鞘儿是也不是?(窦鉴云)真个是这刀子的鞘儿。兄弟,与我拿住这妇人者!(张弘云)理会的。(做拿住打科,云)招了者!招了者!(裴旦云)哎约!他偷了我刀子,你着我招甚么?(正旦唱)

【鬼三台】则这贼名姓,劝姐姐休争竞,(裴旦云)这刀子委的是我的,你怎生打我?(正旦唱)走将来便把那头梢来自领[19],赃仗忒分明,不索你便折证[20]。小梅香死的来忒没影,李庆安险些儿当重刑!第一来恶孽相缠,第二来也是那神天报应。

(窦鉴云)兀那厮,你快招了者!(张弘脱衣打科,云)我打这厮,招了者！招了者！(裴旦云)打杀我也！本是我的刀子,可怎生屈棒打我？(张弘又打科,云)不打不招,你快招了者！(裴旦云)罢、罢、罢,我且屈招了。(正旦唱)

【调笑令】你可便悄声,察贼情;(正旦云)司公哥哥,你来！(张弘云)怎的？(唱)比及拿王矮虎,先缠住一丈青[21]。批头棍[22]大腿上十分楞,不由他怎不招承！向云阳闹市必典刑,(裴旦云)三婆,你救我咱！(唱)杀么娘七代先灵[23]。

(裴炎带酒上,云)问三婆讨我那狗肉钱去。(见正旦科,云)三婆,还我那狗肉钱来。(正旦云)哥哥,狗肉钱有;那阁子里有人唤你哩！(裴炎见裴旦跪着窦鉴科,云)大嫂,你为甚么跪在这里？(裴旦云)我招了也。(裴炎云)你既招了,咱死去来。(窦鉴云)兄弟,有了杀人贼也！将这厮绑缚定,往开封府见大人去来。(裴炎云)罢、罢、罢,好汉识好汉,跟着你去。(正旦唱)

【尾声】到来日裴炎不死呵教谁偿命？杀了这丑生呵天平地平！我想这人性命怎干休？我道来则他这瓦罐儿破终须离不了井[24]。(下)

(窦鉴云)拿着贼人见大人去来。大尹多才智,公事今完备;拿住杀人贼,少不的依律定其罪。(同下)

[1] 茶博士:宋元时茶馆的老板或伙计。
[2] 出恭:大小便。
[3] 水火棍:古时衙役所用的木棍,半截红色,半截黑色。
[4] 夷门:战国时魏国首都大梁(即北宋京城汴京)有夷门,这里代

指开封。

〔5〕梁园:本为汉代梁孝王在汴梁所修建的一所园林,这里代指开封。

〔6〕一塔:一块。

〔7〕辏(còu 凑)集:车辐凑集在毂上,比喻人烟密集。

〔8〕骈阗(pián tián 偏阳平田):连接成片的意思。

〔9〕玉蕊:指茶叶的嫩芽,最为名贵。这里是一种上等茶叶名。

〔10〕金橙:本是金黄色的橙,这里也指一种讲究的茶叶名。

〔11〕啜(chuò 绰)盏会钱:喝茶付款。会钱,即付帐,今仍有此说法。

〔12〕卖煎提瓶:即提瓶卖煎,就是提着水壶为人添茶续水。煎,指开水。

〔13〕司公:对衙役的敬称。磨眼里鬼:用歇后语称呼衙役窦鉴,即"磨眼里鬼——窦见(鉴)"。

〔14〕建汤:茶名,即建溪(今福建南平)茶。

〔15〕窗棂:窗户上的格子。

〔16〕白日里就见个簸箕星:簸箕星,据说是灾星;白日见簸箕星就是有刀光之灾出现。

〔17〕方头不劣:这里是泼皮无赖、十分厉害的意思。

〔18〕肯分:恰巧、正好。

〔19〕把头梢来自领:心甘情愿地承认。

〔20〕折证:对证。

〔21〕比及拿王矮虎,先缠住一丈青:比及,未曾。王矮虎与一丈青都是《水浒传》中的人物,一丈青是王矮虎的妻子。这里用王矮虎喻裴

炎,一丈青喻裴妻。可见水浒故事在元代已相当流行。

〔22〕批头棍:衙门里差役打人用的木棍。

〔23〕七代先灵:这里是骂人的话。全句意为杀你娘的祖宗八代。

〔24〕瓦罐儿破终须离不了井:当时谚语,意为瓦罐从井中打水,水打不上来罐已碰破。这里比喻裴炎作恶多端,终须受到制裁。

第 四 折

(官人领张千上,云)老夫钱大尹是也。因为李庆安这桩事,我着窦鉴、张弘察访杀人贼去了,这早晚不见来回话。张千,门首觑者,若来时,报复我知道。(张千云)理会的。(窦鉴同张弘拿裴炎上,云)自家窦鉴、张弘的便是,拿着这厮见大人去,可早来到也。张千报复去,道窦鉴、张弘拿的杀人贼来了也。(张千云)报的大人得知;有窦鉴、张弘拿的杀人贼来了也。(官人云)与我拿将过来!(张千云)理会的。拿过去!(窦鉴拿见科,云)当面!大人,俺二人拿住杀人贼,是裴炎。(官人云)果然是裴炎!兀那厮,是你杀了王员外的梅香来么?(裴炎云)大人,委的不干李庆安事,是我杀了王员外的梅香来;饶便饶,不饶便杀了罢。(官人云)张千,将李庆安一行人都与我取上厅来。(张千云)理会的。将李庆安一行人取上厅来!(张千拿李庆安上,见官人科,云)当面!(官人云)李庆安,有了杀人贼也。张千,开了他那枷锁。你无事了也,还你那家中去。(李庆安云)你孩儿知道。我出的这衙门来。(李老儿上,见科,云)孩儿也,为甚么开了你这枷锁?(李庆安云)父亲,有了杀人贼也;大人放俺还家中去。父亲,咱家中去来。(李老儿云)既然有了杀人贼,饶了你也;谢天地,欢喜煞我也!孩儿,那王员外告着你杀人;"告人徒得徒,告人死得死"[1]!早是[2]有了杀人贼,你便是无罪的人;若无杀人贼呵,你便与他偿命,我偌大年纪,谁人养活我?我告那大人去:冤屈?(官人云)兀那老的,为甚么叫冤屈!(李老儿云)大人可怜见!早是有了杀人贼,俺便无事了;若无那杀人贼呵,将我孩儿对了命可怎了?大人可怜见!常言道:"告人徒得徒,告人死得死",王员外妄告不实,大人与老汉做主!(官人云)这老的也说的是。张千,与我唤将王员外那老子来!(张千云)理会的。王员外,唤你哩!(王员外上,云)老汉王员外,衙门里唤我,不知有甚事,我见大人去。(见科)(官人云)王员外,是裴炎杀了你家梅香,见今有了杀人贼也。这老的说:"告人徒得徒,告人死得死",您与他外边商和去。(王员外云)理会的。(李老儿云)大人,我其实饶不过这老子!(同出衙门科)(王员外云)亲家,亲家,是我的不是了也,你饶了我罢!(李老儿云)甚么亲家!你怎生告我孩儿是杀人贼?我不和你商和。(王员外云)既然不肯商和,我唤出女孩儿闰香来,看他说甚么。(做唤科,云)闰香孩儿行动些!(正旦上,云)父亲,唤我做甚?(王员外云)孩儿,如今李员外告我妄告不实,你央浼[3]他去:饶了我罢。(正旦云)既然有了杀人贼,他告父亲妄告不实,父亲放心,不妨事,我与庆安陪话去。(王员外云)孩儿,你上紧救我咱!我倒陪奁房断送孩儿与庆安成合了旧亲,则着他饶了我罢!(正旦唱)

【双调新水令】往常我绣帏中独坐洞房春,谁曾见勘平人但常推问?罪人受十八重活地狱,公人立七十二恶凶神。如今富汉入衙门,便有那欺公事[4]也不问。

（王员外云）孩儿也,那老的说:"告人徒得徒,告人死得死",大人教俺商和哩。孩儿也,他若饶了俺呵,我倒陪三千贯奁房断送与他;你和他说去。（正旦云）理会的。（正旦见李老儿跪科,云）公公,怎生看闰香孩儿的面,饶过俺父亲咱！（李老儿云）闰香孩儿,我不饶过你那老子！（正旦见李庆安,云）庆安,看我之面,饶过俺父亲者！（李庆安云）小姐,早是有了杀人贼;若无呵,我这性命可怎了也？（正旦唱）

【乔牌儿】当日个悔亲呵是俺父亲,赤紧的俺先顺[5],耽饶[6]过俺便成秦晋,咱两个效绸缪夫妇情。

（李庆安云）我便将就了,俺父亲他可不肯哩。（正旦云）我去公公行陪话去。（正旦见李老儿科,云）公公可怜见俺父亲咱！

（李老儿云）孩儿也,不干你事,我饶不过他！（正旦唱）

【雁儿落】我则是为夫呵受苦辛,告尊父言婚聘,访贤达尽孝顺,不索你相盘问。

（李老儿云）闰香孩儿,不干你事,我饶不过你那父亲。（正旦唱）

【得胜令】您孩儿须告老尊亲,不索你记冤恨;我与那庆安言婚聘,成合了两对门。也是俺前生,赤紧的俺两个心先顺。告你个公公:你则是耽饶过俺老父亲！

（正旦云）庆安,俺父亲说来:倒陪三千贯奁房断送,着我与你依旧配合成亲,你意下如何？（李庆安云）既是这等,我与父亲说去。父亲,俺丈人说来:若是俺饶了他,他倒陪三千贯奁房断送,将闺香依旧与我为妻。咱饶了他罢!(李老儿云)孩儿,当初他不告你来?(李庆安云)他告我,不曾告你。(李老儿云)大人将你三推六问,不打你来?(李庆安云)他打我,不曾打你。(李老儿云)若拿不住杀人贼呵,可不杀了你?(李庆安云)他杀我,可不曾杀你。(李老儿云)我把你个犟小弟子孩儿!罢、罢、罢,我饶了他罢。(王员外跪谢科,云)既然亲家饶了我也,咱见大人去来。(做同见官人科)(李老儿云)大人,我饶了他也。(官人云)既然你两家商和了也,一行人听我下断:裴炎图财致命,杀了王员外家梅香,市曹中明正典刑;窦鉴、张弘能办公事,每人赏花银十两。将老夫俸钱给与李员外做个庆喜的筵席,着李庆安夫妇团圆。您听者:则为他年少子衔冤负屈,泼贼汉致命图钱。梅香死本家超度,将前官罢职停宣。富嫌贫悔了亲事,倒陪与万贯家缘。窦鉴等封官赐赏,李庆安夫妇团圆。

题目　王闺香夜闹四春园[7]
正名　钱大尹智勘绯衣梦

〔1〕告人徒得徒,告人死得死:意谓诬告别人也应反坐。徒,指徒刑,古代五刑之一。

〔2〕早是:幸亏。

〔3〕央浼(měi 每):央告,请求。

〔4〕欺公事:不公平的事。

〔5〕赤紧的俺先顺:俺两个实在是早已一心一意了。赤紧的,实在是。

〔6〕耽饶:宽恕的意思。

〔7〕四春园:剧中王员外家的花园,梅香即在此处被杀。但除了题目正名外,四折戏中均未提及这一园名。估计是剧本删改造成的结果。

散 曲

小 令

仙吕·一半儿(四首)[1]

题 情

云鬟雾鬓胜堆鸦[2],浅露金莲簌绛纱[3],不比等闲墙外花[4]。骂你个俏冤家,一半儿难当[5]一半儿耍。

碧纱窗外静无人,跪在床前忙要亲。骂了个负心回转身。虽是我话儿嗔[6],一半儿推辞一半儿肯。

银台灯灭篆烟[7]残,独入罗帏掩泪眼,乍孤眠好教人情兴懒。薄设设被儿单,一半儿温和一半儿寒。

多情多绪小冤家,迤逗[8]得人来憔悴煞,说来的话先瞒过咱。怎知他,一半儿真实一半儿假。

〔1〕这几首小令写一个少女对情郎既爱又恨,恨爱交加的真挚情感,风格率直,辣味十足。
〔2〕云鬟雾鬓胜堆鸦:形容妇女头发乌黑蓬松,比盘堆的鸦髻还好

看。鸦,指鸦髻,妇女的一种发式。

〔3〕浅露金莲簌绛纱:是说一双小脚从簌簌抖动的红色纱裙下浅浅显露出来。

〔4〕墙外花:比喻妓女。

〔5〕难当:赌气。

〔6〕嗔:生气、埋怨。

〔7〕篆烟:盘绕的烟缕。

〔8〕迤逗:挑逗、勾引。

双调·沉醉东风(五首)[1]

咫尺[2]的天南地北,霎时间月缺花飞。手执着饯行杯,眼阁[3]着别离泪,刚道得声"保重将息"[4],痛煞煞教人舍不得。"好去者望前程万里!"

忧则忧鸾孤凤单,愁则愁月缺花残,为则为俏冤家,害则害谁曾惯,瘦则瘦不似今番,恨则恨孤帏绣衾寒,怕则怕黄昏到晚。

伴夜月银筝凤闲[5],暖东风绣被鸳悭[6]。信沉了鱼,书绝了雁[7],盼雕鞍万水千山。本利对相思[8]若不还,则告与那能索债愁眉泪眼。

夜月青楼[9]凤箫,春风翠髻金翘[10]。雨云浓,心肠俏,俊庞儿玉软香娇。六幅湘裙一搦腰[11],间别[12]来十分瘦了。

面比花枝解语[13],眉横柳叶长疏。想着雨和云,朝还暮,但开口只是长吁。纸鹞儿[14]休将人厮应付,肯不肯怀儿里[15]便许。

〔1〕这五首小令均写闺妇的离愁别绪。第一首写为情郎送行,以下四首写分别以后的凄凉心境。从第四首看,抒情主人公是个妓女,但她对情人确是一往情深。第一首以"好去者望前程万里"作结,充满乐观向上的精神。

〔2〕咫尺:言距离很近。

〔3〕阁:同"搁",存放的意思。阁泪,即含泪。

〔4〕将息:保重身体。

〔5〕银筝凤闲:筝、箫等乐器都闲起来了。凤,指凤箫,亦即排箫。

〔6〕绣被鸳悭:绣被中总是缺个人。鸳,借指远去的情人。悭,欠缺。

〔7〕信沉了鱼,书绝了雁:断绝了书信往来。鱼、雁,古代均代指书信。

〔8〕本利对相思:意思是,情人之间的相思,一方更胜过另一方,就像作生意本上加利一样。

〔9〕青楼:妓院。

〔10〕翠髻金翘:黑黑的发髻上饰以金色的翠翘。翠翘,古代妇女的一种首饰,状如翠鸟尾上的长羽,故云。

〔11〕六幅湘裙:对妇女所着裙的美称,语出唐李群玉《同郑相并歌姬小饮对赠》:"裙拖六幅湘江水,鬓耸巫山一段云。"一搦腰,一握粗细的腰,形容腰身极细。

〔12〕间别:分别,离别。

〔13〕花枝解语:花虽美丽,却不可解语。传说唐明皇曾赞许杨贵妃为"解语花",后世因以"解语花"称美丽的女人。

〔14〕纸鹞儿:即风筝。风筝是纸作的,比喻虚情假意,不诚实。
〔15〕怀儿里:心里。

南吕·四块玉(五首)[1]

别　情

自送别,心难舍,一点相思几时绝?凭阑袖拂杨花雪[2]。溪又斜,山又遮,人去也!

闲　适

适意行,安心坐,渴时饮呵醉时歌,困来时就向莎茵[3]卧。日月长,天地阔,闲快活。

旧酒投,新醅[4]泼,老瓦盆边笑呵呵,共山僧野叟闲吟和,他出一对鸡,我出一个鹅,闲快活。

意马收,心猿锁[5],跳出红尘恶风波。槐阴午梦[6]谁惊破?离了利名场,钻入安乐窝[7],闲快活。

南亩[8]耕,东山[9]卧,世态人情经历多;闲将往事思量过,贤的是他,愚的是我,争甚么!

〔1〕这五首小令,前一首惜别,写来情真意切,黯然伤神;后四首赋闲,极写跳出红尘、回归自然的欣喜,有陶潜田园诗的痕迹,是元代散曲的主旋律之一。五首小令非作于一时。

〔2〕杨花雪:指柳絮。杨与柳同科,其实亦成白絮飞散,古诗文中杨柳常通用。

〔3〕莎茵:草地。

〔4〕醅(pēi胚):没有滤过的酒。

〔5〕意马收,心猿锁:"意马心猿"原是道家用语,比喻人的心思把握不定,这两句是收束名利之心的意思。

〔6〕槐阴午梦:唐李公佐传奇小说《南柯太守传》写书生淳于棼梦中作了大槐安国的驸马,尽享人间荣华富贵,醒来才知道大槐安国实际就是槐树下的蚁穴。

〔7〕安乐窝:宋代邵雍隐居于河南辉县境内的苏门山,名其居处为"安乐窝",这里泛指隐居者的住处。

〔8〕南亩:即农田。《诗经》中多用之,因其向阳,故称。

〔9〕东山:山名,在浙江省上虞县境内,晋代谢安曾隐居于此。

双调·大德歌(四首)[1]

粉墙[2]低,景凄凄,正是那西厢月上时。会得琴中意,我是个香闺里钟子期[3]。好教人暗想张君瑞,敢则是爱月夜眠迟[4]。

绿杨堤,画船儿,正撞着一帆风赶上水。冯魁吃的醺醺醉,怎想着金山寺壁上诗?醒来不见多姝丽[5],冷清清空载月明归。

郑元和,受寂寞,道是你无钱怎奈何。哥哥家缘破,谁着你摇铜铃唱挽歌[6]。因打亚仙门前过,恰便是司马泪痕多[7]。

谢家村[8],赏芳春,疑怪他桃花冷笑人[9]。着谁传芳信,强题诗也断魂。花阴下等待无人问,则听得黄犬吠柴门。

[1] 这四首〔大德歌〕,分别截取崔张故事、双渐苏卿故事、郑元和李亚仙故事、崔护桃花人面故事中的一个场景,表现爱情失意时的心情。"大德"是元成宗的年号,历来认为,〔大德歌〕提供了关于关汉卿卒年的可靠史料。

〔2〕粉墙:涂有白色的墙。

〔3〕钟子期:春秋时楚人,是著名琴师俞伯牙的知音,能够从琴声中听出高山流水的意思。传说钟子期死后,伯牙终身不再操琴。《西厢记》第二本,有莺莺听张生弹奏《凤求凰》的情节,故这里莺莺以钟子期自比。

〔4〕敢则是:多半是,原来是。爱月夜眠迟:宋元时熟语,这里形容思念情郎,深夜不眠。

〔5〕多姝丽:非常美丽的女人,这里指苏小卿。

〔6〕唱挽歌:旧时有以给人唱挽歌为职业的人,唐传奇《李娃传》说,郑元和在娼家把资财耗尽后,也曾流落街头,以为人唱挽歌度日。

〔7〕司马泪痕多:白居易《琵琶行》的最后两句是:"座中泣下谁最多,江州司马青衫湿。"这里形容郑元和极度悲伤。

〔8〕谢家村:女子住处,这里借指崔护春游时到过的村庄。

〔9〕桃花冷笑人:见〔双调·新水令〕(二十换头)注〔17〕。

套 数

黄钟·侍香金童[1]

春闺院宇,柳絮飘香雪。帘幕[2]轻寒雨乍歇,东风落花迷粉蝶。芍药初开,海棠才谢。

〔幺〕柔肠脉脉,新愁千万叠。偶记年前人乍别,秦台玉箫[3]声断绝。雁底关河,马头明月[4]。

〔降黄龙衮〕鳞鸿无个,锦笺慵写,腕松金[5],肌削玉[6],罗衣宽彻。泪痕淹破,胭脂双颊,宝鉴[7]愁临,翠钿羞贴。

〔幺〕等闲辜负,好天良夜,玉炉中、银台上、香消烛灭。凤帏冷落,鸳衾虚设,玉笋频搓,绣鞋重撷[8]。

〔出队子〕听子规啼血,又西楼角韵咽[9],半帘花影自横斜,画檐间丁当风弄铁[10]。纱窗外琅玕[11]敲瘦节。

〔幺〕铜壶玉漏[12]催凄切,正更阑[13]人静也。金闺潇洒转伤嗟,莲步轻移呼侍妾,把香桌儿安排打快些。

〔神仗儿煞〕深沉院舍,蟾光皎洁,整顿了霓裳,把名香谨爇[14],深深拜罢,频频祷祝:不求富贵豪奢,只愿得夫妻每早早圆备者。

〔1〕这首套曲借景述情,将少妇思夫、渴望团圆的心情写得淋漓尽致。作品风格婉约,从中可看出宋词对元曲的影响。

〔2〕帘幕:窗帷。

〔3〕秦台玉箫:春秋时,萧史善吹箫,秦穆公将女儿弄玉嫁给他,并为他们筑了一座凤台,后来萧史乘龙,弄玉乘凤,升仙而去。

〔4〕雁底关河,马头明月:形容分手后在路上见到的情景。

〔5〕腕松金:人消瘦了,手腕上的钗环之类的饰物都松动了。

〔6〕玉:即玉体。

〔7〕宝鉴:珍贵的镜子。

〔8〕撺(diān):顿足。

〔9〕角韵咽:角声呜咽。

〔10〕铁:铁马,挂在房檐下的小铁片,风过时叮当作响,古人用来测风。

〔11〕琅玕(láng gān 郎杆):指竹子。

〔12〕铜壶玉漏:古时滴水计时的仪器。

〔13〕更阑:夜将尽。

〔14〕爇(ruò 若):点燃、焚烧。

仙吕·翠裙腰

闺　怨[1]

晓来雨过山横秀,野水涨汀州[2]。栏干倚遍空回首,下危楼[3],一天风物伤暮秋。

〔六幺遍〕乍凉时候西风透,碧梧脱叶,馀暑才收。香生凤口,帘垂玉钩,小院深闲清昼;清幽,听声声蝉噪柳梢头。

〔寄生草〕为甚忧,为甚愁,为萧郎[4]一去经年久。玉台[5]宝鉴生尘垢,绿窗冷落闲针绣,岂知人玉腕钏儿松,岂知人两叶眉儿皱。

〔上京马〕他何处共谁人携手,小阁银瓶殢[6]歌酒。早忘了咒[7],不记得低低耨。

〔后庭花煞〕掩袖暗含羞,开樽越酿愁,闷把苔墙[8]划,慵将锦字[9]修,最风流,真真恩爱,等闲分付等闲休[10]。

〔1〕这首套曲写闺中少妇对情人的深切思念,风格缠绵而明快,口语经提炼后入曲,显得自然而不失其韵味,是散曲中的精品。

〔2〕汀州:水中陆地。

〔3〕危楼:高楼。

〔4〕萧郎:原指梁武帝萧衍,后以泛指女子所爱的男人。

〔5〕玉台:玉制的镜台。

〔6〕殢(tì 替)歌酒:沉溺在歌舞、酒宴之中。

〔7〕咒:誓言。

〔8〕苔墙:张满青苔的墙。

〔9〕锦字:指书信。

〔10〕等闲分付等闲休:随便处置,随便罢休。这是少妇对"萧郎"的猜度。

南吕·一枝花

赠珠帘秀[1]

轻裁虾万须[2],巧织珠千串;金钩光错落[3],绣带舞蹁跹。似雾非烟,装点就深闺院;不许那等闲人取次展[4]。摇四壁翡翠阴浓,射万瓦琉璃色浅。

〔梁州第七〕富贵似侯家紫帐[5],风流如谢府红莲[6],锁春愁不放双飞燕。绮窗相近,翠户相连,雕栊相映,绣幕相牵[7]。拂苔痕满砌榆钱[8],惹杨花飞点如绵。愁的是抹[9]回廊暮雨潇潇,恨的是筛曲槛西风剪剪[10],爱的是透长门夜月娟娟[11]。凌波殿前[12],碧玲珑掩映湘妃[13]面,没福怎能够见?十里扬州风物妍,出落[14]着神仙。

〔尾〕恰便是一池秋水通宵展,一片朝云尽日悬。尔个守户的先生[15]肯相恋,煞是可怜[16],只要你手掌儿里奇擎着耐心儿卷。

〔1〕珠帘秀:元代著名表演艺术家,又作"朱帘秀"。夏庭芝《青楼集》说她"姓朱氏,行第四。杂剧为当今独步;驾头、花旦、软末尼等,悉

造其妙。"关汉卿与珠帘秀的关系很深厚。后来,珠帘秀嫁给一个道士。这套赠曲,对她的色艺推崇备至,可看出元代书会才人与勾栏艺人交往的一些情况。在艺术上,用拟人手法,人与物浑为一体,语言诙谐而自然。

〔2〕虾万须:即"虾须",帘子的别称。唐陆畅《帘》诗:"劳将素手卷虾须,琼宝流光更缀珠。"

〔3〕金钩光错落:据《青楼集》载,"朱背微偻",故另一散曲家冯子振赠朱的作品中"以金钩寓意",此处亦然。

〔4〕取次展:随便打开帘子看。

〔5〕侯家紫帐:显贵之家的紫色帐幕。唐制,王公及三品以上大官许用紫色。

〔6〕谢府:谢府指东晋时江南望族谢安家,这里泛指大户人家。

〔7〕相牵:即相连。

〔8〕榆钱:即榆树未生叶以前在枝条间新生出的榆荚,因形状似铜钱,故称。

〔9〕抹:一擦而过。

〔10〕筛:此处是从缝隙中穿过的意思。剪剪:风小而略有寒意。

〔11〕长门:汉代有长门宫,这里借指显贵住宅。

〔12〕凌波殿:即凌波宫,唐代宫殿名,代指珠帘秀居处。

〔13〕碧玲珑:指假山。湘妃:舜的两个妻子娥皇、女英,此处代指珠帘秀。

〔14〕出落:长成。

〔15〕守户的先生:指珠帘秀嫁给的道士。

〔16〕可怜:可爱。

南吕·一枝花

杭 州 景[1]

普天下锦绣乡,寰海内风流地。大元朝新附国,亡宋家旧华夷[2]。水秀山奇,一处处堪游戏,这答儿[3]忒富贵,满城中绣幕风帘,一哄地人烟辏集[4]。

〔梁州第七〕百十里街衢整齐,万馀家楼阁参差,并无半答儿闲田地。松轩竹径,药圃花蹊,茶园稻陌,竹坞[5]梅溪;一陀儿[6]一句诗题,行一步扇面屏帏。西盐场[7]便似一带琼瑶,吴山[8]色千叠翡翠。兀良[9],望钱塘江万顷玻璃,更有清溪、绿水,画船儿来往闲游戏。浙江亭[10]紧相对,相对着险岭高峰长怪石,堪羡堪题。

〔尾〕家家掩映渠流水。楼阁峥嵘出翠微[11]。遥望西湖暮山势,看了这壁,觑了那壁,纵有丹青下不得笔。

〔1〕杭州不仅是南宋的政治、经济中心,而且早就是闻名遐迩的大都会和游览盛地。北宋柳永的〔望海潮〕词是歌咏杭州的名作。关汉卿在元灭南宋以后到过杭州,写下了这套著名的散曲作品,字里行间,洋溢着他对杭州湖光山色的热爱之情,可与柳永的〔望海潮〕相媲美。

〔2〕大元朝新附国,亡宋家旧华夷:意为杭州原是宋朝的地方,现在归元朝管辖了。新附国,刚刚归附的地方。华夷,指国家疆域。

〔3〕这答儿:这里,这地方。下文"半答儿"即半块儿。

〔4〕一哄地:形容喧嚷、热闹的气氛。辏集:车轮的辐集于毂上,引申指人口密集。

〔5〕坞(wù勿):四面高中间低的地方。

〔6〕一陀儿:一块儿。

〔7〕西盐场:杭州市西繁盛市区名。

〔8〕吴山:杭州附近山名,又名胥山、庙巷山。

〔9〕兀良:也作兀剌,表示指点或惊叹的语气辞。

〔10〕浙江亭:杭州城外的一个亭子,观潮胜地。

〔11〕翠微:指青翠掩映的山腰幽深处。李白《下终南过斛斯山人宿置酒》诗:"却顾所来径,苍苍横翠微。"

南吕·一枝花

不伏老[1]

攀出墙朵朵花,折临路枝枝柳[2]。花攀红蕊嫩,柳折翠条柔,浪子风流。凭着我折柳攀花手,直煞得[3]花残柳败休。半生来倚翠偎红,一世里眠花卧柳。

〔梁州第七〕我是个普天下郎君领袖,盖世界浪子班头[4]。愿朱颜不改常依旧,花中消遣,酒内忘忧;分茶攧竹[5],打马藏阄[6]。通五音六律滑熟[7],甚闲愁到我心头?伴的是银筝女银台前理银筝笑倚银屏,伴的是玉天仙携玉手并玉肩同登玉楼,伴的是金钗客歌金缕[8]捧金樽满泛金瓯。你道我老也,暂休,占排场风月功名首,更玲珑又剔透。我是个锦阵花营都帅头,曾玩府游州。

〔隔尾〕子弟每[9]是个茅草岗、沙土窝、初生的兔羔儿[10]乍向围场[11]上走,我是个经笼罩、受索网、苍翎毛老野鸡,踏踏的阵马儿熟。经了些窝弓冷箭蜡枪头[12],不曾落人后。恰不道[13]人到中年万事休,我怎肯虚度了春秋!

〔尾〕我是个蒸不烂、煮不熟、捶不扁、炒不爆、响当当一粒铜豌豆[14],恁子弟每谁教你钻入他锄不断、斫不下、解不开、顿不脱、慢腾腾千层锦套头[15]。我玩的是梁园[16]月,饮的是东京酒,赏的是洛阳花[17],攀的是章台柳[18]。我也会围棋、会蹴鞠[19]、会打围、会插科、会歌舞、会吹弹、会咽作[20]、会吟诗、会双陆[21],你便是落了我牙、歪了我嘴、瘸了我腿、折了我手,天赐与我这几般儿歹症候,尚兀自不肯休。则除是阎王亲自唤,神鬼自来勾,三魂归地府,七魄丧冥幽。天那,那其间才不向烟花路儿上走!

〔1〕这是关汉卿散曲的代表作,也是一篇自叙性的曲子。作品概括了作者的艺术活动和生活情趣,对于研究作者的生平很有参考价值。其语言明快、泼辣、风趣、生动,在看似玩世不恭的纸背后面,潜藏着对社会的清醒认识和乐观精神。

〔2〕出墙花、临路柳:均指妓女。

〔3〕直煞得:此处是直弄得、直搞得的意思。

〔4〕班头:与上文"领袖"互文,均谓一行业中的头脑人物。

〔5〕分茶:古代勾栏里的一种茶道技艺。撷竹:也是勾栏中的一种技艺,具体形态待考。

〔6〕打马:宋元时的一种博戏,在牙制的圆牌上写着马名,用骰子打马牌决胜。藏阄:游戏名,一方手握纸牌让另一方猜。

〔7〕五音六律:泛指音乐。五音指宫、商、角、徵、羽,六律指十二律中的六个阳律:黄钟、大簇、姑洗、蕤宾、夷则、无射。滑熟:熟练。

〔8〕金钗客:戴金钗的人,指妓女。上文"银筝女"也指妓女。金缕:即《金缕衣》,曲名。

〔9〕子弟每:嫖客们。

〔10〕兔羔儿:小兔子,比喻年轻嫖客。

〔11〕围场:打猎的地方。

〔12〕窝弓冷箭蜡枪头:比喻作者所受的打击和中伤。窝弓,猎人设置的用以袭击猎物的伏弩。蜡枪头,原指外表吓人,其实不中用的东西,这里是说别人指向他的矛头。

〔13〕恰不道:却不想想。恰,这里同"却"。

〔14〕铜豌豆:旧时妓院里昵称老嫖客为"铜豌豆"。这里一语双关,作者既说自己是老嫖客,又说自己坚强不屈。

〔15〕锦套头:比喻妓女笼络嫖客的手段。

〔16〕梁园:园名,汉代梁孝王刘武所建,故址在今河南省开封市。

〔17〕洛阳花:洛阳以盛产牡丹花而闻名,此处代指妓女。

〔18〕章台柳:指妓女。详见《金线池》第二折注〔40〕。

〔19〕蹴鞠(cù jū 促居):我国古代的一种游戏,类似现代足球。鞠是周围包皮、中间填以实物的球;蹴是用脚踏的意思。

〔20〕咽作:歌唱。

〔21〕双陆:古代的一种类似下棋的博戏。

双调·新水令(二十换头)[1]

玉骢丝鞍锦鞍鞴[2]，系垂杨小庭深院。明媚景，艳阳天，急管繁弦，东楼上恣欢宴。

〔庆东原〕或向幽窗下，或向曲槛前，春纤相对摇纨扇[3]，闲并着玉肩。欢歌采莲[4]，对抚冰弦，赤紧的遂却少年心，如今便称了于飞[5]愿。

〔早乡词〕正值着九秋天[6]，三径[7]边，绽黄花遍撒金钱。露春纤把花笑撚，捧金杯酒频劝，畅好是风流如五柳庄[8]前。

〔挂打沽〕我只见江梅驿使传[9]，乱剪碎鹅毛片。我与你旋[10]剖金橙列着玳筵，玉液向金瓶旋。酒晕红，新妆面，人道是穷冬，我道是丰年。

〔石竹子〕夜夜嬉游赛上元[11]，朝朝宴乐胜禁烟[12]。则俺这美爱幽欢不能恋，无奈被名缰利锁牵。

〔山石榴〕阻鸾凤，分莺燕，马头咫尺天涯远，易去难相见。

〔幺篇〕心间愁万千，不能言。当时月枕歌眷恋，到如今翻作阳关怨[13]。

〔醉也摩挲〕你莫不真个索去也么天，真个索去也么天！

343

再要团圆,动是经年[14],思量煞俺也么天。

〔相公爱〕晚宿在孤村闷怎生眠?伴人离愁月当轩。月圆、人几时圆?不觉的南楼外斗婵娟[15]。

〔胡十八〕天配合一对儿俏姻缘,生拆散并头莲。思量席上与樽前,天生的自然,那些儿体面,也是俺心上有,常常的梦中见。

〔一锭银〕心友[16]每相邀列着管弦,特地来欢娱一齐欣然,十分酒十分悲怨,却不道怎生般消遣。

〔阿那忽〕酒劝到根前,你可也只管的推延?想桃花去年人面[17],偏怎生冷落了今年。

〔不拜门〕酒入愁肠闷怎生言,疏竹萧萧西风颤。如年,如年,似长夜天,这早晚恰黄昏庭院。

〔金盏子〕咱无缘,想着他风流十全,天可怜!芙蓉面,腕松着金钏,鬓贴着翠钿,脸衬着秋莲,眼去眉来相留恋,春山[18]摇,秋波转。

〔大拜门〕玉兔鹘[19]牌悬,怀揣着帝宣,今日个称了俺男儿心愿,忙加玉鞭,急催骏骕,恨不飞到俺那佳人家门前。

〔也不罗〕只听得乐声喧,列着华筵,聚集诸亲眷。首先一盏拦门劝,他道是走马身劳倦。

〔喜人心〕人丛里遥见,半遮着罗扇,正是俺可喜的风流孽冤,两叶眉儿未展,我将他百般的陪告,只管的求和,只管里熬煎[20],他越将个庞儿变,咱百般的难分辩。

〔风流体〕胡猜咱、胡猜咱居帝辇,和别人、和别人相留恋,上放着、上放着赐福天[21],你不知、你不知神明见。

〔忽都白〕我半载来孤眠,你如今信口胡言,枉了把我冤也么冤,你若是打听的真实,有人曾见,母亲根前,恁儿情愿,一任当刑宪,死而心无怨。

〔唐兀歹〕不付能[22]告求的绣帏里头眠,痛惜轻怜,眨眼不觉得绿窗儿外月明却又早转,畅好是疾明也么天。

〔鸳鸯煞尾〕腰肢困摆垂杨软,舌尖笑吐丁香喘,绣帐里无人,并枕低言,畅道[23]美满夫妻,风流缱绻。天若肯随人,随人今生愿,尽老同眠也者,也强如雁底关河路儿远[24]。

〔1〕这支叙事性的散套,写一个男青年为追求名利,与心爱的妻子分手,科举得中后渴望与爱人团圆,后来终于如愿的故事。从作品中,可看出散曲(套数)与杂剧的密切关系。二十换头,指用二十只双调的曲子来演唱。

〔2〕玉骢:青白色的骏马。丝鞚:用丝做成的马络头。锦鞍鞯:漂亮的马鞍。

〔3〕春纤:比喻少女的手指。纨扇:细绢做成的团扇。

〔4〕采莲:即《采莲曲》。

〔5〕于飞:本指凤和凰相偕而飞,旧时比喻夫妻和美。

〔6〕九秋天:即秋天。秋天三个月共九十天,故称。

〔7〕三径:庭园间的小路。

〔8〕五柳庄:晋陶潜隐居处,此处泛指远离官场的田园农庄。

〔9〕江梅驿使传:语出陆凯赠范晔诗。江梅谓江南之梅,指书信;驿使是古代骑着马送信的使者。

〔10〕旋:即现,读作去声,是马上、立刻的意思;下文的"旋"是温酒的意思。

〔11〕上元:即元宵节。

〔12〕禁烟:即寒食节,在清明前一天。

〔13〕阳关怨:阳关,古代关名,是通往西域的必经之路,在今甘肃省敦煌县西南。唐王维有《阳关曲》,是著名的送别曲。"阳关怨"指朋友、爱人之间离别的怨情。

〔14〕经年:一年以上。

〔15〕斗:同"逗"。蝉娟:美女。

〔16〕心友:知心朋友。

〔17〕桃花去年人面:唐孟棨《本事诗》记崔护清明节郊游,到一户人家讨水喝,这家一少女与他眉目传情。第二年再去,已门锁人去,崔护在门上题诗云:"去年今日此门中,人面桃花相映红;人面不知何处去,桃花依旧笑春风。"

〔18〕春山:形容妇女的眉毛。

〔19〕玉兔鹘:一种玉作的腰带。

〔20〕熬煎:此处是吵闹的意思。

〔21〕赐福天:赐给福的天,即苍天。

〔22〕不付能:才能够,好容易。

〔23〕畅道:真正是。

〔24〕雁底关河路儿远:指两人分手后相隔遥远。

后　记

近20年前出版的《关汉卿选集》有了再版的机会，这是令人高兴的事情。感谢人民文学出版社的青睐和信任，感谢责编徐文凯先生的艰辛劳动。

在对原书做了一番校订之后，觉得有几个问题有必要说一说。

第一是关于"角色"和"脚色"。原书注释涉及到旦、末、净、外一类戏曲术语时，均注为"角色"，今改为"脚色"。"角色"和"脚色"，读音、意义，均不同。"角色"的"角"，读音为 jué（爵），意为剧中人。例如梅兰芳扮演杨贵妃，这杨贵妃就是角色。"脚色"的"脚"，读音为 jiǎo（缴），"脚色"指的是演员所扮演的生旦净末丑一类的戏曲行当，是介于演员与剧中人之间的中介，也是中国戏曲的重要特色之一。但长期以来，由于"角"和"脚"读音相近，在有的方言中读音全同，加之"角色"和"脚色"又都是戏曲术语，因而它们被混用、误用的情况非常普遍。新版的改动，纠正了笔者以往的失误，也希望能提醒读者注意到这一点。

第二是关于"封建"一词的使用。所谓"封建"，指的是古代帝王把爵位、土地分赐亲戚或功臣，使之在各自区域内建立邦国的制度。但秦以后的社会已经不是分封建制了，而是中央集权制或叫君主专权制。故原书注为"封建"的，均改为"专制"或"旧时"。特提请读者注意。

第三是关于"俗语"。原书注释不大注意俗语、谚语、成语的区别，这次尽可能做了区分。

第四是关于底本选择，这是最大的问题。原书所选十二种杂剧，除

《调风月》、《拜月亭》用元刊本,《单刀会》、《绯衣梦》用脉望馆抄校本为底本外,其他八种,均用《元曲选》本为底本。新版一如其旧,未做改动。

近十多年来,随着学术研究的进展,人们日益认识到《元曲选》等明人改本已经失去了元杂剧的本来面貌。为什么新版不尽可能采用元刊本呢?例如《单刀会》就是有元刊本的。这其中的原因有二:一是由于元刊本科白不全,一般读者不易了解其剧情,而且元刊本所收关汉卿的杂剧仅四种;二是由于《元曲选》等虽经明人改动,但还是保留了大量的元代文化基因。曲无定本,要是仅仅因为《元曲选》被改动过而不承认其为"元曲",那么大量的精华和元代文化基因就会被丢弃,而且也剥夺了关汉卿等元代作家的著作权,这是不可取的。当年王季思先生主编《全元戏曲》,也是秉着这一理念,而多采用《元曲选》为底本的。

例如《元曲选》本《窦娥冤》、《救风尘》中的"羊羔利",因是元代流行的高利贷,明清戏曲小说中未再出现。"喝撺厢"是元代衙门审案时的习惯,明以后的文献见不到了。再如"背槽抛粪"、"惯曾为旅偏怜客"、"打凤捞龙"、"卧番羊、窨下酒"、"海深也须见底"等俗语,《元曲选》多用,而明清人不用。《窦娥冤》蔡婆上场诗前二句:"花有重开日,人无再少年。"出自宋陈著《续任溥赏酴醾劝酒》诗,《元曲选》有十种杂剧使用。但明清作品,除凌濛初的杂剧《宋公明闹元宵》外,几乎看不到这两句诗。还有"七代先灵"的说法,在元刊本《调风月》(关汉卿作)、《疏者下船》、《紫云庭》、《冤家债主》等剧中多次使用,在《元曲选》的《李逵负荆》、《桃花女》、《鸳鸯被》、《杀狗劝夫》、《㑇梅香》等剧中也多次出现,但在明清戏曲小说中却不见使用,可见是元代俗语。此外诸如乞留乞良、出留出律、迷留没乱、干茨腊、活支煞、实丕丕、薄设设、死临侵地、歪剌骨之类的拟声词、拟态词或形容词,也保留在《元曲选》等明代版本中。

可以毫不夸张地说,上述词语,保留了一代风俗,一代历史,一代文学风貌。元曲的风格,它的"蛤蜊味"和"蒜酪味",就是通过大量使用上述词语的曲辞表现出来的。这一点,明人已经给予足够的肯定。到王国维提出元曲是"一代之文学,后世莫能继焉",元曲为"最自然之文学",也基本上是以《元曲选》为依据的。这就是我们校订《关汉卿选集》依然多采用明代版本的理由。

人们通常说:校书如扫落叶。信哉!此次校订,时间仓促,加之笔者水平有限,肯定还存在许多问题。恳请广大读者批评指正。

康保成
2017年8月5日
于广州大学文学思想研究中心